다산학 공부

茶學

다산연구소

다산 정약용의 정신과 사상을 현양하고 계승하기 위하여 2004년에 설립되었다. 다산 연구에
권위 있는 학자들이 연구이사 등으로 포진하고 있으며, 온라인 서비스와 함께 학계와 일반인을
연결하는 다양한 교육·문화 프로그램을 운영하고 있다.
www.edasan.org

다산학 공부

박석무·송재소·임형택 외 지음 | 다산연구소 엮음

2018년 6월 4일 초판 1쇄 발행
2020년 3월 6일 초판 2쇄 발행

펴낸이 한철희 | 펴낸곳 돌베개 | 등록 1979년 8월 25일 제406-2003-000018호
주소 (10881) 경기도 파주시 회동길 77-20 (문발동)
전화 (031) 955-5020 | 팩스 (031) 955-5050
홈페이지 www.dolbegae.co.kr | 전자우편 book@dolbegae.co.kr
블로그 imdol79.blog.me | 트위터 @Dolbegae79 | 페이스북 /dolbegae

주간 김수한 | 편집 이경아
표지디자인 민진기 | 본문디자인 이은정·이연경
마케팅 심찬식·고운성·조원형 | 제작·관리 윤국중·이수민
인쇄·제본 한영문화사

ISBN 978-89-7199-852-6 (93800)

이 도서의 국립중앙도서관 출판예정도서목록(CIP)은 서지정보유통지원시스템 홈페이지
(http://seoji.nl.go.kr)와 국가자료공동목록시스템(http://www.nl.go.kr/kolisnet)에서
이용하실 수 있습니다.(CIP제어번호: CIP2018015329)

책값은 뒤표지에 있습니다.

다산학 공부

박석무, 송재소, 임형택 외 지음
다산연구소 엮음

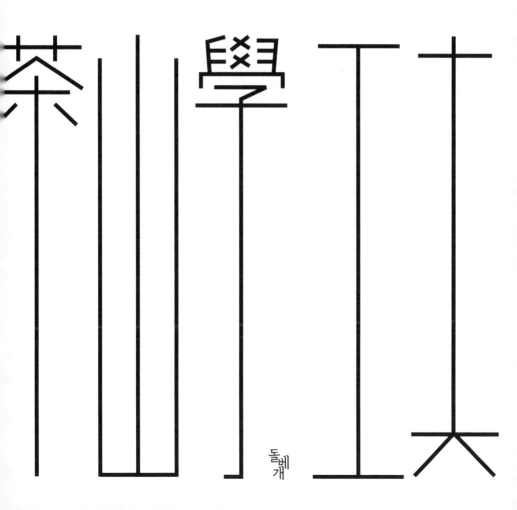

돌베개

책을 엮으며

한 권으로 읽는 '다산'茶山! 조선 후기 최고의 학자 다산 정약용의 방대한 저술을 한 권의 책으로 보여 주고 싶었다. 다산을 전공하지 않은 타 분야 연구자에게도, 다산을 공부하고 싶은 일반 독자에게도 도움이 되는 입문서를 만들고자 했다.

이 책은 '다산학 입문 강좌'와 함께 기획되었다. 전체 20강의 강좌에는 우리나라를 대표하는 다산 연구자들이 대거 참가했다. 그 강의가 이 책의 토대가 되었다.

이 책을 1부 경학, 2부 경세학으로 구성한 것은 다산의 학문 체계를 따른 것이다.

"육경과 사서의 연구로 수기修己를 삼고, 일표이서로 천하 국가를 위했으니, 본과 말을 구비한 것이다."(「자찬묘지명」)

유교의 경전인 육경六經과 사서四書의 연구가 경학이요, '일표이서'(『경세유표』·『목민심서』·『흠흠신서』)로 정리한 연구가 경세학이다. 다산은 경학을 수기修己로 삼고, 경세학으로 치인治人을 도모했다. 경학이 본이요 경세학이 말이며, 양자를 모두 갖춰야 수기치인의 학문이 완성된다는 것이 다산의 생각이다.

1부 '경학'에서는 사서삼경을 다룬 다산의 저작을 소개했다.

『대학공의』(1814)는 『대학』을 주석한 책이다. 이영호 교수는 주희와는 다른 다산의 『대학』 인식을 개관하면서, 마음의 수양이 아닌 인륜의 실천에 뜻을 두었다고 파악했다.

『맹자요의』(1814)에서 다산은 『맹자』의 해석을 통해 혁신적 인간상을 제시하고 있다. 백민정 교수는 성기호설 등 다산의 혁신적 인간상을 구성하는 주요 개념을 설명했다.

『논어고금주』(1813)는 다산이 『논어』에 관한 여러 주석을 종합 논평하면서 자신의 견해를 밝힌 책이다. 김언종 교수는 『논어』에 관한 다산의 독창적 견해를 소개했다.

『중용자잠』(1814)은 『중용』을 주석한 것으로, '자잠' 自箴(스스로 경계하는 글)이란 제목에서 수양서의 성격이 드러난다. 이광호 교수는 『중용』의 성誠 개념을 비롯한 다산 경학의 주요 개념과 연관을 설명해 다산 사상에 대한 이해를 돕고 있다.

『시경강의』(1809)는 다산이 30세 때(1791) 초계문신으로 있으면서 『시경』에 관한 정조의 물음에 답한 것을 손질한 글이다. 김수경 박사는 다섯 개의 키워드(사무사思無邪 등)로 다산의 『시경』 읽기의 핵심을 개괄했으며, 경전 읽기의 시사점을 제공했다.

『상서고훈』(1834)은 유배지에서 천착한 『상서』 연구를 해배 이후에 손질한 것이다. 이은호 교수는 다산이 『상서』의 본모습을 회복하여 도덕과 역사의 전범으로 읽힐 수 있게 했다고 소개했다.

다산은 유배 초기부터 난해한 『주역』 연구에 몰두했다. 『주역사전』(1808)은 다산이 자신의 대표 역작으로 자부한 책이다. 방인 교수는 추이推移, 효변爻變, 호체互體, 물상物象 등 다산의 『주역』 해석 방법을 설명했다.

2부 '경세학'에서는 다산의 대표 저서인 일표이서를 다루었다. 여기에 다산의 시와 논설, 그리고 실학적 독법을 덧붙였다.

『경세유표』(1817)는 본격 경세서로, 국가 제도 개혁론을 담은 책이다. 김태영 교수는 다산의 토지제도를 비롯한 제도론의 핵심 내용과 역사적 의미를 살피고 있다.

『목민심서』(1818)는 지방 수령의 지침서다. 임형택 교수는 『목민심서』의 저술 배경과 요점을 개관하고, 민民을 중심으로 하는 다산의 정치론을 소개하고 있다.

『흠흠신서』(1819)는 형사 사건을 다룬 책이다. 김호 교수는 다산이 진정한 흠휼欽恤을 위해 법의 원칙과 사건의 정황을 고려한 최선의 판단에 이르고자 노력한 여러 사례를 소개했다.

다산은 2500여 수의 시를 남겼다. 송재소 교수가 '병든 사회의 임상 보고서'라고 명명했듯이 다산의 시는 시대의 아픔을 생생하게 그리고 있다. 학문과 일체가 된 다산의 시에서 그의 사상과 인간미를 볼 수 있다.

다산의 대표 정론(경세론)인 「원목」, 「전론」, 「탕론」 등에 관해서 김태희 박사가 설명을 붙였다. 경세를 위한 다산의 기본적인 아이디어를 파악하는 데 도움이 된다.

다산을 어떻게 읽을 것인가? 한형조 교수의 글이 그 방향을 제시한다. 한 교수는 다산이 공자 또는 고전을 어떻게 읽었는지 보여 주었다. 아울러 근대화론에 갇힌 협애한 독법에도 일침을 가했다.

이 책은 14명의 다산 연구자가 각자의 방식으로 다산학에 접근한 결과물이다. 큰 산은 들어가는 길도 여럿이다. 편집 과정에서 열네 편의 순서를 정했지만 정답은 없다. 독자가 관심 있는 주제부터 읽는 것이 방법이다.

이 책엔 여러 분의 수고가 담겨 있다. 기획 단계에서 자문해 준 이영호 교수를 비롯해 책을 만든 돌베개출판사에도 감사의 말씀을 드린다.

아무쪼록 이 책이 다산의 학문과 사상을 공부하는 데 유익한 길잡이가 되기를 기대한다.

2018년 6월
다산연구소

차 례

5 　　　　　　　　책을 엮으며 · 다산연구소

11 　　서문 　　오늘 여기, 왜 다산인가 · 박석무

1부　경학

21 　『대학공의』　천하를 다스리는 근본 · 이영호

38 　『맹자요의』　『맹자』 읽기의 진수, 다산의 혁신적 인간상 · 백민정

67 　『논어고금주』　다산이 찾은 공자의 마음 · 김언종

93 　『중용자잠』　사람 섬김이 곧 하늘 섬김이다 · 이광호

142 　『시경강의』　다섯 개의 키워드로 읽는 다산『시경』 · 김수경

169 　『상서고훈』　『상서』에서 찾은 새로운 도덕론 · 이은호

194 　『주역사전』　『주역』의 퍼즐 풀기에 도전하다 · 방인

2부　경세학

229 　『경세유표』　낡은 국가 혁신론 · 김태영

256 　『목민심서』　다산의 정치학 · 임형택

290 　『흠흠신서』　진정한 흠휼을 구상하다 · 김호

319 　다산 시詩　병든 사회의 임상 보고서 · 송재소

348 　다산 논설　모든 백성을 잘살게 · 김태희

368 　다산 경학　유교 고전의 실학적 독법 · 한형조

403 　　　　　　　　찾아보기

오늘 여기, 왜 다산인가?[*]

조선을 대표하는 학자인 다산茶山 정약용丁若鏞(1762~1836)은 금년으로 탄생 256주년, 서거 182주년을 맞이한다. 상당한 세월이 흘렀지만, 다산의 학문은 세월이 흐를수록 더욱 빛이 나 그의 학문에 대한 연구는 '다산학'茶山學이라는 이름으로 끊임없이 계속되고 있다. 지난 2017년은 다산이 유배지 강진에서 『경세유표』(1817)를 탈고한 지 200주년이 되는 해였고, 올해는 『목민심서』(1818)를 탈고한 지 200주년이 되는 해다.

1. 수기修己와 치인治人의 학문, 다산학

다산학의 양대 분야인 경학經學과 경세학經世學은 본디 공자孔子의

* 박석무(다산연구소 이사장·우석대학교 석좌교수)

학문에서 유래한다. 공자는 『논어』에서 사람이 배워야 할 학문으로 수기修己에 힘쓰는 '위기지학'爲己之學과 치인治人에 힘쓰는 '위인지학'爲人之學을 이야기했다. 그래서 다산은 "공자의 가르침은 수기와 치인일 뿐이다"(孔子之道 修己治人而已)라는 주장을 폈다.

> 수기修己의 학문 – 위기지학爲己之學 – 경학經學 – 본本
> 치인治人의 학문 – 위인지학爲人之學 – 경세학經世學 – 말末

다산은 수기의 학문인 경학의 연구 과정을 그의 글에서 상세히 설명하고, 그 연구 결과도 자세히 기록해 놓았다.

내가 해변가로 귀양을 갔을 때, '어린 시절에 학문에 뜻을 두었지만 20년 동안 속세와 벼슬길에 빠져 옛날 어진 임금들이 나라를 다스렸던 대도大道를 알지 못했는데 이제야 겨를을 얻었구나'라는 생각이 들었다. 그때에야 흔연히 스스로 기뻐하며 육경과 사서를 깊이 연구하였다. 한漢·위魏 이래 명明·청淸에 이르기까지의 유학 사상으로 경전經典에 도움이 될 만한 모든 학설을 광범위하게 수집하고 넓게 고찰하여 잘못된 것을 확정해 놓고, 그런 것 중에서 취사선택하고 내 나름의 학설을 마련하여 밝혀 놓았다.

「자찬묘지명」

이러한 연구 과정을 통해 『모시강의』 12권, 『상서지원록』 7권, 『상례사전』 50권, 『악서고존』 12권, 『주역심전』 24권, 『춘추고징』 12권, 『논어고금주』 40권, 『맹자요의』 9권, 『중용자잠』 3권, 『대학공의』3권, 『소학보전』1권, 『심경밀험』1권 등 경집經集 232권이라는 엄청난 결과물이 나왔다.

다산은 기존의 학설과 다른 자신의 새로운 학설을 낱낱이 소개한 뒤 유학 경전 연구(경학)의 종합적 결론을 다음과 같이 밝혔다. 이것은 성리학적 해석과의 차이점을 밝히는 것이기도 하다.

마음의 허령虛靈은 하늘에서 받은 것이니, 감히 '본연'本然이라 해선 안 되고, '무시'無始라 해선 안 되고, '순선'純善이라 해선 안 된다. 마음이 주관하는 것이 생각(思)이니, 미발未發 이전의 기상만 되돌아 살피는 것은 마음을 다스리는 일이 아니다. 선할 수도 있고 악할 수도 있는 것이 재才이며, 선하기는 어렵고 악하기는 쉬운 것이 세勢이며, 선을 즐기고 악을 부끄러워하는 것이 성性이니, 이 성을 따르며 위반됨이 없게 한다면 도道에 이를 수 있다. 때문에 성은 선하다는 것이다.

어질 '인'仁 자는 '두 사람'(二人)을 뜻한다. 효孝로 아버지를 섬기면 인이다. 형을 공손하게 섬기면 인이다. 자애롭게 백성을 다스리면 인이다. 충忠으로 임금을 섬기면 인이다. 벗과 믿음으로 사귀면 인이다. '동방의 물物을 낳는 이치'라든가 '천지의 지공至公한 마음'은 인에 대한 해석이 될 수 없다. 힘써 '서'恕를 행하는 것이 인을 구하는 가장 가까운 길이어서, 증자曾子가 도를 배울 때 공자가 일관一貫으로 '서'恕를 가르쳐 주었고, 자공子貢이 도를 물었을 때 일언一言으로 '서'恕를 가르쳐 주었다. 경례經禮의 삼백, 곡례曲禮의 삼천을 일관하는 것이 '서'恕다. 그래서 '인仁을 함이 자기로 말미암는다'(爲仁由己), '자기를 이기고 예로 돌아간다'(克己復禮)는 말이야말로 유교의 바른 취지다. 성誠

이란 서恕에 성실함이요, 경敬이란 예로 돌아감이다. 인仁이 되게 해 주는 것이야말로 성誠과 경敬이다. 그래서 두려워하고 경계하고 삼가며 자기 가슴을 비추듯 상제上帝를 섬기는 것은 인이 될 수 있지만, 헛되이 태극太極만을 높이고 이理를 천天이라 하면 인이 될 수가 없으니, 하늘을 섬기는 것으로 돌아갈 따름이다.

「자찬묘지명」

성誠·경敬·서恕를 실천적 개념으로 해석하고, 그 행위 개념을 통해 자신의 마음을 수양하고 인격을 높이는 일이 경학 공부의 최종 목표임을 주장한 것이다.

이렇게 수기 공부로 인격을 갖춘 뒤에 남에게 봉사하고 남을 위해 일하는 치인治人 공부를 해야 한다는 뜻에서 경세학經世學의 학문 분야를 '일표이서'一表二書로 저술했다.

『경세유표』란 어떤 내용인가. 관제官制, 군현제郡縣制, 전제田制, 부역賦役, 공시貢市, 창저倉儲, 군제軍制, 과제科制, 해세海稅, 상세商稅, 마정馬政, 선법船法 등 나라를 경영하는 제반 제도에 대해 현재의 실행 가능 여부에 구애받지 않고 경經을 세우고 기紀를 나열하여 우리의 오래된 나라를 새롭게 개혁해 보려는 생각에서 저술한 것이다.

「자찬묘지명」

다산은 직접 세상을 경륜하고 싶지만 죄인의 신분으로 자신의 경륜을 펼 수 없었기에 뒷날 누군가가 실현하기를 바라는 뜻에서 유언

서문

으로 남기는 정책 건의서라는 의미의 책 이름을 붙였다. 그것이 바로 『경세유표』다. 그러면서 목표는 '신아지구방'新我之舊邦, 즉 우리의 오래된 나라를 새롭게 개혁해 보려는 의도라고 말했다. 국가의 제도와 법제를 완전히 개혁하여 새로운 나라를 건설하기를 바랐던 것이다. 특이한 내용은 "현재의 실행 가능 여부에 구애받지 않고"라고 번역되는 '불구시용'不拘時用 네 글자의 의미다. 지금 당장 제도를 고치고 바꿀 수는 없더라도, 나라다운 나라를 위해서는 언젠가는 고치고 바꿔야 할 제도라는 점을 염두에 둔 것이다.

『목민심서』는 어떤 책이라고 설명했을까. 예나 지금이나 법제를 통째로 개혁하는 것은 어려운 일이다. 새로운 제도를 창안하여 제도 개혁으로 반영되기를 기다리기만 하는 것은 현실에 맞지 않다. 이 때문에 다산은 제도 개혁안인 『경세유표』 저술에 만족하지 않고, 현행의 법제 안에서라도 인민을 구제할 방법이 나와야 한다는 매우 현실적인 생각에서 『목민심서』 저술에 착수했다.

> 현재의 법을 토대로 우리 백성을 다스려 보자는 것이다. 율기律己·봉공奉公·애민愛民을 세 가지 기紀로 삼았고, 이吏·호戶·예禮·병兵·형刑·공工의 여섯 가지 전典에다 진황振荒 한 편으로 끝맺었으며, 각 편은 6개의 조條로 구성하였다. 고금의 이론을 찾아내고 간위奸僞를 열어젖혀 목민관에게 주어서 백성 한 사람이라도 그 혜택을 입을 수 있게 했으면 하는 것이 나의 마음 씀이었다.
>
> 「자찬묘지명」

『흠흠신서』의 저작 의도는 무엇이었을까.

사람의 목숨이 걸린 옥사獄事를 잘 다루는 사람이 적다. 경사經史로 근본을 삼고 비의批議로 보강하고 공안公案으로 증거가 되게 하였으며, 모든 것을 상정商訂하여 옥사를 관리하는 사람에게 주어 '백성의 억울함이 없기를 바라는 것'(冀其無冤枉)이 나의 뜻이다.

「자찬묘지명」

살인 사건 등 형사사건에서 공정한 수사와 재판을 해 억울한 사람이 없기를 바라는 뜻에서 『흠흠신서』를 저작한 것이다.

이와 같이 세상을 경륜할 방법을 정리한 것이 바로 '일표이서'였다.

2. 공렴公廉의 학문, 다산학

다산은 자신이 사는 시대는 썩은 지 오래됐다고 한탄했다(天下腐已久矣). 털끝 하나라도 병들지 않은 분야가 없으며, 지금 당장 개혁하지 않으면 나라는 반드시 망할 것이라고 예언했다(蓋一毛一髮 無非病耳 及今不改 其必亡國). 부정과 비리가 판을 치고, 부패하다 못해 부란腐爛(썩어 문드러지다)해졌다며 탄식을 멈추지 못했다.

다산은 이러한 시대를 어떻게 살았는가. 1789년 28세로 문과에 급제한 다산은 국왕으로부터 합격증인 홍패를 받아들고 집에 돌아와 자신의 포부를 밝히는 시를 지었는데, 이 시에 "둔졸난충사鈍拙難充使 공렴원효성公廉願效誠"이라는 구절이 있다. 능력이 부족하여 온전히 나랏일을 수행하기는 어렵겠지만, '공렴'公廉 두 글자의 의미대로 온 정성을 다해 일하겠노라는 굳은 각오를 표명한 내용이다. 풀어서 이야기하면, 공정하고 공평한 직무 수행으로 공익을 위해서 일하고 사욕이나 사익은 추구하지 않겠다는 것을 말한다. 관직에 나아가서는 공렴으로 직무를 수행하고, 관직에서 물러나서는 일표이서를 지어 어떤 제도가 공렴한 세상을 만들고 어떻게 직무를 수행해야 공렴한 세상이 올 수 있는가를 밝혔다. 공정함과 청렴함을 의미하는 이 '공렴'이라는 키워드는 다산학의 기저에 깔린 정신이라 할 수 있다.

그렇다면 오늘의 세상은 어떠한가. 다산의 시대보다 많이 나아지기도 했지만 여전히 불공정하고 불공평한 세상이다. 권력과 재물만을 최고의 가치로 여겨 수단과 방법을 가리지 않고 권력만 잡으려고, 재산만 모으려고 혈안이 된 세상이다. 백성이 나라의 주인인 세상이 아니라, 오직 재력가만이 나라의 주인이라고 자처한다. 더욱이 신자유주의라는 괴물이 등장해 이익 추구는 모든 염치를 말살하고, 천민자본주의까지 발호하면서, 빈부 격차와 양극화 현상은 갈수록 심화되고 있다. 오늘 이 땅의 현실을 그대로 두고는 사람이 사람답게 살아가는 세상은 도래하기 어렵다.

200년 전의 다산이지만, 다산의 뜻은 오늘 이 나라에서 가장 빛을 발해야 할 정신적 유산이다. '정성을 바치기를 원한다'(願效誠)는 다산의 표현이 바로 지금 이 나라에서 가장 절실하게 요구되는 자세다. 그릇된 관행을 청산하고 헌법·법률 등 법제 개혁에 나설 때 다산의 경세학은 많은 가르침을 줄 것이다. 다산이 혼신의 노력으로 남긴 다산학은 어쩌면 오늘날 우리에게 가장 절실한 학문이다. 『다산학 공부』를 통해 더 나은 세상, 나라다운 나라를 만드는 데 보탬이 되길 바란다. 다산을 배우자.

1부

경학

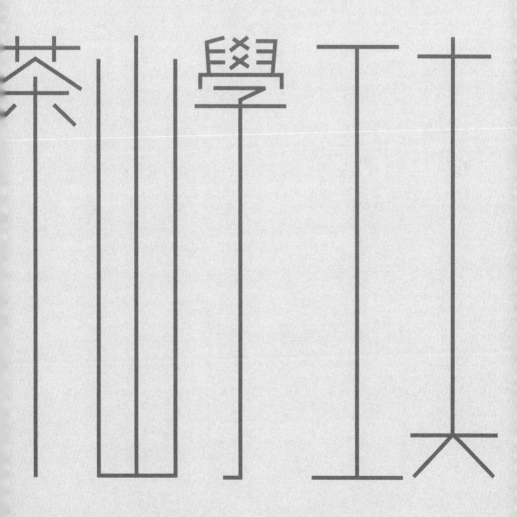

『대학공의』
천하를 다스리는 근본 *

1. 서론

사서四書 가운데 경학사적으로 논쟁의 소지가 가장 많은 책은 『대학』大學이다. 『대학』은 원래 독립된 단행본이 아니었다. 『예기』禮記 49편 가운데 42번째 편으로 들어 있던 것을 송대에 와서 독립시켰는데, 특히 주자朱子(이름은 희熹, 1130~1200)가 이 책에 주석을 달고 사서에 편입하면서 그 중요성이 강조되었다. 기왕의 『예기』에 실려 있던 『대학』을 고본대학古本大學이라 부르는 것에 대해, 주자가 새롭게 주석을 단 이 책을 『대학장구』大學章句라 명명한다.

주자는 고본대학의 경문經文을 의심했기에 고본대학에는 오자誤字와 착간錯簡이 있다고 주장하면서 고본대학의 경문을 재배치하였다. 주자는 여기서 한 걸음 더 나아가 고본대학에는 빠진 문장이 있다면

* 이영호(성균관대 동아시아학술원 부교수)

서, 자신이 직접 경문을 지어 보충하였다. 전5장傳五章 「격물치지보망장」格物致知補亡章이 바로 그것이다. 이처럼 의경疑經에서 조경造經으로 진행된 주자의 주석은 그 전에는 없던 새로운 형태의 경학 현상으로, 주자 경학의 특징은 바로 이런 점에 있었다. 때문에 후일 주자학을 지지하는 학자뿐 아니라, 주자학을 반대하는 학자들도 왕왕 이 『대학장구』를 중심에 두고 논의를 진행하는 경우가 많았다. 중국의 양명학陽明學, 조선의 실학實學, 일본의 고학古學이 그 대표적인 예다.

조선의 경우, 실학파 경학의 대가 다산茶山 정약용丁若鏞(1762~1836) 또한 주자의 경학을 때로는 긍정하고 때로는 비판하면서 자기 경학의 근거를 마련하였다. 그런데 다산의 경학은 단순히 주자의『대학장구』를 비판하는 데만 머물지 않는다. 다산은 주자가 폐기한 고본대학을 강력하게 지지하였다. 그리고 고본대학을 저본으로『대학』에 새롭게 주석을 달면서 자기 사상의 지향점을 명료하게 제시하였다. 이에 다산의『대학』해석은 주자의『대학장구』에 반대하는 한 전형을 창출하면서, 이른바 실학파 경학의 진면목을 세상에 보여 주었다.

2. 요지

다산의『대학』해석에 관한 저작으로는 그가 28세(1789) 때 지은『희정당대학강의』熙政堂大學講義와 53세(1814) 때 지은『대학공의』大學公議가 있다. 이 중 다산의『대학』해석의 핵심이 응축되어 있는 저술은 『대학공의』다.

다산은『대학공의』에서, 주자의『대학장구』를 비판하고『대학』은 고본 그대로 완전하다고 주장하면서 고본대학을 저본으로 삼아 주석을 달았다. 다산의 이러한 『대학』 해석은 「자찬묘지명」自撰墓誌銘(집중본集中本)에 일목요연하게 제시되어 있는데, 이를 정리해 보면 다음과 같다.

① 태학太學이란 주자胄子와 국자國子의 학궁學宮이다. 천자의 맏아들(胄子)과 여러 아들(國子)은 아랫사람을 대하고 백성을 다스릴 책임이 있으므로 치국治國과 평천하平天下하는 방책을 가르친 것이니, 서민庶民의 자제들이 참여할 수 있는 바가 아니다.

② 명덕明德이란 효도(孝), 공손함(弟), 자애로움(慈)이지 사람의 영명靈明이 아니다.

③ 격물格物이란 근본적인 것과 말단적인 것이 있는 사물事物의 이치를 구명究明하는 것이고, 치지致知란 그 먼저하고 나중 할 바를 아는 앎을 투철히 하는 것이다.

④ 태학에서 '늙은이를 늙은이로 여긴다'(老老)는 것은 천자가 늙은이를 봉양하는 것이고, '어른을 어른으로 여긴다'(長長)는 것은 세자가 어른을 공경하는 것이며, '고아를 불쌍히 여긴다'(恤孤)는 것은 고아를 위해 잔치하는 것이다. 백성은 나면서 욕망이 있으니 부富와 귀貴가 바로 그것이다. 군자는 조정에 있으면서 귀하게 되기를 목표로 하고, 소인은 초야에 있으면서 부자 되기를 목표로 한다. 그러므로 사람을 씀에 공정하지 아니하여, 어진 이를 어진 이로 여기지 않고 어버이를 어버이로 여기지 않으면 군자가 떠나가며, 재부財賦를 거두어들이는 데 절도 없이 하여 백성의 즐거움을 즐거움으로 삼지 않고 백성의 이익을 이익으로 여기지 않으면 소인이 배반하는 동시에 나라도 따라서 망한다. 때문에 이 책의 말미에 거듭 되풀이하여 이 두 가

지 일을 경계한 것이다.

다산이 「자찬묘지명」에 정리해 놓은 『대학』 해석의 내용적 특징은 이와 같이 네 가지로 정리할 수 있는데, 이 중 핵심은 ①, ②, ④다. 이 세 가지는 각각 태학론太學論, 명덕론明德論, 치국평천하론治國平天下論으로 명명할 수 있을 것이다.

(1) 태학론

주자는 『대학장구』 「서문」序文에서 고대 학제學制를 소학小學과 대학大學으로 나누고, 소학에는 여덟 살이 된 모든 백성의 자제들이 들어가서 '쇄소응대진퇴'灑掃應對進退의 예절과 '예악사어서수'禮樂射御書數를 익혔다고 하였다. 그리고 천자의 모든 아들과 공경대부와 선비의 적자, 백성들 가운데 빼어난 인재로서 열다섯에 이른 자들은 모두 태학에 들어가서 '궁리정심'窮理正心과 '수기치인'修己治人의 도리를 배웠다고 하였다. 즉 주자의 설에 따르면, 태학에는 신분 고하를 막론하고 열다섯에 이른 자로서 특정 지위에 있거나 뛰어난 인재면 누구나 들어갈 수 있었다. 그리고 『대학』을 15세 이상의 대인大人(成人)이 익혀야 할 책으로 여겨, 이를 '대학'으로 읽었다. 그런데 다산은 주자가 나눈 이러한 고대의 학제를 분명하게 반대하였다.

태학太學이란 국학國學이니 천자의 맏아들이 생활하면서 교육을 받던 곳이다. 태학의 도란 이 맏아들을 교육하는 도다. ○ '태'大는 예전에 '태'泰로 읽었는데, 요즈음 사람들이 글자대로 읽는 것('대'大로 읽는 것)은 잘못이다. ······ 실상 옛날에 태학에서 사람을 가르치던 법은 예악禮樂, 시서詩書, 현송絃誦, 무도

舞蹈, 중화中和, 효제孝弟 등이었는데, 이것은 『주례』周禮와 『예기』의 「왕제」王制·「제의」祭義·「문왕세자」文王世子와 『대대례』大戴禮의 「보부」保傅 등의 편에 나타나 있다. 이른바 '마음을 밝히고 본성을 회복한다'(明心復性), '사물의 이치를 궁구한다'(格物窮理), '앎을 극진히 하고 경을 위주로 한다'(致知主敬) 등의 제목들은 옛 경서에는 절대로 그림자조차 보이지 않았다. 아울러 그 가운데 있는 '성의정심'誠意正心이니 하는 것들도 학교의 조례가 될 만한 뚜렷한 명문이 없다. 그런데도 주자는 드디어 책의 이름까지 고쳐 『대학』이라 해 글자대로 읽게 하였으며, 이를 '대인의 학'이라 풀이해 '동자의 학'과 함께 대소大小로 짝하게 하여 온 세상 사람들이 모두 배울 수 있는 학으로 삼았다.

『대학공의』1, 「태학지도」大學之道

위의 예문에서 보듯이 다산은 대학大學을 '태학'太學으로 읽었는데, 그 이유는 바로 '태학'이 국학으로서 천자의 아들과 제후의 맏아들을 가르치는 학궁이었기 때문이다. 이 태학의 학생들은 장차 크게는 중국 천하를, 작게는 한 지역을 다스릴 재목들이었기에 치도治道를 중심으로 하는 특별한 교육을 받았다. 때문에 다산은 태학에서 말하는 진리는 바로 이들 지배층의 맏아들들을 위한 진리지, 결코 일반 백성들에게 적용되는 진리는 아니었다고 한다. 그리고 가르치는 내용도 주자가 『대학장구』에서 말한 '명심복성'明心復性, '격물궁리'格物窮理, '치지주경'致知主敬 등과 같은 추상적인 수양론이 결코 아니었다. 다산은 『주례』나 『예기』 등에서 증거를 찾아 태학에서 가르치는 내용은 예악, 시서, 현송, 무도, 중화, 효제 등과 같은 구체적이고도 실질적인 기예와 윤리학이었다고 주장한다. 주자의 대학론이 일반 성인을 대상으로 한 추상적 이념 교육이었다면, 다산의 태학론은 특정 계층을 대상으로 한 구체적 실천 교육이었다. 이러한 차이는 『대학』의 핵심 내용인 '명덕'에 대한 개념 정의에서 더욱 확연하게 드러난다.

(2) 명덕론

다산은 30세 되던 1791년 조정에서 월과月課를 할 때, 다음과 같이 『대학』의 본지에 관하여 자신의 견해를 밝혔다.

> 건륭 신해년(정조正祖 15, 1791)에 내각의 월과에서 주상께서 친히 『대학』을 책문하셨다. 이에 나는 다음과 같이 답하였다. "신의 보잘것없는 생각으로는 『대학』의 극치와 『대학』의 실용은 효도(孝), 공손함(弟), 자애로움(慈) 세 가지를 벗어난 것이 아니라고 여깁니다. 그러므로 오늘날 『대학』의 요지를 밝히고자 한다면, 반드시 먼저 효제자孝弟慈 세 글자를 분명하게 이해한 다음에야 『대학』 한 편의 전체全體와 대용大用을 밝힐 수 있을 것입니다. 『대학』에서 '명덕明德을 천하에 밝힌다'(明明德於天下)라고 하였으니, 명명덕明明德의 귀착점은 반드시 평천하 한 구절에 있는 것입니다. 그렇다면 효제의 기풍을 일으키려는 법과 고아의 구휼과 백성들이 배반치 않는 덕화는 과연 명명덕의 진면목이 아니겠습니까." 이 대책문對策文을 거두어 가자 주상은 장원으로 발탁할 것을 명하였으나, 그 당시 번옹樊翁 채제공蔡濟恭이 독권관讀卷官으로서 "명덕의 뜻풀이가 주자의 『대학장구』에 위반된다"고 하여 제2등으로 강등하고 김희순金羲淳을 제1등 장원으로 발탁하였다. 이는 지금으로부터 24년 전의 일이다.
>
> 『대학공의』 1, 「재명명덕」在明明德

30세의 다산은 국왕 정조 앞에서 『대학』의 요지는 '효제자'를 내용으로 하는 '명명덕'에 있으며, 명명덕의 진면목은 '평천하' 일절一節에 있다고 아뢰었다. 이에 정조는 다산의 답변을 탁월하다고 여겨 1등으로 뽑으려 하였으나, 당시 독권관이던 채제공(1720~1799)이 다산이 말한 '명덕'의 개념은 주자의 주장에 어긋난다고 하여 2등에 뽑혔다. 젊은 날 다산의 '명덕'에 관한 이러한 주장은 50대에 지은 『대학공의』에 그대로 계승된다. 그러면 다산의 명덕에 관한 주장의 요지가 무엇인지 다음의 예문을 통해 살펴보기로 하겠다.

① '명'明이란 드러내어 밝힌다는 의미이며, 명덕明德은 효제자孝弟慈다. 『주례』에서 대사악大司樂은 육덕六德으로 국자國子를 가르쳤는데, 중中·화和·지祗·용庸·효孝·우友다. 중·화·지·용은 『중용』의 가르침이요, 효·우는 『대학』의 가르침이다. 태학이란 대사악이 왕의 맏아들을 가르치던 궁宮인데, 과목은 효·우를 덕으로 삼았으니 『대학』의 '명덕'이라는 말과 어찌 다름이 있겠는가.

② 비록 항상 업으로 삼으면서 배우고 익히는 것은 여러 예禮에 있다 하더라도, 그 교육의 근본은 효孝와 제弟일 따름이다. 그러니 명덕이란 곧 효제孝弟가 아니겠는가. (주자의) 허령불매虛靈不昧, 심통성정心統性情, 이理, 기氣, 명明, 혼昏 등의 학설에 대해서는, 비록 군자들이 마음을 쏟아야 할 것이기는 하지만 이는 결코 옛날 태학에서 사람을 가르칠 때 지향하던 목표는 아니다. 뿐만 아니라 성의誠意니 정심正心이니 하는 것도 효제를 실천하는 미묘한 이치요 방략일 따름이며, 교육하던 제목은 아니다. 교육하던 제목은 효제자일 따름이다.

③ 마음에는 본래 덕이 없고 오직 직성直性만이 있을 뿐이니, 나의 직심直心을 행하는 것을 덕이라 이른다. 선善을 행한 뒤에 덕의 명칭이 서는 것이니, 행하기 전에 몸에 어찌 명덕이 있겠는가.

『대학공의』 1, 「재명명덕」

주지하다시피 주자는 명덕에 대하여 "인간이 하늘에서 얻은 것으로 '허령불매'하면서도 모든 이치를 갖추어서 만물에 응하는 것이다"(『대학장구』「경일장經一章」)라고 정의를 내렸다. 주자의 이러한 정의는 종래 구체적이고 실천적인 덕목이었던 명덕에 추상적이고도 원리적인 이념을 부여한 것이다. 명덕은 주자에 이르러 하늘에서 내려주고 인간이 부여받은 고원한 우주적 원리로 그 추상성이 제고되었다. 때문에 이러한 명덕은 우주의 모든 원리가 잠존潛存된 그야말로 극존의 이념으로서의 인간 본성인 것이다. 주자의 명덕에 관한 이러한 정의는 실상 주자학의 원리인 성즉리性卽理의 경학적 투영으로서, 이른바 주자학적 경학의 전형이다. 그런데 다산은 명덕을 재규정하면서 과감하게 주자와 노선을 달리하였다.

앞서 언급하였듯이 다산은 젊은 시절부터 명덕에 대하여 하늘이 부여한 신성한 본성이라는 주자의 정의에서 탈피해 이를 효제자라는 실천적 행위로 규정하였다. 앞의 예문에서 보듯이 다산은 그의 인생 후반에 지은 『대학공의』에서 이 점을 더욱 명료하게 천명하였다. 다산의 명덕론은 앞서 언급한 그의 태학론과 긴밀하게 연계되어 있다. ①에서 보듯이 다산은 명덕은 '효제자'라고 확언하면서, 이는 고대 지배 계층의 맏아들을 가르쳤던 태학의 핵심 내용이었다고 한다. 다산의 명덕에 관한 이러한 주장은 주자의 그것에 비하면 현격한 차이가 있다. 이에 다산은 ②에서 보듯이 주자의 명덕 해석의 핵심 개

넘인 '허령불매', '명혼'明昏이 비록 음미할 가치는 있지만, 고대 태학에서 가르치던 명덕의 개념은 절대 아니라고 단언하였다. 그리고『대학』의 또 다른 중요 개념인 '성의'와 '정심' 또한 주자학에서 주장하는 마음공부가 아니라 효제자의 묘리妙理이자 방략方略이라고 주장하였다.

다산은 이러한 주장에서 한 걸음 더 나아가 주자학의 핵심 논리인 '심통성정'과 '이기'理氣에 관해서도 그 개념의 근거 없음을 통박하였다. 결과적으로 ③에서 보듯이 명덕이란 주자가 말한 추상적이고 선험적인 개념이 아니라, 나의 직심直心이나 선善을 행하고 나서 성립되는 개념이다. 실천하기 전에는 절대로 성립될 수 없다는 점에서 주자의 천부적인 명덕설과 현격한 차이가 있다.

한편 다산은 자신이 주창하는 이러한 명덕설의 온전한 풀이는『대학』의 치국평천하절治國平天下節에 갖추어져 있다고 하면서 이에 대한 적극적인 해석을 개진하였다.

(3) 치국평천하론

주자의『대학장구』에서 명덕론만큼 중요한 장은 그가 직접 지어서 보입補入한 「격물치지보망장」格物致知補亡章(「전5장」傳五章)이다. 그러나 앞서 언급하였듯이 다산은『대학』을 고본 그대로 인정했기에 「격물치지보망장」의 불필요함을 강조하였다. 다산에게 격물이란 '물의 본말을 헤아림'(度物之有本末)이며, 치지란 '그 먼저 하고 뒤에 할 바를 지극히 아는 것'(極知其所先後)에 불과하였다. 다산의 격물론은 비록『대학공의』에서 면밀하게 다루었지만, 새로운 견해를 제시하기보다는 주자의 격물설에 대한 대응 차원에서 논의된 것이라고 할 만하다. 앞서 언급한 태학론, 명덕론에서 주자의 논의를 반박하는 차원을 넘어 자신의 독자적인 설을 제시한 것에 비하면, 오히려 그 중요성이 떨어진다고 할 수 있다. 다산에게 있어 태학론, 명덕론에 비견할『대학』에 관한 논의는 '치국평천하론'治國平天下論이다. 주자에 의해 명덕과 격물치지론이 중시된 이래 '치국평천하론'은 다분히 논의에서 도외시되었다. 왜냐하면 명명덕과 격물치지를 충실하게 수행하면 치국평천하는 저절로 온다는 논리가 주자 대학설의 요지였기 때문이다. 그러나 다산은 고본대학을 지지한다는 점에서 격물치지를 주자만큼 중시하지 않았다. 또한『대학』을 위정자의 자제들을 미래의 정치적 재목으로 키우기 위하여 가르쳤던 교과서로 여겼다는 점에서, 치국평천하절을 중시하였다. 특히 다산은『대학』의 핵심인 '효제자'로서의 명덕이 치국평천하절에 구체적 행동 강령으로 제시되어 있다고 보았다. 다음의 예문을 통하여 다산의 주장을 구체적으로 살펴보기로 하겠다.

① 치국治國과 평천하平天下를 이 경에서 주로 다루었고, 수신修身과 제가齊家는 그 근본을 거슬러 올라가서 말한 것이며, 성의誠意와 정심正心은 또 그 근본의 근본을 거슬러 올라가서 말한 것이다. 주로 다루는 것은 치국평천하에 있었으므로, 치국과 평천하 절에 이르러서는 그 절목節目이 자세하고, 그 위에 나온 몇 절은 대강대강 제시해 놓은 채 상세하게 논하지 않은 것이다.

『대학공의』1,「태학지도」

② 천자나 제후가 스스로 그 어버이를 봉양하는 것을 '노노'老老라고 할 수 있을 것인가? 천자가 신민臣民에 대하여는 장유長幼의 차례를 따지지 않는 것인데, 이를 '장장'長長이라 할 수 있을 것인가? '노노', '장장'은 분명히 태학의 예禮에 관련한 것이다.

경經에 '태학의 도는 명덕을 밝히는 데 있다'(太學之道, 在明明德)
의 올바른 해석은 오직 이 구절에 있을 따름이다. 이제 이 구절
을 스스로 수양하는 효제자로 생각한다면 효제자 세 가지 덕은
태학과는 아무런 관련이 없을 것이니, 이 책도 태학의 책이 될
수 없고 이 도道도 태학의 도가 될 수 없을 것이다. 옛 성왕들은
태학에서 맏아들을 처우하되 맏아들에게 '노노', '장장'의 예를
가르치고 만백성에게 '노노', '장장'의 법도를 보이게 하여, 세
대를 이어 인군人君이 될 사람으로 하여금 자신이 먼저 효제하
여 천하를 거느리며 당시의 신민들로 하여금 효제의 기풍을 일
으키게 하여 모두 크게 교화되도록 했던 것이다. 이러한 대경대
법大經大法이 또한 모두 없어져 빛나지 않으니 적지 않게 참뜻
을 잃어버리는 것이다. 오늘날 사람들은 이 경을 읽되 그 뜻을
모르니, 이른바 보물함을 사 놓고 보배 구슬은 그냥 돌려보내는
격이다.

『대학공의』3, 「소위평천하재치기국자」所謂平天下在治其國者

③ 명덕의 온전한 해석은 마땅히 치국평천하절에서 찾아야 할
것이다. 그러므로 심성혼명설心性昏明說은 절대로 아무런 영향
도 미치지 못한다. 오직 그 위의 절에서 "효란 군왕을 섬기는 근
원이며, 제란 어른을 섬기는 근원이고, 자란 대중을 부리는 근
본이다"라고 하였으며, 그 아래 절에서 "위에서 노인을 노인으
로 섬겨야 백성들이 효도를 하고, 위에서 어른을 어른으로 섬겨
야 백성들이 우애를 하며, 위에서 고아를 돌봐 주어야 백성들이
배반하지 않는다"고 하였으니, 이 두 절의 근본 뜻은 다 효제자
세 글자를 벗어나지 않는다. 이것이 바로 명덕의 바른 의미다.

『대학공의』1, 「재명명덕」

①에서 보다시피 다산은 치국평천하절이야말로 『대학』의 뼈대라고 파악하였다. 성의정심誠意正心이나 수신제가修身齊家는 이 뼈대의 근본에 대하여 논한 것에 불과하다. 『대학』에서 가장 많은 내용이 치국평천하절에 배당되어 있는 것도 바로 이 절이 『대학』의 핵심이기 때문이다. 왜 치국평천하절이 『대학』의 핵심인가?

②에서 보다시피 태학에서 위정자의 자제들을 대상으로 가르쳤던 주된 내용은 효제자를 바탕으로 하는 명덕이다. 그런데 이 효제자를 실천하는 명명덕은 주자가 말한 개인 수양의 차원이 아니다. 만약 이를 개인의 수양으로만 여긴다면, 이는 태학에서 위정자의 자제들을 가르치는 것과 거의 상관이 없기 때문이다. 이 명명덕(효제자)은 개인의 수양을 넘어 차세대 위정자가 될 이들이 지녀야 할 교화의 전범으로, 이른바 교화 정치의 대법大法인 것이다. 그리고 위정자가 명명덕을 구현하는 장이 바로 국가와 천하다. 여기에서 치국평천하절의 중요성이 부각된다. 『대학』의 치국평천하절에서 '노노장장'老老長長의 예는 만백성에게 실천해야만 하는 차세대 인군의 교화 덕목이다. 이렇게 보면 다산에 이르러 명명덕(효제자)은 개인의 수양뿐 아니라 사회적 교화가 주축인 개념으로 탄생한 것이다. 다산은 자신의 이러한 해석에 확신을 가졌으며, 이를 이해하지 못하는 『대학』의 주석가(혹은 독자)들을 가리켜 '보물함을 사 놓고 보배 구슬은 그냥 돌려보내는 격'이라고 비판하였다.

③에서 보듯이 다산은 명명덕에 근간을 둔 치국평천하절에 대한 이해를 더욱 강조하였다. 명명덕의 온전한 해석은 치국평천하절에서 구하는 것이 당연하며, 주자학에서 말하는 '심성혼명설'은 전혀 상관없다는 것이다. 치국평천하의 실천인 '사군'事君, '사장'事長, '사중'使衆은 바로 명덕인 효제자를 실천하는 데서 이룩되는 것이라고 결론

지었다.

한편 다산은 치국평천하의 내적 원리로 효제자를 들었다면, 그 외적 실천 과정으로는 다음과 같은 내용을 덧붙였다.

① 평천하절의 대의는 두 가지다. 첫째는 현인을 세워 군자를 다스리는 일이며, 둘째는 재산을 나누어서 소인을 다스리는 일이다. 이 장의 강령이다.

『대학공의』 2, 「시운오호」詩云於戱

② 나라를 다스리는 자의 큰 정책은 두 가지가 있다. 첫째는 '용인'用人이고, 둘째는 '이재'理財다. 대체로 사람은 이 세상에 태어나면 두 가지 큰 욕심을 가지니, 첫째는 '귀'貴요 둘째는 '부'富다. 위에 있는 사람의 욕심은 높은 지위를 갖는 데 있고, 아래 있는 사람의 욕심은 재물을 갖는 데 있다. 사람을 천거하여 쓸 때는 그들의 현우賢愚와 사정邪正을 가려서 올리고 배척함에 있어 백성들의 마음에 어긋남이 없도록 하며, 세금을 징수할 때는 부세와 재물의 출납과 수발에 있어 백성들의 마음에 어긋남이 없도록 한다면 물정物情이 고르고 믿음을 얻어 나라가 이로 인해 안정될 것이다. 만약 그렇지 않으면 재앙이 즉시 생겨날 것이다. 그러므로 예로부터 조정의 치란治亂과 득실得失은 항상 현인을 세우는 문제에서 생기며, 야인野人의 고락苦樂과 은원恩怨은 항상 재물을 거두는 문제에서 생기는 것이다. 비록 여러 제도와 모든 관인의 천만 가지 일도 그 귀추를 조용히 궁구해 보면, 조정에서나 재야에서 다투는 것은 오직 이것뿐이다. 성인은 이 까닭을 알았기에 사람을 쓸 때 현현賢賢하고 친친親親함으로써 그들을 대우하고, 재물을 다스릴 때는 낙락樂樂하고 이리利

利함으로써 소인을 대우하였다. 그 성대한 덕과 지극한 선을 백
성들로 하여금 잊지 못하게 하는 요체가 바로 여기에 있는 것이
다. 이 구절에서 반복해서 말하고 정성을 다해 경계한 것은 모
두 이러한 뜻에서다.

『대학공의』 3, 「시운락지군자」詩云樂只君子

효제자가 치국평천하의 내적 원리라면, 앞의 ①과 ②에서 언급한
용인用人과 이재理財는 치국평천하의 외적 원리라고 할 것이다. 위정
자가 치국평천하를 실현하기 위한 정치적 실천은 인재 등용과 백성
들의 부 축적에 있다고 보았다. 다산은 자신의 이러한 주장의 근거를
인간의 보편적 욕망에서 찾았다. 인간은 누구나 '부'와 '귀'를 추구하
는 욕망이 있다. 위에 있는 자의 욕망은 귀貴고, 아래 있는 자의 욕망
은 부富다. 위에 있는 사람의 귀貴를 충족시켜 주는 방법은 현명하고
바른 이를 적재적소에 등용하거나 어리석고 사악한 이를 쫓아내는
데 있다. 그래야만 능력 있는 사람이 귀貴를 획득하여도 불만이 없기
때문이다. 한편 아래 있는 사람의 부富를 충족시켜 줄 수 있는 방법
은 우선 세금을 적당하게 거두고 국가의 재정 출납을 명료하게 집행
하는 것이다. 이 양자가 조화를 이룰 때 조정은 잘 다스려지고 백성
은 평안하게 살 수 있으니, 이것이 바로 치국과 평천하의 모습인 것
이다. 성인은 이 점을 잘 알았기에 인재를 등용할 때는 그들이 어질
게 여기는 이를 어질게 여기고(賢賢) 그들이 친하게 여기는 이를 친하
게 여김(親親)으로써 군자를 대우하였고, 재물을 쓸 때는 그들이 즐거
워하는 것을 즐기고(樂樂) 그들이 이롭게 여기는 것을 이롭게 여김(利
利)으로써 백성을 대우하였다.

3. 의미

앞에서 우리는 다산의 『대학』 해석의 특징을 태학론, 명덕론, 치국평천하론으로 나누어 살펴보았다. 그 결과 다산의 『대학』 해석이 지향하는 지점을 분명하게 확인할 수 있었다. 그것은 바로 『대학』의 종지를 마음의 수양이 아닌 인륜의 실천에 두었다는 점이다. 이를 두고 다산은 이렇게 말하기도 하였다.

> 예전의 유학자들은 드디어 이 대학을 치심선성治心繕性의 법이라고 말한 것이다. 그러나 옛 성인들의 치심선성은 항상 행사行事에 있었으며, 행사는 인륜을 벗어날 수 없었다. 때문에 진실한 마음으로 부모를 섬기는 것이 성의誠意와 정심正心으로 효孝를 이룬 것이며, 진실한 마음으로 어른을 섬기는 것이 성의와 정심으로 제弟를 이룬 것이고, 진실한 마음으로 어린이를 사랑하는 것이 성의와 정심으로 자慈를 이룬 것이며, 성의와 정심으로 제가를 하고, 성의와 정심으로 치국을 하며, 성의와 정심으로 평천하하는 것이다. 이와 같이 성의와 정심은 항상 행사에 있던 것이며, 성의와 정심은 항상 인륜에 붙어 있으니 단지 뜻만으로 성誠할 수 있을 이치는 없으며 한갓 마음만으로 바르게 할 수 있는 법은 없다. 행사를 버리고 인륜을 떠나서 마음의 지어지선止於至善을 구한다는 것은 옛 성인의 본래의 법이 아닌 것이다. …… 아! 사람과 사람의 접촉이 곧 인륜이 아니겠는가. 인륜을 몸소 극진히 하는 것이 곧 지선이 아니겠는가. 만일 인륜에 의거하지 않고 단지 뜻만을 취해서 성誠하는 것을 구하고 단지 마음만을 취해서 정正함을 구한다면, 이는 드넓고 황홀하여 걷잡

을 수 없을 것이니 좌선坐禪의 병폐로 돌아가지 않을 사람이 적을 것이다. 어떻게 지선至善을 얻을 수 있겠는가. 선배들이 심학心學을 한 초년初年에 대부분 마음의 병을 얻었다고 하는데, 이는 선배들의 경험에서 우러나온 이야기다. 행사가 없이 뜻에서 성誠을 구하고 사물이 없이 심心에서 정正을 구한다면 그들에게 마음의 병이 발생함을 이루 말할 수 있겠는가!

『대학공의』 1, 「재지어지선」在止於至善

다산은 주자를 비롯한 이전의 주석가들이 『대학』을 마음을 다스리는 책으로 보는 것에 반대하고, 이를 인륜을 실천하는 행사의 경전으로 보았다. 그러므로 성의誠意나 정심正心 또한 마음의 수련에 관한 내용이 아니라 인륜과 행사에 관한 의미로 파악하였다. 만약 이러한 인륜과 행사를 무시하고 치심의 일환으로 미발未發의 기상을 추구한다면 이른바 좌선의 병통에 빠져들 것이라고 비판하였다. 다산은 인륜의 실천을 무시하고 심학心學에 치중하는 선배(주자학자)들이 마음의 병을 앓는 것은 바로 그 공부 방법이 잘못되었기 때문이라고 하였다. 무물無物과 무사無事로는 『대학』이 기약하는 경지에 절대로 오를 수 없다는 것이다.

앞서 살펴보았듯이 다산 경학의 대표적 특징은 경전의 핵심을 마음 닦는 것에서 탈피하여 그 실천성을 강조한 것이다. 다산이 『대학』을 해석할 때도 이러한 그의 경학적 지향이 선명한 것을 보면, 이는 다산 경학 전반을 아우르는 기저일 것이다. 특히 앞에서 확인하였다시피 다산의 젊은 시절 경설經說에서도 이런 점이 드러나는 것을 보면, 인륜의 실천은 다산 경학을 관통하는 이념이라 할 것이다. 다산은 자신의 이러한 경설은 경經을 탐구하여 얻은 것이지, 특정 주석에 의지하거나 선입견을 가지고 만들어 낸 견해가 아니라고 하였다. 인륜의 실천을 중심에 둔 자신만의 독자적 경설(특히 효제자 명덕론, 치국평천하론), 그리고 고본대학 지지와 「격물치지보망장」의 부정 등 다산의 『대학』 해석이 가지는 특징은 조선 경학사에서 매우 독특하다. 그런데 다산의 『대학』 해석의 형식적 특징에 주목해 보면, 가장 이채로운 부분은 고본대학을 중심에 둔 『대학』 해석과 주자의 『대학』 해석에 대한 비판적 거리라 할 것이다. 이는 다산을 전후로 고본대학을 지지하였던 조선 경학자들의 설과도 일정한 거리가 있다.

다산 외에 조선에서 고본대학을 저본으로 삼아 주석을 달았던 경학자로는 윤휴尹鑴(1617~1680), 이병휴李秉休(1710~1776), 김택영金澤榮(1850~1927)을 거론할 수 있다. 다산과 이 세 경학자는 모두 고본대학을 주석의 대본으로 삼았다는 점에서는 공통분모가 있다. 그러나 다산에 비해 이 세 경학자의 『대학』 해석은 주자의 『대학장구』와 연계를 도모한 측면이 있다. 조선의 『대학』 주석사에서 고본대학 주석가라 하더라도 그 해석의 층위가 동일하지는 않았던 것이다. 윤휴, 이병휴, 김택영 등이 주자학적 경학의 일면을 수용하였다면, 다산은 이들에 비해 훨씬 많은 해석의 독자성을 확보하였다. 여기에서 우리는 주자학의 연속과 단절로서의 실학파 경학의 다양한 층위를 읽어낼 수 있으며, 다산학의 독자적인 면모를 다시 한 번 확인할 수 있다.

『맹자요의』
『맹자』 읽기의 진수, 다산의 혁신적 인간상 *

1. 다산 정약용의 『맹자요의』

다산 정약용의 저술은 경학經學 관련 자료만 해도 250여 권이 넘는
다. 다산은 육경사서六經四書에 대한 상당한 작품을 남겼지만, 그 가
운데 조선시대 전통 학문인 주자학朱子學을 비판하고 새로운 문제의
식을 잘 반영한 것은 다산의 '사서'四書 연구라고 할 수 있다. 정약용
은 젊었을 때부터 주희가 편집한 사서 체제가 아니라 고대의 '13경'
체제를 중시했다.[1] '13경'이란 『주역』(易)·『서경』(書)·『시경』(詩), 『주
례』周禮·『의례』儀禮·『예기』禮記, 『좌전』左傳·『공양전』公羊傳·『곡량전』

---

*   백민정(가톨릭대학교 철학과 교수)

[1]   『茶山詩文集』卷八, 對策, 「十三經策」, "今之學者, 徒知有七書大全, 不知有十三
經注疏. 雖以春秋三禮之照耀天地, 而不列乎七書之目, 則廢之而不講, 外之而不內, 此
誠斯文之大患, 世教之急務也."

穀梁傳 등 춘추春秋 연구서들, 마지막으로『논어』論語·『맹자』孟子·『효경』孝經·『이아』爾雅를 가리킨다.[2] 다산은 이 가운데『상서』尚書와『주례』가 중국 고대의 정치·사회 제도를 잘 보여 주는 작품이라고 생각했다.[3] 다산의 경세적經世的 구상을 이해하려면『상서』와『주례』에 관한 그의 관점을 살펴볼 필요가 있다.

그런데 주자학을 비판하면서 새로운 인간상을 구현한 다산의 독창적인 관점은 그의 '사서' 해석에 보다 분명히 드러나 있다. 사서 중에서도 특히『맹자요의』孟子要義는 다산이 생각한 인간의 본성, 마음의 기호嗜好 작용, 심리적 훈련법 등을 상세히 소개한 작품이다.「자찬묘지명」自撰墓誌銘에서도 밝혔듯이『맹자』의 진수를 설파하기 위한 다산의 해석은 다음의 6개 항목을 중심으로 진행된다.[4] 인의예지仁義禮智 사덕四德의 의미, 측은지심 등 사단四端 단시설端始說, 성기호설性嗜好說, 주자학의 본연本然·기질지성氣質之性 비판, '만물개비어아' 萬物皆備於我 조목 재해석, 그리고 정전제井田制 재조명.

본론에서는 다산이 지목한 이 조목들을 중심으로 그의 독특한『맹자』해석을 살펴볼 것이다.

잘 알려진 것처럼,『맹자요의』9권은 다산의 강진 유배기에 만들어진 작품이다. 1813년 먼저『논어고금주』論語古今註를 완성했던 다산은 이듬해인 1814년에『맹자요의』를 저술하였다. 다산이 해배 이후에 수정했던 경학 작품들 목록에 포함되지 않는 것으로 보아, 그

---

2   『小學珠串』,「十三經」, "十三經者, 聖賢道義之府也. 易書詩已上三經, 周禮儀禮禮記已上三禮, 左傳公羊傳穀梁傳已上三傳, 論語孟子孝經爾雅, 此之謂十三經也."
3   『經世遺表』卷七,「地官修制」, 田制九, 井田議一, "古法之存於今者, 唯有堯典, 皐陶謨, 禹貢三篇及周禮六篇而已."
4   『茶山詩文集』卷十六,「自撰墓誌銘」집중본 '孟子' 부문 참조.

는 말년에도 『맹자요의』를 별로 수정하지 않았던 것으로 보인다. 『맹자요의』 체제를 보면, 권두에 조기趙岐의 『맹자제사』孟子題辭와 주희의 『맹자집주』孟子集註의 5개 항목이 설정되어 있고, 그다음에 다산본인의 소견을 덧붙였다. 본론에 들어가서 『맹자』 전체 260장 가운데 153장을 선별했던 다산은 해당 조목에 대한 고금의 다양한 주석을 먼저 검토했다. 그런 뒤 본인의 새로운 해석을 덧붙였다. 다산이 활용한 고금의 주석들을 열거하면, 조기와 정현鄭玄의 경우와 같은 고주古註, 주희와 청대의 학자 고염무顧炎武·모기령毛奇齡·염약거閻若璩 등의 신주新註를 폭넓게 인용한 것을 알 수 있다. 다산은 『논어』와 『맹자』 해석에서 '고금주'古今注를 광범위하게 활용했던 셈이다.

다산은 다른 경학 작품 해석과 마찬가지로 『맹자요의』에서도 '이경증경'以經證經의 방법, 즉 어떤 경전의 용례와 의미로 또 다른 경전의 의미를 이해하는 상호 대차의 비교 분석 방법을 사용하였다. 사실이 방법은 오늘날 그 자체로 실증적이고 객관적인 고증법은 아니라는 평가를 받고 있다. 그것은 다산이 원전의 글자나 문구를 어원적, 훈고학적으로 분석하기보다 유교사의 큰 흐름에서 철학적, 윤리적으로 해석한 경우가 많았기 때문이다. 다산은 「오학론」五學論에서 주자학의 형이상학도 비판했지만, 한나라와 청나라 때의 단순한 문자훈고학, 고증학의 병폐도 함께 지적했다. 그는 시대와 현실에 맞는 경전의 새로운 독해 방법을 모색했다. 나아가 자신의 학문 방법이 새로운 윤리적 의미를 산출할 수 있도록 노력했던 것으로 보인다. 이 같은 학문적 관심에 입각해서 『맹자요의』에 반영된 다산의 독특한 문제의식과 독창적인 사유의 흔적을 살펴보도록 하자.

2. 다산의 독창적인 『맹자』 읽기

(1) 기호와 욕구로 해석한 인간 본성: 성기호설

주자학의 이기론理氣論에 따르면, 개별자들은 모두 동일한 하나의 이치(理)를 부여받고 태어난다(본연지성本然之性). 사물들이 다양하게 차이가 나는 것은 기氣의 청탁수박淸濁粹駁에 의해서일 뿐이다(기질지성氣質之性). 하지만 다산은 "하나의 이치가 여러 사물 속에 다양한 모습으로 내재한다"(理一分殊)는 주자학의 세계관을 거부했다. 『맹자요의』에서 다산이 제기한 중요한 논점 가운데 하나가 바로 개체의 고유성을 강조한 것이다.

> 진실로 이치가 하나(理一)라고 한다면 어떻게 만 가지로 다를 수 있겠는가(分殊)? 이치가 하나라는 주자학의 설명에는 유폐流弊가 있다.[5]

> 만물에 대해 이처럼 광대한 말을 할 필요가 없다. 세상 만물의 이치는 저마다 만물 그 자체에 있는데, 어찌 모두 내 마음에 갖추어져 있다고 말하는가? 개에게는 개의 이치가 있고, 소에게는 소의 이치가 있으니 이것은 분명 나에게 없는 것이다. 어떻게 억지로 큰소리치며 모두 내 마음에 그 이치가 갖추어져 있다고 말할 수 있겠는가?[6]

---

5   『孟子要義』卷二,「盡心」, "誠若理一, 何得分殊? 理一之說, 恐有流弊."
6   『孟子要義』卷二,「盡心」, "萬物不必如是作廣大之言. 天地萬物之理, 各在萬物身上, 安得皆備於我? 犬有犬之理, 牛有牛之理, 此明明我之所無者, 安得強爲大談曰, 皆

주자학에서는 눈에 보이는 차이에도 불구하고 모든 개체에 동일한 태극의 이치가 함유되어 있다고 주장한다. 이런 점 때문에 개체의 차이를 유발하는 원인을 기氣가 가진 청탁수박의 차이에서 찾을 수밖에 없었다. 하지만 정약용은 그런 설명이 설득력이 없다고 생각했다. 왜냐하면 그렇게 생각할 때 동물과 인간의 차이, 소인小人과 군자君子의 차이가 단지 맑은 기를 가졌는가 탁한 기를 가졌는가의 차이로 환원되고, 군자가 보전해야 할 소중한 가치도 결국 맑은 기 정도에 불과할 것이기 때문이다. 따라서 이런 '이일분수'理一分殊의 관점에서는 개별자의 고유성을 해명할 수 없다고 보았다. 나아가 '일리' 一理가 우리 마음에 있기에 "만물의 이치가 모두 내 마음에 갖추어져 있다"(萬物皆備於我)고 보는 것은, 다산에게는 더욱 억지스런 주장이었다. 인간과 사물의 이치가 같다고 전제하는 '만물일체설'萬物一體說을 그가 거부한 것도 마찬가지 이유에서다.

그렇다면 개체로서 인간이 가진 고유한 특성, 인간의 본성을 다산은 어떻게 설명했을까? 다산은 공자와 맹자의 발언을 인용하면서 '기호'嗜好, 다시 말해 무엇인가를 욕구하는 기호 작용을 인간의 본성(性)이라고 말한다. 맹자는 입이 맛에 대해, 귀가 소리에 대해 동일한 욕구를 가진 것처럼, 사람의 마음도 의리義理에 대해 동일하게 좋아하는 선천적 욕구를 가지고 있다고 보았다. 다산은 맹자의 이 주장에 의거해서 자신도 육체적인 '기호'를 빌려 와 마음의 기호, 즉 성性의 욕구를 설명한다고 말한다.

"내가 말하는 기호란 육체의 기호를 빌려서 내 마음의 기호를 입

備於我乎?"

증한 것일 뿐입니다."[7]

주자학자들은 인간의 본성이 다른 개체의 본성과 같다고 보았을 뿐만 아니라 본성을 추상적인 실체, 즉 형이상학적 원리로 여겼다. 하지만 다산은 인간이 경험하고 실존적으로 감지하는 욕구 작용, 즉 인간종이 가진 고유한 선천적 경향성과 기호를 인간의 본성으로 이해했다.

『시경』에서 "백성이 떳떳함을 잡음이여! 이 아름다운 덕을 좋아하는구나"라고 말했다. 성性을 "떳떳함을 잡음"이라고 말하면서 반드시 그 덕을 좋아하는 것으로써 설명했으니, 성性이란 글자의 뜻은 곧 기호嗜好가 아니겠는가?[8]

인간의 성性이 선을 행하기를 좋아하는 것은, 마치 물의 성질이 아래로 흘러가는 것을 좋아하는 것과 같고 불의 성질이 위로 올라가는 것을 좋아하는 것과 같다. 세상에 태어날 때 하늘이 이 성性을 (선천적으로) 부여했으니, 비록 온갖 탐욕과 음란함, 학살을 행하더라도 성性만은 그대로 변하지 않는다. 충신 효자를 보면 선하다고 찬미하고 탐관오리를 보면 악하다고 미워하기를 온 나라 사람이 똑같이 하니, 이것이 이른바 인간의 성性이 선하다는 의미다(性善).[9]

---

7   『茶山詩文集』卷十九, 書, 「答李汝弘」, "吾所謂嗜好者, 借形軀之嗜好, 以證吾心之所好耳."
8   『孟子要義』卷一, 「滕文公」, "詩云民之秉彝, 好是懿德. 性之謂秉彝, 而必以好德爲說, 性之字義, 其不在於嗜好矣."
9   『孟子要義』卷一, 「滕文公」, "人性之必好爲善, 如水性之必好就下, 火性之必好就

다산은 고대의 유학자들이 인간의 본성을 설명할 때 무엇을 선천적으로 좋아하는 경향성, 즉 타고난 욕구를 가지고 설명했다는 점에 주목한다. 더울 때 찬물을 마시고 추울 때 따뜻한 물을 마시고 싶은 것처럼, 어떤 사태나 사람과의 관계에서 자연적으로 선善을 좋아하고 악惡을 피하고자 하는 선천적 경향성(好善惡惡), 즉 본성(性)을 가지고 태어난다고 본 것이다. 다산은 1815년에 『심경밀험』心經密驗「심성총의」心性總義라는 중요한 작품을 썼고, 1827년 66세 때 남양주로 돌아온 뒤 현재 『매씨서평』梅氏書平이라는 책의 후반부에 수록된 「염씨고문소증초」閻氏古文疏證抄라는 글을 지었다. 이 두 작품은 우리가 살펴보는 『맹자요의』와 더불어 다산 심성론心性論의 핵심이라고 할 수 있는 성性 개념, 즉 '성기호설'性嗜好說을 상세히 해명한 작품이다.[10] 그의 성기호설에 따르면, 인간 본성은 본체나 실체가 아니라 우리 마음의 자연스런 욕구 작용이다. 이에 따르면 우리가 선을 행할 수 있는 것도, 우리가 그렇게 하기를 욕망하기 때문이다. 다산은 이런 기호 작용에 근거할 때 사람으로 하여금 선을 실천하도록 추동하는 일이 보다 용이하다고 생각했던 것으로 보인다.

(2) 인륜에서 완성되는 사덕四德: 인의예지 외재설

다산은 태극이라는 하나의 이치(一理)를 부정했을 뿐만 아니라 주희

上. 賦生之初, 天命之以此性, 雖貪淫虐殺, 無所不爲, 而此性仍然不變. 見忠臣孝子, 則美之爲善也與國人同, 見貪官汚吏, 則疾之爲惡也與國人同, 此所謂性善也."
10 『梅氏書平』卷四, 「閻氏古文疏證抄」, "後世學者, 看性字太重, 乃以性字爲靈知大體之專稱. …… 今若脫身於膠漆盆中, 超然上觀乎先古聖賢之言, 則性之爲字, 本指嗜好之欲. 嗜好者, 生於心者也, 生於心非性乎? 觀於召誥, 觀於孟子, 觀於王制, 性之爲嗜好, 昭昭然矣. 若非嗜好, 曷云節之? 若非嗜好, 曷云忍之?'"

가 천지의 만물을 낳는 마음(天地之心)이라고 했던 '인'仁의 성격에 대해서도 다른 관점을 취한다. 주희는 세상의 모든 사물을 낳는 태극의 절대적 힘을 인仁이라는 용어로 설명했다. 그리고 사물을 낳고 살리는 인의 본질이 '원형이정'元亨利貞, '춘하추동', '인의예지'와 같이 구조적으로 동일한 원리로 실현된다고 보았다. 이 점에서 자연의 운행과 인간의 도덕성을 유사한 논리로 이해했던 것을 알 수 있다. 하지만 태극의 이치를 거부했던 다산에게 '천지생물지심'天地生物之心과 같은 '인' 개념은 허용되기 어려웠다. 그는 인仁이란 글자를 파자하면서, 사람과 사람의 관계라는 의미로 인仁 개념을 재해석한다. 다산은 형이상학화된 주자학의 인仁 개념을, 다시 인륜人倫 관계에서의 실천적인 덕목으로 자리매김하고자 한 것이다.

> 인仁이란 인人과 인人이 중첩된 문자이니, 마치 손孫이란 글자가 자子와 자子의 중첩된 문자인 것과 같다. 사람과 사람이 자기 분수를 다하는 것을 '인'仁이라고 한다. 그러므로 옛사람들은 남을 사랑하는 것을 인仁이라고 했고, 나를 착하게 하는 것을 의義라고 했다.[11]

옛 전서에 따르면 인仁이란 글자는 인人과 인人이란 글자가 중첩된 문자였다. 아버지와 자식은 두 사람이고 형과 동생도 두 사람이며, 군주와 신하도 두 사람이고, 목민관과 백성도 두 사람이다. 무릇 두 사람 관계에서 본분을 다하는 것을 인仁이라고

---

11 『孟子要義』卷一,「梁惠王」, "仁者, 人人之疊文也, 如孫字爲子子之疊文. 人與人之盡其分謂之仁. 故古人謂愛人曰仁, 善我曰義."

한다. 천지가 만물을 낳는 마음이 나와 무슨 상관이 있는가?[12]

　가령 여기에 한 아들이 있다고 해 보자. 정약용은 이 경우 아들이 아버지에게 효도하려고 할 때 자기 마음의 정성을 다할 뿐 결코 천지가 만물을 낳은 것과 같은 거대한 마음을 갖지 않는다고 주장한다. 한 신하가 군주에게 충성하려고 할 때도 마찬가지로 자기 본분을 다할 뿐, 세상 만물을 살리려는 인仁한 마음을 떠올리지 않는다고 말한다. 이는 다산에게 인仁이란 덕목이 두 사람 간의 밀접한 실존적 관계에서 요청되는 윤리 덕목이지, 사람 사이의 관계를 넘어선 우주적 지평의 원리나 가치를 의미하는 것은 아니었기 때문이다. 다산은 바로 이런 문제의식에서 인仁을 비롯한 맹자의 인의예지 사덕四德 개념이 인간과 인간 사이의 바람직한 관계 맺음의 원리, 혹은 인륜 관계의 도덕적 가치를 의미한다고 생각했다. 인의예지는 오직 타인과의 관계에서만 완성된다고 보는 독특한 '덕德 외재설外在說'이 이렇게 등장했다.

　　인의예지라는 명칭은 행사行事 이후에 성립한다. 남을 사랑한 뒤에 인仁이라 한다. 남을 사랑하기에 앞서 인仁이란 명칭은 세워지지 않는다. 나를 선하게 한 뒤에 의義라고 한다. 나를 선하게 하기에 앞서 의義라는 명칭은 세워지지 않는다. 손님과 주인이 절하며 읍揖한 뒤에야 예禮라는 명칭이 성립한다. 사물을 분

12　『中庸講義補』卷一, "古篆仁者, 人人疊文也. 父與子, 二人也, 兄與弟, 二人也, 君與臣, 二人也, 牧與民, 二人也. 凡二人之間, 盡其本分者, 斯謂之仁, 天地生物之心, 于我甚事?"

명하게 분별한 뒤에 지智라는 명칭이 세워진다. 어찌 인의예지라는 네 개의 낟알이 마치 사람 마음에 복숭아씨와 살구씨가 주렁주렁 매달려 있듯이 숨어 있겠는가?[13]

인의예지 사덕四德이 행사行事를 통해 이룰 수 있는 것이라고 알면, 사람은 누구나 열심히 노력해 그 덕을 이루기를 바랄 것이다. 인의예지가 마음에 깃든 완전한 덕이라고 이해하면, 사람의 일은 다만 벽을 향하고 마음을 들여다보며 빛을 돌려 내면을 비추고 마음의 본체를 허명虛明하고 통철洞徹하게 하는 것뿐이다. …… 부모를 효성스레 섬기는 것이 인仁이라는 것을 알면 따뜻함과 서늘함을 살피고 음식으로 봉양함에 마땅히 아침저녁으로 힘을 쓸 것이다. 천지가 만물을 낳는 마음이 인仁이라고 이해하면, 오직 눈을 감고 단정히 앉아 있을 뿐이다.[14]

'인의예지'라는 사덕의 명칭을 우리 마음에 깃든 선천적 본성이 아니라 우리가 타인과의 관계에서 실현해야 할 윤리 덕목이라고 이해했던 점에서, 다산의 '덕'德 관념은 중요한 의미를 갖는다. 비록 주

---

13 『孟子要義』卷一, 「公孫丑」, "仁義禮智之名, 成於行事之後. 故愛人而後謂之仁, 愛人之先, 仁之名未立也. 善我而後謂之義, 善我之先, 義之名未立也. 賓主拜揖而後, 禮之名立焉. 事物辨明而後, 智之名立焉. 豈有仁義禮智四顆, 磊磊落落, 如桃仁杏仁, 伏於人心之中者乎?"
14 『孟子要義』卷一, 「公孫丑」, "仁義禮智, 知可以行事而成之, 則人莫不俛焉孶孶, 冀成其德. 仁義禮智, 知以爲本心之全德, 則人之職業, 但當向壁觀心, 回光反照, 使此心體, 虛明洞澈. 若見有仁義禮智四顆, 依俙髣髴, 受我之涵養而已. 斯豈先聖之所務乎? 知事父孝爲仁, 則溫淸滫瀡, 便當朝夕著力. 謂天地生物之心爲仁, 則惟瞑目端坐而已."

희가 인의예지라는 선한 본성이 인간의 마음에 있다고 말했을 때, 이것이 다산이 표현하듯이 네 알맹이가 마음에 주렁주렁 붙어 있다고 본 것은 아니었지만, 주희가 인의예지 개념을 마음에 내재된 선천적 본성(性)으로 여긴 것은 분명하다. 하지만 다산에게 인의예지는 마지막에 완성해야 하는 최종적인 덕목이었다. 이를테면 측은지심惻隱之心 같은 구체적인 마음이 드러났을 때, 그리고 이 시발점(시작=端)으로서의 측은지심을 토대로 넓혀 보충함으로써 비로소 우리는 인仁의 덕목을 실현할 수 있다. 이것은 인仁의 원리가 우리 내면(마음)에 본성으로 미리 존재하기에 이를 통해 측은지심이 외부로 드러난다고 본 주희의 관점과 명백히 구분되는 입장이다. 이것을 흔히 다산의 '단시설'端始說[15]이라고 부른다.[16]

그런데 여기서 중요한 점은 『맹자』에서 언급한 사단四端(측은지심·

---

15 다음의 인용문을 살펴보면 다산이 맹자의 측은지심, 수오지심羞惡之心 등의 사심四心을 사단四端으로, 그리고 인의예지를 사덕四德으로 이해했음을 엿볼 수 있다. 다산은 사단의 네 가지 마음이 선한 마음의 출발점이라는 '단시설'端始說을 주장한다. "여기서 사심四心은 인성에 본래 가진 것이며, 사덕四德은 사심을 확충한 것임을 알 수 있다. 아직 확충에 미치지 못하면, 인의예지란 명칭은 끝내 성립할 수 없다. …… 인의예지는 필경 일을 행한 뒤에 성립되니 만약 마음속에 있는 이치(理)라고 여긴다면 또한 본래 뜻이 아니다."『孟子要義』卷二,「告子」, "是知四心者, 人性之所固有也, 四德者, 四心之所擴充也. 未及擴充, 則仁義禮智之名, 終不可立矣. …… 雖然仁義禮智, 竟成於行事之後, 若以爲在心之理, 則又非本旨."

16 다산은 자신이 인의예지 덕德 외재설外在說을 주장한 것은 한 벗으로부터 들은 얘기가 있었기 때문임을 고백한다. 여기서 다산이 말한 사우師友란 성호星湖 이익李瀷(1681~1763) 선생의 문하생인 선배 유학자 녹암鹿庵 권철신權哲身(1736~1801)이다. 다산이 직접 작성한 「녹암권철신묘지명」鹿菴權哲身墓誌銘을 보면, 녹암을 통해 '인의예지'에 대한 새로운 관점을 얻었다고 밝혀 놓았다. 그러나 애석하게도 권철신의 글이 남아 있지 않아서 직접 확인할 수는 없다. 연구자들은 다산의 새로운 인의예지설이 일본 고학파古學派 유학자 이토 진사이伊藤仁齋(1627~1705)로부터 영향을 받은 것이라고도 본다. 어떤 경우라고 해도 다산이 인의예지에 관한 새로운 관점을 활용해 맹자의 인성론을 보다 체계적으로 재해석했던 점을 부정하기는 어려울 것이다.

수오지심)과 사덕四德(인의예지)의 순서를 단순 비교하는 것이 아니라, 다산이 자신의 관점을 통해 강조했던 내용이다. 그에 따르면, 우리가 측은지심의 토대를 내면의 인仁이라고 할 경우 의도하지 않더라도 어쩔 수 없이 우리는 내면을 향하게 된다. 내 마음에 이미 남을 사랑하고 공경하는 원리가 본성으로서 주어져 있다고 믿기 때문이다. 이런 심리적 태도를 정약용은 '향벽관심'向壁觀心 또는 '회광반조'回光反照의 태도라고 규정한다. 벽을 향하고 앉아 자기 마음속을 들여다보는 행위 또는 빛을 내면으로 돌려 마음의 본체만 밝히려는 심리적인 태도. 다산은 이것이 바로 인仁의 의미를 선천적 본성으로 돌렸을 경우에 초래되는 병폐라고 보았다. 산림山林의 고고한 은사隱士처럼 정좌하고 음양오행의 변전變轉을 탐구하며 내면의 조화로운 기상氣像만 추구한다면, 이것은 곧 인륜人倫 관계에서 멀어지는 행위일 것이다. 다산은 바로 이런 우려와 경계 때문에 인의예지 사덕의 내재성을 비판했다. 그는 윤리적 가치가 타인과의 관계 및 경험적 행위를 수반함으로써 실현된다고 본 것이다.

(3) 내성內省이 아닌 외향外向의 공부: 대체소체와 인심도심설

정약용은 선천적인 기질에 관계없이 누구에게나 선에 대한 욕구, 불선에 대한 회피 경향성이 유사하게 주어져 있다고 보았다. 하지만 이 말이 곧 사람이라면 누구나 자신의 본성에 따라서 손쉽게 선을 행할 수 있다는 것을 의미하지는 않는다. 다산은 우리 마음에 선천적 경향성이 주어져 있지만, 그 외에도 선을 행할지 말지 갈등하면서 스스로 선택하는 자주지권自主之權 혹은 권형權衡의 심리적 선택 기능이 있고, 선을 행하려는 욕구를 방해하고 저지하는 다른 성격의 이기적 욕망도 함께 깃들어 있다고 보았다.[17] 따라서 실제로 선을 행하기 위해 우리는 선천적 욕구(嗜好性), 즉 선에 대한 경향성을 감지하고 그것을 선택해서 따라가려는 의지적인 권형權衡의 도움을 필요로 한다. 뿐만 아니라 권형의 올바른 선택과 결단을 유지하기 위해서는 이것을 방해하는 이기적인 육체적 욕망도 극복하고 통제할 수 있어야 한다. 다산은 이런 모든 심리적인 노력과 공부가 자기 내면에서 홀로 이루어지는 일이 아니라, 외부에서 타인을 만나 비로소 경험할 수 있는 상호 간의 심리적 훈련 과정이라고 이해했다. 모든 윤리적인 문제들이 인간과 인간 사이의 인륜人倫 관계에서 결판난다고 본 다산의 생각을 살펴보자.

사람이 이 세상에 살 때 선악善惡은 모두 사람과 사람이 서로 만나는 관계에서 일어난다. 사람과 사람이 서로 만나는 관계에서 자신의 본분을 다하는 것을 '인'仁이라고 한다. …… 어버이를 인仁하게 대하고 백성을 인仁하게 대하면 인仁 아닌 것이 없다. 공자께서 "서恕에 힘써서 행하면 인仁을 구하는 것이 이보다 가까운 게 없다"고 했으니, 서란 인을 이루는 길이다.[18]

내가 여자를 좋아하면 곧 백성도 여자를 좋아하는 줄 알고, 내가 재물을 좋아하면 곧 백성도 재물을 좋아하는 줄 알며, 내가

---

17 『論語古今註』卷九,「陽貨」, "孟子之謂性善, 豈有差乎? 但不得不善人則無功. 於是又賦之以可善可惡之權, 聽其自主, 欲向善則聽, 欲趨惡則聽, 此功罪之所以起也. …… 自此以往, 其向善汝功也, 其趨惡汝罪也, 不可畏乎?"
18 『大學公議』卷一, "人生斯世, 其萬善萬惡, 皆起於人與人之相接. 人與人之相接而盡其本分, 斯謂之仁. …… 仁親仁民. 莫非仁也. 乃聖人之言曰强恕而行, 求仁莫近焉, 恕者仁之道也."

편안함을 좋아하면 곧 백성도 편안함을 좋아하는 줄 알고, 내가 비천하고 모욕당하는 것을 싫어하면 곧 백성도 비천하고 모욕당하는 것을 싫어하는 줄 안다. …… 그러므로 자식에게 바라는 것으로 아버지를 섬기고, 신하에게 바라는 것으로 임금을 섬기고, 앞뒤 사람에게 바라는 경우 천천히 걸어서 어른보다 뒤에 가고, 좌우 사람에게 바라는 경우 자리에서 팔을 멋대로 뻗지 않는다. 이것이 공자의 이른바 일관一貫으로써 만물을 엮고, 하나의 서恕로써 만물을 관통할 수 있다는 말이다.[19]

다산이 강조한 인간의 본성은 타인과의 관계에서 실현될 때 비로소 의미가 있는 것이다. 선을 욕구하는 인간의 본성(嗜好性)은 측은지심으로 처음 출현한다. 측은지심을 방해하는 대립적 욕망도 함께 발생한다는 것이 다산의 생각이다. 이 상황에서 자신의 판단과 의지를 통해 측은지심을 선택하고 확충함으로써 비로소 상대와의 관계에서 인仁의 덕목을 실현했다고 말할 수 있다. 바로 이 대목에서 인을 실현하기 위해서는 서恕만한 실천법이 없다고 강조했던 점에 주목할 필요가 있다. 서란 공자가 강조한 충실한 서, 즉 충서忠恕의 실천법을 말한다. 내가 원하는 것이 있으면 상대가 먼저 하도록 해 주고, 내가 원하지 않으면 상대가 먼저 그것을 피하도록 돕는 심리적인 태도를 의미하는 말이다.

---

19   『孟子要義』卷二,「盡心」, "我好色, 便知民亦好色, 我好貨, 便知民亦好貨, 我好安逸, 知民之亦好安逸, 我惡賤侮, 知民之亦惡賤侮. …… 故所求乎子以事父, 所求乎臣以事君, 所求乎前後者, 徐行後長, 所求乎左右者, 坐不橫肱, 此孔子所謂一貫, 謂萬物紛錯, 我以一恕字貫之也."

다산은 서의 태도를 실천하기 위해서는 앞서 강조했듯이 자신의 상반된 두 경향의 마음, 즉 선에 대한 욕구와 이것을 방해하는 욕망 사이에서 '극기'克己할 수 있어야 한다고 말한다.

"인仁을 구하려는 자는 반드시 힘써 서恕를 실천해야 한다. 힘써 서恕를 행하려는 자는 반드시 '극기'해야만 한다."[20]

그렇다면 '극기'하는 태도를 다산은 어떻게 설명할까?

"천명天命(嗜好性)과 인욕人欲이 마음에서 싸우는데, 자신을 극복하는 것은 마치 재판에서 이기는 것과도 같다. 사람은 잘못과 올바른 법령 두 가지가 내면에서 싸우는 것을 보고 그 시비를 분명히 파악해 잘잘못을 고칠 수 있어야 한다."[21]

다산은 내면의 윤리적 갈등을 마치 재판에서 법령에 따라 이기는 승복의 과정처럼 이해했다. 그에 따르면 천명이란 선천적인 도덕적 욕구, 즉 본성의 기호 작용을 가리킨다. 도덕적 욕구와 부정적 인욕이 싸울 때 전자의 명령을 선택해야 비로소 타인에게 서恕의 방법을 적용할 수 있다는 말이다. 심리적 극기라는 조건이 마련되어야, 타인의 욕망과 희망을 먼저 고려하는 서의 방법을 적용할 수 있다고 본 것이다. 또한 서의 방법을 타인에게 적용함으로써 순차적으로 인仁의 가치를 완수할 있다고 생각했다. 다산이 맹자가 강조한 '대체소체'大體小體 논의를 재해석한 것도 같은 맥락에서다.

20　『論語古今註』卷八,「衛靈公」,"仁者人也. 愛親敬長忠君慈衆, 所謂仁也. 求仁者必强恕. 强恕者必克己. 朱子以絶私欲爲仁, 良以是也. 然克己是求仁之方, 非卽爲仁也. 學者宜審焉."

21　『論語古今注』卷二,「公冶長」,"天命人欲交戰于內, 克己如克訟. 然人能自見其過·令二者對辯于內, 必能見其是非, 而知所以改過矣."

대체大體는 형체가 없는 영명靈明한 마음이고, 소체小體는 형체가 있는 육신이다. …… 도심道心은 늘 대체를 기르려고 하고, 인심人心은 늘 소체를 기르려고 한다. 천명을 즐거워하고 알면 도심을 배양하고, 자신의 사욕을 극복하고 예禮로 돌아가면 인심을 제압할 수 있으니, 여기서 선악이 판가름 난다.[22]

귀는 소리를 들어서 마음에 넣어 주고 눈은 색깔을 보고서 마음에 넣어 주니 이것이 바로 귀와 눈의 직분이다. 귀와 눈은 자신의 직분만 수행할 뿐이니, 어찌 이 마음으로 하여금 억지로 그 넣어 주는 것을 따르게 한 적이 있는가? …… 따르거나 어길 수 있는 것은 마음의 기능이 사유할 수 있기 때문이다. 진실로 한 번 사유하면, 소체를 따라서 대체를 어기고 소체를 길러서 대체를 해치는 일을 할 수가 없다.[23]

다산이 말한 대체大體란 마음을 가리키는 용어다. 도심道心이란 이 마음이 발현되어 나온 가장 이상적인 심리 상태, 즉 도덕적 마음을 말한다. 소체小體란 육체 자체라기보다 그 육체의 작용에 의해 발생하는 심리 현상, 즉 사적인 욕구나 욕망을 말한다. 이런 육체성과 관련된 욕망을 추구하려는 마음을 다산은 인심人心이라고 말한다. 다

22　『孟子要義』卷二, 「告子」, "大體者, 無形之靈明也, 小體者, 有形之軀殼也. 從其大體者, 率性者也, 從其小體者, 循欲者也. 道心常欲養大, 而人心常欲養小. 樂天知命則培養道心矣, 克己復禮則制伏人心矣, 此善惡之判也."

23　『孟子要義』卷二, 「告子」, "耳收聲而納之於心, 目收色而納之於心, 是其職耳. 耳目但修其職分而已, 顧何嘗使此心強從其所納哉? …… 其能或從或違者, 以心官之能思也. 苟一思之, 必不可從小而違大, 養小而害大."

산은 맹자의 발언을 빌려서 대체와 소체의 갈등, 도심과 인심의 갈등에 주목한다. 이런 심리적 갈등 상황에서 자신의 선택 의지, 즉 권형의 기능을 통해 도심을 선택해서 타인에게 확충할 때 비로소 서恕의 실천도 인仁의 가치도 실현할 수 있다고 보았다. 다산은 맹자의 '대체소체설'을 검토하면서 결국 "맹자가 일생 동안 살핀 것은 바로 도심을 보존하느냐 혹은 잃어버리느냐 하는 것이었다"[24]고 정리했다. 그는 『논어』에서 공자가 강조한 '극기복례' 공부와 『맹자』의 '대체소체' 공부를 하나의 논리로 해명할 수 있는 틀을 마련했으니, 그것은 다름 아닌 '인심도심설'이었다. 이것은 상이한 욕구와 욕망 사이에서 타인과의 관계를 이상적으로 해결하도록 이끄는 도덕적 욕구를 선택하기 위한 심리적인 공부를 뜻한다. 다산은 맹자가 말한 '구방심'求放心 또는 '존심설'存心說도 결국 미미한 도심道心을 붙잡아서 놓치지 않으려는 심리적인 태도라고 이해했다.

(4) 효제의 실천과 인륜의 확장

다산은 부모와 자식도 두 사람의 관계, 즉 군주와 신하, 목민관과 백성처럼 구조적으로 유사한 두 사람의 타인 관계라고 보았다. 부모를 자식이 만나는 최초의 타인으로 간주했다고 볼 수 있다. 물론 부모와 자식은 다른 사람과의 관계와는 다르다. 두 사람 사이에 서恕를 적용함으로써 인仁을 실현하는 방법을 처음 경험하고 배울 수 있는 가장 밀접하고 친밀한 관계이기 때문이다. 다산은 한 집안의 '부모형제자'父母兄弟子 간의 관계를 간단히 줄여 '효제자'孝弟慈라고 표현한다.

---

24 『孟子要義』卷二, 「盡心」, "孟子一生所察, 即道心之存亡也."

자식이 부모에 대해 효도를, 동생이 형에 대해 존경을, 부모는 자식에 대해 자애로움을 가져야 한다는 말이다. 효제자 혹은 효제의 덕목은 바로 다산이 강조했던 인의 가장 중요하고도 구체적인 사례다. 다산은 효제를 인 그 자체라고도 말한다. 그만큼 효제의 가치는 다산이 강조한 모든 윤리 가치들의 핵심이며 근간이었다고 할 수 있다.

『맹자』「공손추」公孫丑 상上에서 "사람은 모두 남에게 차마 잔인하게 하지 못하는 마음을 갖고 있다"(人皆有不忍人之心)고 말한 조목에는, 측은지심을 확충하면 온 세상을 구할 수 있지만 만약 이 마음을 확충하지 못하면 부모조차 섬기지 못한다는 표현이 나온다.[25] 여기에 등장하는 측은지심도 부모형제 사이에서 실현될 때 효제의 모습으로 드러난다. 이 점에서 효제는 인간이 가진 선천적으로 선한 마음을 부모라는 타인에게 최초로 실현한 현실태라고 볼 수 있다. 그리고 다산은 이 효제의 마음을 타인에게 확장하면 마치 온 세상을 감당할 수 있을 정도로 심리적 역량이 확장된다고 생각했던 것으로 보인다. 그는 효제(자)에 바탕해서 인륜 관계의 폭을 점차 확장하는 것이 곧 이상적인 정치라고까지 설명한다.

효孝에 바탕을 두면 임금을 섬길 수 있고, 효를 미루어 나가면 어린이에게 자애로울 수 있으며, 제弟에 바탕을 두면 어른을 섬길 수 있다. 공자의 도는 천하 사람 하나하나를 효성스럽고 공

---

25 『孟子』,「公孫丑」上, 人皆有不忍人之心章, "孟子曰: "人皆有不忍人之心. 先王有不忍人之心, 斯有不忍人之政矣. 以不忍人之心, 行不忍人之政, 治天下可運之掌上. …… 凡有四端於我者, 知皆擴而充之矣, 若火之始然, 泉之始達. 苟能充之, 足以保四海, 苟不充之, 不足以事父母.""

손하게 만드는 것이다.[26]

부모를 잘 봉양하는 것을 효孝라고 하고, 형제끼리 우애하는 것을 제弟라고 하며, 자식을 가르치는 것을 자慈라고 하니 이것이 이른바 오교五敎(父母兄弟子)다. 아버지 섬기는 것을 바탕으로 높은 이를 존경함으로써 군도君道가 세워지고, 아버지 섬기는 것을 바탕으로 어진 이를 어질게 여김으로써 사도師道가 세워진다. …… 형 섬기는 일을 바탕으로 존장尊長을 섬기고 자식 기르는 일을 바탕으로 대중大衆을 부린다. 부부夫婦란 함께 그 덕을 닦음으로써 안을 다스리는 사이고, 친구란 함께 그 도를 강마講磨함으로써 밖을 돕는 사이다. 그런데 자식 사랑만은 크게 힘쓰지 않아도 할 수 있으므로 성인이 가르침을 세울 때 다만 효제孝弟만을 가르쳤다.[27]

다산은 부모 형제 사이의 '효제자' 덕목에서 점차 단계적으로 확장해 군신·장유·부부·붕우 관계까지 모든 사회적 관계를 위와 동일한 도덕적 원리에 따라 실현할 수 있다고 보았다. 그런데 이 대목에서 그가 말한 효제의 덕목은 우리 마음에 주어진 선천적 가치가 아니었다는 점을 다시 상기할 필요가 있다. 『맹자』 「진심」盡心 편에는 유

26　『茶山詩文集』卷十七, 贈言, 「盤山 丁修七에게 주는 말」 참조.
27　『茶山詩文集』』卷十, 原, 「原敎」, "愛養父母謂之孝, 友於兄弟謂之弟, 敎育其子謂之慈, 此之謂五敎也. 資於事父, 以尊尊而君道立焉, 資於事父, 以賢賢而師道立焉, 茲所謂生三而事一也. 資於事兄以長長, 資於養子以使衆. 夫婦者, 所與共修此德, 而治其內者也, 朋友者, 所與共講此道, 而助其外者也. 然唯慈者, 不勉而能之, 故聖人之立敎也, 唯孝弟是訓."

명한 '양지양능'良知良能 이야기가 나온다. 맹자는 배우지 않아도 할 수 있는 것이 '양능'이고, 생각하지 않고도 아는 것이 바로 '양지'라고 말한다. 손을 잡고 걸어갈 정도의 어린아이는 저절로 자기 부모를 사랑할 줄 알고, 나이 들어서는 자기 형을 저절로 공경할 줄 안다는 말이다.[28] 다산도 맹자와 마찬가지로 어린아이가 자기 부모를 사랑하지 않는 경우는 별로 없으니 이를 보면 효제가 천명天命에 근거를 둔 것이라고 말하기도 한다.[29] 하지만 이 말은 효제를 행할 수 있는 잠재적 가능성이 우리에게 있다는 말이지, 우리 마음(心)에 완성된 효제의 덕목(德)이 주어져 있다고 본 것은 아니었다.

정약용은 함경도의 곡산 부사로 재직하면서 마을 향민의 효제를 진작하기 위해 효유문을 선포한 적이 있다.

"어린아이라도 그 어버이를 사랑할 줄 모르는 자는 없다'고들 하지만, 이 말은 철모르는 아이도 능히 자기 부모를 사랑할 줄 안다는 사실을 말한 것일 뿐이다. 그러나 내가 볼 때 오직 서너 살 어린아이라야 그 어버이를 사랑할 줄 알지 몇 살 더 자라면 도리어 저절로 부모를 사랑할 줄 알지 못한다."[30]

다산은 맹자가 말한 '양지양능'의 선천성에 대해 낙관적인 입장만 견지하기는 어려웠다. 인의예지를 포함한 모든 덕德이 자타自他 관계

28　『孟子』,「盡心」上, "孟子曰人之所不學而能者, 其良能也. 所不慮而知者, 其良知也. 孩提之童, 無不知愛其親也, 及其長也, 無不知敬其兄也. 親親仁也, 敬長義也, 無他, 達之天下也."

29　『大學公議』卷一〔舊本大學〕, 康誥曰克明德, "議曰, 康誥大義, 乃不孝不弟之戒, 而首言文王克明德愼罰, 則德者孝弟也. 孩提之童, 無不至愛其親, 則人之孝弟, 本天命也. 堯克明峻德, 以親九族, 則峻德者孝弟也. 冑子他日, 皆有成物化民之責, 故戒之以自明, 恐明明德於天下者, 不先自修而强人之明德也. 易曰君子以自昭明德."

30　『茶山詩文集』卷二十二, 雜文,「谷山鄕校를 효유하여 孝를 권장하는 글」참조.

에서 구체적 행위를 통해 실현된다고 본 다산의 덕德 외재설外在說에 따르면 이것은 당연한 결과다. 그는 자신이 강조한 효제의 덕목이 선천적 본성(性)에서 출발하되 반드시 타인과 관련된 실천 행위를 통해서만(行) 비로소 실현 가능한 결과라는 점을 다음과 같이 설명한다.

> 천명(命)과 도道 때문에 본성(性)이라는 명칭이 있고, 자기(己)와 남(人)이 있기 때문에 실천(行)이라는 이름이 생겼으며, 본성과 실천이 있기 때문에 덕德이라는 명칭이 있다. 그러므로 본성만으로는 덕이 될 수 없다. 자기가 있고 남이 있을 때 반드시 가장 친근한 이로부터 친해지는데, 친근한 이를 친근하게 대우하는 것이 바로 '효제'다.[31]

다산은 자신과 남이 있기 때문에 이로부터 실천 행위가 가능해지고, 그 결과 인仁의 덕을 실현할 수 있다고 말한다. 물론 여기서 말한 남, 최초의 타인은 바로 자신의 부모다. 부모가 중요한 타인인 것은 그가 바로 나와 가장 가까이 존재하며 오랜 시간 삶을 공유하는 존재이기 때문이다. 바로 그 최초의 타인을 친애하고 친밀하게 대함으로써 비로소 덕德(仁)을 실현할 수 있는데, 다산은 그것을 이름 붙여 효제孝弟라고 불렀던 것이다.

다산은 부모 자식 간의 효제와 애정의 감정에 대해서도 성찰적인

---

31 『茶山詩文集』卷十, 原, 「原德」, "因命與道, 有性之名, 因己與人, 有行之名, 因性與行, 有德之名. 徒性不能爲德也. 己之與人, 必由親親, 親親者孝弟也. 堯之峻德, 孝弟之行也. 孝弟也."

관점을 피력했다. 가령 『논어』에 나오는 '은근하게 간함'(幾諫)[32]의 의무에 대한 다산의 발언을 살펴보자. 주희는 부모에게 잘못이 있을 때 자식은 온화한 얼굴로 은근하게 간언해야 하며, 부모가 자식의 간언을 받아들이지 않는 경우 자식은 화내거나 원망해서는 안 되고, 더욱 공경하면서 부모의 뜻을 어기지 않으려고 노력해야 한다고 강조했다.[33] 하지만 정약용은 이와는 다른 입장에서 이 대목을 풀이한다.

"한번 간언해 보고 부모가 자기 뜻을 따르지 않는다고 생각해서 마침내 부모의 명령에 그대로 순종하고 만다면, 이것은 도리어 부모를 악惡에 빠뜨리는 일이다. 공자의 말뜻은 한편으로는 부모의 명령을 따르지 않는 자식의 뜻을 보여 주면서, 다른 한편으로 잠시 부모의 명령을 어기지 아니한 채 순종하며 그대로 기다림으로써 결국 부모로 하여금 자식의 뜻을 살펴 분명히 깨닫도록 해서 부모 스스로 그 일을 그만두기를 바란 것이다."[34]

효제를 매우 강조했지만 다산이 생각했던 효제의 실제 내용은 부모에 대한 맹목적인 공경이나 순종과는 거리가 있었던 것을 알 수 있다.

다산은 유학자로서 군자君子가 하늘을 원망하지 않고 또한 사람을 탓하지 않지만, 그럼에도 군자는 적절한 원망의 의미와 방법을 체득하고 있기 때문에 임금과 부모의 허물이 클 때 반드시 그들을 원망하

---

32 『論語』,「里仁」, "子曰, 事父母幾諫. 見志不從, 又敬不違, 勞而不怨."

33 『論語集註』,「里仁」第18章 註, "幾諫, 所謂父母有過, 下氣怡色, 柔聲以諫也. 見志不從, 又敬不違, 所謂諫若不入, 起敬起孝, 悅則復諫也. 勞而不怨, 所謂與其得罪於鄕黨州閭, 寧孰諫, 父母怒不悅, 而撻之流血, 不敢疾怨, 起敬起孝也."

34 『論語古今注』卷二,「里仁」, "補曰 幾諫者, 不敢直諫, 但以微意, 諷之使喻也. '見' 讀作 '現', 露也, 示也. 微示己志之不從親命, 且須恭敬不違親命, 以俟其自悟也 …… 駁曰, 一諫不從, 遂順親命, 陷親於惡, 安在其諫乎? 孔子之意盖云, 一邊微示己志之不從, 一邊姑且順命而不違, 庶幾父母察己之志, 犂然覺悟, 自止其事也."

고 그들에게 간언해야 한다고 생각했다. 만일 부모의 잘못이 큰데도 자식이 원망하거나 간언하지 않으면 오히려 이것이야말로 자기 부모를 멀리 남처럼 여기면서 부모에게 불효하는 것이라고 보았기 때문이다. 그는 군자는 자신의 원망이 헐뜯는 일이 되지 않도록 조심하면서 상황에 맞게 적절히 상대를 원망할 수 있어야 한다고 보았고, 이렇게 원망의 감정을 적절히 표현함으로써 결국 상대를 멀리하지 않고 다른 방식으로 친애할 수 있다고 이해했다.[35] 유배 가기 전 국왕 정조正祖와 대화했던 내용을 기록한, 다산의 『시경강의』詩經講義 한 대목에서도 이 점을 엿볼 수 있다. 그는 부모의 뜻에 성실히 따랐는데도 부모가 계속 자신을 내칠 경우 자식이 부모에 대해 아무런 원망도 갖지 않고 순순히 따르면서 그 내침을 받아들인다면, 그리고 자식으로서 도리만 다하면 된다고 여긴다면, 그것이야말로 부모를 돌같이 냉담하고 남처럼 무정하게 대하는 것이라고 우려한다.[36] 그는 상황과 경우에 따라서 동일한 부모 자식 사이라도 서로 다른 태도와 감정을 통해 실질적인 효제의 가치를 실현해야 한다고 보았다. 이런 다산의 관점은 효제의 덕이 타인인 부모와 나 사이의 적절한 관계 맺음을 통해 사후적으로 구성되고 완성된다고 본 점에서 불가피한 결과였다고 할 수 있다.

---

35 『論語古今注』卷九, 「陽貨」, "君子不怨天不尤人, 矧可以怨君親哉? 然君親之過小而怨, 是不可磯也. 君親之過大而不怨, 是愈疏也. (孟子云) 是故聖人許之使怨, 然其怨之也, 一或有近於謗訕非毁者, 大罪也."

36 『詩經講義』卷二, 「小雅」, 小旻之什, "凡不孝子, 冷心硬腸, 頑如鐵石者, 雖不得於父母, 恝然無愁, 其心以爲我盡在我之道, 而父母猶不愛我, 吾亦奈何, 此之謂於我何哉也. 於我何哉者, 冷落頑傲之語."

3. 『맹자요의』의 인간상과 다산 경세론의 관계

정약용은 「자찬묘지명」에서 '선왕의 진리'(先王之道)를 연구한 그간의 자신의 경학적인 업적을 이렇게 정리했다. '본성'(性)이 기호嗜好라는 점, '인'仁은 두 사람의 관계를 의미하며 '효제'孝弟가 바로 인仁의 근본이라는 점, '서'恕가 인仁을 실천하는 방법이라는 점, 상제上帝의 강림降臨을 깨달아서 스스로 신독愼獨하고 공경恭敬해야 한다는 점. 특히 다산은 이 네 항목 가운데서 사대부 개인의 심성 수양과 관련해 '효제'의 덕목을 중시했을 뿐만 아니라, 위정자·목민관으로서 경세經世 활동과 연관해서도 '효제'를 중요한 정치적 목표로 삼았다. 유교 사회에서 가장 이상적인 정치 형태를 의미하는 '왕정'王政(왕도 정치)이 바로 '정전제'와 '효제' 교육을 통해서 완성된다고 생각했기 때문이다.[37] 우리가 살펴본 『맹자요의』에서도 다산은 동일한 입장을 피력한다. 왕도王道란 토지제도를 개선하는 데서 시작되며 효제자孝弟慈의 윤리 덕목을 백성이 실천하도록 교육함으로써 완수된다고 보았던 다산은, 정치(政)와 교화(敎)가 두 가지 일이 아니라는 점을 강조했다.[38] 그는 『목민심서』에서도 수령이 효제와 친척 간의 인목婣睦(화목)

---

37 『經世遺表』卷七, 「地官修制」, 田制九, 井田議一, "經界者, 王政之本也. 堯典命官, 惟先命稷, 乃命司徒, 始敷五教. 孔子論王道, 先富而後教. 孟子論王道, 先言百畝, 乃說孝悌. 夫以五教之急, 而後於田政, 則王政莫大於經界也.";『經世遺表』卷七, 「地官修制」, 田制十二, "臣謹案, 旣富而教, 古之道也. 井地旣成, 申之以孝悌之義, 王者之政也."

38 『孟子要義』卷一, 「離婁」, "王政莫大乎制民田産. 教之樹畜, 導其妻子, 使各奉養. 若欲選其耆老, 人人而惠養之, 則不惟力不足, 抑亦惠而不知爲政也. 是知分田制産, 本使之養其父母, 孝弟之教, 自然行乎其中, 孰謂政教有二致乎.";『茶山詩文集』第八卷, 對策, 「孟子策」, "孟子之平生拳拳, 卽百里興王之道, 而其事則不過曰五畝之宅, 樹以桑, 雞豚之畜無失時, 謹庠序之教, 申孝弟之義, 數句語而已. 以今觀之, 何其至平易至

을 높이는 사도司徒(교육 관리)로서의 책무를 지고 민간에서 효제의 기풍을 진작해야 한다고 강변했다.[39] 효제는 그의 여러 경세서經世書에서도 백성을 교육해서 윤리적 공동체를 실현하고자 했던 다산 학문의 최종 목표로 여겨졌다.

사실 토지제도의 문제는 조선시대 실학의 대표자로 널리 알려진 다산의 학문적 면모를 잘 보여 주는 사례로 평가받아 왔다. 그는 1799년 38세의 젊은 나이에 '여전제'閭田制라는 토지제도를 구상하면서 자신의 독창적인 안목을 세상에 드러낸 적이 있었다. 당시 정약용이 7편의 「전론」田論을 통해서 밝힌 여전제의 기본 골격은 이렇다.

우선 30여 가구를 기준으로 하나의 '여'閭를 구성하고, 동일한 '여'에 속한 토지는 모든 가구의 구성원이 공동으로 경작하도록 한다. 30가구의 여민閭民들이 한 단위가 되어서 토지를 공유하고 공동으로 경작하는 일종의 협동농장, 협업농장 체계 같은 것을 생각했던 것으로 보인다. 다산은 이러한 공동 경작과 공동 생산을 위해서 각 '여'마다 여장閭長을 따로 선출하고 선출된 여장이 생산과 모든 작업 과정을 감독하고 해당 여민들에게 생산물을 공정하게 분담하도록 해야 한다고 보았다. 여장은 '일역부'日役簿라는 문서를 작성해서 가족 단위별로 하루마다의 노동 투하량을 소상히 기록해야 하고, 투하 노동량에 따라서 가족 단위별로 분배할 곡물량을 따로 산출해 놓아야 한다. 다산은 투하 노동량에 따른 생산물의 차등 분배가 가장 공정한

淺近, 而當時諸侯, 聽我藐藐, 卒不能擺脫於堅甲利兵之功."
39 『牧民心書』卷七, 「禮典」, 祭祀·賓客·敎民·興學·辨等·課藝 중 敎民과 興學 조목 참조.; 『茶山詩文集』第九, 疏, 「玉堂進考課條例箚子」, "嗟乎, 守令之職, 奚但七事已哉. 守令者, 古之諸侯也. 養老慈幼, 恤窮撫獨, 救災賑乏, 敦孝弟崇媚睦, 一應司徒之職, 無往而非其責也."

분배 방법이라고 판단했던 것 같다. 정약용이 구상한 여전제의 이와 같은 기본 골격은 그가 평소 염두에 두었던 '경자유전'耕者有田의 원칙을 실현하기 위해서 마련한 것으로 보인다.

그런데 다산은 56세 무렵 『경세유표』經世遺表의 '전제'田制 부분을 새로 작성하면서, 30대에 본인이 구상했던 여전제와는 달리 중국 고대의 성왕들에 의해 시행되었다고 전해진 '정전제'를 부각시켰다. 여전제에 반영된 여민들 간의 공동 생산과 공동 분배의 의미가 상당 부분 퇴색한 것으로 보였기 때문에, 어떤 이들은 다산이 개혁적이고 진보적인 여전제의 정신에서 일보 후퇴해 고대의 토지제도인 정전제를 대안으로 제시했다고 비판하기도 했다. 중국 고대 왕국인 주周나라 때의 토지제도로 회귀하는 복고적인 태도를 취했다고도 평가한 것이다. 이 점에 대해서는 보다 상세한 분석과 논의가 있어야 할 것이다. 여전제나 정전제에 대한 다산의 발언은 정도 차이는 있지만 대부분 이상적인 토지제도의 선례나 모델을 제안하기 위해 등장한 것으로 보인다. 훗날 다산이 『경세유표』에서 정전제를 점진적으로나마 실현해야 한다고 제안했을 때, 그는 조선 사회가 갖는 특수한 정치·경제적 상황을 고려하지 않을 수 없었다. 자신이 이상적으로 여겼던 여전제 그리고 고대의 제도를 복원해서 재구성한 정전제의 가정과 달리, 당시 조선의 현실은 대부분의 토지가 특정한 지주들의 사유지로 전락해 있었기 때문이다.

이처럼 다산의 기대는 금세 심각한 현실적 난관에 봉착했지만, 그가 『경세유표』나 『맹자요의』에서 정전제라는 고대의 제도를 새삼스럽게 언급했던 것은, 공유 자산으로서 토지의 공적 관념을 좀 더 분명히 부각하고 싶은 의도 때문이 아니었을까 생각한다. 다산은 『맹자요의』에서 원론적으로나마 고대 주나라 당시 이상적인 토지제도로 여겨진 정전제의 원형을 설명하려고 노력했다. 다산의 해명에 따르면 정전제란 기본적으로 '공전'公田을 해당 지역 농민들이 함께 경작해서 국가의 세금으로 납부하고, 나머지 우물 '정'井 자 모양의 주변부 여덟 가구가 각각 100묘씩의 땅을 '사전'私田으로 분배받아서 저마다 집안의 재용을 마련하도록 했던 토지제도를 의미한다. 그런데 다산은 정전제의 형성 과정에 대해서는 주희가 내놓은 설명을 수용하지 않았다. 주희는 정전제가 고대 중국의 상商나라, 즉 은殷나라 때부터 생긴 것으로 보았고, 그 유래도 확실히 고증하기가 어렵다고 결론지었다. 주희는 『맹자집주』에서 고대 하나라의 조세 수취제도인 공법貢法, 상나라에서 사용한 조법助法, 그리고 주나라에서 사용한 철법撤法 등을 비교 분석하는 과정을 통해 정전제의 기본 내용을 설명한 적이 있다.[40]

다산은 정전제의 유래에 대해 주희와는 다른 입장을 피력한다. 다시 말해 정전제를 고대 상나라의 제도였다고 본 주희의 입장과 달리, 다산은 정전제가 이미 요순 임금의 시대를 거슬러 올라가 황제와 신농씨의 시대에도 있던 제도였다고, 말하자면 사유 가능한 가장 오래

---

40 주희의 『맹자집주』孟子集註 설명에 따르면, 하나라의 공법貢法은 풍흉의 상황에 관계없이 일정한 세율을 나라에 세금으로 납부하는 방식이었다. 몇 년 동안의 평균치를 매번 동일하게 납부해야 했기에 풍년에는 백성 사이에 곡식이 남아돌고 흉년에는 먹고 살기조차 힘들어지는 문제를 해결하기가 어려웠다. 바로 이런 점 때문에 일정한 공간의 토지, 즉 공전公典에서 수확한 산물만을 나라에 바치는 정전제井田制가 시행되었는데, 주희는 이 제도가 상나라 때 시작된 것이라고 보았다. 사전을 경작하는 자들의 노동력을 빌려서(藉=助) 공전을 경작하고, 그 산물을 세금으로 바치는 것이었기에 이 제도를 조법助法이라 칭했다고 설명한다. 한편 주희는 주나라의 철법撤法은 하나라의 공법과 은나라의 조법을 함께 시행했던 방식이라고 보았다. 그리고 결과적으로 왜 맹자가 말했듯이 모두 '10분의 1세'에 해당하는 세율을 납부했다고 볼 수 있는지 자기 나름의 입장에서 해명했다.

된 고대의 산물이라는 점을 강조했다.

"중국의 문명을 열었던 성인들에게도 원래 토지를 우물 '정'井 자 모양으로 만드는 제도가 있었을 것이다. 치밀한 제도와 가지런한 규모는 분명 요임금과 우임금이 통치할 때 이미 갖추어졌을 것이다. 은나라와 주나라 사람은 이미 완성된 제도에서 필요에 따라 일부만을 변통했을 뿐이다."

다산은 특히 이 계보 가운데 우임금의 사업에 주목했다. 그것은 다산이 우임금의 '홍범구주론'洪範九疇論 속에서 정전제의 기본 모델이 보다 분명한 형태로 언급되어 있다고 보았기 때문이다. 그에 따르면, 홍범의 구주는 '황극'皇極이 제일 가운데 있고 여덟 개의 범주(疇)가 황극의 밖을 둘러싸고 있어 어느 점에서 보아도 정전제의 우물 '정'井 자 형태와 유사한 형상을 띤다. 정약용은 여러 경전을 함께 비평하면서, 우임금이 '홍범구주'의 정치 운영 원리를 얻었다고 본다면, 결국 정전제라는 토지제도 역시 우임금 당시에 이미 시행할 수밖에 없었을 것이라고 판단 내렸다.

다산이 중국 하은주의 세습 왕조 이전에 정전제가 이미 존재했을 것이라고 강조했던 점은 앞서 언급했듯이 가장 중요한 재원으로 여겨진 토지의 공공성, 공적 가치를 보다 강조하기 위한 의도였던 것으로 보인다. 정약용은 정전제가 공공재로서의 토지의 의미를 좀 더 분명하게 드러내고, 나아가 타당한 토지 및 조세 제도를 기반으로 도덕적인 인륜 공동체를 실현하기 위한 필수 불가결한 조건이라고 생각했던 것 같다. 다산이 『맹자요의』에서도 언급했듯이 정치·경제적인 문제와 도덕적 가치를 실현하기 위한 교화 정책은 별개의 문제가 아니었다. 어쩌면 다산에게 토지제도를 비롯한 대부분의 경세적 방안들은, 『맹자요의』에서 제안한 새로운 인간상, 도덕적 욕구와 효제의 가치를 확충하고 고양하기 위한 토대로 강조된 것이었다고 볼 수 있다. 그는 기호와 욕구로 재해석된 자신의 인간 본성론, 욕구를 통제하기 위한 심리적 훈련법, 구체적인 인륜 관계에서의 실천이 모두 경제적 토대 위에서 실현 가능하다는 점을 고민했던 것으로 보인다. 그는 오늘날 학문의 병폐가 마음속에 침잠해서 내성적인 방식으로만 마음을 성찰하는 것이라고 비판하며, 올바른 학문은 행위와 실천을 통해 마음을 훈련하는 것이라고 변별한 적이 있다.[41] 이와 마찬가지의 관심에서 다산은 인간의 윤리적 행위, 효제를 실천하기 위한 노력이 실질적인 경제적 토대 위에서 실현 가능하다는 점을 심각하게 받아들였다. 이런 점에서 『맹자요의』라는 정약용의 텍스트는 그의 윤리적 관심사와 정치·경제적 고민을 함께 연결시켰던 중요한 전거였다고 볼 수 있다.

---

41 『孟子要義』卷二,「告子」, "古學用力在行事, 而以行事爲治心, 今學用力在養心, 而以養心至廢事故也. 欲獨善其身者, 今學亦好, 欲兼濟天下者, 古學乃可. 此又不可以不知也."

『논어고금주』
다산이 찾은 공자의 마음·

육십 중반의 노인인 필자는 아직도 엉뚱한 상상을 하고 궁금한 것도 많다. 올해는 서기 2018년, 여기에 살짝 0 하나를 더하면 서기 20180년이다. 18162년 후인 셈인데, 그날은 반드시 오겠지……. 지구의 수명이 100억여 년이라는데 지금 45억 살이라 하니, 그러면 앞으로도 55억여 년이 남았을 테니 말이다. 20180년엔 2018년인 지금 지구에 살고 있는 사람 80억 명은 흔적도 없이 사라지겠지만, 오늘날 우리가 읽는 책들은 어떻게 될까? 한 권도 남지 않을까? 아마도 그렇진 않을 것이다. 그때까지 남아서 읽히는 책이 몇 권쯤은 있을 것이다. 나는 『논어』는 그때도 여전히 남아서 인류의 고전으로 읽힐 것이라는 즐거운 상상을 한다. 이런저런 종교의 교리를 담은 책의 수명이 더 길 것이라 생각하는 사람이 많겠지만, 나는 그것들은 '과학'에 밀려 뒤꼍으로 사라질 가능성이 크고 삶의 생생한 교훈이 담긴 『논어』

· 김언종(고려대학교 한문학과 교수)

가 수명이 더 길 것이라 여긴다.

『논어』는 공자 사후 70년쯤에 제자의 제자들, 그러니까 재전제자再傳弟子들에 의해 책으로 엮인다. 따라서 책으로 만들어진 지 2427년쯤 된 것이다. 55억여 년의 남은 세월에 비하면 이건 겨우 눈을 뜬 시간일 뿐이다. 인간은 지구에서 종말을 맞을 것인가? 아닐 것이다. 2018년에 세상을 뜬 스티븐 호킹의 바람대로 그 전에 수명이 다해 가는 지구를 떠나 수명이 더 긴 다른 행성으로 이사하겠지……. 다른 행성에서도 『논어』가 읽힐까? 나는 그것도 궁금하다.

『논어』에 담긴 공자의 생각은 과연 무엇이었을까? 한 구절 한 구절의 의미는 무엇이며, 그의 전체적인 생각은 무엇이었을까? 공자와 가까운 시대에 살았던 사람들에게는 이것이 어려운 문제가 아니었겠지만, 후대 사람들의 경우엔 그게 아니다. 의문이 많이 생긴다.

의문을 적어 두는 일은 한漢나라 무제武帝 때부터 시작되었다. 책이 만들어지고 600여 년이 흐른 때이니 이런저런 의문이 생기지 않았다면 그것도 이상한 일일 것이다. 이러한 의문들에 대한 여러 학자의 견해를 모은 책이 삼국시대 위魏나라 하안何晏(193?~249)이 주도한 『논어집해』論語集解로, 한·위 시대 학자들의 주석 가운데서 옳다고 생각하는 내용만을 골라 모아 놓은 것이다. 과부인 어머니가 조조曹操의 첩이 되는 바람에 조조를 양아버지로 모신 그는 뒷날 불행히도 사마의司馬懿의 미움을 받아 멸족이 되었지만, 이 책만은 주희朱熹(1130~1200)가 『논어집주』論語集注를 쓰기 전까지 장장 950여 년간 『논어』 읽기의 유일한 참고서 역할을 하였다. 주희는 『논어집주』에서 당唐나라 이전의 학자들보다 송나라 학자들의 견해를 더 중요시하고 다량 채택하였다. 주희 사후 113년이 지난 1313년 원元나라 인종仁

宗 때『논어집주』도 포함된 주희의『사서장구집주』四書章句集注가 과거 시험의 교본敎本이 되는 바람에『논어집주』독주의 시대가 시작되었다. 이후 중국의 경우 1905년, 우리의 경우 1894년 과거제도가 폐지될 때까지 대략 600백 년간 절대적 영향력을 발휘하였다. 과거제가 폐지된 뒤 중국에서는 주희 이후 학자들의 견해가 반영된 다양한 주석서가 읽히지만, 우리의 경우는 아직도 대부분의『논어』번역서나 해설서가 주희의 주장을 거의 그대로 따르고 있다. 이는 학문 앞에 허심탄회했던 주희 자신은 바라지 않는 일이었을 텐데도 말이다.

『논어집주』가 나온 이래로 수많은 학자들이 이야말로 주희가 놓친 공자의 본뜻이라 주장하는 학설을 많이 내놓았다. 그러나 대부분이 주희의『논어집주』를 부연하거나 미비점을 보충하는 데 그치는 것이지 주희의 권위를 건드리려는 것은 아니었다. 후학 가운데 주희의 권위를 거의 뿌리째 흔든 두 사람이 있는데, 바로『사서개착』四書改錯을 쓴 청淸나라의 모기령毛奇齡(1623~1716)과『논어고금주』論語古今註를 쓴 조선의 다산茶山 정약용丁若鏞(1762~1836)이다.

두 사람의 차이점이라면 모기령은 양명학陽明學을 신봉하였기 때문에 사사건건 시비를 걸어 주희의 독존적 지위를 무너뜨리려 하였고, 정약용은 주희의 절대적 권위를 인정하기보다는 주희 또한 훌륭한 학자 가운데 한 사람으로 보고 객관적인 태도로 정답을 찾으려 하였다는 점을 들 수 있겠다. 다산의 이런 태도를 '오직 옳은 것만을 구한다'(唯是是求)라고 한다. 여기엔 주희의 이학理學을 부정적으로 보는 생각도 작용했다고 하겠다. 다산은 '밝게 상제를 모셔야지'(昭事上帝) 이理를 하늘(天)로 여겨선 안 된다고 하였다. 주자는 하늘(天)보다 이理를 더 중시하였다. 그러니까 모기령은 거의 무조건적인 반대

혹은 반대를 위한 반대를 주축으로 하였다면, 다산은 냉철하고 합리적인 반대를 했다는 것이 두 사람의 차이점이라 할 수 있겠다. 다산은 주희의 『논어집주』에 낀 먼지만 털어 내려 한 것이 아니라 하안의 『논어집해』에 실린 한·위 시대의 학설에 붙어 있는 찌든 먼지도 털어 내려 하였다. 다산의 『논어고금주』는 바로 이런 책이다. 나는 공자의 진면목을 가장 선명하게 독자들에게 제공한 사람이 다산이라고 생각한다. 그래서 『논어』에 관심 있는 사람은 다산의 『논어고금주』를 읽을 필요가 있겠다.

1. 『논어고금주』의 저술 동기

> 내가 스무 살 때, 우주의 모든 일을 다 드러내어 모두 정리하려 하였고 서른 살, 마흔 살까지도 이 생각이 그대로 있었다.

20대 젊은이가 자신에게 한 엄청난(?) 맹세다. 다산은 이렇게 이 세상의 '모든 문제'를 다 해결해 보겠다고 자신과 맹세를 했다. 이런 일을 '발란반정'撥亂反正이라고 한다. 즉 잘못된 것을 정상으로 되돌린다는 말이다. 그러나 1801년 신유년에 멸문지화에 가까운 화난을 당한 중년 이후로 다산의 기는 많이 꺾였다. 그럼에도 유가 경전에 관한 발란반정의 의지는 식을 줄 몰랐다. 강진 귀양 생활은 모두 18년, 그 가운데 후반 10년간 다산은 윤단尹慱·윤규로尹奎魯 부자의 다산서옥茶山書屋에 머물렀다. 이 다산서옥에서 1813년 52세에, 겨우 1년여의 공력을 기울여 불후의 명저 『논어고금주』를 완성한다.

발란반정에도 순서가 있는데, 『논어』는 그 대상이 아니었던 듯하다. 『논어』에는 새로운 견해를 펼 여지가 전혀 없을 거라고 여긴 다산에게 이 책을 쓰게 한 동기 제공자는 강진 사람인 제자 이강회李綱會다. 많은 제자 가운데 《여유당전서》에 가장 많이 등장하는 이름이 이강회다. 그는 특히 예학에 밝았고, 『주역』과 『춘추』에도 상당한 수준의 학식을 가진 사람이었다. 그런 그를 다산 문하에서 가장 수준 높은 제자였다고 해도 지나치지 않을 것이다. 과거에 불합격하고 돌아온 이강회가 출세를 위한 공부인 위인지학爲人之學을 걷어치우고 자기 충실을 위한 공부인 위기지학爲己之學으로 들어가기 위해 펼친 책이 『논어』였다. 이강회가 『논어』에 관해 날카로운 질문을 던지자 천하의 다산도 당황하지 않을 수 없었다. 황급히 애체靉靆(안경)을 찾아 끼고 관계 자료를 뒤적이기 시작했는데, 이것이 이 책을 쓰게 된 동기다.

한대에 시작한 『논어』 연구의 역사는 거의 2000년에 이른다. 역대의 위대한 두뇌들이 심혈을 기울여 공자의 본뜻을 찾아냈기 때문에 전에 없던 새로운 해석이 나올 가능성은 거의 제로에 가까워 보였다. 그러나 다산은 스스로도 놀랄 정도로 많은 부분에서 공자의 본뜻을 찾아냈다. 다산은 이를 가을걷이에 비유하였다. 추수가 끝난 황량한 논에 가서 자세히 살펴보니 여기에도 이삭이 저기에도 이삭이 버려진 채 흩어져 있었던 것이다. 그렇게 해서 주워 담은 알곡이 무려 175개, 이를 「원의총괄」原義總括이라 이름하여 일목요연하게 정리해 두었다.

물론 이 '원의'가 모두 다산의 창견創見인 것은 아니다. 『논어집해』와 『논어집주』에서도 본뜻을 찾아내어 그 의의를 천명하였고, 『논어집주』 이후 원·명·청 대의 여러 저작도 수집하여 공자의 본뜻을 찾아냈기에 『논어고금주』라 하였다. 특이한 점은 17, 8세기 일본 학자들이 주장한 논어설의 정수도 수용한 것이다. 그들은 이토 진사이 伊藤仁齋, 오규 소라이荻生徂徠, 다자이 슌다이太宰春臺 세 사람이다.

더욱 특기할 것은 이미 부동의 권위를 확보했던『논어집주』에 실린 여러 설, 주희가 가려 뽑은 고금 선배 학자들의 설과 주희 자신의 설을 한데 모은 『논어집주』의 설을 반박하는 의견이 123개나 된다는 점이다. 11세기 이래로 한·중·일 동양 삼국의 학자들 가운데 주희의 학설을 배격하는 사람이 적지 않았지만 다산만큼 충분히 수긍이 가는 반대 의견을 낸 사람은 없었다고 해도 과언이 아니다. 또 한 가지 특기할 것은 이미 교조화한『논어집주』의 설을 노골적으로 공박할 수 없는 시대 분위기를 감안하여 전 시대 학자들의 학설을 부정할 때 쓰는 박駁, 즉 반박이라 하지 못하고 '질의'質疑, 즉 '의심스런 것을 묻는다'라고 완곡히 표현한 점이다.

다산은 귀양지에서 풀려나 고향인 당시의 경기도 광주 땅 마재로 돌아온 뒤에 환갑을 맞는다. 그때 자신의 묘지명을 스스로 지어 두었는데, 그것이 「자찬묘지명」自撰墓誌銘이다. 다산은 그 가운데『논어』에서 자득自得한 것을 요약 정리해 두었다. 그 내용을 알기 쉽게 9개 조목으로 나누어 열거하고 간단한 설명을 더하기로 한다.

2. 스스로 자부한 9개의 본뜻

(1) 효와 제가 바로 인이다. 인이란 총괄하는 명칭이고 효와 제는 세분한 조목으로, 인이 효와 제(를 실천/행하는 데)에서 시작되는 것이다. 그러므로 인의 근본이라고 한 것이다.

(孝弟卽仁, 仁者總名也, 孝弟者分目也, 仁自孝弟始, 故曰爲仁之本也.)

「학이」學而의 유자왈有子曰, "효제야자孝弟也者 기위인지본여其爲仁之本與"에 관련된 것이다. 다산은 「원의총괄」에서 "인·의·예·지라는 명칭은 실행/실천하는 데서 이루어지는 것이지 마음속에 있는 이치가 아님을 밝힌다"(辨仁義禮智之名, 成於行事, 非在心之理)라고 하였다.

주희는 '위인'爲仁을 '행인'行仁이라고 풀이하였는데, 그에 따르면 "효와 제라는 것은 인을 행하는 근본이 아니겠는가?"가 된다. 다산 이전의 학자들은 모두 주희의 주장을 따라 인仁·의義·예禮·지智도 측은惻隱·수오羞惡·사양辭讓·시비是非와 같은 감정과 마찬가지로 모두 마음속에 있는 것이라 여겼다.

그러나 다산은 측은·수오·사양·시비와 같은 것은 마음속에 있지만 인·의·예·지는 마음 밖에 있는 것으로, 측은 등의 감정이 마음 안에서 움직임으로써 마음 밖에서 인의예지가 이루어지는 것이라고 주장하였다. 즉 남의 불행을 보고 슬퍼하고 아파하는 측은지심惻隱之心이 '마음 안에서' 움직여 '마음 밖에서' 인이 이루어지고, 자신이 선하지 못함을 부끄러워하고 남이 선하지 못함을 미워하는 수오지심羞惡之心이 '마음 안에서' 움직여 '마음 밖에서' 의가 이루어지며, 남을 대할 때 겸손하고 양보하는 사양지심辭讓之心이 '마음 안에서' 움직여 '마음 밖에서' 예가 이루어지고, 사리의 옳고 그름을 아는 시비지심是非之心이 '마음 안에서' 움직여 '마음 밖에서' 지가 이루어진다고 본 것이다. 이런 맥락에서 다산은 효와 제 역시 마음 밖에 있는, 즉 사람이 실제로 행해야 이루어지는 것이며 그것이 곧 인이라고 주장한다. 다만 인은 전체를 포괄하여 말하는 명칭이고, 효·제는 개별 행위를 가리키는 명칭이라는 것이다. 그러니까 다산의 주장을 따르면 『논어』의 이 구절은 "효와 제는 인의 근본이다"라고 해석된다. 주희의 생각이 관념론에 바탕을 두었다고 한다면 다산의 생각은 경험론에 바탕을 두었다 할 수 있겠다.

역대의 수많은 유학자 가운데 인의예지가 마음속에 있는 본성이 아니라 행위를 통해 밖에서 이루어지는 것이라 주장한 사람은 다산과 일본 에도 시대의 유학자 이토 진사이(1627~1705) 두 사람뿐이다. 하지만 다산은 이토 진사이의 『논어고의』論語古義를 직접 읽은 적이 없다. 다산은 다자이 슌다이의 『논어고훈외전』論語古訓外傳에 인용된 진사이 논어설의 일부를 보았을 뿐이며, 슌다이의 책에 진사이의 이설이 인용되어 있지 않으므로 이는 우연의 일치에 불과한 것이다. 다산은 이 설을 스승인 권철신權哲身(1736~1801)에게 들었고, 일생토록 이 주장을 견지하였다. 권철신은 천주교도로 몰려 옥사獄死했지만 천주교도는 아니었던 듯하다. 65년을 산 재야 학자 권철신이 저작을 남기지 않았을 리는 만무하다. 그러나 그의 아우 권일신權日身이 1791년 신해박해 때 체포되어 유배 가던 중 사망하는 등 풍비박산이 된 사정 때문에 그의 저술은 전하지 않는다. 다산이 밝히지 않았더라면 조선 철학사에 한 획을 그은 이 학설의 주창자가 권철신이었음은 아무도 몰랐을 것이다.

(2) 북신이 제자리에 있음으로써 남극을 마주하니 임금이 마음을 바르게 함을 상징한다. 한 마음이 바르면 백관과 만민이 함께 운행하고 변화하니 이른바 '모든 별이 함께 돈다'는 것이다. 공拱을 '향하다'로 해석하는 것은 의미 없는 말이다.

(北辰居其所以直南極, 人主正心之象也. 一心正而百官萬民與共運化, 所謂而衆星共之也. 拱之爲向, 無味之言也.)

「위정」爲政의 자왈子曰, "위정이덕爲政以德, 비여북신거기소譬如北辰居其所, 이중성공지而衆星共之"와 관련된 것이다. 다산은 「원의총괄」에서 "중성공지는 여러 별이 천추와 함께 돈다는 뜻이지 아무것도 하지 않는다는 '무위'의 의미가 아님을 밝힌다"(辨衆星共之, 是衆星與天樞共轉, 非無爲之意)라고 하였다.

주희는 형병邢昺(932~1012)의 주장을 따라 북신이 북극北極, 즉 하늘의 지도리(천추天樞)라고 했지만, 황간皇侃(488~545)을 필두로 한 후세 대부분의 학자들은 북신北辰을 북극성北極星이라 여겼다. 그러나 다산은 형병과 주희처럼 북신이 하나의 별이 아니고 하늘의 정중앙에 있는 한 지점이라 생각하였다. 천문학에 따르면 이 북신과 가장 가까이에 있는 별이 북극성이다. 중국 학자 왕부지王夫之(1619~1692)와 유보남劉寶楠(1791~1855)도 북신을 북극성이라 생각하지 않았다. 유보남은 '북극'北極, '천중'天中, '천심'天心이 모두 같은 말이라고 했다.

'공'共에 대해 주희는 '향'向, 즉 '향하다'는 뜻으로, 또 다른 학자는 '공'拱, 즉 '두 손을 맞잡고 둘러싼 채 경례하다'는 뜻으로 보았다. 하지만 다산은 그렇게 보면 안 되고 글자 그대로 '함께하다'의 뜻으로 보아야 한다고 주장한다. 다산의 주장에 따르면 이 구절은 "정치는 덕으로 해야 한다. 비유하자면 북신이 제자리에 있고 여러 별이 그와 함께 도는 것처럼 말이다"로 해석된다. 북극이 상징하는 군주와 여러 별이 상징하는 신하들이 힘을 모아 정사에 힘써야 한다는 뜻으로, 요순堯舜이 그랬다는 군신공치君臣共治의 의미를 담았다는 것이다. 이는 다산의 창견이다.

이 대목의 해석에서 일부 학자들은 임금의 '무위'無爲를 언급하였다. 임금이 애써 무슨 일을 하지 않아도 잘 다스려지는 무위이치無爲而治를 말한다는 것이다. 하지만 다산은 유가儒家의 무위와 도가道家의 무위는 그 의미가 크게 다르다는 것을 강조하면서 무위이치를 비판 배척하였다. 이는 다산이 처음 주장한 것은 아니지만 유학자로서의 다산의 면모가 생생히 드러나는 부분이라 하겠다.

(3) '털이 붉고 뿔이 크고 곧은 소'는 못난 소다. 소는 색이 검고 뿔이 누에고치나 밤톨 같으며 네 치 정도 자란 것을 잘난 것으로 친다. 털이 붉으며 뿔이 크고 곧은 소는 산천의 제사에 돌릴 뿐이다. 중궁이 어질지만 백우만은 못하므로 낮게 평가하면서도 그대로 존속시킨 것이다.

('騂且角'者, 牛之賤品也. 牛貴黝貴繭栗貴握尺, 若騂而角成者, 歸於山川而已. 仲弓之賢, 不如伯牛, 故貶而存之也.)

「옹야」雍也의 자위중궁왈子謂仲弓曰, "이우지자犁牛之子, 성차각騂且角, 수욕물용雖欲勿用, 산천기사저山川其舍諸?"라 한 구절과 관련된 것이다. 다산은 「원의총괄」에서 "이우의 새끼에 관한 말은 아버지가 아들보다 나음을 비유한 것임을 밝힌다"(辨犁牛之子, 喩父勝於子)라고 하였다. 중궁仲弓은 염옹冉雍, 백우伯牛는 염경冉耕으로 둘 다 공자의 제자다.

'성'騂은 '붉다'는 뜻이고 '각'角은 '뿔이 큼직하고 곧게 났다'는 뜻이다. 이런 소는 제사 때 희생犧牲으로 쓰기에 알맞은 귀중한 소로 여겼다. 역대 대부분의 학자는 이우犁牛를 얼룩소로 보고 시원찮은 소로 생각하였다. 사람으로 치면 못난 아비인 셈인데, 여기서는 중궁의 아버지를 비유한다. '이우의 새끼'(犁牛之子)는 중궁을 비유하고 '털이 붉으며 뿔이 크고 곧다'(騂且角)는 것은 본인이 잘났다는 의미다. 그러니까 역대 학자들은 이 구절을 "얼룩소의 새끼라도 털이 붉고 또 뿔이 제대로 났다면 쓰지 않으려 해도 산천의 신이 그를 버리겠는가?"라는 뜻으로 해석하고, 공자가 '중궁은 비록 못난 아비의 자식이지만 본인이 출중하게 잘났으므로 아비가 못났다고 해서 중궁을 등용하여 정사를 맡기지 않아서야 되겠는가?'라는 뜻으로 한 말이라 생각하였다.

　그러나 다산은 이우를 흑우黑牛, 즉 검은 소로 보았다. 여러 전적典籍을 고증하여 검은 소가 더 귀하고 검은 소야말로 하늘의 신과 땅의 신인 천신지기天神地祇에 제사 지낼 때 희생으로 쓰며, 성차각騂且角한 소는 천지보다 한 등급 낮은 산천山川에 제사 지낼 때 희생으로 쓰는 소임을 밝혔다. 다산은 또 백우와 중궁이 증점曾點과 증삼曾參처럼 부자간임을 고증해 냈다. 백우 역시 공자의 제자인데, 병으로 일찍 죽어 공자의 가슴을 아프게 하였다. 공자는 그가 죽기 전에 문병을 가서 창문 너머로 손을 넣어 방 안에 누워 있는 그의 손을 잡고 "이 사람이 이런 몹쓸 병에 걸리다니……. 이 사람이 이런 몹쓸 병에 걸리다니……"라고 거듭 탄식한 바 있다. 또한 공자 문하의 네 부문(덕행德行, 언어言語, 정사政事, 문학文學)에서 뛰어난 열 명의 제자라는 뜻인 사과십철四科十哲을 꼽을 때, "덕행은 안연顔淵, 민자건閔子騫, 염백우冉伯牛, 중궁이 뛰어났다"라고 하였다.

　다산에 의하면 『논어』의 이 구절은, 아버지 백우는 천자의 조정에서 중용할 만한 인재이고 아들 중궁은 아버지만은 못하지만 그래도 제후의 조정에 쓰일 만한 인재라는 뜻이다. 염백우와 염경(중궁)이 아버지와 아들 사이라는 것은 일찍이 한나라 왕충王充이 주장한 바 있지만, 털이 붉고 뿔이 곧은 소가 검은 소에 비해 상대적으로 못난 소란 주장은 다산의 창견이다.

(4) 곡삭에 세 가지가 있으니 곡삭, 제삭, 시삭이다. 시삭을 못한 적이 네 번 있지만 제사는 거른 적이 없다. 네 번 시삭하지 않았는데 그것을 몰라서 '백 년 동안 시삭하지 않았다'라고 하니 이치에 맞지 않다. 사당(廟)의 제사 때 바치는 희생은 희餼라고 부르지 않는다. 희란 빈희賓餼(손님에게 대접하는 음식물을

말함)다. 주나라 왕실이 쇠미해져서 왕실의 관리들이 제후에게 더 이상 곡삭을 베풀지 못하였으므로 자공이 그 희양餼羊을 없애 버리려 한 것이다.

(告朔有三, 一曰告朔, 二曰祭朔, 三曰視朔. 四不視朔而祭未嘗闕之也. 四不視朔而誣之, 曰百年不視朔, 非理也. 祭廟之牲, 不名爲餼, 餼者, 賓餼也. 周室衰微, 王人不復頒告朔于侯邦, 故子貢欲去其餼也.)

「팔일」八佾에, "자공욕거곡삭지희양子貢欲去告朔之餼羊. 자왈子曰, '사야賜也! 이애기양爾愛其羊, 아애기례我愛其禮'"라 한 구절에 관한 내용이다. '告'는 '보고하다', '호소하다' 등의 뜻일 때는 '고'로 읽지만, '뵙고 아뢰다'라는 뜻일 때는 '곡'으로 읽기도 한다.

　이 구절에 대해서는 주희의 풀이가 가장 널리 인정받는다. 주희는 "곡삭의 예禮는 옛날에 천자가 매년 음력 12월에 다음 해 1년의 달력을 제후들에게 반포하는데 제후들은 이것을 받아서 조상의 신주를 모시는 사당에 보관하였다가 매월 초하룻날이 되면 큰 양 한 마리를 희생으로 바치고 사당에 고유告由한 뒤 시행하였다. 희餼는 희생(生牲)이다. 노魯나라는 문공文公 때부터 곡삭의 예를 하지 않았으나 유사有司가 여전히 초하루마다 양을 바쳤으므로 자공이 이를 없애려 한 것이다"라 하였다. "희餼는 희생이다"라는 것은 한나라 정현鄭玄의 설로, 주희는 이를 따른 것이다. 주희의 풀이를 따르면 이 구절은 "자공이 초하룻날 사당에 고유하면서 '희생양'을 바치는 의식을 없애려 하자 공자가 말씀하셨다. 사야! 너는 그 양을 아까워하느냐? 나는 그 예를 아까워한다"로 옮길 수 있다. 그러니까 곡삭의 예를 행하지 않는데도 희생양만은 전처럼 잡았으므로 자공이 공자에게 아예 희생양을 바치는 의식까지도 없애는 것이 어떻겠냐고 물었고, 공자는 희생양을 바치는 의식이라도 남겨 두면 곡삭의 예를 다시 행할 수 있는 실마리를 남겨 두는 셈이 되지 않겠냐면서 자공의 생각이 짧음을 지적했다는 것이다.

다산은 주희의 풀이에 동의하지 않고,「원의총괄」에서 "곡삭 때의 희양은 왕인을 대접하는 것임을 밝힌다"(辨告朔餼羊, 乃所以禮王人)라고 하였다. 왕인은 주나라 천자의 신하로, 천자의 명을 받들어 제후국에 파견되는 관리를 말한다.

다산은 여러 전적에 의거하여 거의 모든 학자가 주장하는, '노나라가 문공 때부터 곡삭의 예를 폐지했다'는 설이 잘못임을 밝힌다. 문공이 우연하게도 병에 걸려 네 차례의 곡삭을 행하지 못했을 뿐, 그 뒤로는 노나라가 망할 때까지 곡삭의 예를 거행했다고 주장하였다. 그리고 제사에 쓰는 희생을 희양犧羊이라고 한 것은 전혀 근거 없는 주장이라 하였다. 주희도 희餼를 '생생'生牲, 즉 살아 있는 희생, 달리 말하면 희생양이라고 하였다. 다산은 이 또한 근거가 없다고 생각하였다. 다산은 빈객에게 대접하는 음식을 희餼라고 하니 희양餼羊은 '빈객을 대접하는 양'임에 틀림없다고 주장하였다. 다산은 정현과 주희의 주장인 희생양犧牲羊 설을 반박하면서 "곡삭희양告朔餼羊의 일은 천고에 한이 되는 원통한 사건이다"라고 하였다. 다산의 이 설은 청나라 학자 유태공劉台拱(1751~1805)이 『논어변지』論語騈枝에서 편 주장과 흡사하다. 그러나 다산이 이를 보았을 리는 만무하므로 이역시 다산의 창견이라 할 것이다.

(5) 동주란 동로의 은유적 표현이다. 공산불요가 계씨를 배반하여 공실을 유지하려 하였으므로, 공자가 공실을 옮기고 비읍에 웅거하면서 주나라가 도읍을 동쪽으로 옮겨 동주라 한 것처럼 동로를 만들려 한 것이다.

(東周者, 東魯之隱語也. 公山弗擾畔季氏, 以扶公室, 故孔子欲遷公室據費邑, 以爲東魯, 如東周也.)

다산은 「원의총괄」에서 "'내가 거기를 동주로 만들겠다'라고 한 것은 노나라 수도를 비 땅으로 옮기겠다는 말의 은유적 표현임을 밝힌다"(辨吾其爲東周, 乃以魯遷費之隱語)라고 하였다. 이는 「양화」陽貨에 나오는 다음 내용에 관한 것이다.

"공산불요가 비 땅을 점거하여 계씨에게 반기를 들고는 공자를 불렀다. 공자가 가려고 하자 자로가 불쾌한 표정을 지으며 말했다. '갈 데가 없으면 안 가면 그만이지 하필이면 공산불요에게 가려고 하십니까?' 그러자 공자가 말했다. '날 부르는 자가 어찌 괜히 부르겠는가? 만약 나를 쓰는 사람이 있다면 나는 거기를 동주로 만들겠다.'"(公山弗擾以費畔, 召, 子欲往. 子路不說, 曰, "末之也已, 何必公山氏之之也?" 子曰, "夫召我者, 而豈徒哉? 如有用我者, 吾其爲東周乎!")

노나라의 권력자 계환자季桓子의 가신인 공산불요가 비 땅에서 계씨에게 반란을 일으키고 공자를 불렀을 때의 일이다. 이때 공자는 50세쯤으로, 20세 전후에 위리委吏나 사직리司檥吏 같은 말단 관리를 지낸 뒤로 30여 년이나 되는 긴 세월 동안 한 번도 관직에 올라 보지 못한 처지였다. 하안의 『논어집해』나 주희의 『논어집주』는 '위동주'爲東周를 '주나라의 도를 동쪽에서 일으키겠다'라는 말이라고 하였다. 그런데 문제는 이 '동쪽'이 구체적으로 어디인가 하는 것이다. 다산은 다음과 같이 주장한다.

"'오기위동주'吾其爲東周란 주나라가 서주西周의 땅을 진秦나라에 준 것처럼 노나라는 차라리 계씨 등 삼가三家에 주고, 노나라 군주를 동쪽 비費 땅에 옮겨 동로東魯를 만드는 것이 오늘의 실정보다는 나을 것이란 말이다."

다산에 의하면, 북방 이민족의 침입으로 주나라가 위태로워졌을 때 호경鎬京 일대의 땅을 진秦에 주고 수도를 동쪽의 낙양洛陽으로 옮겨 나라의 명운을 이어 왔던 것처럼 당시 노나라의 수도인 곡부曲阜 일대를 삼가가 차지하도록 두고 공실公室을 공산불요가 장악하고 있는 비費 땅으로 옮겨 노나라를 재건하자는 공자의 정치적 웅도雄圖가 담긴 말이라는 것이다. 이는 다산의 창견이다.

(6) '승당'이란 마루에서 연주하는 음악으로 아와 송이 그것이고, '입실'이란 방 안에서 연주하는 음악으로 이남이 그것이다. 자로가 슬을 연주하는 수준이 아와 송은 잘하지만 이남은 잘하지 못하므로 공자가 비유하여 말한 것이다. (升堂者, 堂上之樂, 雅頌是也. 入室者, 房中之樂, 二南是也. 子路之瑟, 能爲雅頌而不能爲二南, 故夫子設喩也.)

다산은 「원의총괄」에서 "자로가 슬을 연주하는 수준은 마루 위의 음악을 할 수는 있으나 방 안의 음악을 할 수는 없다는 의미임을 밝힌다"(辨由之瑟, 能爲堂上之樂, 不能爲房中之樂)라고 하였다. 이는 「선진」先進에 나오는 다음과 같은 구절에 관한 것이다.

공자가 "자로가 어찌 슬을 내 문에서 연주하는가?" 하였다. 이 말을 들은 제자들이 자로를 공경하지 않았다. 그러자 공자가 "자로는 마루에 올랐으나 방에 들어오지는 못했다"라고 했다.(子曰, "由之瑟, 奚爲於丘之門?" 門人不敬子路. 子曰, "由也升堂矣, 未入於室也.")

참고로 한 가지 지적하자. 슬瑟을 '비파'라고 하는 경우가 많은데, 슬은 슬이고 비파는 비파다. 모양이 서로 다르다. 뿐 아니라 비파는 공자가 살던 시대에 없었다. 금琴을 '가야금'이라 말하는 경우가 있는데, 이 또한 잘못이다. 금은 금이고 가야금은 가야금이다. 우리나라에서는 대부분 이를 혼동하고 있다.

공자가 비유한 마루와 방은 슬을 연주하는 수준을 의미한다. 역대의 많은 학자들이 이를 학문의 경지로 설명했고, 오늘날에도 승당과

입실은 학문의 경지 차이로 여긴다. 다산은 그 여러 설을 물리치고 오직 슬 연주의 경지를 말하는 것일 뿐이라고 하였다. 다산은 슬의 수준을 가늠하는 기준을 주남周南과 소남召南의 이남二南과 아雅·송頌의 둘로 나누고, 이남을 연주하기는 어렵고 아송을 연주하기는 상대적으로 쉬운 것으로 보았다. 그리하여 다음과 같이 말한다.

"오직 아송만 인정하고 이남에 대해서는 인정하지 않았다."

이 말은 공자가 자로의 아송 연주 솜씨는 인정하되 아송 연주의 수준은 인정하지 않았다는 말일 뿐이라는 것이다. 이는 다산의 창견이다.

(7) 공자가 남자를 만난 것은 괴외蒯聵를 불러와서 모자의 은혜와 사랑을 온전히 하도록 권하려 해서다. 그러므로 "내가 그렇게 하지 않으면 하늘이 싫어할 것이다"라고 한 것이다. 대부가 소군小君(제후의 부인)을 만나 보는 일은 당시의 일반적인 예법이었다.

(子見南子, 欲勸使召聵以全其母子之恩也. 故曰'予所否者, 天厭之'. 若夫大夫之見小君, 當時之恒禮也.)

「옹야」에 다음과 같은 구절이 있다. "자견남자子見南子, 자로불열子路不說. 부자시지왈夫子矢之曰, '여소부자予所否者, 천염지天厭之! 천염지天厭之!'" 주희는 '여소부자'予所否者의 '부'否를 '예에 맞지 않는다'(不合於禮)는 뜻으로 보았다. 그에 따르면 이 구절은, "공자가 남자를 만나자 자로가 기뻐하지 않았다. 공자께서 맹세하여 '내가 잘못된 짓을 하였다면 하늘이 나를 버리시리라! 하늘이 나를 버리시리라!'라고 말씀하셨다"라는 뜻이다. 다산은 「원의총괄」에서 "공자가 남자를 만난 것은 반드시 위나라를 국난에서 구하고 모자간의 은혜와 사랑을 온전히 하기 위해서였음을 밝힌다"(辨子見南子·必由救亂全恩)라고 했다.

주희는 공자가 남자를 만난 배경을 다음과 같이 설명하였다.

"남자는 위衛나라 영공靈公의 부인으로 음란한 행위가 있었다. 공자가 위나라에 이르자 남자가 만나기를 요청하였는데, 공자는 사절하다가 마지못해 만났다. …… 자로는 공자가 이 음란한 사람을 만나는 것을 치욕으로 여겼으므로 기뻐하지 않은 것이다."

역대의 학자들은 대부분 주희의 이 설을 받아들였다. 그러나 다산은 공자가 남자를 만난 시간과 만난 이유 등에 대해 역대 어느 학자도 생각해 보지 못한 설을 제시하였다. 다산은 우선 '여소부자'予所否者의 '부'否를 '불견'不見, 즉 '만나지 않다'라는 의미로 보았다. 다산에 의하면 이 말뜻은 '내가 남자를 만나지 않는다면'이 된다. 그러니까 이 상황에서 내가 남자를 만나지 않는다면 하늘이 나를 싫어할 거라는 것이다. 다산은 이 대화가 있던 당시의 상황을 추론하였는데, 약간의 각색을 하여 설명하면 다음과 같다.

"남자는 위나라 영공의 부인이다. 시집오기 전에 송나라 공족公族이자 빼어난 미남인 송조宋朝와 간통하였는데, 위나라로 시집온 뒤에도 송조를 불러 음란한 짓을 계속하였다. 이런 사정을 아는 송나라 사람들이 기롱하는 노래―이미 너희의 암퇘지를 만족시켰는데 왜 우리 수퇘지를 돌려주지 않나?(旣定爾婁豬, 盍歸吾艾豭?)―를 지어 부르기까지 했다. 알고 보니 수퇘지는 송조를 암퇘지는 남자를 은유한 것이었다. 데려가서 그만치 바람을 피웠으면 이제는 송조를 돌려주어야 하지 않겠느냐는 뜻이다. 이 노래를 듣고 진상을 안 영공의 태자 괴외蒯聵가 남자를 죽이려다 실패하고는 이웃 송나라로 달아났다. 여러 해 후에 영공이 죽자 남자는 괴외의 아들 괴첩蒯輒을 위나라 후위侯位에 앉히려고 하였다. 이때 위나라에 있던 공자가 위나라의 윤기倫紀가 끊어져 나라가 장차 어지러워질 것을 예견하고 자진해서 궁에 들어갔다. 남자를 설득하여 괴외를 불러들여 후위에 앉히게 하고 모자를 화해시켜 보려 한 것이다. 자로가 화를 낸 것은 어머니를 죽이려 했던 패륜아를 불러들여 후위에 앉게 하려는 것이 못마땅했기 때문이다."

다산의 이런 추론은 주희의 추론뿐 아니라 그 전의 여러 전적, 특히 사마천이 지은 『사기』史記의 기록과 상당한 거리가 있다. 사마천은 공자 사후 700년 뒤에 태어난 사람이고 보면 그의 추론 또한 반드시 신빙할 만한 것이 못 된다고 하겠다. 다산의 추론에 의하면 이 구절은, 명분을 바로잡기 위한 공자의 의연한 태도를 볼 수 있는 역사적 자료다. 다산과 동시대 사람인 청나라 학자 왕숭王崧(1752~1837)도 이와 비슷한 주장을 했지만 두 사람의 영향 관계가 있을 수 없는 상황이었으므로 이는 다산의 창견에 속한다.

(8) 상지와 하우란 성품의 명칭이 아니다. 선을 지키는 사람은 비록 악한 사람과 가까이 지내도 습관이 변하지 않으므로 상지라 이름한 것이고, 악을 편안히 여기는 사람은 비록 선한 사람과 가까이 지내도 습관이 변하지 않으므로 하우라 이름한 것이다. 만약 사람의 성에 원래 변하지 않는 품등品等이 있다고 한다면, 주공이 "성인이라도 생각하지 않으면 광인이 되고 광인이라도 능히 생각하면 성인이 된다"라고 한 것은, 성을 모르고 한 말이 되고 만다.

(上智下愚, 非性品之名. 守善者, 雖與惡相押習, 不爲所移, 故名曰上智. 安惡者, 雖與善相狎習, 不爲所移, 故名曰下愚. 若云人性原有不移之品, 則周公曰'唯聖罔念作狂, 唯狂克念作聖', 爲不知性者也.)

「양화」의 "오직 상지와 하우는 움직이지 않는다"(唯上知與下愚不移)라는 구절과 관련된 것이다. 다산은 「원의총괄」에서 "지혜로움과 어리석음은 스스로 몸가짐을 잘하는지 못하는지에 달린 것이지 타고난 성품의 높낮이를 말하는 것이 아님을 밝힌다"(辨上知下愚是謀身之工拙, 非性品之高下)라고 했다.

다산은 그 이유를 소상히 밝혔는데, 간단히 정리하면 성은 태어날 때부터 정해져 있는 것이 아니라 그가 좋아하는 바에 따라 결정된다는 것이다. 이것을 성기호설性嗜好說이라 하는데, 이는 궁극에 있어 맹자의 성선설性善說과 궤를 같이한다. 『상서』尙書「다방」多方에 "성인도 하늘의 뜻을 마음에 새기지 않으면 광인이 될 수 있고, 광인도 하늘의 뜻을 마음에 새기면 성인이 될 수 있다"(惟聖罔念作狂, 惟狂克念作聖)라는 주공周公의 말이 실려 있다. 다산은 이를 중시하여 성인도 마음먹기에 따라 광인이 될 수 있고 광인도 마음먹기에 따라 성인이 될 수 있으니, 본성本性이 이미 고정되어 있다는 주장은 허구라고 본 것이다. 만물의 본성은 무엇을 좋아하느냐 하는 기호嗜好에 달린 것이며 인간의 본성 또한 기호에 달렸는데, 인간은 선을 좋아하고 악을 싫어하는 본성을 가진 존재라는 것이 다산의 주장이다. 다산의 이 주장은, 인간의 성품은 태어날 때부터 상품, 중품, 하품의 3등급으로 정해져 있다는 동중서董仲舒와 한유韓愈의 성삼품설性三品說이나 인간은 태어날 때부터 기질지성氣質之性을 가지고 있다는 주희의 주장을 부정하는 것이다. 이는 다산의 창견이다.

(9) 영무자가 처음에 위나라 성공을 모시고 다니며 몸이 젖고 발이 부르트도록 갖은 고난을 겪었으니, 이것은 자신을 잊고 나라를 위해 목숨을 바치는 우직한 충성이다. 성공이 위나라로 돌아오고 공달이 정치를 하자 권력이 있는 중요한 자리를 피하였으니, 이것은 자신을 편안히 하고 집안을 보전하는 지혜다. 자신을 편안히 하는 지혜는 그래도 따를 수 있지만 나라를 위해 목숨을 바치는 우직함은 따를 수 없다. 지금 재주와 학식을 감추는 도회韜晦를 어리석음

으로 여긴다면 임금에게는 시대의 어려움을 구제하는 데 함께할 사람이 없을 것이다.

(甯武子始從衛成公, 沾體塗足, 備嘗險艱, 此忘身殉國之愚忠, 及成公還國孔達爲政, 斂避權要, 此安身保家之智慧也. 安身之智, 猶可及也, 殉國之愚, 不可及也. 今以韜晦爲愚, 則人主無與濟時艱也.)

「공야장」公冶長에 "영무자甯武子, 방유도즉지邦有道則知, 방무도즉우邦無道則愚. 기지가급야其知可及也, 기우불가급야其愚不可及也"라는 구절이 있다. 영무자는 위나라 대부 영유甯兪이며, 무武는 시호다. 이 구절을 공안국孔安國을 비롯한 주희 이전의 모든 학자는 다음과 같이 이해했다.

"영무자는 나라가 태평할 때는 지혜롭게 행동하고 나라가 어지러울 때는 어리석은 척했다. 그의 지혜로움을 따라갈 사람은 있지만 그의 어리석은 척을 따라갈 사람은 없다."

그러니까 나라가 혼란할 때 어리석은 척하여 위기를 넘기고 살아남은 것을 '명철보신'明哲保身이라 부르며 찬미하였다는 것이다. 이것이 난세에 어리석은 척하여 자신을 보전했다는 양우설佯愚說이다.

주희는 이와 다르게 해석했다.

"영무자가 위나라에서 벼슬한 시기는 문공文公과 성공成公 때에 해당하는데, 문공은 정치를 잘하였으므로 영무자는 이렇다 할 업적을 올리지 못하였다. 이것이 웬만하면 그처럼 지혜로울 수 있다는 것이다. 그의 아들 성공은 정치를 잘 못해서 나라를 잃을 지경에 이르렀는데, 영무자가 그러한 상황에서 떨치고 나서 마음과 몸을 다 바치며 어렵고 위험한 일을 피하지 않았다. 그러한 그의 처세는 지혜롭고 꾀 있는 사람이면 모두 피하고 하지 않으려는 것인데 영무자는 마침내 자기 몸을 보전하고 임금도 위기에서 구하였다. 이것이 그의 어리석음을 따라갈 사람이 없다는 것이다."

이것이 위의 양우설과 반대되는 우충설愚忠說이다.

다산은 주희의 우충설에 동의한다. 그러나 영무자의 상반된 행위가 문공 시대와 성공 시대로 나뉘어 발생했다는 점에는 견해를 달리한다. 다산은 『춘추좌씨전』의 기사를 면밀히 검토하여 영무자의 지知와 우愚가 모두 성공 때 일어난 일로 보았다. 또 위나라의 안정기, 즉 유도有道와 혼란기, 즉 무도無道의 상황이 생긴 시기는 무도가 먼저고 유도가 뒤라고 주장한다. 다산에 따르면 이 점이 바로 주희가 놓친 것이다. 역사를 살펴보면, 위성공 즉위 초에 진晉나라가 송나라의 위기를 구하기 위해 위나라에 길을 터 주고 군대를 파병해 주기를 요구했는데 성공은 거절한다. 그러자 진나라의 요구를 들어주자고 주장했던 위나라 대부 원훤元咺이 반란을 일으켰으므로 성공은 진陳나라로 망명하고 그의 아우 공자 하瑕가 위나라 임금으로 옹립된다. 추방당한 성공은 몇 번이나 죽을 고비를 넘긴 끝에 2년 뒤 다시 위나라로 돌아와서 원훤을 죽이고 재집권한다. 그동안 영무자는 성공을 위해 온갖 어려움을 무릅쓰고 우직한 충성을 다한다. 이것이 바로 나라에 도가 없을 때 우충愚衷을 다하였다는 방무도즉우邦無道則愚다. 그뒤 능력 있는 공달孔達이 정사를 맡자 영무자는 자취를 감추었다고 한다. 이것이 나라에 도가 있을 때 지혜로웠다는 방유도즉지邦有道則知다.

다산은 공자의 원문에 지知가 먼저고 우愚가 뒤에 있다고 해서 주희처럼 거기에 얽매여선 안 된다고 생각했다. 다산은 『춘추좌씨전』을 면밀히 검토하여 위문공 시대에는 영무자의 아버지 영장자衛莊子가 정사에 참여했는데 문공이 죽고 아들 성공이 즉위하는 기원전 634년 이후로는 등장하지 않고, 대신 아들 영무자가 출사했다는 사실을 알아냈다. 춘추 시대엔 부자가 한 조정에서 벼슬하지 않는 것이 불문율이었던 것이다. 이는 주희의 해석을 일부 수용한 바탕 위에서 새로운 고증으로 신경지를 연 것이다. 이 역시 다산의 창견이라고 해도 좋겠다.

끝으로 다산이 스스로 가려 뽑은 9개조에는 들지 못했지만 우리의 눈을 끄는 창견 가운데 몇 가지를 더 소개하기로 한다. 후세 학자들, 주희도 포함하는 역대 대부분의 학자들이 중국에 불교가 들어와 거대한 흐름을 형성하는 바람에 약해진 국고國故를 회복하기 위해서는 공자의 위상을 석가모니의 수준으로 높여야 한다고 생각하였다. 그러기 위해 그들은 공자 문하의 일부 제자를 희생양처럼 취급하는 주석을 내기도 했다. 다산은 그런 주석자들의 지나침을 바로잡는다. 희생양 가운데 대표적인 사람이 자로子路, 번지樊遲, 재여宰予 셋이다. 다산은, 그들은 후세의 학자들이 우습게 보는 것이 도리어 우스울 정도로 차원이 높은 인물들이었다고 주장한다.

"뗏목을 타고 바다로 나간다는 것은 원래 자로의 용감함을 형용하는 것이었음을 밝힌다"에서, 다산은 이는 자로가 얼마나 용감한 사람인가를 형용한 것이라는 자기의 생각을 밝힌다. 번지가 오곡을 심는 가稼나 채소를 가꾸는 포圃, 즉 농사에 관한 질문을 공자에게 하였고 공자가 이를 두고 핀잔 섞인 말을 한 것을 두고 주희는 번지를 추비근리鄙近利, 즉 '거칠고 비루하며 이곳에 밝다'고 낮추어 보았다. 다산은 이를 반대하여 "번지가 추비근리하다는 명확한 증거가 없다. 오곡 심는 법을 배우고 채소 가꾸는 법을 배우려 한 것은 이곳에 밝은 것이 아니다. …… 그는 일찍이 이곳을 밝힌 적이 없다. …… 추비근리한 사람이라는 지목은 성인의 문하에 있는 사람에게 가벼이 붙여서는 안 될 말이라 여겨진다"라고 하여 번지의 누명을 벗기는 데 힘을 쏟았다. 재여는 공자로부터 핀잔을 가장 많이 받은 제자였다. 낮잠을 자다가 썩은 나무라는 꾸중을 듣기도 하고 삼년상을 반대하다가 화가 난 공자가 뒷담화를 한 적도 있는 말썽꾸러기였다. 이 때문에 재여를 가벼이 보는 학자들이 많았다. 그러나 그는 공자 문하의 대표 제자인 십철十哲의 한 사람이었고, 공자 사후 공자를 기려 "내가 보기엔 우리 선생님이 요임금, 순임금보다 훨씬 더 어진 분이다"라고 말한 적도 있는 사람이다. 다산은 그가 일년상을 주장하며 공자의 소신인 삼년상을 반대하다가 1년 만에 상을 마친 후 쌀밥을 먹고 비단옷을 입는다면 너의 마음이 편하겠느냐는 공자의 질문에 편하다고 대답했던 것을 두고 다음과 같이 말했다.

"재여가 편안하다고 대답한 것은 참으로 마음이 편해서가 아니라 바로 당면해서 굽히려 하지 않고 억지로 자기 의견을 내세우느라 갑자기 편안하다고 대답한 것이다. 공자가 '너도 부모로부터 3년간의 아낌을 받은 것이냐'라고 한 말도 논의를 하다 보니 더욱 격렬해졌을 뿐이지 재여가 참으로 불효하다는 뜻은 아니다."

"지금 사람들이 재여를 논평할 때 재여가 부모의 상을 치르면서 쌀밥을 먹고 비단옷을 입고서 이를 편안히 생각하고 슬퍼하지 않았다고 여긴다면 참으로 지나치지 않겠는가? 글을 읽을 때는 모름지기 어맥을 분명히 하여 가벼이 논단하지 말아야 한다."

다산은 이처럼 간곡히 공자 문하의 문제아로 찍힌 재여를 변호했다.

정'井' 자와 정'阱' 자는 고대에 통용되는 글자였다. 그래서 다산은 "남을 구하려다 '정'에 빠져 다치거나 죽으면 인인仁人이 된다고 할 때의 '정'은 우물 정井이 아니라 함정 정阱임을 논변한다"에서 그것이 통용자이며, 여기서는 '함정'을 뜻한다고 주장하였다.

공자가 시냇가에서 흐르는 물을 보며 "서자逝者는 이와 같구나. 밤낮으로 쉬지 않으니……"라고 했는데, 이 서자逝者가 구체적으로 무엇인지에 관한 주장이 여러 가지였다. 정현은 '가는 것'(往)이라 했는데 무슨 말인지 분명하지 않다. 황간皇侃은 '광음'光陰, 즉 시간이라고 했다. 정이程頤와 주희는 '도체'道體라고 했다. 다산은 이러한 설을 다 부정하고 "서자逝者는 한번 흘러가면 다시는 오지 않는 사람의 '인생' 人生"이라고 했다.

『논어』「향당」鄕黨 편의 맨 뒤에 이상한 글 한 편이 뜬금없이 붙어 있는데, 역대의 학자들이 별의별 해석을 다했지만 21세기에 접어든 지금까지 아무도 속 시원한 해석을 하지 못했다. 그리하여 이 구절이 『논어』에서 가장 난해한 것으로 소문난 지 오래다. 원문은 다음과 같다.

색사거의色斯舉矣, 상이후집翔而後集. 왈曰, "산량자치山梁雌雉, 시재시재時哉時哉!" 자로공지子路共之, 삼후이작三嗅而作.

2000종이 넘는다는 수많은 주석 가운데 대표적이라 할 주희의 주는 다음과 같다.

"새는 사람의 나쁜 표정을 보면 날아서 빙빙 돌며 관찰한 다음에 내려앉는다. 공자께서 말씀하시기를, '산 위 다리의 암꿩이여, 때에 맞는구나! 때에 맞는구나!' 하셨다. 자로가 그 꿩을 잡아 올리니, 세 번 냄새를 맡고 일어나셨다."

무슨 말인지 어리둥절하다. 그래서 주희는 "여기에는 반드시 빠진 글이 있으니 억지로 주석을 할 수 없다. 우선 들은 바를 기록하여 아는 사람을 기다린다"라고 솔직히 말했다. 현대에 가장 널리 읽히는

『논어역주』를 쓴 중국 양백준楊伯峻은 다음과 같이 풀었다.

"공자가 산 계곡을 가다가 몇 마리 꿩을 보았다. 공자의 얼굴빛이 변하자 꿩들이 하늘로 날아올라 한 바퀴 빙 돈 다음 다시 한곳에 내려앉았다. 공자가 말했다. '산 위 다리의 까투리가 때를 얻었구나! 때를 얻었구나!' 수행하던 자로가 꿩들을 향해 두 손을 맞잡고 허리를 숙이자 꿩들이 날개를 펴고 날아가 버렸다."

역시 알쏭달쏭하다. 그래서 양백준도 "이 글은 알기 어렵다. 자고로 마음에 드는 해석이 하나도 없다. 많은 사람이 여기에 빠진 글자와 틀린 글자가 있을 것이라 의심하였다. 나는 다만 앞사람들의 해석 가운데서 비교적 알기 쉬운 것을 번역한다"라고 하였다. 다산은 어떻게 해석했을까? 답은 다음과 같다.

"새가 놀라서 높이 날아올라 빙빙 돈 뒤에 다시 내려앉았다. 공자가 말하기를 '산골짜기 작은 돌다리에 있는 까투리여! 날아가야 할 때다! 날아가야 할 때다!'라고 하였다. 자로가 이를 잡아 요리하여 바치니 공자가 세 번 냄새를 맡아보고 일어났다."

다산은 이 말의 배경을 대강 다음과 같이 설명한다.

"공자가 사냥꾼이 꿩이 앉아 있는 산 계곡의 다리로 접근하는 광경을 보고 꿩이 잡혀 죽을 것을 걱정하여 '꿩아! 꿩아! 날아가야 할 때다! 날아가야 할 때다!'라고 하였다. 꿩은 마침내 화살을 맞고 죽었다. 이때 공자가 '시재時哉 시재時哉'라고 한 것을 꿩을 먹을 때라고 말하는 걸로 오해한 자로가 꿩을 익혀서 공자에게 바치자 공자는 차마 먹지 못하고 세 번 냄새만 맡고 일어섰다."

다산의 주장도 일리가 있는 한 학설이라 할 수 있겠지만, 역시 정답인지는 알 수 없다.

3. 결어

이상으로 다산이 자부하는 견해 9조와 특이한 창견 몇 가지를 살펴보았다. 필자가 조사한 바에 따르면 『논어』에 관한 다산의 창견은 모두 69조에 이른다. 이즈음에서 우리는 다산이 얼마나 천재적인 두뇌의 소유자인지를 짐작할 수 있다. 왜냐하면 평생 『논어』를 읽고 외워도 한 글자, 한 줄의 글에 개연성 있는 자기의 새로운 견해를 제시하기가 힘들기 때문이다. 『논어』를 연구하는 어느 누구도 위의 다산의 주장이 근거 없는 억설이라 말할 수 있는 사람은 없을 것이다. 다산의 설은 정밀한 고증, 종횡으로 조리 있는 방증, 그리고 짙은 개연성을 바탕으로 하기 때문이다. 아쉬운 것은 오늘날 우리나라 독서인들이 『논어』를 읽을 때 주희의 『논어집주』 번역본이나 주희의 주를 위주로 하고 발췌 해설한 초본抄本 따위를 읽을 뿐 다산의 『논어고금주』에 대해선 잘 모를 뿐 아니라 알고도 별 관심을 갖지 않는다는 점이다. 『논어고금주』는 한학자 박완식朴完植 선생과 성균관대학교 명예교수인 이지형李篪衡 선생의 한글 번역본이 여러 독자의 눈길을 기다리고 있다.

『중용자잠』
사람 섬김이 곧 하늘 섬김이다 ˙

1. 『자잠』自箴이란 어떠한 의미인가?

다산은 『중용』에만 '자잠'이라는 이름을 붙였다. '잠'箴 자는 원래 '바늘과 침' 또는 '바늘과 침으로 찌른다'는 의미를 가진다. 동양 의학에서는 육체의 병을 고치는 데 바늘과 침의 사용을 중시하였다. 문인들은 마음의 병을 다스리는 데도 바늘과 침이 필요하다고 생각하였다. 마음의 병을 다스리는 바늘과 침은 마음을 훈계하고 경계하는 의미가 있는 글을 가리킨다. 그래서 옛날 사람들은 많은 종류의 '잠'을 지어 자신을 경계하기도 하고, 혹은 제자들이나 후학들을 경계하기도 하였다. 『다산시문집』[1] 제12권 「잠」箴에도 「자기 자신을 온화하

˙ 　이광호(전 연세대학교 철학과 교수, 국제퇴계학회 회장)

1 　다산이 남긴 저술은 다산학술문화재단에서 정본 사업을 통하여 《정본 여유당전서》 37책으로 2012년에 완간되었다. 그러나 이 글에서는 한국고전번역원에서 출간한 『다산

게 하는 잠」和己齋箴, 「자기 자신을 공경스럽게 하는 잠」敬己齋箴, 「게으름을 경계하는 잠」怠箴, 「사치를 경계하는 잠」奢箴, 「친척과 화목하게 지내도록 권하는 잠」睦親箴, 「권세를 멀리하도록 권하는 잠」遠勢箴, 「자신을 극복하도록 권하는 잠」克己箴, 「사악해짐을 막도록 권하는 잠」閑邪箴, 「세상에서 은둔을 권하는 잠」避世箴, 「네 가지 괘로 예가 아니면 보지도 말고 듣지도 말고 말하지도 말고 행동하지도 말라고 가르치는 잠」四卦箴 등 10개의 잠이 실려 있다. 이 잠의 내용만 읽어도 다산이 추구하는 삶의 방향과 목표를 가늠할 수 있다. 네이버캐스트 '인물한국사' 「정약용」에서 '실학을 집대성하여 부국강병의 꿈을 꾸다'라는 표제를 사용했는데, 이를 보면 '인물한국사' 필자가 정약용을 얼마나 피상적으로 이해하는지 알 수 있다. 올바른 유학자 가운데 단순하게 부국강병을 꿈꾸는 학자는 거의 없으리라 생각된다. 유학자라면 누구나 선한 삶, 정의로운 삶을 추구함으로써 국가와 국민 전체의 태평한 삶을 도모할 것이다. '잠' 가운데서도 '자잠'이란 다른 사람이 아니라 바로 자기 자신을 경계하는 글이라는 특별한 의미를 담고 있다. 다산은『중용자잠』이라는 이름을 통하여『중용』을 텍스트로 삼아 남은 생애를 경계하며 살겠다는 뜻을 밝힌 것이다.

시문집』과《여유당전서》경집을 참조하였다.《여유당전서》는 모두 제7집으로 구성되었다. 제1집은 시문집 22권, 잡찬 3권인데, 이 시문집을 번역한 것이『다산시문집』22권이다.《여유당전서》제2집은 경집 48권인데,『중용자잠』은 경집 제3권에 속하고,『중용강의보』는 경집 제4권에 속한다. 제3집은 예집 24권, 제4집은 악집 4권, 제5집은 정법집 39권, 제6집은 지리집 8권이며, 제7집은 의학집 6권이다.

2. 왜 하필 『중용』일까?

다산이 『중용』을 자잠으로 삼은 이유를 이해하기 위해서는 유학의
대강을 이해하지 않으면 안 된다. 그래서 유학의 경전인 육경六經과
사서四書가 어떤 책인지 먼저 설명한 다음, 사서를 통하여 유학의 도
가 무엇인지를 설명하고자 한다. 유학의 도가 무엇인지 이해가 될 때
비로소 다산이 『중용자잠』을 지은 뜻을 이해할 수 있다.

(1) 유학에 대한 이해: 육경과 사서

『중용』을 이해하려면 유학의 기초를 이해하지 않으면 안 된다. 오늘
날 우리는 유학을 봉건 시대의 지배 이념 정도로 이해하지만, 이러한
피상적인 관점으로는 유학은 물론 정약용 사상의 시대를 초월하는
깊이를 이해할 수 없다.

유학은 공자孔子(B.C.551~B.C.479, 이름은 구丘, 자는 중니仲尼)로부터
근대 사회에 이르기까지 동아시아의 학자들이 전승한 이상적 삶과
정치의 총체다. 유교 사회에서 학자들은 이를 통하여 진리를 인식하
고 삶을 완성하였으며 이상적 사회를 지향하였다. 서구 문명과 만나
몰락한 것처럼 보이지만 서구 문명을 수용하며 언젠가 새로운 모습
으로 재정립될 것이다. 정약용은 서양의 학문과 종교를 접한 다음 유
학을 시대에 맞게 새롭게 정립하기 위하여 삶을 바친 최초의 학자라
고 이해하는 편이 정당할 것이다. 정약용은 유학이 인류가 지향해야
하는 이상적 사상이라는 것을 믿으며 유학자적인 삶을 살고 유학을
완성하고자 노력한 사람임에 틀림없다.

유학을 이해하려면 육경과 사서를 먼저 알아야 한다.

육경은 『시경』, 『서경』, 『역경』, 『예기』, 『악기』, 『춘추』다. 육경은

공자가 지었다. 하지만 공자가 창작한 저술은 아니다. 중국의 지성들은 요堯, 순舜, 우禹, 탕湯, 문왕文王, 무왕武王, 주공周公은 도를 알고 도에 따른 정치를 행한 이상적인 정치가라고 믿었다. 공자는 이들이 남긴 문학과 정치와 철학과 음악과 예법과 역사에 관한 기록을 총정리하였다. 그 결과 완성된 책이 육경이다. 육경이 완성된 뒤 춘추전국 시대에 학문이 번성하며 유학 사상도 성대하게 발전하였다. 그러나 오랜 전란과 진시황의 분서갱유로 유학 서적들은 불타 없어지고 학자들은 죽임을 당하였다. 없어진 책을 찾아 그 뜻을 이해하기 위하여 한대에는 훈고학이 발달하지만 후한 이후 불교와 도교가 발달하면서 유학은 침체 상태를 벗어나지 못하였다. 당태종이 과거제를 실시한 뒤부터 불교와 도교가 흥한 가운데 유교에 대한 관심이 조금씩 높아졌다. 송대가 되면서 유학은 불교와 도교 사상을 비판하며 새로운 철학 체계를 갖추고 이후 천 년 가까이 동아시아 사상계를 지배한다. 공자가 육경을 정리해 유학을 창시하였다면, 송대 이후에는 육경보다도 사서四書가 기본 경전이 된다.

사서는 『대학』, 『논어』, 『맹자』, 『중용』이다. 사서의 체계는 정호程顥(1032~1085, 자는 백순伯淳, 호는 명도明道)·정이程頤(1033~1107) 형제와 주희朱熹(1130~1200, 자는 원회元晦, 호는 회암晦庵)가 세웠다. 이들은 도통道統이라는 도의 전승을 중시하였다. 진나라 이전에는 정치를 통하여 도가 전승되었지만 공자 이후에는 학문을 통하여 도가 전승된 것으로 보았다. 공자에서 증삼曾參(B.C. 506~B.C. 436?, 자는 자여子輿)으로, 증삼에서 공급孔伋(B.C. 483~B.C. 402, 자는 자사子思)으로, 공급에서 맹자孟子(B.C. 372~B.C. 289?, 이름은 가軻, 자는 자여子輿)로 전승된 것으로 이해하였다. 공자의 『논어』와 증삼의 『대학』과 공급의 『중용』과 맹자의 『맹자』를 사서로 정하였다. 원래는 『대학』은 『예기』 제42편이고, 『중용』은 『예기』 제31편이었다. 『대학』은 유학의 대강령을 설명하고, 『논어』는 구체적인 삶과 관련되며, 『맹자』는 정치와 관련되고, 『중용』은 학문의 완성과 관련된다고 해서 『대학』, 『논어』, 『맹자』, 『중용』의 순서로 배열하고 학자들이 학문을 할 때도 이와 같은 순서에 따르기를 권유하였다. 유학의 대강령을 설명하는 『대학』에 의하면 유학 사상은 자신을 완성하는 수기修己와 다른 사람을 바르게 다스리는 치인治人의 두 영역으로 나뉜다. 학자는 도를 알고 실천함으로써 자신을 완성해야 하며 자신을 완성한 사람이 세상을 다스려야 한다는 것이 유학의 대강령이다.

(2) 유학에 대한 이해: 사서를 통해서 본 사람의 도란 무엇인가?

육경과 사서의 주요한 내용은 사람의 도에 관한 것이다. 도를 모르면 자신을 바르게 할 수 없고, 자신을 바르게 정립하지 않으면 남을 바르게 하는 정치를 할 수 없다. 그러므로 도를 아는 것은 유학 사상의 대전제다. 도대체 도란 무엇인가?

맹자는 말하였다. "사람의 삶에는 도가 있다. 배가 부르도록 먹고 따뜻하게 입고 편안하게 살더라도 교육이 없으면 새와 짐승에 가까워진다. 순임금은 이것을 걱정하였다. 그래서 설契을 교육부장관(司徒)으로 삼아 인륜을 가르치게 하였다. 아버지와 자식 사이에는 친함이 있고, 임금과 신하 사이에는 의리가 있고, 남편과 아내 사이에는 구별이 있고, 어른과 어린이 사이에는 차례가 있고, 친구 사이에는 신의가 있어야 한다."[2] 여기서 말하는 친함과 의리와 구별과 차례

---

2   人之有道也, 飽食煖衣 逸居而無敎, 則近於禽獸. 聖人有憂之, 使契爲司徒, 敎以人倫, 父子有親, 君臣有義, 夫婦有別, 長幼有序, 朋友有信.(『맹자』 「등문공」滕文公 上

와 신의가 바로 유학에서 말하는 도다. 사람에게는 배부르게 먹고 따뜻하게 입고 편안하게 거주하고자 하는 욕망이 있지만 이러한 욕망이 충족되는 것만으로는 사람다운 삶을 산다고 할 수 없다. 유학에서는 사람의 삶에는 사람이라면 그렇게 살아야 마땅한 도가 있다고 생각하였다.

공자는 말하였다. "학자가 도에 뜻을 두고서 나쁜 옷과 나쁜 음식을 부끄럽게 여기는 사람이라면 함께 도를 논할 수 없다."³ 또 말하였다. "아침에 도를 알면 저녁에 죽어도 좋다."⁴ 유학에서는 학문에서 가장 중요한 것이 도를 알고 도를 실천하는 것이었다.

『대학』의 내용은 삼강령과 팔조목으로 요약할 수 있다. 『대학』에서는 사람의 도를 선善이라고 하며, 선을 알고 실천하는 대전제로 사람의 '밝은 덕'이라는 개념이 등장한다. 삼강령은 '자신의 밝은 덕을 밝힘'(明明德), '백성을 새롭게 함'(新民), '지극히 선한 경지에 머무름'(止於至善)이다. 팔조목은 '일의 처리와 대인 관계에서 도리를 궁구함'(格物), '앎을 극진하게 함'(致知), '뜻을 진실하게 함'(誠意), '마음을 바르게 함'(正心), '몸을 수양함'(修身), '집안을 가지런하게 함'(齊家), '나라를 다스림'(治國), '천하를 태평하게 함'(平天下)이다. 팔조목은 삼강령을 순서에 따라 나열한 것이다. 유학의 도인 지선至善을 실현하려면 인간의 밝은 덕성을 밝히고, 밝은 덕성에 바탕하여 일을 처리하고 대인 관계를 맺으며, 선을 끊임없이 인식하고 실천하면서 자신을 수양하고 완성해야 한다는 것이다. 여기서 선현의 삶을 배우는

4장)

3   士志於道, 而恥惡衣惡食者, 未足與議也.(『논어』「이인」里仁 9장)
4   朝聞道, 夕死可矣.(『논어』「이인」 8장)

학문의 필요성이 등장한다. 사서와 삼경은 선현의 삶과 가르침을 통하여 선한 삶을 인식하고 실천하는 텍스트다. 학문을 통하여 자신의 덕성이 완성되어야 가정을 가지런하게 하고 국가를 다스리고 천하를 태평하게 할 수 있다. '수신'修身, 즉 자기 완성의 문제와 가정과 국가와 천하를 다스리는 '치인'治人을 선후로 나누어 순서에 따라 나열하고 있다. 수신이 먼저 이루어져야 치인을 할 수 있다는 것이다. 주희는 '밝은 덕'을 '허령불매虛靈不昧한 인간의 본성'으로 설명하여 본성을 밝혀 회복하는 것을 학문의 목표로 설정하는 데 반하여 다산은 명덕을 효제자孝弟慈라는 일상의 도리로 해석하며 주희의 형이상학을 부정하고 실천적 유학의 길을 열었다.

『예기』제31편에 속한『중용』에는 장과 절로 나눔이 없었다. 주희는 『중용』은 초학자들이 이해하지 못한다'(『중용장구』中庸章句, 독중용법讀中庸法)고 하며『중용』을 주해한『중용장구』를 저술해 전체를 33장으로 나누었다. 33장으로 나눈 다음 전체 내용은 6개 부분으로 나눌 수 있다고 하였다.

"『중용』은 여섯 개의 큰 마디를 만들어서 보아야 한다. 첫 장이 하나의 마디이니 중화中和를 말하였고, '군자중용'부터 이하 열 장이 하나의 마디이니 중용中庸을 말하였고, '군자의 도는 넓으면서 은미하다'(君子之道費而隱) 이하 여덟 장이 하나의 마디이니 비은費隱을 말하였고, '애공이 정치를 묻다' 이하 일곱 장이 하나의 마디이니 성誠을 말하였고, '위대하다, 성인의 도여' 이하 여섯 장이 하나의 마디이니 대덕大德·소덕小德을 말하였고, 마지막 장이 하나의 마디이니 다시 첫 장의 뜻을 거듭하였다."(『중용장구』, 독중용법)

『중용』에는 도를 설명하기 위하여 하늘과 성誠이 가장 중요한 개념으로 등장한다. 『중용장구』에 따르면 제1장에서는 "하늘이 사람에게 명한 것을 인간의 본성이라 말하고 본성에 따르는 삶을 도라고 말하며, 도를 닦는 것을 교육이라고 부른다"고 하여 하늘과 인간의 본성과 도와 교육을 하나로 관통해 설명하고 있다. 제20장에서는 "성誠은 하늘의 도며, 성誠의 삶을 살기 위하여 노력하는 것은 사람의 도다. 성誠의 삶을 사는 사람은 힘쓰지 않고도 중용을 행하며, 생각하지 않고도 중용을 얻어 자연스럽게 도에 합당하게 사니 성인이다. 성誠의 삶을 살기 위하여 노력한다는 것은 선善을 선택하여 굳게 잡아 실천하는 것이다"라고 한다. 천도는 성誠이며, 인간의 삶은 성誠의 삶을 살기 위하여 노력하는 것이고, 성인은 이러한 노력을 통하여 성誠에 도달하여 하늘의 도와 하나가 된 삶을 산다고 설명하고 있다. 그리고 제33장 끝부분에서는 "하늘이 하는 일은 소리도 없고 냄새도 없으니 지극하다"고 끝을 맺었다.

『중용』은 사서 철학의 극치로서 인간의 도는 사람이 천명을 부여받음에서 시작되며, 학문과 수양을 통하여 성인의 지위에 도달한 사람의 도는 하늘의 도와 일치한다는 내용이다. 다산은 육경과 사서를 통하여 인간의 삶의 길을 추구했다. 마테오 리치의 영향을 받아 상제上帝에 대한 종교 의식이 고양된 다산은 『중용』을 통하여 자신이 새롭게 심취한 종교 의식과 『중용』의 내용이 일치함을 느꼈다. 다산은 1801년 강진으로 유배를 간 뒤 육경과 사서를 다시 읽으며, 육경과 사서에 대한 새로운 해석을 하기로 결심하였다. 다산은 육경과 사서가 불교와 노장사상의 영향을 과도하게 받은 성리학에 의하여 잘못 해석되었다는 확신을 가졌다. 그 뒤 육경과 사서에서 성리학적 해석의 탈을 벗겨 내고 원시 유학의 본모습을 살려야 한다는 사명감을 가지고 육경과 사서 전체를 재해석하였다. 『중용강의』中庸講義에서 시작해 『중용자잠』으로 완결된 다산의 『중용』 해석이 지니는 유학사적 의미는 매우 크다.

3. 다산과 서학·서교와의 관계

다산은 그의 유일한 친구이며 선배인 이벽李蘗(1754~1785, 자는 덕조德
祚, 호는 광암曠菴)과 사귀며 그에게서 많은 것을 배웠다. 다산은 1784년
봄, 정조가 내려 준『중용』에 관한 70개 조목(『중용강의보』에는 70조이나
「자찬묘지명」집중본에는 80여 조로 나온다)에 답하는『중용강의』를 저술할
때 이벽과 토론하며 답안을 작성하였다. 다산이 갑진년(1784) 여름
이벽과 함께 배를 타고 서울로 가며 천주교 서적을 처음 보기 시작하
였다(「자찬묘지명」집중본)고 말하지만, 다산이 이벽과 알게 된 것은 늦
게 잡아도 15세(1776)에 결혼을 하고 서울에 살기 시작한 때로 보인
다. 다산은 이 무렵부터 성호학단의 일원이 되었고 그러면서 친인척
관계이던 서학자들, 특히 형으로 따르던 이벽에게서 많은 것을 배운
것으로 보인다. 다산은 16세(1777)에 이미 「이벽에게 주다」贈李蘗(『다
산시문집』제1권)라는 시를 지었고, 17세(1778)에는 아버지를 따라 화
순에 가서도 「이형을 그리며」憶李兄(『다산시문집』제1권)라는 시를 지어
이벽을 그리워하였다. 「벗 이덕조 벽과 함께 배를 타고 서울로 들어
가다」同友人 李德操 蘗 乘舟入京(『다산시문집』제1권)가 「자찬묘지명」에는
갑진년(1784)에 지은 것으로 되어 있으나『다산시문집』에는 신축년
(1781) 4월 15일에 지었다고 쓰여 있다. 이 시는 이벽을 위하여 지은
것이며, 이 무렵에 지은 시 「나의 하소연」述志과 「옛 뜻」古意에서는
이벽과의 만남을 통하여 새로운 세계와 새로운 사상을 접한 다산의
비상한 각오를 느낄 수 있다. 「자찬묘지명」의 갑진년(1784) 기사를 신

축년(1781) 기사의 잘못된 기록으로 보아야만 다산과 이벽의 관계를 순조롭게 이해할 수 있을 것이다. 더구나 「임인년(1782) 중춘에 체천 정사에서 지내며 짓다」王寅歲仲春 僑居棣泉作(『다산시문집』 제1권)라는 시를 보면 이해에 처음으로 서울에 자신이 살 집을 마련해 이곳에서 공부하게 된 사실을 밝히고 있다. 제목에 다음과 같은 설명을 하였다.

"선혜창宣惠倉이 숭례문 안에 있으므로 그곳을 창동倉洞이라 하며, 그 동에 두 우물이 있는데 그것을 형제천兄弟泉이라 한다. 임인년 봄에 이곳을 사들여 살면서 체천정사棣泉精舍라고 이름을 붙였는데, 정사는 냇물의 남쪽 지역에 있으며 사립문은 북쪽을 향하고 있다."

정약용은 15세 때 서울로 온 뒤 1782년 21세 때 숭례문 안의 남산 곁에 처음으로 집을 가지며 벗과 함께 학문에 더욱 정진할 수 있었다.

오래전에 서울로 오려 했던 건	久欲就京城
살림집 마련하자 한 게 아니니	非爲居室營
좋은 벗의 즐거움이 있지 않으면	不有良友樂
그 어찌 깊은 정을 펼칠 수 있으리	何以暢幽情
허둥지둥 떠돌이 생활 한탄하며	棲棲歎行旅
세월이 이미 여러 번 바뀌었는데,	歲月忽已更
남산 곁에 자그만 집을 마련하여	小屋南山側
다행히도 숙원을 이루었네.	幸玆夙志成
몸 하나 기거하면 그걸로 만족하니	取足庇微軀
탁 트인 난간과 기둥 필요치 않네	不必敞軒楹
때때로 자리와 책상을 베푸니	時時設几席
형제처럼 화기가 넘치네.	湛和如弟兄

묘한 글 의문 난 곳 분석해 보며	奇文析疑義
기쁨과 사랑으로 그리워하네.	有懷欣與傾
가난한 형편에 넉넉하지 않지만	簞瓢雖不給
그런대로 이러한 삶을 즐길 만하네	可以娛此生

"좋은 벗의 즐거움이 있지 않으면/그 어찌 깊은 정을 펼칠 수 있으리"의 좋은 벗은 수표교 부근에 살던 이벽일 수밖에 없다. 그리고 "때때로 자리와 책상을 베푸니/형제처럼 화기가 넘치네./묘한 글 의문 난 곳 분석해 보며/기쁨과 사랑으로 그리워하네./가난한 형편에 넉넉하지 않지만/그런대로 이러한 삶을 즐길 만하네"라는 구절을 통하여 이벽과 서양의 새로운 학문과 종교에 관해 토론을 하며 즐기는 삶을 상상할 수 있다. 목숨을 위협하는 험난한 시대에 이벽은 여덟 살이 많은 인척이며, 스승이고 서로의 생각을 이해하는 벗이다. 그래서 다산은 이벽을 읊으며 '벗'(友人)이라는 칭호를 즐겨 사용한다. 1784년 북경에서 돌아온 이승훈李承薰(1756~1801)이 세례를 주기 시작하면서 천주교에 대한 정부의 핍박이 심해져 이벽은 1785년 32세로 죽음을 맞이한다. 다산은 그를 위하여 「벗 이덕조에 대한 만사」友人李德操輓詞(『다산시문집』 제1권)를 남겼다.

신선이 타는 학이 인간 속에 내려왔던가	仙鶴下人間
고고한 그 풍채가 우뚝하구나.	軒然見風神
날리는 옷자락이 눈과 같이 희니	羽翮皎如雪
닭이며 따오기들 시기하였네	鷄鶩生嫌嗔
노랫소리 하늘 끝 울려 퍼지며	鳴聲動九霄
맑고 고와 풍진을 벗어났더니	嘹亮出風塵

가을바람 타고 문득 날아가 버려   乘秋忽飛去

남은 사람 슬퍼 힘들게 하네   怊悵空勞人

　이벽을 위하여 지은 시와 만사를 보면 두 사람이 나이 차이를 넘어 얼마나 의기가 투합하는 사이인지 알 수 있다. 다산이 가장 존경한 친구가 죽은 것이다.

　『중용강의』에는 광암의 의견이라고 한 곳이 세 번 나오며, 덕조의 의견이라고 표시한 부분이 여섯 번 나온다. 『중용』을 함께 토론하며 선조의 물음에 답안을 작성할 수 있었던 것은 이렇게 오랫동안 교류하고 학문을 연마했기 때문에 가능하였던 것으로 보인다.

　다산이 16세 되던 1777년은 권철신權哲身(1736~1801, 자는 기명既明, 호는 녹암鹿菴)에 의하여 주어사走魚寺 강학회가 시작된 해이며, 1784년은 이승훈이 북경에 가서 세례를 받고 돌아와 교인으로서 기독교를 전파하기 시작한 해다. 1785년 을사년에는 명례방에서 가진 천주교 집회가 형조에 적발되었고, 그 여파로 이벽은 죽음을 맞이한다. 마테오 리치 선교단이 전파한 서양의 과학 사상과 천주교 사상은 17세기 초부터 수입되기 시작하였다. 과학 사상을 수용하는 것은 문제로 삼는 자가 없었다. 하지만 천주교에 대해서는 입장의 차이가 컸다. 단순한 입장 차이를 넘어 정치권력과 연계되며 탄압의 분위기가 점점 심각해졌다. 다산은 서양의 과학 사상을 수용한 것은 물론 서학을 넘어 서교인 천주교를 수용하여 세례를 받았으며, 초기 천주교단 인맥의 한가운데서 장래가 촉망되는 대표적 인물이 된다. 이러한 과정에 결정적인 영향을 미친 사람은 이벽이었다.

　다산의 아버지 정재원丁載遠(1730~1792)의 첫째 부인 의령 남씨는 약현若鉉을 낳고, 둘째 부인 해남 윤씨는 약전若銓, 약종若鍾, 약용과 이승훈에게 시집간 누이를 낳았다. 다산의 집안은 남인으로 이익李瀷(1681~1763, 자는 자신自新, 호는 성호星湖) 계열의 학통을 계승한 것은 물론 혼맥도 맺으며 자연스럽게 천주교와 관련을 가졌다. 우리나라 최초의 천주교 신자인 이벽은 다산이 가장 친하면서 존경한 선배였다. 그는 성호 이익의 제자인 권철신이 1777년부터 주최한 주어사와 천진암天眞菴에서 열린 강학회에 참여하며 서교에 열성적인 신자였다. 그는 다산의 맏형인 정약현丁若鉉(1751~1821, 자는 태현太玄, 호는 부연鬴淵)의 처남이다. 우리나라 최초의 세례 교인인 이승훈은 1783년 서장관인 아버지 이동욱李東郁(1739~?)을 따라 북경에 가서 세례를 받고, 1784년에 많은 천주교 서적과 서양 학술 서적을 가지고 들어와 천주교를 전파하기 시작하였다. 그는 다산의 자형이다. 다산은 또 이승훈의 딸을 며느리로 맞아들이니, 이승훈은 다산에게 자형이면서 사돈이다. 또한 백서帛書 사건을 일으킨 황사영黃嗣永(1775~1801)은 정약용의 맏형인 정약현의 사위다. 셋째 형인 정약종丁若鍾(1760~1801)은 기독교 신자로서 이승훈과 함께 주문모周文謨를 맞아들이고, 한국 최초의 조선천주교 회장을 지냈다. 이처럼 서교를 전파한 대표 인물들이 모두 다산과 친인척 관계라는 것을 알 수 있다. 천주교 세례를 받은 다산이 『중용강의』를 계기로 유교 경전을 재해석하기 시작했으며, 이벽과 함께 토론을 벌이며 최초의 해석 작업을 했다는 것은 매우 중요한 의미를 지닌다. 이는 바로 천주교 입장에서의 유학에 대한 재해석이며 천주교와 유학의 만남을 의미하기 때문이다.

4. 다산의 저술

정약용은 1818년 강진 유배지에서 풀려나 고향으로 돌아온 지 4년 만에 회갑(1822. 임오년)을 맞이하여 스스로 두 종류의 「자찬묘지명」(『다산시문집』 제16권)을 지었다. 무덤에 넣을 광중본壙中本과 문집에 실어 후세에 전할 집중본集中本이다. 광중본에서는 가계와 자손, 그리고 생애와 저술을 간략하게 소개하였다. 그에 비하여 집중본은 자세하다. 집중본 「자찬묘지명」에 18년 동안의 저술을 소개하는 서두는 이렇게 시작된다.

> 용이 해상海上(강진을 말함)으로 유배 가서 생각하기를 '소싯적에는 학문에 뜻을 두었으나 20년 동안 세로世路에 빠져 다시 선왕先王의 대도大道가 있는 줄을 알지 못하였는데, 지금 여가를 얻었다' 하고 드디어 흔연히 스스로 경하하였다. 그리하여 육경과 사서를 가져다가 침잠沈潛하여 탐구하고, 한위漢魏 이래로 명청明淸에 이르기까지 모든 유자儒者의 학설로 경전經典에 보익補益이 될 만한 것은 널리 수집하고 두루 고증하여 오류를 정하고 취사取捨하여 일가一家의 서서書를 갖추었다.

유배는 대단히 불행한 일이지만 육경과 사서를 다시 공부해서 자신의 생각대로 재해석할 기회를 얻었다는 측면에서 생각하면 경하할 일이라고 스스로 말하고 있다. 다산은 18세기 조선의 실학자를 넘어 동서의 사상을 융합하며 새로운 사상의 활로를 개척한 세계사적인 미래의 인물이다.

광중본 「자찬묘지명」에서는 18년 동안의 저술 활동을 이렇게 요약하였다.

> 용용鏞이 적소謫所에 있은 지 18년 동안에 경전經典에 전심하여
> 『시』詩·『서』書·『예』禮·『악』樂·『역』易·『춘추』春秋 및 사서四書의
> 제설諸說에 대해 저술한 것이 모두 230권이니 정밀히 연구하고
> 오묘하게 깨쳐서 성인의 본지本旨를 많이 얻었으며, 시문詩文을
> 엮은 것이 모두 70권이니 조정에 있을 때의 작품이 많았다. 국
> 가의 전장典章 및 목민牧民·안옥按獄·무비武備·강역疆域의 일
> 과 의약醫藥·문자文字의 분변 등을 잡찬雜纂한 것이 거의 200여
> 권이니, 모두 성인의 경經에 근본하면서도 시의時宜에 적합하도
> 록 힘썼다. 이것이 없어지지 않으면, 혹 채용할 사람이 있을 것
> 이다.

집중본 「자찬묘지명」에서는 경집 232권과 문집 260여 권의 책 이
름을 언급하고, 각 책들의 중요한 특성도 소개한 다음 이렇게 매듭지
었다.

> 육경六經과 사서四書로써 자기 몸을 닦고 1표表와 2서書로써 천
> 하와 국가를 다스리니, 본말本末을 갖춘 것이다. 그러나 알아주
> 는 이는 적고 나무라는 이는 많으니, 만약 천명天命이 인정해 주
> 지 않는다면 횃불로 태워 버려도 좋다.

다산은 육경과 사서를 재해석하며 성인의 본지를 밝히고자 하였
으며, 『경세유표』·『목민심서』·『흠흠신서』 등을 통하여 국가를 다스
리는 방략을 제시하였다. 훈고학이나 성리학, 양명학이나 고증학도

모두 성인의 본지를 이해하기 위한 그 시대 유학자들의 노력이었다. 서양의 학문과 종교의 영향을 받은 다산의 새로운 해석이 지닌 특수한 의미를 우리는 이 시대에 재조명해야 한다. 왜냐하면 서양의 학문과 종교와 유학의 최초의 융합이기 때문이다.

다음은 『중용』과 관련된 다산의 설명으로 다른 경전에 비하여 더욱 자세하다.

> 『중용』中庸은 이렇게 다루었다. 이를테면 순舜임금이 명하여 악樂을 맡겨서 주자冑子를 가르치되, 곧되 온화하며 너그럽되 씩씩하며 강하되 포악하지 말며 대범하되 거만하지 말라고 한 것과 『주례』周禮 대사악大司樂에 국자國子를 가르치되 그들로 하여금 중화中和하고 지용祗庸하게 한 것이 곧 유법遺法이고, 고요皐陶가 구덕九德으로 사람을 쓴 것과 주공周公이 입정立政에서 구덕의 행실을 충실히 행할 줄 알았다고 한 것이 곧 그 유법이며, 『서경』「홍범」洪範에 "높고 밝은 이는 부드러움으로 다스리고, 깊고 잠긴 이는 강건함으로 다스린다"(高明柔克 沈潛剛克)는 것은 모두 중화의 뜻이고 "진실로 그 중中을 잡으라"(允執厥中) 한 것은 오히려 대강大綱을 말한 것이다.
>
> 용庸이란 항구히 끊어지지 않는 덕이다. '도道는 잠시도 떠날 수 없다'는 것은 용庸이고, '능히 행할 수 있는 사람이 거의 없는 지가 오래다'는 것은 용이고, '한 달을 지켜 내지 못한다'는 것은 용이고, '나라에 도가 행해져도 궁색窮塞했던 때의 마음가짐을 변치 않고 나라에 도가 행해지지 않을 때는 죽어도 지조를 변치 않는다'는 것은 용이고, '군자君子가 도를 좇아 행하다가 중도에서 폐하고 말기도 하는데 나는 하다 말 수는 없다' 한 것은 용이

고, '평상平常의 덕을 행하고 평상의 말을 삼간다'는 것은 용이고, '지극한 정성은 그침이 없다. 그치지 않으면 영구하다' 한 것은 용이고, '문왕文王의 순일純一함도 또한 그치지 않았다'는 것은 용이며, '회回는 그 마음이 석 달을 두고 인仁을 어기지 않았고 그 나머지는 하루 아니면 한 달 동안 인仁에 있을 뿐이다' 한 것은 용이고, '제대로 종일토록 제帝(하늘)의 열어 줌을 힘쓰지 아니한다'고 한 것은 용이다. 곧 고요皐陶 구덕九德의 조목에서 '그 유상有常을 빛내소서'라고 끝맺음하였고, 『서경』「입정」立政 구덕九德의 경계에 거듭 말하기를, '오직 상덕常德으로 하라' 하였으며, 『역경』「항괘」恒卦에 '능히 중中에 오래한다' 하였는데, 모두 중용의 뜻이다. 중中을 하되 능히 용庸을 하면 성인일 따름이다.

'보지 못한다'(不睹)는 것은 곧 내가 보지 못하는 바고 '듣지 못한다'(不聞)는 것은 곧 내가 듣지 못하는 바니, 하늘의 일이다. 은隱이란 하늘의 체體고 미微란 하늘의 자취(跡)다. 은암隱暗하되 은암한 곳보다 더 드러나는 곳은 없고, 미세하되 미세한 일보다 더 뚜렷해지는 일은 없으므로 두려워하고 삼간다. 하늘이 앎이 없다고 여기므로 거리낌이 없이 행동한다.

'희喜·로怒·애哀·락樂이 발發하지 않았다'는 말은 평거平居의 항경恒境이고 심지心知와 사려思慮가 발하지 아니한 것은 아니다. '그물·덫·함정'(罟獲陷阱)이란 유사有司에게서 받는 형벌의 화가 아니다. 소은素隱이란 까닭 없이 은거隱居함을 말함이고, 백이伯夷나 태백泰伯처럼 인륜人倫의 변고를 만난 사람을 두고 한 말이 아니다.

'고치면 그친다'(改而止)란 도끼 자루를 가지고 도끼 자루를 보되, 길면 고치고 짧으면 고치고 크면 고치고 작으면 고쳐서 예전 도끼 자루와 같아진 뒤에 그만두는 것이다. 사람의 강서強恕함도 또한 이와 같으니, 사람으로 하여금 허물을 고치게 함을 두고 이른 말이 아니다.

도심道心·인심人心은 『도경』道經에서 나왔고 유일唯一·유정唯精은 『순자』荀子에서 나왔으니, 의미가 서로 연결되지 않는다. 도심과 인심 사이에 그 중中을 잡을 수 없다. 전일하고 나서 정밀한 것이고 양쪽을 잡아서 쓸 수 있는 것은 아니다.

이상이 『중용』과 관련된 설명이지만, 『맹자』에 대한 설명과 『대학』에 대한 설명도 『중용자잠』과 다산의 경학 사상 전체를 이해하는 데 도움이 되므로 인용한다.

성性이란 기호嗜好다. 형체의 기호가 있고 영지靈智의 기호가 있으니, 다 같이 성性이라 한다. 그러므로 『서경』 「소고」召誥에 "성을 절제하라" 하였고, 『예기』禮記 「왕제」王制에 "백성의 성을 절제케 한다" 하였으며, 『맹자』에는 "마음을 격동시켜 참을성을 기른다"(動心忍性)고 하였고, 또 이목耳目과 구체口體의 기욕嗜欲을 성性이라 하였으니, 이것은 형체의 기호다. 하늘이 부여한 성性과 '성性과 천도天道'·성선性善·진성盡性의 성性은 곧 영지의 기호다.

본연지성本然之性은 원래 불서佛書에서 나와 우리 유가儒家의 천명지성天命之性과 서로 빙탄氷炭의 처지니, 말할 수 없다. 모든 사물의 이치가 나에게 갖추어져 있다고 한 것은 서恕에 힘쓰고 인仁을 구하라는 경계다. 자식의 도리, 아비의 도리, 형·아우·

남편·아내·손님·주인의 도리로 경례經禮 300가지와 곡례曲禮 3000가지가 모두 나에게 갖추어져 있다. 그러니 자신에 돌이켜 성실하면 곧 자기를 이기고 예禮로 돌아와서 천하가 다 인仁으로 돌아오는 것이요, 만물萬物은 일체고 만법萬法은 하나로 돌아간다는 뜻이 아니다.

맹자가 성性을 논함에 있어 이목과 구체에까지 아울러 논급하였으니, 이리는 논하고 기氣는 논하지 않은 병통은 없다. 왕망王莽과 조조曹操는 기질氣質이 대체로 청淸하고, 주발周勃과 석분石奮은 기질이 대체로 탁濁하다. 선악善惡은 힘써 행하는 데 달려 있지 기질에 있는 것은 아니다.

『대학』大學은 이렇게 다루었다. 이를테면 태학太學이란 주자冑子와 국자國子의 학궁學宮이다. 주자와 국자는 아랫사람을 대하고 백성을 다스리는 책임이 있으므로 치국治國과 평천하平天下하는 방책을 가르친 것이고, 서민庶民의 자제들이 참여할 수 있는 바가 아니다. 명덕明德이란 효孝·제弟·자慈이고 사람의 영명靈明이 아니다.

격물格物이란 근본적인 것과 말단적인 것이 있는 사물事物의 이치를 구명究明하는 것이고, 치지致知란 그 먼저 하고 나중 할 바를 아는 앎을 투철히 하는 것이다. 성誠이란 사물의 마침과 비롯함을 말함이니 뜻을 성실하게 함(誠意)이 나아가서 위에 있는 까닭이다. 정심正心이란 곧 몸을 닦음이다. '몸에 노여워하는 바를 둔다'(身有所忿懥)는 글의 몸이니 고칠 수 없다.

'늙은이를 늙은이로 여긴다'(老老)는 것은 태학에서 천자가 늙은이를 봉양하는 것이고 '어른을 어른으로 여긴다'(長長)는 것은 태학에서 세자世子가 어른을 공경하는 것이며, '고자孤子를 불쌍히 여긴다'(恤孤)는 것은 태학에서 고자를 위해 잔치하는 것이다. 백성은 나면서 욕심이 있으니 부富와 귀貴다. 군자는 조정에 있으면서 귀히 되기를 목표하고, 소인은 초야에 있으면서 부자 되기를 목표한다. 그러므로 사람을 씀에 있어 공정하지 아니하여 어진 이를 어진 이로 여기지 않고 어버이를 어버이로 여기지 않으면 군자가 떠나가며, 재부財賦를 거두어들임에 있어 절도 없이 하여 백성의 즐거움을 즐거움으로 삼지 않고 백성의 이익을 이익으로 여기지 않으면 소인이 배반하는 동시에 나라도 따라서 망한다. 그러므로 편말篇末에 거듭 되풀이하여 이 두 가지의 일을 경계한 것이다.

선왕先王의 도道를 배우는 소이에 대해서는 이렇게 생각하였다. 마음의 허령虛靈은 하늘에서 받은 것이니, 감히 본연本然이라 하지 못하고 '비롯함이 없다'(無始)고 하지 못하며 순선純善이라 하지 못한다. 마음의 기관은 생각(思)이니, 발發하지 아니한 그 전의 기상을 돌이켜 보는 것은 마음을 다스리는 것이 아니다. 선善할 수도 있고 악할 수도 있는 것은 재질才質이고, 선해지기는 어렵고 악해지기는 쉬운 것은 형세이며, 선을 즐기고 악을 부끄럽게 여기는 것은 성性이다. 이 성性을 따라서 어김이 없으면 도를 향해 갈 수 있으므로 성선性善이라 한 것이다.

두 사람(二人)이 인仁이 된다. 아버지를 효도로 섬기는 것이 인仁이고 형을 공손으로 섬기는 것이 인이고 임금을 충성으로 섬기는 것이 인이고 벗과 신의로 사귀는 것이 인이고 백성을 자慈로 다스리는 것이 인이며, 동방東方이 물物을 낳는 이치와 천지天地의 지공至公한 마음은 인仁이라고 주해註解할 수 없다. 서恕

를 힘써 행하면 인仁을 구하는 데 그보다 가까운 길은 없다. 그러므로 증자曾子가 도道를 배움에는 일관一貫으로 답하였고, 자공子貢이 도道를 물음에는 일언一言으로 답하였다. 경례經禮 300과 곡례曲禮 3000이 서恕로써 일관된다. 인仁을 함이 자기에게서 비롯되나니, 자기를 이기고 예로 돌아오는 것이 곧 공문孔門의 바른 뜻이다. 성誠이란 서恕를 성실히 행하는 것이고 경敬이란 예로 돌아오는 것이다. 이것으로써 인을 하는 것은 성誠과 경敬이다. 그러나 두려워하고 삼가서 상제上帝를 밝게 섬기면 인仁을 할 수 있거니와 태극太極을 헛되이 높여서 이理를 하늘로 삼으면 인을 할 수 없고 하늘만 섬기는 데 돌아가고 말 뿐이다.

다산은 자신이 육경 사서를 재해석한 것은 하늘의 도움이 있었기 때문에 가능한 일이었다고 하며 신명神明의 도움을 강조한다.

처음에 용鏞이, 역易을 익히고 예禮를 연구하여 모든 경서經書에까지 미쳤는데, 한 가지를 깨달을 적마다 마치 신명이 말없이 깨우쳐 주는 것과 같아서 남에게 고할 수 없는 것이 많았다. 형전銓이 흑산도黑山島에서 귀양 살고 있었다. 한 편編이 이루어질 적마다 보여 주면, 형은 이렇게 말하였다.
"네가 이러한 경지에 이른 것은 너 스스로 할 수 있는 것이 아니다. 아, 도道가 천 년 동안 없어져서 온갖 부蔀로 가려졌으니, 헤쳐 내고 긁어 내어 그 가려진 것을 환하게 하는 것이 어찌 네가 할 수 있는 일이랴."
『시경』「판장」板章에 "하늘이 백성을 깨우침이 훈壎과 지箎로 감동시키듯 하네"라고 하였으니, 성性이 기호임을 알겠고 인仁이

효제孝弟임을 알겠고 서恕가 인仁의 방도임을 알겠고 하늘이 강
림降臨하여 살핀다는 것을 알겠다. 경계하고 공경하여 부지런히
힘쓰고 힘써서 몸이 늙어지는 것도 모르는 것이 하늘이 용鏞에
게 내려 준 복이 아니겠는가?

5. 『중용자잠』을 통하여 본 다산의 성誠의 철학

(1) 『중용』은 상제를 밝게 섬기는 학문이다

정약용은 『중용』과 관련하여 『중용강의보』와 『중용자잠』이라는 두
편의 책을 저술하였다. 이 두 책은 다산이 53세 되던 1814년에 쓰였
다. 저술이 완성된 순서로만 보면 『중용자잠』이 먼저다. 그러나 『중
용강의보』는 다산이 23세 되던 1784년 정조의 물음에 답하는 형식으
로 작성된 『중용강의』에 약간의 수정과 보완을 하여 완성한 책이다.
『중용강의』는 다산이 서학에 매료되었던 시절에 서학의 선배인 이벽
과 함께 작성한 책이므로 거기에 약간의 수정과 보완을 가한 『중용
강의보』에는 다산이 천주교에 심취한 젊은 시절의 사상이 담겨 있다.
그에 반하여 『중용자잠』은 다산이 사상적으로 완숙한 단계에서 저술
한 작품이다. 두 책의 사상을 자세하게 비교하면 젊은 시절과 만년의
사상 차이를 밝힐 수 있다. 대강 보기에 두 책에 근본적인 변화가 없
는 것을 보면 다산이 천주교에 심취하여 유학을 새롭게 이해하게 된
안목과 관점은 평생 크게 바뀌지 않은 채 유지되었던 것으로 여겨진
다. 육경과 사서를 오랫동안 연구하여 유학과 성리학에 대한 이해가
깊어지면서 성리학을 비판하는 음성은 부드러워졌지만 비판하는 관
점을 바꾸지는 않은 듯하다. 그러나 새로운 관점과 안목으로 유학을

재해석한다는 것은 그 자체로 매우 독창적인 사상 창조 작업이라고 할 수 있다.

다산은 "군자의 학문은 부모를 섬김에서 시작하여 하늘을 섬김으로 완성된다"[5]고 한다. 부모를 섬기는 일은 소학에서부터 실천을 통하여 배우는 것이다. 하늘을 섬기는 학문은『중용』의 주제에 속한다. 『중용』제1장은 "하늘이 명령한 것을 성性이라고 하고, 성에 따르는 것을 도라고 한다"고 하며 하늘과 인간성과 인간의 삶의 길을 일직선으로 연결 짓는 것으로 시작된다. 중간에서는 "성誠은 하늘의 도고, 성誠을 이루기 위하여 노력하는 것은 인간의 도다"라고 선언하며, 끝에 가서는 "하늘이 하는 일은 소리도 없고 냄새도 없어 지극하다"고 하여 처음부터 끝까지 하늘과 관련된다.『중용』에서는 하늘과 인간의 관계가 처음부터 끝까지 그 골격을 이룬다.『중용』은 다산이 말하는 '군자가 하는 학문의 완성'인 하늘 섬김을 주로 하는 텍스트다. 공자가 자신은 "하학下學을 통해서 상달上達하였다"(『논어』「헌문」35장)고 말한 것에 비추어 보면『중용』의 내용은 '상달'의 영역에 속한다. 그래서 주자는 "『중용』에는 형체와 그림자가 없는 것에 대한 설명이 많다. 하학에 대한 설명은 적고, 상달에 대하여 설명한 곳이 많다"고 하였다. 다산도『중용』의 학문을 "상제를 밝게 섬기는 학문"이라고 말하였다.

(2) 성性은 기호다

『천주실의』의 영향을 받은 다산은 성리학의 이기론적인 존재론을 부

---

5   君子之學, 始於事親, 終於事天.(『중용강의보』「귀신의 덕」절)

정하고, 이 우주와 생명 세계는 상제에 의하여 창조된 세계라고 여겼다. 따라서 불교와 도교, 그리고 성리학의 유기체설과 본체론적 세계관과 인간관을 부정한다. 인간의 본성을 본연지성으로 보는 성리학의 본성론은 불교의 『능엄경』楞嚴經에서 온 것이라고 비판하고 성性은 영체靈體인 마음의 기호라고 주장한다. 영체인 마음은 상제가 인간을 창조할 때 인간에게 주어진 것인데, 이 마음에는 세 가지 특성이 있다고 한다. 그 본성은 선을 좋아하고 악을 미워하는 성질을 가지고 있다. 그리고 마음에는 권형權衡(판단력 내지 자유 의지)이 있어 선한 삶이나 악한 삶을 스스로 선택할 수 있는 자주권이 있다고 한다. 그러나 인간이 어떤 일을 할 때는 선을 행하기는 산에 오르듯 어렵고, 악으로 떨어지는 것은 흙이 무너지듯 쉽다고 한다. 다산은 『중용』 제1장에서 "하늘이 명한 것을 성이라고 한다"고 할 때의 성에 대한 해석을 주자의 성리학과는 매우 다르게 해석한다. 성리학에서의 본성은 이기론적 자연관과 인간관에 기초하여 설명된다. 태극의 이理가 음양오행의 과정을 거쳐 만물을 화생化生하며 이일분수理一分殊의 원리에 따라 이는 모든 생명에 부여된다. 본연지성은 태극인 이에 속한다. 이로서의 본연지성은 온전한 것이지만 음양오행의 기氣 가운데 있는 이는 기질지성으로서 기에 의하여 은폐된 상태에 있기 때문에 학문과 삶을 통한 수양으로 본연지성을 회복해야 한다. 그러나 궁극적으로 태극과 개체 안에 있는 이는 동질적인 것이다. 성리학의 본성과 다산의 본성이 선하다는 점에서는 동일하지만, 본성의 철학적 기초와 그 성격은 매우 다르다는 것을 알 수 있다.

그리고 성리학에서는 본성은 곧 태극이기 때문에 인간은 본성을 수양하고 회복함에 따라 천인합일의 경지에 도달할 수 있다고 하지만, 다산에게 본성은 마음의 기호에 불과하다. 그래서 인간의 도덕적인 삶을 실현하기 위해서 또 다른 천명이 요청된다. 절대자인 상제는 인간 안에 들어와 인간의 삶을 감시하고 명령한다. 다산에게서 천명은 선한 본성으로 마음에 주어진 기호로서의 천명과 직접 감시하고 명령하는 천명으로 나누어 이해해야 한다. 다산은 "성은 기호다"라는 주장을 통하여 성리학적 본체론을 부정하고, 성리학의 본성 자리에 상제를 자리잡게 하였다. 상제를 섬기는 학문으로서의 『중용』은 다산이 인간의 마음 안에 있는 성誠을 상제로 이해하고 모심으로써 가능해진다. "본성이 기호다"라는 것과 "성誠은 상제다" 또는 "성誠은 천이다"를 이해하는 것은 다산의 경학 사상을 이해하는 핵심이라고 하겠다.

(3) 지극히 성실한 천에 대한 앎은 수신의 근본이다

『중용』의 내용은 천명으로 시작하여 하늘이 하는 일로 끝맺으며, 중간에서는 귀신에 관한 설명을 통하여 성誠을 이끌어 낸 다음, 성誠을 중심으로 천도天道와 인도人道를 연결한다. 유학을 일상성에 기초한 윤리도덕학 정도로 생각하는 사람이 『중용』을 읽는다면 이와 같은 형이상적 주제에 놀랄 것이다. 유학을 일상적인 윤리도덕학으로만 이해하는 것은 유학에 대한 바른 이해가 아니다. 유학은 일상적인 윤리도덕을 중시하지만, 유학에서 말하는 윤리도덕의 의미는 매우 깊은 형이상적 진리에 기초하고 있다. '하학상달'下學上達은 일상생활에서의 도덕과 형이상의 진리가 관통하는 것으로 생각하는 유학적 진리관의 핵심적인 표현이다.

다산은 부모에 대한 효孝, 형제에 대한 제弟, 아들에 대한 자慈의 윤리적 실천이 유학의 모든 가르침을 총괄한다고 본다. 효제자의 도덕은 인간의 선한 본성을 가족의 삶에서 실천하는 것이다. 인간은 효제자의 덕성을 실천함으로써 형이상의 하늘의 덕성에 도달할 수 있다. 다산이 『중용』에서는 본성을 기호로 해석함으로써 성리학의 본체론적 심성관을 부정하였다면, 『대학』에서는 효제자를 명덕으로 해석함으로써 본체론적 심성관을 부정하였다. 주희의 성리학에서는 명덕을 인간이 하늘에서 받은 밝은 덕성으로 이해하여 명덕을 밝히는 격물치지를 『대학』에서 매우 중시하였지만, 다산은 명덕이 효제자라고 함으로써 『대학』 경문을 격물치지를 뺀 여섯 조목(성의, 정심, 수신, 제가, 치국, 평천하)으로 이해하고 격물치지는 여섯 조목의 본말과 선후를 아는 것으로 가볍게 처리하여 버린다. 명덕을 효제자로 보니 명명덕은 효제자를 밝히는 것에 지나지 않는다. 이렇게 해서 형이상의 이理에 대한 인식 문제로 난관에 처한 성리학에서 벗어나 일상적 도덕을 강조하는 실천철학의 문을 열었다. 유학은 천도를 말하는 경우에도 그 문제의식은 언제나 인도에 있다. 어떻게 하면 인간이 인간다운 삶을 살 수 있는가 하는 것이 유학의 핵심 문제다. 다산은 유학의 문제에 철저하다. 다산은 "『중용』은 천명에 근본을 두지만 그 도는 인도다"라고 말한다. 그가 문제로 삼는 것은 수신으로부터 제가, 치국, 평천하에 이르는 인간의 삶의 도에 관한 것이었다. 그가 육경과 사서에 주석을 가하고, 『경세유표』와 『목민심서』, 『흠흠신서』를 저술한 뜻이 거기에 있었다. 그는 수기와 치인을 두 축으로 하는 유학의 문제에 충실한 학자로서 이 두 문제를 해결하기 위하여 삶을 바쳤다. 그가 천명을 강조했지만 종교적 삶에 안주하기 위하여 천명을 강조한 것이 아니다. 상제는 인간에게 인간답게 살 수 있는 능력과 품성을 주고, 또 인간답게 사는가를 감시하기 때문에 하늘을 섬기는 길도 인간다운 삶을 사는 데 있었다. 하늘을 모르면 인간다운 삶을 살 수 없다. 특히 상달을 강조하고 상달을 중심 주제로 삼는 『중용』을 이해하기 위해서는 천을 알지 않으면 안 된다. 『중용』은 천으로 시작하여 천으로 끝을 맺는다. 그러므로 『중용』의 철학을 해명하기 위해서는 『중용』에서 설명하는 천의 함의와 그러한 천을 인식하는 방법을 먼저 설명하지 않으면 안 된다.

> 군자는 몸을 수양하지 않을 수 없다. 몸을 수양하려면 어버이를 섬기지 않으면 안 된다. 어버이를 섬기려면 사람을 알지 않으면 안 된다. 사람을 알려면 하늘을 알지 않으면 안 된다.
>
> 『중용』 제20장

> 정치를 하는 것은 몸을 수양하는 것을 근본으로 삼는다. 몸을 수양하는 것은 하늘을 아는 것을 근본으로 삼는다.
>
> 『중용자잠』, 「순은 위대한 효자다」절

하늘에 대한 인식은 사람을 아는 것과 몸을 수양하는 것의 전제가 된다. 하늘을 알아야 사람이 무엇인지 알고, 사람이 무엇인지 알아야 자신을 수양할 수 있다. 이처럼 하늘을 아는 것은 『중용』이라는 책이 성립하기 위한 대전제다. 만일 이러한 하늘이 하학상달의 결과 학문의 궁극처에 도달해야만 아는 것이라면 『중용』은 성인이나 온전히 이해할 수 있는 책이 되고 말 것이다. 맹자는 "자신의 마음을 다하면 자신의 본성을 알고, 자신의 본성을 알면 천을 안다"고 하였다. 맹자의 입장은 천의 인식 문제를 학문의 궁극적 경지로 설정하는 데 가깝다. 천의 인식 문제가 학문의 구경이라면 『중용』 공부의 길고 어려운 과정을 어떻게 다 밟아 갈 수 있겠는가? 그러므로 『중용』을 공부하기 위해서는 천의 인식 문제에 대한 시각을 조정하지 않으면 안 된다고 다산은 생각하였다. 다산은 '하학상달'로서의 유학의 학문적 성격을 인정하면서도 천의 의미와 천의 인식에 대한 전혀 새로운 시각을 제시하였다. 『중용』 제1장의 '막현호은莫見乎隱, 막현호미莫顯乎微'에 대한 다산의 해석을 보자.

> 숨겨져 있고 은미하다는 것은 상천의 일이다. "보아도 보이지 않고, 들어도 들리지 않으니"(「귀신장」鬼神章) 어찌 숨겨져 있지 않은가! "작은 것을 말하면 천하의 어떤 것도 깨뜨릴 수 없다"(「비은장」費隱章)고 하니, 어찌 은미하지 않은가! "넓은 천하의 사람들로 하여금 마음을 가지런하게 하고 몸을 깨끗하게 하여 제사를 받들게 해서, 위와 좌우에 충만한 것처럼 느끼게 한다"(「귀신장」)고 하니 숨겨져 있는 것보다 더 잘 드러나는 것이 없다. 만물을 발육해 솔개는 하늘에서 날고 물고기는 연못에서 뛰놀게 해서 조화의 자취를 드러내니, 은미한 것보다 더 잘 드러나는 것이 없다.
>
> 『중용자잠』, 「숨은 것보다 더 잘 드러나는 것이 없다」절

주자의 경우 '은'隱은 '어두운 곳'이며, '미'微는 '미세한 일이다'라고 하여 '은미'는 주체가 사물을 응접할 때 마음 가운데서 일어나는 은미한 작용, 즉 '마음의 기미'를 의미한다. 이러한 마음의 기미가 일어날 때 마음의 움직임이 분명하기 때문에 선악의 갈래를 그때 살펴야 한다는 의미다. 계신戒愼과 공구恐懼로 마음의 본체를 보존하여 함양하고 기미의 성찰로 천리를 밝혀 동정 어느 때나 천리를 실현하고자 함이다. 그런데 다산의 심성론에는 주자의 체용론이 들어갈 자리가 없다. 다산은 '은미'를 마음의 기미가 아닌, '상천의 일'(上天之載)

로 본다. 즉 인간의 심성 안에서 활동하는 초월적 상제의 구체적인 활동으로 이해한다. 상제는 형이상적인 존재기 때문에 시각이나 청각으로 확인할 수는 없지만 상제가 하는 작용과 활동은 무엇보다도 분명하다고 한다. 다산은 원시 시대 이래 하늘과 귀신에 대한 제사가 진행된 상황을 귀신의 보편적 현상이라고 한다. 그리고 하늘과 땅 사이에서 일어나는 충만한 생명 현상을 보면 하늘이 이루는 조화의 자취를 누구나 확인할 수 있다고 한다. 다산에게 천은 인간의 인식과 수양의 극치에서 만나는 궁극의 존재가 아니라 수양의 출발점으로 상정되는 종교적 감수성이다. 다산의 이러한 종교적 감수성은 "만물의 몸이 되어 빠뜨릴 수 없다"(體物而不可遺)를 해석하는 데서 더욱 분명하게 드러난다.

> 만물이 상천의 조화 가운데 있는 것은 물고기가 물속에서 헤엄치고 호흡하며 물을 떠날 수 없는 것과 같다. 그러므로 '만물의 몸이 되어 빠뜨릴 수 없다'고 한다. '만물의 몸이 된다'는 것은 만물에 충만하다는 의미다.
>
> 『중용자잠』, 「귀신의 덕이 성대하다」절

인간을 포함한 만물은 상제의 조화 속에서 살아가며, 상제의 조화는 만물에 충만해 있다. 인간이 저절로 하늘을 아는 것은 지극히 자연스런 현상이다. 그러므로 『중용』에서의 '지천'의 의미는 심각하게 논의할 대상이 아니다. 다산은 하늘을 안다는 의미를 이렇게 국한한다.

> 경에서 "숨겨져 있는 것보다 더 잘 드러나는 것이 없고, 은미한 것보다 더 잘 드러나는 것이 없다"고 하니 숨겨져 있는 것이 나

타나고 은미한 것이 드러남을 아는 것이 하늘을 아는 것이다.

『중용자잠』, 「귀신의 덕이 성대하다」절

하늘을 안다는 것은 '광대하고 신묘하여 할 수 없는 일이 없는' 하늘의 일을 모두 안다는 의미가 아니라, 하늘의 작용이 천지 사이에서 드러나고 우리의 심성 안에서 구체적으로 작용하고 있음을 안다는 정도의 의미일 뿐이다. 다산이 『중용』에서 하늘을 알고 사람을 안다고 할 때의 앎의 의미를 깊고 심각한 의미로 받아들이지 않는다는 것은 『중용강의보』에서 이미 확인된다.

맹자는 사단을 말함으로써 인간의 본성이 선함을 밝혔다. 사덕은 본래 인도의 커다란 절목이다. 그러나 이 경전에서 말하는 것은 인의일 따름이다. 사람을 알고 하늘을 안다고 할 때의 앎이 어찌 사덕이 되기에 충분하겠는가?

『중용강의보』, 「정치를 하는 것은 사람에게 달려 있다」절

이상으로 『중용』에서의 지천의 의미는 인간이 하늘이 하는 일을 전체적으로 이해한다는 심각한 의미가 아니라 종교적 감수성에 기초하여 우주 가운데서 작용하는 하늘의 조화를 느끼고, 보다 구체적으로는 심성 가운데서 들려오는 하늘의 명령을 들을 줄 아는 것을 의미한다. 그러나 이러한 종교적 감수성을 갖추고, 자신의 심성 가운데서 작용하는 하늘을 느껴야만 하늘을 두려워하고 하늘을 공경하며 마음 속에서 작용하는 하늘의 음성에 귀를 기울일 수 있다.

하늘을 아는 것이 이처럼 어렵지 않은 것은 무엇 때문일까? 천은 보아도 보이지 않고 들어도 들리지 않아 지극히 은미하다. 그러나 하

늘은 숨은 듯하지만 지극하게 나타나며, 은미한 것 같지만 지극히 드러나는 존재다. 왜 그럴까? 하늘은 지극히 성실한 존재여서 그 성실함을 가릴 수 없기 때문이다.

보아도 보이지 않고 들어도 들리지 않지만, 모든 생명체에 충만하여 그것 없이는 생명이 존재할 수 없다. 천하의 사람들로 하여금 마음을 가지런하게 하고 몸을 깨끗하게 하여 제사를 받들게 해서, 위와 좌우에 충만한 것처럼 느끼게 한다. …… 은미한 것이 드러남이니, 성을 가릴 수 없음이 이와 같구나.

『중용장구』 제16 「귀신장」

지극히 성실한 것은 밖으로 드러나게 마련이다. 하늘은 지극히 성실하기 때문에 그 작용이 모든 곳에서 드러나 아무도 가릴 수 없다. 하늘은 우리와 먼 듯이 느껴지지만 다산에게는 이 세상에서 하늘보다 더 잘 드러나는 것은 없다. 그러므로 하늘을 아는 것은 쉬운 일이다. 하늘은 지극히 성실한 존재기 때문이다.

천도는 지극히 성실하다. 그 공능功能으로 이루어지는 조화에서 나타나는 것은 지극히 밝고 지극히 드러난다. …… 성실하면 반드시 드러나니, 드러나지 않을 수 있겠는가. 그러므로 '성을 가릴 수 없음이 이와 같다'고 한다.

『중용자잠』 「귀신의 덕」절

천도는 지극히 성실해 사물에 충만하여 빠뜨림이 없다. 일월을 운행하게 하고 사시가 번갈아 바뀌게 하며 만물을 조화롭게 발육하고 각각 바른 성명을 부여한다. 그 덕이 지극하게 드러나 천하 사람들로 하여금 재계하고 밝게 섬기게 하여 마치 위에 계신 듯하니, 무엇 때문인가? 지극히 성실한 것은 가릴 수 없기 때문이다. 천도는 형체가 없지만 성실하니 반드시 드러난다.

『중용강의보』, 「귀신의 덕」절

다산은 「군자의 도는 넓지만 숨어 있다」君子之道費而隱장의 '넓지만 숨어 있다'는 표현이 상제가 하는 일은 숨어 있는 듯하고 은밀하지만 그 위대한 작용이 드러나지 않을 수 없음을 가리키는 것이라고 한다. 그뿐 아니라, 『중용』 상하의 내용은 "모두 하나의 기운으로 하나의 맥으로 처음부터 끝까지 통하여 달리 해석할 수가 없다고 한다."(『중용자잠』, 「숨어 있는 것보다 더 잘 나타나는 것이 없다」절) 성실한 하늘은 절대적 존재이며 그 위대하고 무한한 작용은 인간의 심성과 자연의 조화 가운데서 항상 드러나기 때문에 하늘을 인식한다는 것은 어려운 일이 아니라는 것이다.

(4) 신독愼獨, 곧 성誠은 하늘을 섬기는 것이다

하늘은 인간에게 선과 덕을 좋아하는 성품을 부여하고, 인간의 도심 가운데서 인간의 선한 삶을 감독한다. 하늘은 자신을 맹목적으로 섬기기를 주장하는 군림자가 아니라, 인간이 서로 사랑하며 인간 상호 간에 윤리적인 선한 삶을 살기를 요구하는 사랑의 신이다. 『중용』에 천도에 관한 언급이 많고, 상달과 관련된 내용이 많다고 하지만 『중용』의 주된 내용은 인도를 실천하는 것이다. 『중용』뿐 아니라 다산이 주해한 육경과 사서의 내용이 모두 인도에 관한 것이다.

『중용』은 비록 천명에 근본이 있지만 그 도는 모두 인도다.

「중용강의보」, 「오직 천하의 지극히 성실한 사람」절

하늘이 사람의 선악을 살피는 것은 항상 인륜에 있다. 그러므로 사람이 몸을 닦고 하늘을 섬기는 것 역시 인륜에 힘쓰는 것이다.

「중용자잠」, 「천명을 성이라고 한다」절

『중용』이 '상제를 밝게 섬기는 학문'이라고 하지만, 하늘을 섬긴다는 의미는 하늘의 명령에 따라 윤리적인 선한 삶을 사는 것을 의미할 뿐이다. 다산에게 상제는 인륜 실천의 감시자다. 사람이 하늘을 안다는 것은 어려운 일이 아니며, 하늘을 안다는 것은 바로 인륜을 실천하는 원동력이다. 하늘을 아는 것이 어렵다면 인륜을 실천하는 것도 어려울 것이다. 그러나 다산에게 하늘을 안다는 것은 어려운 일이 아니다. 하늘은 자신의 성실함에 의하여 스스로 드러나기 때문이다. 이제 인간은 자신이 안 하늘을 주시하며 자신의 삶을 하늘의 명령에 어긋남이 없는 삶으로 만들면 된다.

앞에 의롭지 않은 음식이 있을 경우에 배와 입의 욕망이 넘치게 일어나지만, 마음은 '먹지 마라. 이것은 의롭지 않은 음식이다'라고 알린다. …… 온몸이 피곤하여 항상 눕고 싶지만, 도심은 '눕지 마라. 이것은 태만한 습관이다'라고 알린다.

「중용자잠」, 「천명을 성이라고 한다」절

이러한 천명은 자신의 내면에서 모든 삶을 감독하며 악한 삶을 금지하고 바른 삶으로 인도하는 절대 명령이다. 이러한 천명은 "천명을

따르는 것이 성이며, 성을 따르는 것을 도라고 한다"고 할 때의 '성'性
으로서의 천명, 즉 도덕적 경향으로서의 천명과 구별되어야 한다. 다
산은 선을 좋아하고 악을 싫어하는 천부적인 경향을 따르면 그것이
바로 삶의 길이라고 한다.

> 사람의 태가 이미 형성되자, 하늘은 영명하고 형체가 없는 마음
> 을 부여하였다. 그런데 이 마음은 선을 즐기고 악을 싫어하며(나
> 의 선조의 휘가 '호선'好善이어서 항상 '낙선'樂善이라고 말한다), 덕을
> 좋아하고 더러움을 부끄럽게 여기니, 이것을 성性이라고 하고
> 이것을 두고 성은 선하다고 한다. 성이 이미 이와 같으니, 어기
> 지 말고 바꾸지도 말고 그 성에 따르고 성이 하는 대로 순종해
> 야 한다. 나서 죽을 때까지 이것을 지키며 살아야 하니 이것을
> 도라고 한다.
>
> 『중용자잠』, 「천명을 성이라고 한다」절

사람은 선과 덕을 좋아하고 악과 더러움을 싫어하는 천부적인 심
성을 타고났으므로 죽을 때까지 이러한 심성에 따르기만 하면 인간
다운 삶을 살 수 있다. 다산은 여기에 머물지 않는다. 하늘은 인간에
게 선한 심성을 주었을 뿐 아니라 이러한 본성의 실현 여부를 감독까
지 하는 철저한 존재다. 군자는 상제의 강림을 알기 때문에 어떤 곳
에서도 두려워하며 악을 행하지 않는다.

> 군자는 어두운 방에서도 두려워 떨며 감히 악을 저지르지 못하
> 니, 상제가 자신에게 강림했음을 알기 때문이다.
>
> 『중용자잠』, 「계신공구」절

1부 경학

하늘은 인간에게 선한 심성을 주었을 뿐 아니라 인간에게 머물며 감독한다. 하늘의 감독은 인간의 도심을 통하여 이루어진다. 하늘이 자신의 모든 삶을 감독한다는 것을 아는 사람은 아무리 대담한 사람이라도 두려워하지 않을 수 없다.

하늘의 경고는 형체가 있는 귀와 눈을 통하여 보고 들을 수 있는 것이 아니다. 언제나 형체가 없이 오묘하게 작용하는 도심을 통하여 인도하고 가르친다. 이것이 이른바 하늘이 마음을 인도한다는 것이다. 그 인도함을 따르면 천명을 받드는 것이고, 인도함을 무시하고 어기면 천명을 어기는 것이다. 어찌 계신戒愼하지 않으며 어찌 공구恐懼하지 않겠는가!

『중용자잠』「계신공구」절

하늘의 영명함은 사람의 마음에 바로 통한다. 아무리 은미한 일도 살피고 비추지 않음이 없다. 방 안에 임하여 날마다 여기서 감독한다. 사람이 이것을 알기만 한다면 아무리 담대한 사람이라도 계신하고 공구하지 않을 수 없다.

『중용자잠』「계신공구」절

『중용』 제1장의 '보지 못하는 것'은 상제의 모습이며, '듣지 못하는 것'은 상제의 음성이다. 그러므로 보지 못하는 것을 계신하고, 듣지 못하는 것을 공구한다는 것은 상제에 대한 계신공구다. '보지 못하는 것'과 '듣지 못하는 것'이 상제를 가리킬 뿐 아니라 '숨어 있는 것'과 '은미한 것'도 '상제가 하는 일'을 가리킨다.

하늘과 인간의 관계를 이일분수理一分殊로 설명하는 주희의 경우는 계신과 공구는 미발未發 때의 본성 함양 공부이고 신독은 이발已發 때의 기미幾微 성찰 공부지만, 다산에게는 계신공구의 공부와 신독 공부는 동일하게 상제의 감독과 명령을 두려워하며 삼가는 것이다. 다산은 이 두 가지를 동일시하며 상제에 대한 계신과 공구를 신독이라는 용어로 표현하였다. "중용의 덕은 신독이 아니면 이룰 수 없다"고 하니, 중용의 덕성을 갖추고 중용을 실천하기 위해서 신독 공부를 하지 않을 수 없다. 그런데 이 "신독 공부가 바로 성誠이다." 신독은 바로 성으로 존심양성存心養性과 성찰을 포괄할 뿐 아니라 심성을 주체로 한 삶의 전 영역을 포괄한다. 그러므로 다산은 지성至誠도 바로 신독이라고 한다. 여기서 다산은 성誠도 이중적 의미로 사용하는 것을 알 수 있다. 상제의 활동으로서의 성誠과 인간의 공부로서의 성이다. 신독을 성으로 여기는 것은 공부로서의 성을 가리킨다.

(5) 신독, 곧 성誠으로 중화中和, 곧 지성至誠의 덕성德性을 이루다

하늘의 명령은 도심을 통하여 인간의 삶을 감독하기 때문에 인간은 계신공구하고 신독하는 삶을 살지 않을 수 없다. 신독의 삶을 살면 그 결과는 어떠한가? 다산은 『중용』 제1장에서 신독을 설명한 다음 중화中和를 신독의 결과로 해석한다.

> 이 절은 신독을 하는 군자가 마음을 보존하고 본성을 기른 지극한 공효를 설명한 것이지 천하 사람들의 성정을 통괄하여 논한 것이 아니다.
>
> 『중용자잠』, 「중화」절

'이 절'이란 "희로애락이 발현되지 않은 상태를 중中이라 하고, 발현되어 절도에 다 맞는 것을 화和라고 한다. 중화를 이루면 천지가 제자리에서 운행하고 만물이 육성된다"는 구절을 가리킨다. 주희는 중화를 함양과 성찰의 목표인 인간의 보편적인 성정으로 통론하지만, 다산은 중화는 수양의 극치여서 일반인은 여기에 참여할 수 없다고 한다.

신독으로 중화를 이룰 수 있다는 것은 어떤 의미인가? 미발은 희로애락의 미발이지 인식과 사려의 미발은 아니다. 이때 조심하며 공경하는 마음으로 상제를 밝게 섬겨서, 집안에 신명이 항상 임하는 것처럼 여겨 계신공구하며 지나침이 있을까 두려워해야 한다. 과격한 행동과 편벽된 감정을 저지를까 항상 두려워하고, 그러한 마음이 싹틀까 두려워해야 한다. 자신의 마음을 지극히 화평하게 지니고, 자신의 마음을 지극히 바르게 하여 외물이 이르기를 기다리니, 이것이 어찌 천하에서 지극한 중中이 아니겠는가? 이때 기뻐할 만한 일을 보면 기뻐하고, 화낼 만한 일을 보면 화를 내며, 슬퍼해야 하면 슬퍼하고 즐거워해야 하면 즐거워하게 된다. 신독의 숨은 공부가 있기 때문에 일을 만나 발하는 것이 절도에 맞지 않음이 없으니, 이것이 어찌 천하의 지극한 화和가 아니겠는가?

『중용자잠』, 「희로애락」절

주희는 미발일 때 보이지 않고 들리지 않는 천리를 함양하여 중中을 극진하게 하고, 이발일 때는 은미하여 살피기 어려운 마음의 기미를 성찰하여 인욕을 막고 화를 극진하게 한다. 다산에게는 천리가 아니라 바로 상제가 직접 강림했기 때문에 그 앞에서 미발일 때도 적극적인 공부를 해야 한다. 미발일 때도 상제가 내려다보고(降監) 있음을 알기 때문에 군자는 이때 지난날의 과오를 반성하여 바로잡고, 자신의 심성에서 편벽되고 치우친 점을 제거하여 화평하고 바른 감정을 지니기 위하여 노력한다. 그렇게 하다가 일을 만나면 각각의 상황에 합당하게 처신한다. 성리학의 천명은 은미한 인간의 본성이지만 다산의 천명은 절대적 힘을 가진 상제의 명령이다. 상제의 명령의 두려움을 아는 군자만이 항상 신독할 수 있지 상제를 두려워할 줄 모르는 사람은 신독도 못하고 따라서 중화도 실천할 수 없다고 한다. 다산에게 중화는 신독을 실천하는 군자의 지극한 덕의 경지다.

중화의 덕은 항상 지키는 것을 귀하게 여긴다. 중화를 항상 지키는 것이 중용이다. 주희가 '용'庸을 '평상'平常으로 해석하는 데 대해서는 단호하게 비판하며 '용'庸은 '상'常이라고 주장한다. 선과 덕은 한 번의 실천으로 끝나는 것이 아니라 생애를 통하여 지속적으로 요구되는 것이다. 도덕적 삶에서는 어떻게 하면 선과 덕을 항상 실천할 수 있는지가 중요하다. 그래서 다산은 "중용은 중화를 항상 지키는 것"이라고 하여 끊임없이 노력하고 오래도록 실천하는 것을 중시한다.

사람이 지닌 덕은 지극히 바르고 크게 중절中節한 것이지만, 사람이 아침저녁으로 바뀌고 달마다 해마다 다르면 덕을 성취한 군자가 될 수 없다. 반드시 굳게 잡고 항상 지켜 오래도록 변하지 않은 뒤에야 그의 덕을 믿을 수 있다. 그러므로 공자는 안연顔淵을 칭찬하여 "안회顔回의 마음은 세 달 동안 인을 어기지 않는다"고 하였다.

「중용자잠」, 「군자중용」절

중화를 실천적 삶에서 항상 실현하는 것이 중용이고, 시간적 상황에 맞게 실현하는 것이 시중時中이다. 유학의 이상인 중용과 시중의 실현이란 중화를 항상 지키는 것이다.

> 자기가 본래 부귀하면 부귀에 맞게 행하는 것이 중화다. 자기가 본래 빈천하면 빈천에 맞게 행하는 것이 중화다. 이적과 환난에 처하는 경우에도 모두 그렇지 않음이 없으니 어떤 상황에 처하더라도 자득自得하지 않음이 없다. 오늘 부귀하다가 내일 빈천해지더라도 이 중화를 잃지 않고, 오늘 이적에 처하고 내일 환난에 처하더라도 이 중화를 잃지 않으면 중을 항상 지키는 것이다. 용이란 항상 그렇다는 것이다. 어떤 상황에 처하더라도 자득하지 않음이 없으니 어찌 항상 그러하지 않겠는가!
>
> 『중용자잠』, 「군자는 현재의 지위에 바탕해서 행한다」절

"어떤 상황에 처하더라도 자득하지 않음이 없다"는 중화의 경지에서는 다산이 수양을 통하여 스스로 도달한 경지를 허락하는 듯한 마음을 느낄 수 있으며, 『중용』에 '자잠'이라는 제목을 붙인 것을 보면, 앞으로도 이와 같은 삶을 유지하고자 하는 의지가 보인다. 상제를 느끼고 믿고 섬기고 두려워하며, 중화의 삶을 닦아 중용의 자세를 잃지 않으려는 다산의 실천적 면모가 생생하게 드러난다.

이와 같은 중화의 덕을 극진하게 실현하는 사람이 바로 성인이다. 성인은 자신의 수양을 미루어 남을 완성하고, 나아가 자연의 만물을 육성할 수 있는 능력까지 갖춘다.

지성은 중화中和다. 쉼이 없음이 용庸이다. 『중용』 제1장에서 중

화를 이루면 천지가 제자리에서 운행하고 만물이 육성된다고 하였다. 위의 절에서는 천하의 지극히 성실한 사람은 천지의 조화와 발육을 도울 수 있다고 하였으니, 중화가 지성이 아니겠는가? 쉬지 않으면 오래가고 오래가면 징험이 있고, 징험이 있으면 오래가고 멀리 뻗으니, 쉼이 없음이 용庸 아니겠는가!

『중용자잠』 「지극히 성실한 것은 쉼이 없다」절

중화의 덕을 극진하게 하면 지성의 경지에 도달하고, 지성의 경지에 도달하면 하늘과 닮는다. 다산은 '지극히 성실하여 쉼이 없는 경지'를 중화를 항상 실현하는 경지로 본다. '지극히 성실하여 쉼이 없는 경지'에 도달하면 "천지를 제자리에서 운행하게 하고 만물을 육성한다"는 공능을 가진다. 이러한 경지는 인간의 극치지만 사실은 하늘 자체를 가리키니, 성인이 하늘을 오래도록 배우고 익혀 덕성이 하늘과 같아진 경우를 가리킨다고 하겠다.

지극히 성실한 것이 천도이며, 지극히 성실한 인간은 하늘과 덕이 합치될 수 있다.

『중용자잠』 「중화」절

지극히 성실하여 쉼이 없는 것은 하늘이다. 성인이 하늘을 배움이 오래되어 그 덕성이 하늘을 닮으면 능력(功化)도 하늘과 닮는다. 그러므로 드러내지 않아도 나타나고 움직이지 않아도 (사람들이) 감동하여 하지 않고도 이룬다.

『중용자잠』 「지성무식」절

하늘이 지성하기 때문에 측량할 수 없는 무한한 능력을 가지고 무한한 조화를 이루듯이, 지극히 성실한 삶을 사는 성인도 무한한 공능을 지닌다고 한다.

하늘은 지극히 성실하기 때문에 하늘에 해와 달과 별들이 있고, 땅에는 초목과 금수가 생긴다. 성인은 지극히 성실하기 때문에 성대하게 만물을 육성한다. 300가지의 경례經禮와 3000가지의 곡례曲禮는 성인이 나타나야 시행된다.

『중용자잠』, 「위대하다, 성인의 도여」절

(6) 성誠은 『중용』에 일관되는 핵심이다

눈으로 볼 수도 없고 귀로 들을 수도 없는 하늘의 작용은 숨어 있고 은미한 듯이 이루어지지만, 그 무한한 능력과 작용은 자연의 조화 가운데서 드러나고 인간의 내면에서 항상 빛난다. 군자는 내면에 있는 천명을 알기 때문에 계신공구하고 신독하는 성실한 삶을 살지 않을 수 없다. 지극히 성실한 하늘의 도에서 시작하여 지극히 성실한 하늘의 도를 따르고자 하는 인간의 성실한 삶은 『중용』의 전체 내용을 이룬다. 다산은 계신공구와 신독을 성誠이라고 해석할 뿐 아니라 안회가 '하나의 선을 얻으면 정성스럽게 가슴에 지님'도 성誠이라고 하며, 군자가 활쏘기 할 때 정곡을 맞히지 못하면 돌이켜 자기 자신에게서 그 원인을 찾는 것도 성誠이라고 해석한다. 『중용』 제20장에서는 '하나다'(一也)라는 의미를 모두 성誠으로 해석한다. 다섯 가지 달도達道와 세 가지 달덕達德을 행할 수 있도록 하는 것이 성誠이라고 해석하는 것은 모든 주해에 공통되지만, 다산은 여기서 한 걸음 더 나아간다.

세 가지 아는 것(나면서부터 아는 것, 배워서 아는 것, 고생해서 아는 것)이 같지 않지만 알면 하나이니, 하나는 성이다. 세 가지 행하는 것(편안하게 행하는 것, 이롭게 여겨 행하는 것, 힘써 노력해서 행하는 것)이 같지 않지만 성공하면 하나이니, 하나는 성이다. 구경九經이 광대하지만 그것을 행할 수 있게 하는 것은 하나이니, 하나는 성이다. 어찌 『중용』의 다른 곳에서는 성을 말하지 않았다고 할 수 있겠습니까? 다만 신독 공부는 은미함이 드러남을 아는 데 달려 있고, 은미함이 드러남을 알면 신神이 이르기 때문에 「귀신장」에서 '성'誠 자를 드러내어 이 책의 중추로 삼았다.

『중용강의보』, 「성은 하늘의 도이다」절

　　『중용』에서 '성'이라는 글자는 「귀신장」에서 처음 드러나지만, 신독이 성일 뿐 아니라 오달도와 삼달덕을 행하게 하는 것, 세 가지 앎의 궁극적 경지와 세 가지 행함의 궁극적 경지, 정치의 아홉 가지 요체인 구경을 행할 수 있게 하는 것도 성이어서 중용의 모든 공부는 성으로 연결된다고 한다. 「귀신장」(제16장)에서 '성'을 한 번 언급하고 난 뒤에는 다시 '성'에 관한 설명은 없이 순(제17장)과 문왕, 무왕(18장과 19장)의 일을 언급하지만, 사실은 이들과 관련된 크고 작은 내용들이 모두 이 '성' 자에 대한 설명이다. '성' 자를 노출하지 않고 성을 계속 설명하다가 '모든 일은 미리 준비하면 확립된다'(凡事, 豫則立)는 절(제20장의 '구경' 마지막 절)에 이르러 '성' 자를 다시 말하기 시작한 뒤로는 『중용』의 끝까지 이어진다.

　　토설하고 싶지만 토설하지 않고 밝히고 싶지만 밝히지 않고 일어났다 엎드렸다, 때로는 숨겼다 때로는 드러냈다 하며 층층으로 전환하다가 「모든 일은 미리 준비하면 확립된다」는 절에 이르러서야 '성' 자를 토설하였다.

『중용강의보』, 「성은 하늘의 도다」절

성인이 여기서 천 갈래 만 갈래인 천지만물의 이치가 모두 성 한 글자를 원두로 삼는다는 것을 통찰하였으니, 이것이 이른바 '성실하지 않으면 사물이 없다'는 것이다. 이것이 바로 '성은 하늘의 도다'의 뜻이다. 앞에서는 하늘을 아는 것을 끝맺음으로 삼았다. 그런 뒤 중간에서는 흩어져 만 가지 다양한 것이 되고, 다시 '성' 자로 끝맺음을 삼았다.

『중용자잠』, 「천하의 달도가 다섯이다」절

『중용』에서 '성' 자가 두 번째로 나오는 곳은 「모든 일은 미리 준비하면 확립된다」는 절에 이르러서다. 제1장에서 신독을 말한 다음 여러 장에서 말하는 내용은 모두 성과 관련되지만 언급을 자제하다가 「귀신장」에서 성을 처음으로 언급하고, 그다음에는 다시 성을 드러냄이 없이 성과 관련된 일만 말하다가 제20장 「모든 일은 미리 준비하면 확립된다」는 절에서 재차 성을 언급했다. 언급을 하지 않았을 뿐 실제 내용은 모두 성과 관련된다는 것이다. 그러나 두 번째로 '성' 자를 언급한 다음부터는 모든 내용이 '성' 자에 관한 것이다. 마치 꽃이 일단 피기 시작하자 곳곳에서 향기를 발하듯이 말이다. 그래서 『중용』에서 설명하는 천도와 인도는 '성' 자를 벗어나는 것이 없다고 한다.

천도와 인도 어느 것인들 '성' 자에서 벗어나는 것이 있겠는가!

『중용강의보』, 「성은 하늘의 도다」절

천도와 인도는 모두 '성'에서 벗어나지 않는다. 그런데 천도는 자연스럽게 저절로 성이지만, 인간은 저절로 성이 못 되는 데서 학문이 필요하게 된다. 학문이란 세상에서 경륜을 펼치기 전에 삶을 미리 연마하는 것이다. 『중용』에서 "모든 일은 미리 준비하면 확립된다"고 할 때, 미리 준비하는 것이 바로 학문이다. 학문을 통하여 도를 정립하고 삶을 정립하고자 하는 것이 유학이다. 『대학』과 『중용』은 이와 같은 유학의 학문 정신에 바탕하여 학문의 목표와 이념을 가장 잘 제시한다. 지금까지 살펴본 『중용』의 내용에 따르면 미리 한다는 것은 삶을 성에 세우는 것이다. 인간이 자신의 삶을 성에 세운다는 것은 하늘의 성을 알아 거기에 바탕하여 삶을 세움이다. 다산은 『중용』의 가르침이 이러할 뿐 아니라 『대학』의 전체 의미도 '성'과 연결된다고 한다.

'미리 준비하면 확립된다'는 것은 『중용』과 『대학』의 전체 뜻이다. 천하를 평안하게 하려는 자는 먼저 나라를 다스리고, 나라를 다스리려는 자는 집안을 가지런하게 하고, 집안을 가지런하게 하려는 자는 먼저 자기 몸을 닦고, 몸을 닦으려는 자는 먼저 자신의 마음을 바르게 하고, 마음을 바르게 하려는 자는 먼저 뜻을 성실하게 해야 하니, 성은 만사를 위하여 미리 해야 하는 것이다. 윗사람의 신임을 얻으려면 먼저 친구의 신임을 얻어야 하며, 친구의 신임을 얻으려면 먼저 부모에게 순종해야 한다. 부모에게 순종하려면 먼저 성실해야 하니, 성은 만사를 위하여 미리 해야 하는 것이다. 『대학』과 『중용』은 성을 가장 먼저 해야 하는 공부로 삼는다.

『중용자잠』, 「모든 일은 미리 하면 확립된다」절

다산은 여기서 한 단계 더 나아간다. 성은 『대학』과 『중용』의 시작을 이룰 뿐 아니라 시작과 끝을 다 이룬다고 한다. 『대학』의 시작과 끝이 수기와 치인이라면 『중용』의 시작과 끝은 성기成己(자기완성)와 성물成物(타인 완성)인데, 이 둘은 같은 의미이며 모두 성을 바탕으로 해서만 가능하다고 한다.

> 오늘날의 학자들은 달리 이해해서 『대학』의 끝과 시작은 파악하면서 『중용』의 끝과 시작은 파악하지 못한다. …… 『대학』은 성의로 공부를 시작하지만 제가와 치국, 평천하도 성이 아니면 할 수 없다. …… 성기와 성물이 모두 성의 가운데 있다. 『중용』에서 말한 사물의 종시終始가 된다는 것도 성기와 성물을 벗어나지 않는다. 어찌 『대학』에서 말한 것과 터럭만큼의 차이라도 있겠는가!
>
> 「중용자잠」, 「성은 자신을 이룬다」절

6. 맺는 말

『중용』은 '상제를 밝게 섬기는 학문'이다. 상제를 섬기기 위해서는 상제를 알아야 한다. 상제의 모습은 눈으로 볼 수 없고, 상제의 음성은 귀로 들을 수 없지만 상제의 성실함은 무엇보다도 분명하게 드러난다. 상제는 지극히 성실하게 모든 것을 주재하고 창조하기 때문에, 자연의 모든 현상 가운데서 상제의 자취가 드러나고, 인간의 도심 가운데서 상제의 명령이 항상 들린다. 귀를 기울여 상제의 음성을 듣고, 혹시라도 그의 음성을 어길까 계신공구하고 신독하는 것이 인간의 성실한 삶이다. 이러한 삶을 통하여 인간은 중화의 덕성을 이룰 수 있고, 중화의 덕성을 항상 지키는 것이 중용이다. 인간이 중화의 덕성을 이루면 인간의 삶도 지극히 성실한 삶이 되어 인간의 삶이 하늘과 닮은 삶, 즉 초천肖天의 삶이 된다. 인간이 하늘과 닮아 지극히 성실하여 쉼이 없는 삶을 살면 인도는 천도와 통하고 인간의 극치인 성인의 삶을 살 수 있다. 『중용』은 지천知天을 근본으로 하여, 신독으로 사천事天하고, 사천으로 성덕成德하여 초천肖天에 이르는 것을 학문과 삶의 정점으로 하는 사천학事天學의 체계다. 성을 학문의 시작과 끝으로 삼는 점에서는 『대학』도 마찬가지다.

> 황천皇天에 계신 상제는 지극한 한 분으로 둘일 수 없으며, 지극히 존귀하여 짝이 있을 수 없다.
>
> 『상서고훈』尙書古訓

> 상제란 누구인가? 상제란 천지와 신과 인간의 바깥에서 천지와 신과 인간과 만물을 창조하여 그들을 다스리고 편안하게 기르는 분이다.
>
> 『춘추고징』春秋考徵

『상서고훈』과 『춘추고징』에서 다산이 설명하는 상제는 확실히 상대가 없는 절대의 유일자다. 절대 유일자인 상제는 천지와 만물과 인간, 그리고 신까지도 창조하였으며, 천지와 신과 인간을 너머 저 바깥에 있다. 그러면서 자신이 창조한 세계를 다스리며 편안하게 기르는 자다. 이러한 상제관은 기독교의 유일신 사상과 유사하다. 그러나 『중용자잠』에서 설명하는 상제는 초월자의 의미보다는 인간에 내재한 절대자 내지는 우주를 품에 안은 자로서의 이미지가 부각되었다. 그래서 사실은 퇴계 이황이 이理를 통하여 설명하는 절대자와의 거리가 그렇게 멀게 느껴지지 않는다.

상제의 내재적 의미와 포괄적 의미가 강조되며 본성과 덕성이 동일한 것이 되면 성리학과의 소통도 가능해진다. 마테오 리치는『천주실의』를 지어 천주교를 전파함으로써 성리학의 체계를 비판하고 부정하는 것을 당면한 과제로 삼았다. 다산 역시 초기에는『천주실의』의 영향을 크게 받아 성리학을 거의 부정했지만,『맹자요의』를 짓고『중용자잠』을 지을 때는 주희를 유학을 중흥시킨 위대한 학자로 추존하였다.

『천주실의』를 통하여 유학의 상제관을 새롭게 이해하며 상제와 인간의 관계 맺음이나 인간이 상제를 알고 섬기는 방법을 독자적으로 확립해 나갔다. 다산이 보기에 육경과 사서, 곧 유학 사상 전체는 상제의 명령에 따라 인도를 닦는 학문이다. 유학 사상 자체가 상제를 섬기는 학문인데 후대의 유학은 한대의 도참사상圖讖思想과 송대의 성리학에 의하여 이러한 진면모가 왜곡되었다고 보고 이를 바로잡고자 하는 것이 다산의 새로운 유학 사상이다. 사서 육경 가운데서도 천에서 시작하여 천으로 끝나는『중용』은 특히 '성인이 (상제를) 밝게 섬기는 학문'이라고 한다. 하늘을 알고 하늘을 섬기는 종교적 삶을 살되, 다산의 삶은 철저하게 내면의 성실성에 기초한 윤리적 삶이다.

하늘의 목구멍과 혀는 도심에 의지하고 있다. 도심의 경고는 위대한 하늘의 명령과 경계다. …… 천명을 본심에서 찾는 것이 성인이 하늘을 밝게 섬기는 학문이다.

『중용자잠』,「천명을 성이라고 한다」절

다산의 윤리적 삶은 개인적인 삶의 영역에 머물지 않고 가정과 사회와 국가로 확대되어 그의 사회철학을 이룬다. 그의 삶은 유가의 수기치인을 이상으로 한다. 상제를 삶의 한가운데 세워 삶의 원칙으로 삼는 점에서는 기독교의 영향을 부인할 수 없지만, 그의 삶은 유가적인 삶을 이상으로 삼았다. 그래서 성인이 남긴 한 글자 한 구절이라도 보다 명확하게 밝히기를 힘쓰며, 요순이 다스리던 정치, 주공이 정리한 제도, 공자가 그리던 이상 사회를 꿈꾸었다. 기독교의 영향으로 유학의 상제관의 의미를 다시 발견한 측면은 인정되지만, 그가 성령性靈과 도심道心을 강조하는 것은 퇴계의 이발설理發說과 연관되며, 더 근원적으로는 주자의 인심도심설人心道心說과 관련된다. 그는 기독교의 영향으로 유학의 상제관을 재정립하고 주자의 인심도심설과 퇴계의 이발설의 영향으로 인간 내면의 덕성과 도심을 강조하여 수사학의 본원 정신을 회복함으로써 신독으로 상제를 섬기는 성의 철학을 수립하였다. 다산에게는 기독교에서 보이는 원죄설, 구세관救世觀, 부활, 심판 등등의 각종 종교적 도그마가 없다. 다산은 절대자에게 의존하는 신앙적인 종교보다는 인륜에 바탕을 둔 종교적 삶을 중시하여, 상제를 섬기는 것을 중심으로 한 『중용』에 대해서도 '상제를 밝게 섬기는 학문'이라고 표현하였다. 다산은 육경 사서로 총괄되는 요순 이래의 본원 유학을 통하여 하느님을 섬기는 종교 정신과 인륜을 실천하는 도덕 정신이 하나로 통일된 삶을 지향하였다.

다산은 인간 완성, 즉 사람이 성인이 되는 방법을 이렇게 요약하였다.

지금 사람들이 성인이 되고자 하면서 그렇게 할 수 없는 데는 세 가지 단서가 있다. 하나는 하늘을 이理로 인식하기 때문이고,

두 번째는 인仁을 생물生物의 이리로 인식하기 때문이며, 세 번째는 용庸을 평상平常으로 보기 때문이다. 만약 신독愼獨하여 하늘을 섬기고, 힘써 서恕를 실천하여 인仁을 구하며, 또 항구하게 쉬지 않을 수 있으면 곧 성인이 될 것이다.[6]

『심경밀험』心經密驗 제32장 '주자학성설'周子學聖說

다산은『중용강의』와『중용자잠』을 통하여 성誠을 천명으로 새롭게 해석하고, 충서를 진실한 서恕로 새롭게 해석하고, 용庸을 평상이 아닌 항상됨으로 새롭게 해석하여『중용』을 공부하면 '신독愼獨하여 하늘을 섬기고, 힘써 서恕를 실천하여 인仁을 구하며, 또 항구하게 쉬지 않을 수 있게 되어' 모든 학자들이 성인이 될 수 있기를 희망하였다. 다산에게 천명인 성誠을 지향한 신독이 수기의 핵심이라면 서의 실천을 통한 인의 추구는 치인의 핵심이다. 다산은 이러한 의미의 수기와 치인을 함께 그리고 항상 실천하고자 노력하였다. 수기와 치인은 서로 분리되지 않는다. 신독으로 하늘을 섬기는 행위는 서恕로 사람을 섬기는 사랑으로 이어진다. 다산에 의하면 하늘은 모든 사람이 서로 사랑하기를 원하므로 다산의 경학에서 사람을 섬기는 것은 곧 하늘의 뜻에 따라 하늘을 섬기는 것이므로 '사람 섬김이 곧 하늘 섬김이다'라는 표현이 가능해진다.

---

6 今人欲成聖而不能者, 厥有三端. 一認天爲理, 二認仁爲生物之理, 三認庸爲平常. 若愼獨以事天, 强恕以求仁, 又能恒久而不息, 斯聖人矣.

『시경강의』
다섯 개의 키워드로 읽는 다산 『시경』 *

1. 정조가 묻고 다산이 답하다

『시경』과 관련한 다산의 대표 저작은 단연 『시경강의』詩經講義를 꼽을 수 있다. 이 『시경강의』가 탄생한 배경에는 에피소드가 있다. 1791년, 다산이 혈기 왕성하던 서른 살 때, 정조가 짓궂게도 수백여 개의 질문을 무더기로 던지고는 40일 안에 답을 작성해 오라고 숙제를 내준다.[1] 그런데 그 질문들 하나하나가 호락호락하지 않았다. 『시경』은 도대체 왜 이렇게 어려운가? 『시경』의 배열 순서는 언제 누구에게서 비롯되었는가? 한 편의 시에 왜 이렇게 다양한 해석이 발생

---

* 김수경(공주대학교 한문교육과 조교수)

1 정조가 문신들에게 내린 질문을 '조문'條問이라 하고 이에 대한 문신들의 대답은 '조대'條對라 한다. 다산 스스로는 정조로부터 800여 조의 조문을 받았다고 하였으나 후에 연구자들이 실제 집계한 결과는 600조를 넘지 않는다. 조문 구분 등의 차이가 존재할 듯하다.

하는가? …… 정조의 질문은 때로 한 편의 논문으로 완성해야 할 정도로 심도 있었고, 때로 궁벽한 문헌을 일일이 찾아봐야 할 정도로 세부적이었다. 상황이 이러하다 보니 총명한 다산이 초인적인 힘을 기울여도 기한을 맞추기 어려운지라 마지막에 20일 연장 신청을 하기에 이른다. 이렇게 완성한 것이 바로 초기 형태의 『시경강의』이다. 그러한 까닭에 임금의 질문에 대한 다산의 조대條對는 『시경』과 관련한 크고 작은 문제에 관한 청년기 다산의 인식을 질문별로 살필 수 있는 특징을 지닌다. 이 과정에서 다산은 옛글 가운데 『시경』을 언급한 내용들을 두루 뽑아 『풍아유병』風雅遺秉이라는 자료집을 따로 엮기도 하였다. 아쉽게도 이 책은 전하지 않는다. 다행히 「서문」이 남아 있어 다산의 『시경』 해석이 폭넓은 문헌들을 통합적으로 고찰하는 과정에서 이루어졌음을 파악하는 데 도움을 준다.

정조와의 문답이 있은 지 약 20년이 지난 1809년 가을, 다산은 강진 유배지에서 『시경강의』를 정리해 책으로 엮는다. 그 과정에서 조대 안의 내용 가운데 정치精緻하지 못한 '어린아이 울음소리'가 있다고 고백한다. 그럼에도 임금의 질문에 답한 것이라 감히 빼거나 고치지 못했음을 밝혔다. 이러한 배경으로 인해, 이듬해인 1810년 봄에 『시경강의』를 보충, 보완하고자 『시경강의보유』詩經講義補遺를 작성한다. 그 안에는 50세 무렵 다산의 관점이 담겨 있다.

그 뒤 다산의 노년기에는 외손자인 방산舫山 윤정기尹廷琦가 5세부터 16세 때까지 다산에게 『시경』을 배운다. 그리고 외할아버지의 말씀을 기록하고 보충하였다는 뜻에서 『시경강의속집』詩經講義續集을 저술한다. 우리는 이 책의 일정 부분에 다산 만년의 『시경』 인식이 담겨 있다고 추정할 수 있다.

2008년에는 꼼꼼한 교감과 상세한 주석을 더한 번역본 『역주 시경강의』(전 5권, 사암)가 출판되면서, 친절한 우리말 번역을 통해 다산의 『시』 읽기에 보다 가까이 다가갈 수 있게 되었다. 수백여 개의 문답을 담은 『시경강의』를 통해 당시의 『시경』에 관한 의문점을 총체적으로 논의할 수 있고, 『시경강의보유』를 통해 중년기 다산의 『시경』 인식의 변이 양상을 관찰할 수 있으며, 『시경강의속집』을 통해 노년기 다산의 『시경』 전수 양상을 엿볼 수 있으므로 다산의 『시경』 관련 저작들은 그 저작 양상이 실로 다채롭다고 하겠다.

2. 퍼 올릴수록 샘솟는 우물물 같은 『시경』

『시경』은 노래를 엮은 작품집이자 유가 경전으로, 매우 다양한 색깔을 가진 책이다. 천 명의 독자가 『햄릿』을 읽는다면 천 명의 햄릿이 존재할 수 있다는 말처럼, 훌륭한 문학 작품일수록 독자들의 마음 안에 들어와 자기만의 느낌으로 되살아난다. 『시경』의 많은 작품들도 수천 년의 시간을 거치면서 무수한 독자의 가슴 안에서 자기만의 시가 되어 왔다. 다산은 정치, 경제, 문화, 문학, 학술 등 다양한 분야에 걸쳐 풍부한 스펙트럼을 가진 학자다. 그러한 까닭에 독자이자 해석자인 다산과 『시경』의 만남은 역동적이었으며, 그 만남이 지금의 우리에게 남긴 인상은 선명하다.

　『시경』에 대한 이해뿐 아니라 다산의 인식을 이해하는 데도 다산의 『시경』 읽기는 소중한 의미를 지닌다. 흔히 문학 창작은 작가의 의식과 체험을 반영한다고 한다. 이는 작가와 현실이 관계를 이루며 만들어 낸 삶의 한 양식으로서의 창작의 성격을 말해 준다. 정도의 차이는 있겠지만 유가 경전의 해석에도 해석자의 현실 인식과 자기 체험이 반영된다. 이러한 면에서 본다면 경전 해석을 일종의 해석의 창작 활동으로도 볼 수 있다. 그러므로 우리가 이 자리에서 다산의 눈으로『시경』을 읽어 보는 일은, 다산을 이해하는 방식일 뿐 아니라 다산의 눈을 따라『시경』의 다채로운 빛깔 가운데 어느 흥미로운 부분을 체험하는 방식이 될 것이다.

다산의『시경』을 이야기하기 위해서는『시경』의 성격에 대한 간단한 밑그림이 필요할 듯하다. 다산의『시경』읽기에 참고가 될 만한 몇 가지『시경』의 성격을 소개한다.

『시경』은 본래는 그저『시』라고만 불리던 시가 모음집이었다. 약 300편의 시 작품이 수록되어 있기에 '시삼백'詩三百이라 불리기도 하였다. '시경'의 '경' 자는 기원전 2세기 한나라 무제가 왕권과 통치 질서의 공고화를 위해 정치 교육 교재의 하나로 채택한 뒤에 붙여진 것이다.『시경』은 유가 경전 가운데 선진先秦 시대의 원형을 가장 잘 보존하고 있는 문헌 중의 하나다.

'시가'라는 문학 장르가 일반적으로 그러하듯『시경』에는 당시 다양한 계층의 삶과 정서가 생생하게 담겨 있다. 귀족의 연회시도 있고, 왕실에서 선조의 업적을 기리고 왕권의 무궁함을 축원하려 지은 시도 있다. 지식인들의 풍자시도 있고, 업무에 시달리는 하급 관리들의 원망 섞인 시도 있다. 전쟁터에 나간 군사들과 이들을 기다리는 가족들의 시도 있고, 남녀가 사랑하고 그리워하며 헤어지고 원망하는 시도 있다. 이 가운데 오늘날 특히 주목받는 부분은 평범한 민중의 목소리로 그들의 진솔한 희로애락을 담은 노래들이다.

오늘날 시는 문학 장르의 하나로서 주로 독자의 문학적 감수성을 자극하고 정서를 순화하는 역할을 한다. 이에 비해 역사 속의 『시』는 개별 독자의 정서에 작용하는 문학으로서의 역할뿐 아니라 훨씬 다양한 역할을 담당해 왔다. 『좌전』左傳, 『논어』, 『맹자』, 『묵자』, 『순자』와 같은 문헌에 『시』가 다양하게 활용되던 정황이 잘 담겨 있다. 『시』가 가장 다채롭게 활용되던 시기로는 단연 선진 시대를 꼽을 수 있다. 선진 시대의 『시』는 악기로 연주되고 노래로 불리며 춤까지 동반하던 종합예술 공연물이었다. 지배 계층의 지식과 도덕 교육에 활용되던 교재였으며, 스승과 제자 간의 담화에서 서로를 계발·진작하는 매개일 뿐 아니라 외교 활동에서까지 특수하게 사용되던 의사 표현의 한 방식이었다. 게다가 화자가 논리의 설득력을 담보하기 위해 인용하는 논거이기도 했다.

오랜 옛날 한때는 그토록 다이내믹하던 『시』의 역할과 쓰임은 전국 시기부터 점점 축소되기 시작한다. 한대 이후에는 유가 경전 텍스트로서 부여된 미자美刺(『시경』의 작품 중 찬미하는 내용의 시를 '미'로 보고, 풍자하는 내용의 시를 '자'로 보는 분석 개념)의 의미가 강조되다가 송대에 이르러서는 마음 수양의 측면에서 『시』 읽기가 강조된다. 전통적인 『시』 읽기는 크게 한대와 송대로 나누어 볼 수 있는데, 『모전』毛傳·『정전』鄭箋으로 불리는 해석이 바로 한대 『시』 읽기 방식의 대표이며, 주희의 『시집전』詩集傳은 송대 『시』 읽기 방식의 대표다.

우리나라 조선 시대 학자들의 『시』 읽기 또한 바로 한대와 송대 시경학이라는 양대 축을 중심으로 편향 또는 종합적인 입장을 택하는 경향을 보인다. 특히 송대 성리학과 주희의 영향이 지대했던 우리나라에서는 주희의 『시집전』으로 『시경』을 읽는 풍토가 지배적이었다. 다산의 다른 유가 경전에 대한 해석에도 공통으로 보이는 특징이라 할 수 있겠지만, 다산의 『시』 읽기에는 당시 조선 시대의 『시』 읽기 경향과는 다른 면이 곳곳에 보인다. 여기서 강조하고 싶은 점은, 다산의 『시경』 읽기는 『시경』의 문헌적 특징과 역사적 양상에 주목하는 동시에 문학으로서의 미적 특질을 고민하였다는 데서, 다산의 다른 경전 읽기와는 또 다른 느낌을 지닌다는 점이다.

지금까지 다산의 저작 및 『시경』의 성격을 소개한 것을 바탕으로 이제부터는 다섯 가지 키워드를 중심으로 다산 『시경』 읽기의 특징을 살펴보기로 한다.

3. 키워드 1: 사무사思無邪 — 시인의 생각에 삿됨이 없다

『시경』이 역사적으로 다채로운 색깔을 지녀 온 만큼, 여기에 접근하는 방법도 다양하다. 오늘날에는 현대의 각종 연구방법론으로 접근하면서 풍부한 해석을 더해 가고 있다. 그렇다면 『시경』의 다양한 면모 가운데 다산이 주목한 부분은 무엇이었을까? 다산의 『시경』 읽기가 지닌 성격을 알고 싶을 때 가장 먼저 꼽을 수 있는 것이 바로 『시경』에 대한 공자의 촌평인 '사무사'를 바라보는 관점이다.

사실 '사무사'는 『시경』 전체를 단 세 글자로 짧게 압축하였기 때문에 그 즉시 이해하기 어려운 면이 있다. 게다가 '사무사'는 본래 잘 자란 말들이 훈련도 잘 받아 질서정연한 모습을 노래한 「노송魯頌 경駉」 편의 구절이어서 그대로 가져와 『시경』 전체를 이해하기에 어려운 감도 있다. 즉 공자의 '사무사'는 당시의 『시경』을 인용하는 방법 가운데 하나인 단장취의斷章取義(남이 쓴 문장이나 시의 일부에 대해 그 전체적인 뜻은 고려하지 않고 인용하는 일) 방식을 통해, 『시경』 작품들이 진솔한 생각을 담아낸 것이라고 평가한 말이다.

안타깝게도 시대가 달라지고 유가의 예법이 엄격해지면서 공자 시대에는 자연스럽게 여겨지던 연애 문화와 감정들이 성리학 시대의 선비들에게는 더 이상 받아들이기 어려워졌다. 양자 간의 괴리가 더 없이 커지던 시기에 주희는 '사무사'에 전혀 다른 의미를 부여한다. 주희는 '사무사'에서 '사'의 주체가, '시인'이 아닌 시를 읽는 '독자'라고 본다. 그리고 '무사'는 도덕적인 내용의 시든 음란한 내용의 시든 가릴 것 없이 독자가 시들을 읽으며 삿된 감정을 없애 가는 과정이라고 풀이한다. 이러한 주희의 해석은 '사무사'에 담긴 공자 시대의 문화 인식을 자신의 해석 체계로 재해석함으로써 자기 시대의 문화 인식 간에 생긴 괴리를 없애고 자신의 사상 체계 안에 완전한 구성 요소로 들어앉힌 것이라 할 수 있다. 이 관점은 주희설을 중심으로 하는 조선 시대에 『시경』 읽기의 지배적인 관점으로 받아들여졌다.

다산은 '사무사'의 주체가 독자라는 주희의 관점을 받아들이지 않았다. 대신 『시경』의 모든 시편은 어진 사람들이 지은 것으로 그 뜻이 바른 까닭에 '사무사' 한 구절로 개괄할 수 있으며, 시를 지은 사람의 마음이 발현되는 데 삿됨이 없음을 가리킨다고 하였다.[2] 『시경』의 시인들이 모두 성현聖賢이라는 다산의 관점은, 다산의 『시경』 읽기를 관통하는 주요 관점이자 다산의 『시경』이 주희의 시경학과 구분되는 특징이기도 하다. 1808년 맏아들 학연學淵에게 보낸 편지에서, 다산은 『시경』의 시들이 모두 충신, 효자, 열부, 신실한 벗의 간절하고 충직한 마음을 드러낸 것[3]이라고 평하였는데, 이 또한 같은

---

2 《여유당전서》 제2집 『논어고금주』 「위정」爲政.
3 《여유당전서》 제1집 문집 제21권 「기연아」寄淵兒.

맥락에서 이해할 수 있다.

'사무사'에 대한 다산의 관점이 주희와 다른 것은 분명하나, 그렇다고 해서 그 관점이 공자의 본 의도를 여실히 반영했다는 것은 아니다. 공자 시대에는 시인들의 자연스러운 감정의 발로를 모두 '사무사'로 보아도 별 이상할 것이 없었기 때문이다. 따라서 다산의 '사무사'에 대한 관점은 주희의 '사무사' 해석 체계를 탈피한 대신 자신의 해석 체계에서 재구성한 것이라 할 수 있다. 실제로 다산의 『시경』 해석은 일관되게 이 노선을 유지한다. 다산의 『시경』에 관한 다른 관점들도 이 맥락에서 구축된다고 이해하면 큰 무리가 없을 듯하다.

'사무사'에 대한 다산의 입장은 다산의 『시경』 읽기에서 보이는 치밀한 분석적 특징과 연결 지어 생각할 수 있다. '사무사'에서의 '생각'(思)을 '현인·군자의 생각'으로 설정할 경우 다른 유가 경전과 마찬가지로 『시경』의 글자 하나하나, 사물 하나하나가 중요한 의미를 지니기 때문이다.

4. 키워드 2: 부시언지賦詩言志 ―『시』를 읊어 뜻을 나타내다

공자 시대에는 개인 간의 교류나 외교 담판 등에서 『시경』을 가져와 자신의 의도를 전달하던 담화 방식이 존재하였다. 이러한 담화 안에서의 『시』는 단순한 문학 감상 대상으로만 그치지 않고 실제 언어생활에서 살아 숨 쉬는 언어가 된다. 다산은 바로 이 담화 속에 살아 있는 『시경』을 읽고자 하였다. 그러한 까닭에 과거의 지성인들이 어떻게 『시』를 사용해 자신의 뜻(志)을 나타내는지를 파악하여 『시』의 의미를 읽으려는 시도가 『시경강의』 곳곳에 보인다. 다산의 이러한 『시경』 읽기에 대해서는 '시언지'라는 개념을 이해함으로써 다가갈 수 있다.

'시언지'는 본래 시란 (시인의) 뜻을 나타냄을 가리킨다. 『상서』에 처음 등장한 이래, 『시』뿐 아니라 시문학 전반과 관련한 전통적인 명제가 되었다. 함축과 리듬에 실린 시인의 뜻은 강한 전달력과 생명력을 지닌다. 자기 PR 시대인 현대에도 선뜻 '좋아해', '사랑해'라고 공개적이고 직접적으로 말을 꺼내기가 쉽지 않다. 오히려 암시의 방식으로 속마음을 표현해 상대방이 자기 마음을 알아주기를 바란다. 직설적인 표현 방식과 암시적인 방식 간에 어떤 절대적인 우열이 있다고 보기는 어렵다. 때로는 멋진 암시가 직설적인 표현보다 상대방을 더욱 감동시키기 때문이다.

지금으로부터 약 2600년 전 중국 춘추 시대에는 흥미로운 담화 기술이 있었는데, 그것은 바로 '『시』의 한 구절을 읊거나 노래 불러 자기 생각을 전달하는 방식'이었다. 이러한 담화 방식은 권위 있는 경전 구절을 인용해 자기 논리의 근거로 삼는 방식과는 일정한 차이가 있다. 내용상 글자 그대로의 의미로는 인용 의미를 파악하기가 힘들며 형식상 노래로 부르거나 악기 연주를 동반하기 때문이다. 역사적으로는 이러한 담화 기술을 '시언지' 가운데서도 특히 '부시언지'賦詩言志라고 부른다.

다산은 춘추 시대의 지성인이 『시』를 '노래 불러' 자기 뜻을 전하는 담화에 관심을 기울였다. 이러한 경향은 성호星湖 이익李瀷 같은 조선 후기 실학자들의 『시』 읽기에도 나타난다. 단 다산의 경우는 이를 단순한 외교 화술로만 보지 않고 『시』 해석의 주요 요소로 정착시켰다. 이는 『시』를 달달 외워도 외교관으로서 외교 업무를 능숙하게 처리하지 못하면 아무 소용이 없다고 한 공자의 말에 주목하는, 다산의 태도와도 연관된다. 다산은 공자의 이 말에 대해, 『시』의 용도가 매우 다양하여 사방의 풍속에 통달하고 인륜의 항상함과 변고를 알수 있는 까닭에 『시』에 통달한 이가 정치 외교를 잘할 수 있다고 한 것이라 풀이하면서, 단순한 『시』의 암기를 능수능란한 외교 화술과 직결하는 것은 융통성 없는 인식이라고 비판하였다.[4] 이 말을 뒤집어 보면 과거 지성인들이 『시』를 노래하던 장면 곳곳에 바로 그들의 철학 세계와 세태에 대한 관조가 녹아 있다고도 이해할 수 있는데, 다산은 바로 이러한 코드로 『시』를 읽고자 하였다. 이와 관련하여 「야유사균」野有死麕을 감상해 보자. 이 시는 젊은 남자가 봄날 여인을 유혹하여 정을 통하는 내용을 담고 있다. 총 3장으로 이루어졌다. 제1장에는 남자가 들판에서 노루를 잡아 하얀 띠풀로 정성들여 싸서 여인에게 선물로 주는 장면이 나온다. 요즈음 상황으로 바꾸면 매력적인 여인에게 호감을 느낀 남자가 직접 노루 모피 코트를 준비해 고급 포장지에 포장해 주는 것으로 이해하면 좋을 듯하다.

들판에 잡은 노루를	野有死麕
하얀 띠풀로 둘둘 마네.	白茅包之
춘정 품은 아가씨를	有女懷春
멋진 사내가 유혹하네.	吉士誘之

제2장은 제1장과 유사하나, 하얀 띠풀로 싸서 건넨 죽은 사슴 외

---

4   《여유당전서》 제2집 『논어고금주』 「자로」子路 제13장.

에 땔나무로 쓸 잔가지도 등장한다. 땔나무는 문화인류학에서 볼 때 결혼을 상징하기도 하기에 이 시에 등장하는 잔가지로도 짝을 구하는 메시지를 읽어 볼 수 있다. 시인은 또한 '봄을 품은' 여인이 옥과 같이 아름답다고 말하는데, 이는 시인의 마음속에 그려 낸 사랑하는 여인의 모습이자 느낌이라 할 수 있다.

숲엔 땔나무 잔가지가,	林有樸樕
들판엔 잡은 사슴이 있네.	野有死鹿
하얀 띠풀로 둘둘 묶어,	白茅純束
옥같이 고운 아가씨에게 건네주네.	有女如玉

지금까지의 구절을 보면 옛날이나 오늘날이나 연애 방식이 크게 다르지 않다는 느낌이 든다. 아래 제3장에서는 앞에서 그저 '여인'으로만 소개되었던 아가씨가 직접 등장하여 남자의 구애에 화답한다. 그런데 이 제3장의 내용은 오늘날 우리가 보기에도 상당히 대담하며 외설적이기까지 하다.

천천히 가만가만 하세요,	舒而脫脫兮
제 앞치마를 건들지 마세요.	無感我帨兮
삽살개를 짖게 하지 마세요.	無使尨也吠

시 언어 자체만으로 본다면 이 부분은 참으로 진솔한 연애 장면을 노래한 것이라 할 수 있다. 흥미로운 점은, 이 시가 옛날에 외교관들이 모인 자리에서 외교 언어로 사용되었다는 것이다. 그 회담은 바로 기원전 541년 여름, 진晉나라 대부 조맹趙孟과 숙손표叔孫豹, 그리고

조曹나라 대부가 외교 사절의 신분으로 정鄭나라를 방문했을 때 정나라 제후가 마련한 환영 연회에서였다.

당시 연회 주최국이던 정나라의 대부 자피子皮가 「야유사균」의 제3장을 읊조리자, 진나라 대부 조맹은 통치자가 형제들을 불러들여 화목한 연회를 즐기는 노래인 『시경』의 「상체」常棣 편을 낭송해 화답한 후 한마디를 덧붙인다.

"형제 사이인 진나라와 정나라가 사이좋게 지내며 안정을 도모한다면 삽살개를 짖지 않게 할 수 있겠지요."

그러자 자피를 비롯한 정나라 대부와 조나라 대부들이 일어나 절하고 술잔을 들어 감사의 뜻을 표하였다.[5] 앞뒤의 정황을 살펴보면 자피가 「야유사균」의 마지막 장을 읊은 데는 당시 강국이던 진나라에, 유순한 도의로 제후들을 위로해 주고 예의를 갖추어 대우해 줌으로써 소란이 일어나지 않게 해 달라고 부탁하는 의도가 담겨 있다. 자피의 이러한 의도를 정확히 파악했던 조맹은 우리가 서로 화목하면 삽살개가 짖지 않게 할 수 있다는 방책을 코멘트한다.

이 담화를 통해 알 수 있는 점은 크게 두 가지다. 하나는 당시 외교 활동에 참가하던 사람들은 「야유사균」이나 「상체」 등의 『시경』 시들을 자유자재로 사용할 줄 알았다는 점이고, 다른 하나는 이 시들을 인용할 때 그 글자 안에 암시하는 의미가 따로 있다는 점이다.

다산은 이 담화에서 사용한 「야유사균」의 의미에 주목하고, 자피가 이 시를 인용하여 당시 강대국인 진나라가 약소국을 무례하게 대하는 데 불만을 토로했다고 보았다. 그리고 자피의 언어를 통해 '남

---

5   『좌전』 소공昭公 원년 여름 사월.

자가 구애하는 시' 대신 '무례함을 미워하는 시'로 이 시를 읽고자 하였다.[6] 이는 다산이 『시경』을 문자 그대로 읽는 방식 대신, 역사 속 현인들이 활용하던 방식으로 읽고자 하였음을 말해 준다. 다산은 역사 속 이야기에 등장하는 『시경』의 구절들을 하나하나 되짚어 나가는데, 그 특징은 다음과 같이 정리할 수 있다.

> 춘추 시대에 대부가 이웃 나라에 빙례를 갈 때는 반드시 『시』를 읊어 뜻을 표현하였는데, 이것이 옛 성인들이 『시』를 사용하던 활법活法이다. 시인의 뜻을 살펴보면 음란함을 비판한 것도 있고 시대를 비판한 것도 있다. 읊은 사실 자체가 모두 아름다운 것만은 아니지만 그 본뜻을 요약하면 모두 세상을 아파하고 세태를 근심하는 애달픔과 충직한 마음에서 나온 것이다. 그러한 까닭에 『시』가 성현의 은밀한 말이 되며, 그러한 까닭에 『시』를 인용해 사용하는 사람들이 글자 그대로의 일을 따지지 않고 미언微言만을 취하는 것이다. (흰쑥을 캐는 노래인) 「채번」이나 (귀족이 형제들과 연회를 벌이고 제사 지내며 복을 구하는 노래인) 「행위」는 비록 주나라 왕실과 정나라 간에 인질을 교환하는 일과는 아무 관련이 없는 시지만, 충심과 신실한 마음을 드러내기에 무방하다. …… 『좌전』을 읽노라면 『시』를 인용한 부분들이 보이는데 (거기에서) 『시』의 뜻을 구해 봐야 할 것이다. (그것들이) 단장취의해 온 것이라 하여 간과해서는 안 될 것이다.[7]

---

6 《여유당전서》 제2집 『시경강의보유』 「소남·야유사균」.
7 《여유당전서》 제2집 『춘추고징』春秋考徵 「잡례」雜禮.

오늘날 문학 중심의 관점에서 보면 다산의 이러한 『시경』 읽기 방식은 『시경』의 원의미를 벗어나는 것으로 비판될 수 있다. 그러나 경전 읽기의 역사적 관점에서 보면 다산의 읽기 방식은 역사와 함께 살아 움직이는 『시경』의 모습을 밝히고자 한 의의를 지닌다고 할 수 있다.

5. 키워드 3: 비유와 상징 — 문화 기호화되는 『시경』의 언어와 사물들

『시경』의 구절, 시어 또는 특정 이미지가 문화 기호로 작용하는 성격을 보다 쉽게 이해하기 위해 먼저 우리나라의 향가인 「처용가」를 이야기하고자 한다.

> 서라벌 밝은 달 아래
> 밤늦도록 노닐다가
> 들어와 잠잘 자리 보니
> 다리가 넷이로다
> 둘은 내 것이건만
> 둘은 누구 것인고
> 본래 내 것이었건만
> 빼앗긴 걸 어찌하리

문자 그대로 보면 남편이 밖에서 놀다 집에 들어와 아내가 다른 사람과 같이 자고 있는 모습을 발견하고 이를 한탄하는 노래다. 아내가 외간 남자와 간통하는 현장을 목격하고도 남편은 의외로 소탈하다.

이 시를 둘러싼 이야기를 살펴보면 더 이상 단순한 부부간의 문제가 아니다. 이 시의 주인공은 헌강왕을 따라 수도 서라벌에 와서 벼슬을 하던 용의 아들 처용이고, 이 시의 배경은 어느 날 밤 역신疫神이 자기 아내와 자고 있는 것을 보고 초극적인 자세로 춤을 추며 노래 부르는 상황이다. 거기에다 이 노래를 들은 역신이 잘못을 자백하고 물러갔다는 주술적인 성격까지 비하인드 스토리로 담고 있다. 고려 가요 「처용가」의 "이런 때에 처용 아비 곧 보시면 열병신熱病神 따위야 횟감(膾)이로다", "열병신을 나에게 잡아다 주소서"라는 구절들은 바로 이러한 주술성이 상징적 문화 기호로 정착된 징표라 할 수 있다. 신라 때 전해 오던 향가가 고려 가요로 이어지고, 다시 조선 시대까지 내려오면서 상층의 문화 공간에서뿐 아니라 다양한 문화 층위에서 활용되었을 상황을 상상하면 『시경』의 성격을 이해하는 데 보다 용이할 듯하다.

오늘날 주로 사랑 노래로 애송되는 「겸가」蒹葭 제1장을 들어 보고자 한다. '겸가'의 우리말인 '갈대'로 제목을 바꾸어 '갈대의 노래'로 번역해도 무방할 듯하다.

무성히 우거진 갈대밭에	蒹葭蒼蒼
하얀 이슬 서리 되어 맺혔어라.	白露爲霜
내 그리는 그 사람	所謂伊人
강가 한편 어딘가에 있는 듯……	在水一方
물길 거슬러 좇아가니	遡洄從之
가는 길 어찌 그리 멀고 험난한지,	道阻且長

물길 따라 좇아가니　　　　　　　　　溯游從之

어느새 강 가운데 있는 그 사람이여!　宛在水中央

　이 시를 읽노라면 몽롱하면서도 아련한 느낌이 사뭇 감돈다. 그리워하는 사람이 눈앞에 아른거려 찾아가려는데, 가까이 다가가려 하면 갑자기 무슨 일인지 길이 더 멀어지고 험난해져 만나러 가는 길이 아득하게만 느껴진다. 강 건너편에 있는 듯해 물가를 건너 가 보았더니 사랑하는 사람은 어느새 자신에게서 멀어져 강 가운데 있는 듯하다. 사랑하여 가까이하고 싶은데 가까이할 수 없는 상황, 그래서 마치 해바라기의 노래처럼 "가고 싶어 갈 수 없고 보고 싶어 볼 수 없는" 상황을 연상케 한다.

　시인이 마음속에 담아 둔 사람을 동경하고 그리워해 찾아가는데 찾지 못해 슬퍼하고 애달파 하는 정감이 다층적으로 어우러져 있다. 이 정감을 묘사해 내기 위해 끌어들인 장면들은 몽롱한 몽환 세계를 그려 내며 『시경』의 시편 가운데서도 독특한 분위기를 자아낸다. 이 매력적인 분위기와 이미지는 현대 대중가요의 형식으로 리메이크되기도 하였는데, 대만의 국민가수였던 덩리쥔鄧麗君이 불러 인기를 모았던 '물가에 있네'在水一方라는 노래가 그 대표적인 예다.

　이 시의 역대 해석들을 살펴보면 '누군가'(A)가 '누군가'(B)를 그리워하는 시라는 기본 공식은 크게 바뀌지 않는다. 다만 이 A와 B가 구체적으로 누구인지, 어떤 계층을 가리키는지, 그리고 이 시의 배경으로 설정된 '서리 맺힌 갈대'의 상황이 구체적으로 무엇을 나타내는지에 대한 논의가 세부적으로 다양할 따름이다. 앞의 「처용가」에 비추어 본다면, 남성(또는 여성)이 자신의 연인을 애타게 그리워하는 시로 볼 수도 있겠고, 어진 임금이 현명한 인재를 애타게 구하는 시로 볼 수도 있을 것이다. 역사적으로 이 시를 해석하는 입장은 대개 이 두 가지로 압축된다.

이쯤 되면, 우리는 다산이 이 두 가지 가운데 어느 입장을 취했을지 대략 유추할 수 있다. 다산은 먼저 이 「겸가」가 진秦나라의 가요를 모아 놓은 '진풍'에 속해 있다는 데 포인트를 맞추어 당시 현자를 간절하게 구하는 진나라의 풍토와 이 시를 연결시켰다. 그리고 이를 바탕으로 이 시를 현자를 간절하게 구하는 노래로 풀이하였다. 그렇다면 다산에게 이 시는 더 이상 문자 그대로의 시가 아닌 하나의 상징적인 문화 기호다.

사실 『시경』을 문화 기호로 읽는 것이 다산만의 독특한 방식은 아니다. 『시경』의 시편 가운데는 주제나 구절, 이미지와 관련하여 오래전부터 이미 상징화된 것들이 많기 때문이다. 애정과 우정의 증표로 서로 주고받는 선물이나 그러한 행위를 상징하는 '모과'는 「모과」라는 시에서 유래한 것이고, 임금과 신하 또는 주인과 손님이 서로 돈독하고 화기애애하게 연회를 즐기는 모습을 상징하는 '사슴'은 바로 「사슴의 울음」鹿鳴이라는 시에서 유래한 것이다. 2008년 청와대에서 꽃사슴을 들어 화제가 되었던 일화[8]도 바로 이러한 문화적 상징 기호를 사용한 예라 할 수 있다. 다산의 특징이라면, 이미 상징 기호화된 대상뿐 아니라 당시에 아직 기호화되지 않던 부분, 특히 송대의 시경 학자들이 음시淫詩로 보고자 한 부분에까지 상징적인 문화 의미를 부여하고 이를 자신의 실제 문학 창작에까지 적극 활용한 점이라 할 수 있다.

---

8   관련 내용은 유병례, 『톡톡 시경본색』, 문, 2011, 53~55쪽 참조.

다산의 문화 기호로서의 『시경』 읽기 방식은 『시경』의 형식이나 '비흥'比興이라는 기법을 통해 보다 특징화된다. 다산이 『시경』의 사언체四言體를 모방해서 창작한 작품은 20편이 채 안 되지만, 『시경』을 문화 기호로 읽고자 하는 인식은 짙게 담겨 있다. 그 가운데 「칡을 캐내」采葛나 「승검초를 캐내」采蘄 같은 작품에는 '흥이다'(興也)라는 주석이 있는데, 『시경』 시편들의 구절과 이미지를 다양하게 가져와 자신의 시적 주제를 그려 내는 특징을 지닌다. 『열수문황』洌水文簧에 수록된 작품 가운데도 『시경』의 「메뚜기」螽斯 노래를 가져와 왕실 후손의 번성함을 노래하고, 「한록」旱麓 편의 "솔개는 날아 하늘에 닿고 물고기는 연못에 뛰노는구나"(鳶飛戾天, 魚躍于淵)라는 구절을 가져와 인군의 흥성한 덕을 노래하는 시들이 보이는데, 이 또한 다산이 적극적으로 『시경』의 문화 기호를 활용한 예에 해당한다. 문화 기호로서의 독법은 『시경』에만 국한되지 않고 유가 경전 전반으로 확장되기도 하는데, 그 가운데 『주역』과의 관계성 속에서 『시경』의 물상物象과 언어를 언급하는 경우가 특히 눈에 띈다. 『주역』에서 사물을 읊어 일을 비유하는 방식이 『시경』 「국풍」의 '비흥'과 유사하다[9]고 말한 것은 바로 문화 기호로 경전을 읽는 다산 독법의 맥락이라 할 수 있다.

다산의 『시경』 읽기는 『시경』의 언어와 사물을 문화적으로 기호화하고자 하는 경향이 강하다. 이러한 경향은 이미지의 허상에 사로잡힌 현학적 상징 놀이로서의 성격이 아닌, 문화와 사유의 보편적 실재에 다가가려는 사유 과정이라는 데 유의할 필요가 있다. 다산의

---

9 《여유당전서》 제2집 『주역사전』周易四箋 권1 「독역요지讀易要旨·십이월영물十二 日詠物」.

『시경』 해석에 담긴 문화 기호망에 대한 입체적인 구현은 경전 해석을 관통하는 다산의 통찰력을 읽어 내고 풍요롭고 개방적인 다산의 시 정신을 읽어 낼 때 가능할 것이라 생각된다.

6. 키워드 4: 흥관군원興觀群怨 — 느끼고 살피며 소통하고 원망하라

우리의 첫 번째 키워드였던 '사무사'가 그러했듯 공자의 『시경』 인식은 동아시아의 『시경』 읽기에 지대한 영향을 끼쳐 왔다. 그 가운데 유명한 공자의 『시경』에 대한 평가이자 다산『시경』 읽기의 중요한 근거가 되는 예를 하나 더 들고자 한다.

> 애들아, 어찌하여 『시』를 배우지 않느냐? 『시』로, 우리의 생각과 정서를 계발할 수 있고 우리가 사는 세계를 인식할 수 있으며 사회에서 사람들과 원만하게 소통할 수 있고 부정한 사회의 면모를 풍자하여 비판할 수 있다. 『시』를 배워 가깝게는 부모를 모실 수 있고, 나아가서는 임금을 섬길 수 있다. 그뿐 아니라 동식물에 대한 지식까지 폭넓게 익힐 수 있다.[10]

이 문장은 『시경』의 역사적 효용성을 얘기할 때 거의 빠짐없이 소개되곤 한다. 공자가 거론한 『시경』의 효용은 실로 다양하다. 개인의

---

10 小子何莫學夫詩? 詩, 可以興, 可以觀, 可以羣, 可以怨. 邇之事父, 遠之事君, 多識於鳥獸草木之名.(『논어』「양화」陽貨 제9장)

지적 계발은 물론 감성 계발 작용이 있으며, 세계를 인식하는 데 도움이 될 뿐 아니라 사회 구성원들과 더불어 사는 법, 사회의 문제점을 인식했을 때 이를 비판하는 법까지 배울 수 있다. 게다가 인간 윤리의 근간을 이루는 충효관 형성에 유용할 뿐 아니라 자연을 아는 데까지 도움을 준다. 공자가 이토록 다양한 효용성을 일일이 거론하면서 자식과 제자들에게 열심히 공부하라고 당부했던 것이 바로 『시경』이다.

혼 쇼시Haun Saussy(1960~)가 공자의 이 말과 함께 인용한 라이프니츠G. W. Leibniz의 글[11]도 『시경』의 다양한 작용을 이해하는 데 참고할 수 있다.

> '인식'은 보다 광범위한 의미로 정의된다. 인류가 아직 명제나 진리에 다가가기 전에, 상상과 표현 안에 이미 이러한 '인식'이 존재해 왔다. 그러므로 만약 누군가가 다른 사람보다 더 많은 동식물의 이미지나 도구의 형태, 집이나 성곽의 묘사나 외형을 접했다면, 그리고 누군가가 다른 사람보다 더 풍부하고 통찰력 있는 소설을 읽었거나 보다 흥미진진한 이야기를 들었다면, 비록 그 속에 진실에 관한 내용이 한마디도 언급되지 않았더라도 우리는 그가 다른 누군가보다 더 많은 '인식'을 얻었다고 할 수 있다.

『시경』에는 온갖 동식물과 사물들이 다양하게 담겨 있을 뿐 아니

---

11   Haun Saussy, 『The Problem of a Chinese Aesthetic』, Stanford University Press, 1993, 서두.

라 풍부하고 흥미진진한 스토리가 아름다운 이미지와 리듬으로 엮여 있다. 그러한 까닭에 공자가 강조할 만한 역할, 즉 인식과 감성의 폭을 넓히는 역할을 충분히 담당해 낼 수 있었다.

그러나 공자 시대와 점차 멀어지면서 공자가 지향했던 『시경』의 폭넓은 작용과 활용 범위는 점점 축소되었으며, 공자가 말한 『시경』의 성격에 대해서도 여러 다른 견해가 생겨났다. 어느덧 사람들이 경전을 대하는 당위적 태도로 『시경』을 읽으면서 『시경』의 풍부한 효용을 체득하고 발휘하는 일은 점차 어려워졌다. 이러한 상황에서 다산은 공자 시대 『시경』 읽기의 풍부한 효용들이 다산 시대에도 실현될 수 있기를 간절히 희망하였다. 『시경』의 지적·정서적 감발感發 작용에 주목했고, 특히 『시경』의 세 가지 분류 체제인 풍風·아雅·송頌 가운데 역사적으로 암시적 해석이 풍부한 '풍'의 읽기를 강조했다.

> (『시경』의) '풍'이란 풍자함을 가리킨다. 어떤 시는 사리를 진술하여 독자 스스로 깨닫게 하고 어떤 시는 다른 사물에 견주거나 비슷한 것을 이끌어 와 독자 스스로 깨닫게 하며 어떤 시는 심원한 뜻을 깃들여 두어 독자 스스로 깨닫게 하였다. 이것이 모두 풍시의 체재다.[12]

여기서 다산은 '풍' 안에, 진술하는 방식의 '부'賦와 견주는 방식의 '비'比, 심원한 뜻을 깃들이는 방식의 '흥'興이 활용됨을 말하였다. 부비흥에 대한 정의는 역대로 무수하다. 체재의 각도에서 보면, 다산은

---

12 《여유당전서》 제2집 제20권 『시경강의보유』 「주남·육의六義」.

부비흥이 '풍'에 집중되어 나타나는 데 비해 찬미 위주의 '송'頌에서
는 다양하게 적용되지 않는다고 봄으로써, 자신의 독특한 관점을 피
력한 바 있다.

이에 비해 표현 방식에서 보자면 다산의 부비흥 서술은 과거의 다
른 정의들과 차별되는 점을 언뜻 발견하기 어렵다. 사실 부비흥에 대
한 다산의 정의에는 '독자 스스로 깨닫게 한다'(使自喩之)는 작용과 목
적의 요소가 일일이 추가되었음에 유의할 필요가 있다. 여기에도 다
산『시』읽기의 독특한 면이 부각되어 있기 때문이다. 다산이 세 차
례의 반복을 마다하지 않은 '깨우침'이란, 곧 충신, 효자, 열부, 신실
한 벗, 즉 성현들이 민중에게 주고자 하는 '깨우침'의 메시지다. 이는
요堯임금이 백성을 걱정하여 "바로잡아 주고 도와주어 (백성) 스스로
터득하게 해 주려는"(使自得之)[13] 마음과 같은 맥락에서 이해할 수 있
다.『시』가 주는 성현의 메시지를 독자가 '지금 이 자리에서' 생생하게
감응할 때 독자의 깨달음이 이루어질 수 있다. 이때의 감응은『시경』
의 표현 방식에 대한 깊이 있는 이해를 동반할 때 더욱 풍부해진다.
독자가『시경』이라는 매개로 역사 속 성현들의 목소리와 가까워지는
경험을 할 때,『시경』의 시 정신을 새롭게 발현할 수 있을 것이다.

---

13 『맹자』「등문공상」滕文公上 제4장.

7. 키워드 5: 온유격절溫柔激切 — 온유한 감성과 격정적 열 정을 품다

한문학사에서는 다산의 사회시가 지닌 미의식을 '온유격절'이란 말로 정의하곤 한다. '온유격절'은 다산이 『시경』의 성격을 정의한 말로, 시교詩教(시의 가르침)로서의 '온유돈후'溫柔敦厚와 '흥관군원'에서의 '시는 원망을 표현할 수 있다'는 '시가이원'詩可以怨의 작용을 융합한 말이다. 이는 다산의 『시경』에 담긴 정서를 압축적으로 정리한 키워드임과 동시에 다산의 『시경』 해석 구도에 기저한 사상을 엿볼 수있는 키워드이기도 하다.

송대 성리학의 학풍이 『시경』 해석에 미친 뚜렷한 영향 중 하나는 바로 『시경』의 여러 작용 가운데 자기 수양으로서의 '온유돈후'의 작용을 강조하고 '원망함'의 작용을 약화시킨 것이라 할 수 있다. 이에 대해 다산은 '원망함'의 중요성을 부각함으로써 온유함의 정서와 원망함의 감정 사이에 균형을 추구하였다. 여기에는 현실을 느끼고 분노하며 아파하는, 그래서 그 힘으로 세상을 움직여 나아갈 수 있는, '원망함'의 작용을 중시한 다산의 인식이 담겨 있다. 다산은 따로 문장을 지어 '원망함'이란 정서의 필요성과 이 정서가 사회에 미치는 긍정적인 에너지에 대해 피력한 바 있다.

> '원망함'(怨)은 성인聖人께서 인정하고 허락하신 바며, 충신忠臣과 효자가 스스로 자신의 진정 어린 마음을 표현하는 바다. '원망함'의 언어를 아는 사람이라야 비로소 함께 『시』를 이야기 나눌 수 있고, '원망함'의 의미를 아는 사람이라야 비로소 충·효의 마음을 이야기 나눌 수 있다.[14]

공자 때 이미 '원망함'의 중요한 역할을 강조한 바 있지만, 유가 문학은 그보다는 온유돈후의 방향으로 점차 흘러갔다. '시대를 아파하는 문학'으로 『시경』을 읽고 시를 창작했던 다산은, 원망해야 할 때 제대로 원망하지 못하는 것을 문제점으로 지적하였다. 그리고 '원망함'의 성격과 의의를 새롭게 이슈화하였다. 이는 사회 문제에 적극적으로 개입함으로써 보다 나은 방향을 모색하고자 하는 문학의 사회 참여 의식을 반영한 것이다.

그렇다고 다산이 '원망함'과 관련된 모든 정서를 긍정한 것은 아니었다. 다산이 강조한 '원망함'의 정서는 결코 사사로운 감정에서 말미암은 원망이나 자신의 능력은 생각지 않고 더 많이 바라다가 얻지 못해서 생긴 원망, 별생각 없이 윗사람을 헐뜯는 원망을 가리키는 것이 아니다. 다산이 인정하는 '원망함'이란, 정성과 마음을 다하고 상황을 깊이 성찰한 다음에도 여전히 해결되지 않는 문제에 직면할 때 발현되는 것이다. 충동적인 '원망'이나 자신의 사사로운 이기심에서 비롯한 '원망'이 아닌, 깊은 성찰과 최선을 다한 후에 발현되는 '원망'인 까닭에 그 원망의 '격절'함이 '온유'함을 지닐 수 있는 것이다.

오늘날 우리는 타인과 사회에 대한 편견과 무관심이 팽배하고 자신의 감정 조절과 통제가 점점 어려워지는 사회에 살고 있다. 『분노하라』, 『화의 심리학』같이 분노나 화의 성격을 분석하고 방향을 제안하는 책들이 적잖이 등장하는 것도 바로 우리 사회가 이 감정을 잘 이해하거나 다루지 못하고 있음을 반영한다. 이러한 시점에서 다산

---

14 《여유당전서》 제1집 제10권 「원원」原怨.

이 '원망함'의 성격과 작용을 강조한 점은 더욱 소중한 가치를 지닌다고 할 수 있다. 다산은 지적 성찰과 심신의 노력을 동반한 건강한 '원망'의 목소리가 충동적이고 지각없는 '원망'과 구분되어야 함을 명쾌하게 지적함으로써 건전한 비판의 목소리가 형성될 공간을 마련하였다. 그리고 진정한 원망의 목소리들이 사회를 바람직한 방향으로 이끌어 갈 수 있다고 보았다.

다산은 『시경』이 성현 군자의 손을 거쳐 창작된 것이라 여겨 그들이 『시』를 통해 '원망'하는 방법에 유의하였으며, 역사 속의 지성인들이 『시』를 읊어 자신의 뜻을 나타내던 방법에 관심을 기울였다. 그러면서도 문학으로 승화된 '원망'에 담긴 '온유'하고 따뜻한 정서를 아울러 중시하였다. 그의 문학 창작도 이러한 인식과 궤를 같이한다고 볼 수 있다. 다산의 '온유격절'에는 따뜻함의 정서와 원망함의 정서가 아름다운 균형을 이루고 있기에 오늘날 『시경』을 읽을 때도 여전히 소중하게 다가오는 키워드라 하겠다.

8. 다산 『시경』 읽기가 우리에게 주는 메시지

다산은 시문학이면서 동시에 절대 권위의 경전이던 『시경』을 읽으면서, 역사 속의 지성인이 그래 왔듯 자신의 남다른 통찰력을 투영했다. 다산은 『시경』의 작자를 성현으로 설정함으로써 『시경』 언어의 한 글자 한 글자를 놓치지 않으려 하였다. 부시언지의 의미에 주목하여 『시경』을 해석함으로써 선진先秦 시대 지성인의 말에 귀를 기울였다. 『시경』에 담긴 문화성에 주목함으로써 이를 문화적 비유와 상징의 의미 장場에서 조망하는 시야를 보여 주었다. 『시경』이 선진 시대에 발현했던 홍관군원의 작용을 적극적으로 구현코자 함으로써 오늘날의 감성에도 풍부하게 작용할 수 있는 『시경』의 모습을 되살리고자 하였다. 또한 공자가 말한 '원망'의 정서를 강화해 '온유돈후'의 시교를 '온유격절'로 조정함으로써 『시경』에서 시문학으로 이어지는 문학 전반이 사회를 아파하며 사회의 바람직한 공적 정서를 환기할 수 있기를 간절히 요청하였다.

다산의 『시경』 읽기를 짚어 보면 주희의 『시경』 읽기와는 다른 면이 확연히 드러날 뿐 아니라 당시 대부분의 조선 시대 학자들이 『시경』을 읽는 방식과도 선명한 차이를 보인다. 그렇다고 여기서 다산의 각 관점들이 과거에 전혀 없던 새로운 관점임을 말하고자 하는 것은 아니다. 바로 기존 사람들, 대부분의 사람들이 의례적으로 보던 시선을 그대로 따라가는 수동적인 독자가 아니었음을 강조하고자 한 것이다.

오늘날 우리에게 다산의 『시경』 읽기가 여전히 소중하게 다가오는 것은, 다산이 『시경』 읽기의 패러다임을 역사성과 문화성에 기반을 두고 재구축함으로써 『시경』의 적극적인 사회 작용을 회복하고자 한 점에 있다. 다산의 『시경』 읽기에는 경전적經典的 문학 읽기가 우리 인간의 보편 감성과 사회적 도덕 감성을 자라나게 한다는 확신이 담겨 있다. 이러한 확신을 바탕으로 다산은, 우리가 따뜻한 감성으로 서로 소통하고 불의에 정의롭게 분노할 수 있음을 환기시켜 주었다.

또한 다산은 『시경』 읽기의 시각을 조정한 데 그치지 않고 이를 『시경』 해석과 문학 창작에 일관되게 적용하였을 뿐 아니라 외적 실천으로까지 확대해 나아갔다. 이렇듯 다산의 『시경』 읽기 태도와 내용이 그의 사유 및 삶의 양식과 유기적인 정합을 이룬 점은 기존 학자들의 『시경』 읽기 흐름과 다른 층위를 이루는데, 이는 오늘날 『시경』읽기뿐 아니라 다른 경전 읽기에서도 시사하는 바가 있다.

　역사를 관통하며 살아 있는 『시경』 읽기의 구도를 모색하면서 『시경』의 효용을 창작과 행동의 실천으로 적극 구현하고자 한 다산의 노력은, 오늘날 우리의 경전 읽기뿐 아니라 텍스트 읽기 전반에까지 소중한 전범이 될 수 있다 하겠다.

　이상에서 다섯 개의 키워드를 중심으로 다산 『시경』 읽기의 핵심을 개괄해 보았다. 다만 이러한 접근 방식은 대롱으로 하늘을 보고자 한 한계를 지니기도 한다. 이 소박한 안내가 다산 시경학에 대한 지속적인 관심에 조그마한 반딧불 역할을 할 수 있기를 희망하며 글을 마무리한다.

『상서고훈』
『상서』에서 찾은 새로운 도덕론 *

1. 서론: 정조는 왜 '상서강의'를 했을까?

정조正祖 시대를 조선 후기의 중흥기라고도 하지만, 그 이면은 조선 건국 이래 쌓여 왔던 사회 모순들이 양란兩亂을 기점으로 분출되었고, 그로 인해 주자학朱子學의 기반이 심하게 도전을 받던 시기였다. 정치·사상사적으로 예학禮學과 인물성人物性 동이同異에 관한 논의를 중심으로 하는 서인西人 주도의 재편된 정치 역학 구조도 정조 시대를 규정하는 중요 키워드다. 즉 정조 시대의 조선은 철저한 순수 도덕과 실천을 숭상하던 도학道學의 시대가 저물고, 패권의 시대와 파벌의 시대가 도래한 상태였다. 국제 정세상으로도 조선의 혈맹인 명明 왕조가 몰락하고 만주족이 중원의 황제가 된 상황에서 겉으로는 청淸 왕조에 복종하지만 내심으로는 그 사실을 받아들이기 어려웠

---

* 이은호(성균관대학교 초빙교수)

다. 의리義理를 중시하던 조선의 지식인들은 비록 명明은 사라졌지만 그 중화中華의 적통은 조선朝鮮에 이어졌다고 자부하면서 소중화小中華를 자처하였다. 이렇듯 정조 시대는 사회 내부의 모순을 극복하고 대외적인 의리를 복원해야 하는 복합적인 과제를 안고 있었다. 그 해답은 순수 유학儒學으로의 회복이자 도덕을 복원하는 데 있었고, 그것은 경전經傳으로부터 시작된다.

유가儒家의 경전 가운데 『상서』尙書(혹은 『서경』書經)는 고대 성인聖人의 언행을 기록해 놓은 최고最古의 보전寶典이다. 그런데 『상서』는 동아시아의 전통 시대에 줄곧 존숭을 받아 왔지만, 한편으로는 끊임없는 논쟁의 중심에서 자유로울 수 없었다.

> 『상서』에서 한漢 이래 논쟁을 벌인 학자들은 「홍범」洪範의 오행五行보다 심한 것이 없었고, 송宋 이래 논쟁을 벌인 학자들은 「우공」禹貢의 산천山川보다 심한 것이 없었으며, 명明 이래 논쟁을 벌인 학자들은 금문今文·고문古文의 진위眞僞 문제보다 심한 것이 없었다.[1]
>
> 『사고전서총목제요』四庫全書總目提要 권13 「일강서경해의」日講書經解義

역사적으로 부침을 거듭한 『상서』의 모습을 단적으로 보여 주는 문장이다. 특히 『상서』의 진위 문제는 유가儒家뿐만 아니라 동아시아 봉건 시대의 전통과 역사를 송두리째 흔들 수도 있는 민감한 사안이었기 때문에 문제 제기와 일정한 결론에 이르기까지 수백 년이 소요

---

1 …… 尙書一經, 漢以來所聚訟者, 莫過洪範之五行 ; 宋以來所聚訟者, 莫過禹貢之山川 ; 明以來所聚訟者, 莫過今文古文之眞僞.

되었고, 여전히 그 결론을 수긍하지 않는 주장이 있다.

송대宋代 오역吳棫(1100?~1154) 이래로 본격적으로 촉발된 진위 논의는 원元·명明 대를 거치면서 몇몇 학자에 의해 확대·심화되었고, 끝내 청淸 초初에 이르러 마지막 결실을 거두었다. 이러한 고증학 성과는 조선에서 크게 환영받지 못하였다. 조선은 주자학 가운데 실천철학인 도학에 치중하여 의리를 밝히고 실천하려는 경향이 강했으며, 경학經學에서는 주자의 주석注釋에 대한 교조주의적 태도를 철저하게 견지하였다.『상서』의 경우도 예외 없이 채침蔡沈의『서집전』書集傳만이 독존되었다. 그러나 성리학 수용 초창기에 권근權近이 채침주蔡沈注를 중심으로 원대元代의 다양한 주석을 주체적으로 해석하려는 노력을 기울였다는 것을 확인할 수 있다.『서집전』을 비롯한 유학 경전에 대한 조선의 이해는 16세기 퇴계를 기점으로 일단락된다. 퇴계의『경서석의』經書釋義 이후 해석의 다양성이 차단되었다는 비판도 나오지만, 그와는 별개로 양란兩亂과 대륙의 정세 변화 등을 계기로 조선의 학풍에도 새로운 변화가 일어난다. 후기에 접어들어서는 그 누구보다도 학문을 좋아하여 스스로 군사君師임을 자처했던 정조가 규장각奎章閣을 단순히 왕실의 중요 문서 등을 보관하는 창고가 아닌, 당대 학문을 주도하는 실질적인 학문 연구 기관으로 탈바꿈시킨다. 당시 정조가 초계문신抄啟文臣들과 함께 완성한『경사강의』經史講義는 경전의 해석과 이해에 대해 파악할 수 있는 중요한 자료이자 당시 조선의 학문을 가늠할 수 있는 척도다. 특히『경사강의』가운데『상서강의』尙書講義의「총론」總論 및「총경」總經에는『고문상서』古文尙書의 진위에 관한 정조의 문제의식이 잘 드러나 있다.『상서』의 진위에 관한 내용은 당시 조선의 유학자들이 크게 문제 삼지 않은 바였고 또한 매우 조심스러운 부분이었는데, 정조는 개의치 않고 조문條問을 제시하여 초계문신들의 답변을 받았다. 당시의 경직된 주자학 중심의 사회 구조를 고려해 보면 정조가 당시 조선에서 논의되지 못했던 위서僞書에 관한 의변疑辨을 『상서강의』를 통하여 제기한 사실은 조선 성리학사의 일대 사건이었다.

『상서강의』는 글자 그대로 『상서』에 대한 강의講義다. 다른 『경사강의』와 같은 형식인데, 곧 질문인 조문條問과 초계문신들의 응대應對로 이루어져 있다. 조문은 정조가 직접 질문을 만들어 초계문신들에게 과제 형식으로 제공한 것이었다. 이런 문답이 한데 모여 '강의'가 완성된 것이다. 유학에 대한 정조의 식견과 안목이 대단히 높았기 때문에 조문 내용 역시 매우 심오하고 예리하였고, 그에 대해 초계문신들은 성심성의껏 대답을 올려야만 했다. 『군서표기』群書標記의 기록에 따르면 『상서』의 강의는 1781년, 1783년, 1784년 등 모두 3차에 걸쳐 이루어졌고, 1차와 2차 강의는 1785년에 서형수徐瀅修가 편찬하였으며, 3차 강의는 1791년에 서유구徐有榘가 편찬하였다. 세 개의 『상서강의』는 《홍재전서》弘齋全書 권93~권100에 수록되어 있다. 《홍재전서》에는 정조의 조문에 대한 모든 초계문신의 응대를 수록하지 않고 특정인의 응대만을 선별하여 실었으며, 《홍재전서》에 수록되지 못한 초계문신들의 응대는 개별적으로 개인의 문집을 통해서 확인할 수 있다. 『상서강의』 조문은 가장 먼저 「대우모」大禹謨 편에 나오는 "인심유위人心惟危, 도심유미道心惟微, 유정유일惟精惟一, 윤집궐중允執厥中" 16자字 심법心法의 근본을 밝히는 것을 위주로 하고 그 밖에 제도와 훈고 같은 지엽적인 문제까지 상세하게 증명하는 방식을 채택하였으며, 최종적으로는 학문을 바로잡고 성경聖經을 수호하는 데 그 목적이 있었다.

2. 본론

(1) 정조와의 상서강의尙書講義

다산茶山 역시 여느 초계문신들과 마찬가지로『상서』에 관한 정조의 조문을 받았는데, 직접 응대하지는 못하였다. 현전《홍재전서》의『상서강의』에 수록된 응대는 특정인에 의해 편집된 것이어서, 모든 초계문신의 응대를 대표한다고는 할 수 없다.《홍재전서》에 수록되지 못한 초계문신들의 응대는 개별적으로 자신들의 문집에 실린 경우가 많은데, 다산의 경우도 그의 저서인『매씨서평』梅氏書平에서 조문에 대한 응대를 확인할 수 있다.

> 가경嘉慶 경오년庚午年(1810) 4월 보름에 다산茶山의 적소謫所에 있으면서 매색梅賾『서』書의 위안僞案을 조목조목 정리하였다. 우연히 책 상자를 뒤지다가 정조대왕 어제御製『상서』조문 한 통을 얻어 보니, 매색이 올렸다는『서』書의 진위에 대하여 또한 거듭거듭 따져 주자의 뜻을 천명하려고 생각한 것이었다. 나는 다시 공손하게 세 번 반복해서 외우고는 눈물을 줄줄 흘렸다. 그리하여 더욱 우리 성주聖主께서 이치를 살피심이 밝아 아무리 미미한 것이라도 밝히지 않음이 없고, 아무리 간교한 것도 비추어 밝혀내지 않음이 없음을 알았다. 삼가 그 원래의 질문을 기록하고, 마침내 평소 공부하던 것처럼 조목조목의 대답을 만들어 흐느끼며 임금에 대한 잊지 못하는 생각을 대신 나타낸다.[2]

2 　嘉慶庚午四月之望, 臣在茶山謫居, 疏理梅『書』之案. 偶檢笥笈, 得我正宗大王御製尙書條問一道, 蓋亦反復究詰於梅本之眞僞, 而思闡朱子之志者. 臣復恭三誦, 潸然以

　다산은 적소에서 정조가 내린 『상서』에 대한 조문을 접했다는 것을 알 수 있다. 마침 당시 다산은 『상서』 변위辨僞에 많은 관심을 가지고 자료를 수집하여 『매씨서평』과 『상서고훈수략』尚書古訓蒐略 등을 편찬하였으므로 정조의 조문에 응대할 준비가 잘 되어 있었다. 『매씨서평』에 보이는 정조의 조문은 바로 《홍재전서》 권93 『서경』書經 1 「총론」의 '고문古文 『상서』의 진위'에 관한 것이다.

　조문은 역대의 고문 『상서』에 대한 세 가지 의문점을 나열한 다음, 주자 이후 채침의 『서집전』 편찬에 관한 의문 세 가지를 던진다. 고문 『상서』에 대한 세 가지 의문점은 다음과 같다.

　첫째, 한漢의 공안국孔安國이 고문상서를 헌상했다는 기록 이후 동진東晉의 매색이 진상한 공안국전孔安國傳 (고문)『상서』가 나오기까지 500여 년 동안 사마천司馬遷, 조기趙岐, 고유高誘, 두예杜預, 허신許愼 등의 수많은 학자들은 고문상서를 본 적이 없다.

　둘째, 수많은 전란으로 많은 서적이 불태워졌는데, 유독 공안국이 전한 (고문)『상서』만이 그 와중에 잘 보존되었다는 점이다.

　셋째, 문체상으로 금문今文은 까다로운 반면, 더 오래되었다는 고문古文은 오히려 읽기가 쉽고 또한 『논어』, 『맹자』, 『좌전』 등에서 인용한 내용이 대부분이라는 점이다. 이런 이유로 주자도 고문을 의심했던 것은 당연한 이치다.

　정조는 주자의 의고疑古에도 불구하고 채침이 『서집전』을 편찬한

泣. 益知我聖主察理之明, 無微不燭, 無奸不照. 敬錄原問, 遂爲條對如平生, 以寓於戲不忘之思.

이유에 대해서 세 가지 질문을 던진다. 첫째, 채침이 『집전』서序에서 「대우모」까지는 주자가 직접 시정했다는 말의 진위 여부. 둘째, 주자는 『이소경』離騷經과 『참동계』參同契도 주석을 했지만 오직 『서경』만은 주석을 하지 않은 이유. 셋째, 『서』를 의심했음에도 의변疑辨을 하지 않고 문인門人에게 전傳을 짓게 한 이유다. 만일 고문이 위작이라면 「대우모」의 16자 심법도 거짓인데, 이는 곧 성학聖學의 붕괴로 이어질 수도 있는 문제다.

《홍재전서》에 수록된 이 같은 정조의 조문에 대한 이석하李錫夏의 응대 요지는 고문『상서』의 문체와 전수 과정 등의 문제점을 인정함과 동시에 『주자대전』朱子大全이나 『주자어류』朱子語類 등에서 주자가 의심한 사실도 보인다고 하였다. 그러나 의심은 의심일 뿐이며 그 사실을 단호하게 인정한 적은 없다는 점과 「요전」堯典, 「순전」舜典, 그리고 「대우모」를 직접 시정하고 시간과 여력이 부족하여 문인에게 그 일을 맡긴 것이므로 실제로 채침의 『서집전』은 곧 주자의 해설이라는 점을 분명히 하였다. 즉 주자가 『서경』을 존숭하고 신뢰한 사실에 더 방점을 두었다.

같은 조문에 대한 다산의 응대는 당시 상식과는 사뭇 다른 면모를 보인다. 첫째, 공안국이 전한 진본眞本 고문상서의 실체를 인정하면서 매색이 올린 고문상서는 위작으로 단정하였다. 둘째, 『사기』와 『설문』에서 인용하는 『상서』는 금문이 아니라 공안국이 전한 고문상서임을 확신하였고, 공안국의 『상서』와 복생伏生의 『상서』가 본래 같은 것이라고 여겼다. 셋째, 비부秘府(왕실 도서관)의 고문은 공벽孔壁에서 나온 것으로 곧 민간의 고문과도 같은 것이라고 여겼다. 또한 매색이 위조된 전傳만 올린 것이지 경經은 위조된 것이 아니라는 모기령毛奇齡의 설을 반박하였다. 끝으로 주자의 의변에 대해서는 주자의 안목과 판단력을 높이 평가하며 인정하였고, 고문상서에 들어 있는 16자 심법 등은 옛날의 경전經傳에서 채집한 것이지 위조한 것이 아니며, 제왕이 세상을 다스리는 방법과 학자가 마음을 다스리는 도구라고 옹호하였다.

주자는 고문상서의 유전 과정에 대해서는 어느 정도 의심을 하였으나, 전통 질서 유지라는 대의를 위해 『상서』라는 유가 경전을 완전 부정하지는 않았다. 이 점에서는 다산 역시 여느 조선 학자의 인식과 다르지 않다. 그러나 『상서』의 전수 과정에 대한 미심쩍은 기록과 특정인의 위조설에 대해서는 철저한 고증과 검증으로 매우 단호하게 입장을 정리한 점이 조선의 경학에서 차별화되는 다산 상서학의 특징이라고 할 수 있다. 주자학을 숭배하던 조선에서는 경문의 유전이나 위조에 관한 문제는 거론할 수 없는 불경스러운 행동이었지만, 정조 시대의 학풍은 그런 분위기에 대한 작은 반란이었고, 다산은 새로운 시대정신을 구현하려는 미세하지만 의미 있는 시도를 보인 것으로 평가할 수 있다.

(2) 『상서』에 대한 다산의 학구열

『상서』에 대한 다산의 열의는 그가 펴낸 다수의 『상서』 관련 저작을 통해 확인할 수 있다. 다산의 대표적인 『상서』 관련 저서로는 『매씨서평』과 『상서고훈』尙書古訓을 꼽을 수 있다. 앞에서 설명한 바와 같이 예로부터 『상서』는 위작 시비가 끊이지 않았는데, 현전하는 『상서』 58편 가운데 다산은 한나라 복생이 전한 진고문眞古文 33편과 진나라 매색이 위조한 위고문僞古文 25편을 확실히 구분하고자 하였다.

현전 『상서』 58편		다산의 서편書篇 인식	
		진고문 29편(『상서고훈』)	위고문 25편(『매씨서평』)
1	堯典	01. 요전堯典	
2	舜典		
3	大禹謨		01. 대우모大禹謨
4	皐陶謨	02. 고요모皐陶謨	
5	益稷		
6	禹貢	03. 우공禹貢	
7	甘誓	04. 감서甘誓	
8	五子之歌		02. 오자지가五子之歌
9	胤征		03. 윤정胤征
10	湯誓	05. 탕서湯誓	
11	仲虺之誥		04. 중훼지고仲虺之誥
12	湯誥		05. 탕고湯誥
13	伊訓		06. 이훈伊訓
14	太甲上		07. 태갑상太甲上
15	太甲中		08. 태갑중太甲中
16	太甲下		09. 태갑하太甲下
17	咸有一德		10. 함유일덕咸有一德
18	盤庚上	06. 반경盤庚	
19	盤庚中		
20	盤庚下		
21	說命上		11. 열명상說命上
22	說命中		12. 열명중說命中
23	說命下		13. 열명하說命下
24	高宗肜日	07. 고종융일高宗肜日	
25	西伯戡黎	08. 서백감려西伯戡黎	
26	微子	09. 미자微子	
27	泰誓上		14. 태서상泰誓上
28	泰誓中		15. 태서중泰誓中
29	泰誓下		16. 태서하泰誓下
30	牧誓	10. 목서牧誓	
31	武成		17. 무성武成
32	洪範	11. 홍범洪範	

현전 『상서』 58편	다산의 서편書篇 인식	
	진고문 29편(『상서고훈』)	위고문 25편(『매씨서평』)
33 旅獒		18. 여오旅獒
34 金縢	12. 금등金縢	
35 大誥	13. 대고大誥	
36 微子之命		19. 미자지명微子之命
37 康誥	14. 강고康誥	
38 酒誥	15. 주고酒誥	
39 梓材	16. 재재梓材	
40 召誥	17. 소고召誥	
41 洛誥	18. 낙고洛誥	
42 多士	19. 다사多士	
43 無逸	20. 무일無逸	
44 君奭	21. 군석君奭	
45 蔡仲之命		20. 채중지명蔡仲之命
46 多方	22. 다방多方	
47 立政	23. 입정立政	
48 周官		21. 주관周官
49 君陳		22. 군진君陳
50 顧命	24. 고명顧命	
51 康王之誥	25. 강왕지고康王之誥	
52 畢命		23. 필명畢命
53 君牙		24. 군아君牙
54 冏命		25. 경명冏命
55 呂刑	26. 여형呂刑	
56 文侯之命	27. 문후지명文侯之命	
57 費誓	28. 비서費誓	
58 秦誓	29. 진서秦誓	

　　진고문 33편(「순전」과 「익직」益稷 편이 각각 「요전」과 「고요모」에 포함되었고, 「반경」 3편이 1편으로 합해져서 모두 29편이 됨)에 대한 주석서가 『상서고훈』이며, 나머지 위고문 25편을 다룬 것이 바로 『매씨서평』이다.

특히 만년에『상서고훈수략』과『상서지원록』尚書知遠錄을 합쳐 새로운 체재로 편집하고 보완해서 완성한『상서고훈』은 채침의『서집전』을 중심으로 매색이 올렸다는 공안국의 전傳 내용뿐만 아니라 한당漢唐의 일주逸注와 송宋 이후 제유諸儒들의 신주新注를 두루 채록하여 가장 합리적인 해석을 추구하였다. 또한 해석 과정에서 수많은 경적經籍을 인용해 고증하였고, 수많은 고주古注와 신주新注의 탐색, 다산 자신의 선별적 수용, 그리고 치밀한 고정考訂을 더하여 조선 상서학의 대표작이라 자부할 수 있는 기념비적인 저작을 완성하였다. 따라서『상서고훈』에서는 역대 제유들의 선주善注와 아울러 제유들이 언급하지 못한 다산 자신만의 독창적이며 새로운 해석도 접할 수 있다.『상서고훈』의『상서』해석의 독창성과 고증의 정밀성을 확인할 수 있는 구절을 뽑아 보면 다음과 같다.

우선「요전」의 '택남교'宅南交에 대한 해석이다. 애초 요임금은 희씨羲氏와 화씨和氏에게 명하여 사계절의 변화를 관측하고 사방을 다스리게 하였다.

分命羲仲, 宅嵎夷, 曰暘谷

희중에게 명하여 우이에 머물게 하시니, 곧 양곡이다.

申命羲叔, 宅南交

희숙에게 명하여 남교에 머물게 하시니,

分命和仲, 宅西, 曰昧谷

화중에게 명하여 서쪽에 머물게 하시니, 곧 매곡이다.

申命和叔, 宅朔方, 曰幽都

화숙에게 명하여 삭방에 머물게 하시니, 곧 유도다.

전통적으로 여름의 '택남교' 뒤에 '왈명도'曰明都 세 글자가 빠졌을 것이라는 설명이 많았다. 그러나 다산은 희화羲和의 사택四宅은 구주九州를 벗어나지 않는다는 전제하에 '교'交를 지명으로 해석하였다. 또한 원래 '왈명도' 세 글자는 경문에 없었다고 주장하면서 적도赤道 북쪽의 사람들이 북쪽을 '어두운 땅'(幽都)이라고 할 정도인데, 더 먼 남쪽 지역을 '밝은 땅'(明都)이라고 하는 것은 이치에 맞지 않다고 하였다. 다산의 이런 설명과 유사한 설을 펼친 학자가 있었으니, 곧 청淸의 왕인지王引之다.

구주석舊注釋(다수설)	청淸 왕인지	정약용
宅南交, (曰明都)	宅南, (曰大)交	宅南, (曰)交(趾)
남교에 머물게 하시니, 곧 명도다.	남쪽에 머물게 하시니, 곧 대교다.	남쪽에 머물게 하시니, 곧 교지다.

「요전」(「순전」에 속함)의 "在璿璣玉衡재선기옥형, 以齊七政이제칠정"에 대한 해석에서는 전통적으로 선기옥형璿璣玉衡은 천체를 본뜬 기구 혹은 천문을 관측하는 혼천의渾天儀로, 칠정七政은 일월日月과 오성五星 혹은 사시四時와 삼재三才 등으로 이해했다. 그러나 다산은 '선기'는 길이를 재는 도구, '옥형'은 무게를 재는 도구로 인식했고, '칠정'은 「홍범」의 팔정八政과 같은 것이라고 주장했다. 팔정은 생활과 밀접한 행정으로써 '첫 번째는 먹는 것, 두 번째는 재물, 세 번째는 제사祭祀, 네 번째는 사공司空(치안), 다섯 번째는 사도司徒(교육), 여섯 번째는 사구司寇(법률)요, 일곱 번째는 빈賓(외교), 여덟 번째는 군사'다. 즉 전통적으로 '천문을 관측하는 기구로 하늘의 운행을 관찰하는 것'이라고 해석하였다면, 다산은 시각을 하늘에서 땅으로 옮겨 와 '민생을 보살피고 챙기는 것'으로 이해하였다.

「우공」의 첫 문장 "禹敷土우부토, 隨山刊木수산간목, 奠高山大川전고산대천"에 대한 해석은 예로부터 많은 논란이 있었고, 많은 학자가 이해하지 못하는 문장이었다. 특히 '수산간목'隨山刊木은 전통적으로 산의 나무를 베어 길을 내는 것으로 이해하였는데, 다산은 그런 일들은 급한 것이 아니라고 단정하였다. 다산은 '간목'刊木을 나무를 깎아 껍질을 벗겨 글씨를 새기는 것으로 이해하였다. 즉 도로道路가 지나는 바를 기록하고, 산맥이 뻗어 오는 바를 기록하고, 물이 발원하는 바를 기록하는 것과 같이 이정표를 세움으로써 길을 다니는 사람들이 헤매지 않게 하는 것이라는 탁견을 제시하였다.

「우공」의 "厥土惟白壤궐토유백양, 厥賦惟上上錯궐부유상상착, 厥田惟中中궐전유중중"이라는 단 16자의 경문經文에는 아래 약 3500자字가 넘는 주석이 달려 있다. 그 안에는 한당漢唐의 고주古注뿐만 아니라 송대의 주석들이 총망라되어 있고, 『주례』周禮를 비롯한 『경전석문』經典釋文, 『맹자』孟子, 『춘추』春秋, 『국어』國語 등 각종 문헌에서 증거들을 매우 정밀하게 수집하였다. 예시로 든 것은 비록 『상서고훈』 안의 한 부분에 불과하지만, 이 작은 부분을 통해서 다산이 고대 경전經傳을 어떻게 이해하고 연구했는가를 확인할 수 있다. 장대한 주석에서 다산은 전세田稅와 부세賦稅를 구분하고자 하였다. 전통적으로 「우공」의 '궐부'厥賦를 전세로 생각했고, 한 사람도 이의를 단 사람이 없었다. 그러나 다산은 부賦를 잡세雜稅라고 주장하였다.

지금 그 세목을 대략 열거해 보면, 첫째는 인구人口이고, 둘째는 옥택屋宅이고, 셋째는 원포園圃이고, 넷째는 육축六畜이고, 다섯째는 거연車輦이고, 여섯째는 채전菜田이고, 일곱째는 한속閒粟이다. 산택山澤, 관시關市, 척폐斥幣 등은 특히 큰 것들이다. 그것을 거둬들임에 있어서는 오직 화폐만으로 징수하는 것이 아니라 일반 백성들이 쉽게 얻을 수 있는 포속布粟으로 징수하는데, 이른바 이포里布·옥속屋粟이다. 「요전」에 기록된 당唐·우虞의 예禮는 모두 『주례』와 완전히 일치하는데, 어찌 부렴賦斂의 법이 우虞·주周가 현격히 다르겠는가? 「우공」의 '궐부'厥賦는 곧 『주례』의 구부九賦다. 다만 『주례』는 왕기王畿 내에서만 그 법을 시행하는 것에 그쳤지만, 「우공」은 만국萬國을 총괄하여 한 왕의 법으로 묶었기 때문에 그 규모와 역량이 주나라에 비교한 것과 같이 논할 수 없다.

위고문을 전문적으로 다룬 『매씨서평』에서도 다산의 치밀한 고증을 확인할 수 있다. 그런데 『상서』의 핵심을 이루는 성군현신聖君賢臣들의 아름다운 대화는 대부분 이른바 '위고문'에 속하는 편들에서 확인할 수 있다. 주자도 이런 점 때문에 위고문을 완전히 배척하지는 못하고 논의를 멈추는 선에서 끝내고 만 것이다. 주자의 제자 채침은 『서경집전』書經集傳을 찬撰하면서 『상서』의 핵심을 성왕聖王의 심법心法으로 규정하였으니, 그 핵심 구절은 바로 「대우모」의 "인심유위人心惟危, 도심유미道心惟微, 유정유일惟精惟一, 윤집궐중允執厥中"이었다. 다산은 원래 이것은 『순자』荀子에서 「도경」道經을 인용한 말로써 순수한 유가의 말이 아님을 확인하였다. 다만 일부 학자들이 이를 변호하기 위해 허황된 말로 횡설수설하는 것을 비판하면서 그 말이 진실로 이치에 합당하다면 그것이 장자莊子나 열자列子의 입에서 나온 것일지라도 오히려 마땅히 가슴에 새겨야 하는 것이라고 일갈하였다.

(3) 다산의 『상서』 관련 저술

다산은 기나긴 적소 생활에서 수많은 불후의 명작을 남기는데, 『상
서』에 관해서는 정조의 영향으로 고증학적 접근을 시도한다. 조선 시
대 전반에 팽배했던 『서집전』의 성리학적 해석과는 구별되는 주목할
만한 경학적經學的 성과다.

① 『매씨서평』 9권(1810년 경오庚午 봄, 순조 10년, 다산 49세)
『매씨서평』의 내용은 다음과 같다.
- 권1 문헌에 보이는 역대의 '상서본'에 대한 고찰
- 권2 「대서」大序(공안국孔安國 전傳의 서序), 『상서정의』尙書正義, 『서
  집전』 비판
- 권3 모기령의 『고문상서원사』古文尙書冤詞 비판
- 권4 『고문상서원사』 비판, 유의遺議(권1~권4의 보유편, 『주자대전』,
  『주자어류』 등의 『상서』 관련 문장 수록), 강의講義(정조와의 문답)
- 권5~권9 『고문상서』 25편 고증
- 권10 「하내태서」河內泰誓, 「일주서극은편변」逸周書克殷篇辨, 「서
  대전약론」書大傳略論

채침의 『서집전』만을 읽으면서 『상서』에 대해 감히 의심을 품을
수 없었던 당시의 풍조로 볼 때, 다산의 『매씨서평』은 『상서』 전반에
대한 새로운 시각을 보여 주는 기념비적인 저작이라고 평할 수 있다.

매색의 『상서』에 진실로 의심할 만한 것이 있는 까닭으로 주자
가 의심하지 않을 수 없었을 뿐이다. ……모기령의 책이 나옴에
이르러서는 …… 그가 지은 『고문상서원사』 8권은 횡설수설하

면서 수천만 언이나 지껄여 댔다. ……무릇 마음을 공평히 잡고 있는 자는 반드시 분별해야 할 것이다. ……이에 주자가 의심을 일으킨 실마리를 취하여 공평한 마음으로 그것을 바로잡아 『매씨서평』이라 제목을 붙였으니 모두 9권이다.

『매씨서평』 「서」序

이후 『매씨서평』은 2차에 걸쳐 개수되었는데, 1827년을 전후로 1차 수정이 이루어지고, 1834년에 2차 수정되었다.

② 『상서고훈수략』 6권(1810년 경오 가을, 순조 10년, 다산 49세)

공영달孔穎達의 『상서정의』와 다른 경전經傳의 주소注疏에 보이는 구양씨·하후씨·마씨·정씨의 설을 채록하고, 또 『사기』·『설문』 등에 실려 있는 『상서』의 문구를 찾아 편집하여 자신의 견해를 덧붙여 취하고 버리는 뜻을 표시한 것이다.

나는 생각건대 구양씨, 하후씨, 마씨, 정씨의 설이 모두 경의 본뜻과 깊이 들어맞는 것도 아니요, 잡박하고 틀린 것도 당연히 적지 않을 것이다. 그러나 '믿어서 옛것을 좋아함'은 성인의 뜻이다. 지금 것이 비록 정교하더라도 예전의 졸박拙樸함만 못할 것이다. ……비록 이미 잃어버리거나 없어진 것은 어찌할 수 없다고 하더라도 하나를 통해 셋을 알게 된다면 본모습을 희미하게나마 상상해 볼 수 있을 것이다. 이는 감히 옛것이 옳고 지금 것이 그르다는 것이 아니요, 다만 잃었던 것을 보존하고 끊어졌던 것을 이으려는 것이다. ……

『상서고훈수략』 「서설」序說

③『상서지원록』7권(1811년 신미辛未 봄, 순조 11년, 다산 50세)

매색과 채침 두 사람의 설과 고훈古訓에서 남아 있는 것과의 이동異同을 고찰하여 좋은 내용만 남기고, 간혹 여러 설이 모두 마음에 들지 않을 때는 자신의 견해를 덧붙였고 나머지는 의문점을 그대로 남겨 둔 것이다.

> 내가 생각하기에 옛글을 읽는 방법에 있어 반드시 먼저 훈고訓詁를 밝혀야 한다. 훈고는 글자의 뜻이다. 글자의 뜻이 통한 뒤에야 구절句節이 풀리고, 구절의 뜻이 통한 뒤에야 일장一章의 뜻이 밝혀지고, 일장의 뜻이 통한 뒤에야 일편一篇의 대의大義가 드러난다. 여러 경서經書가 다 그러하지만『상서』가 더욱 그러하다. 내가 먼저 고훈詁訓에 힘쓰는 것은 이 때문이다. …… 지원知遠이라 함은 무엇인가?『상서』의 가르침은 옛것을 아는 것일 뿐이기 때문이다. 자구字句를 훈고함은 그 목적이 '옛날 제왕의 사적을 알려는 데 있을 뿐'이다. 알아서 무엇 하는가? 장차 오늘에 시행하려는 것이다. 오늘과 맞지 않는 것은 어떻게 할 것인가? 알지 못하기 때문에 맞지 않는 것이다. 만약 안다면 지금도 예와 같은 것인데, 예를 들어 고적考績 같은 것이 그것이다. 모두 일곱 권이다.

『상서지원록』「서설」序說

④『독상서보전』讀尙書補傳 1권(1827년 정해丁亥 겨울, 순조 27년, 다산 66세)

홍석주洪奭周가 지은『상서보전』尙書補傳을 읽고 다산이 자신의 견해를 덧붙인 것이다.「요전」,「순전」,「대우모」,「고요모」,「익직」및

「무성」‘비궐현황篚厥玄黃’절과「홍범」‘유벽옥식唯辟玉食’절에 관한 내용이다.

⑤ 『염씨고문소증초』閻氏古文疏證抄 4권(1827년 정해 겨울, 순조 27년, 다산 66세)

다산이 탐진耽津에서 귀양살이할 때, 『상서』를 공부하면서 모기령의 『고문상서원사』에 관해 그 잘못된 것을 변증하여 『매씨서평』 9권을 저술하고 매색의 위서僞書를 공박하였는데, 이후 청대의 학자 송감宋鑒이 지은 『상서고증』尙書攷證을 읽어 보고 자신의 논거와 완전 일치한 사실을 확인하고는 깜짝 놀랐다고 한다. 특히 송감의 책 가운데는 염약거閻若璩의 『상서고문소증』尙書古文疏證을 인용한 곳이 많았는데, 마침 1827년에 해거도위海居都尉 홍현주洪顯周가 염약거의 『상서고문소증』 한 질을 보내 주어 다산이 직접 본 뒤에 자신의 의견을 기록한 것이다.

……삼가 그 책을 보니, ……매씨의 위안僞案에 대해서는 빗질한 듯 엄정하게 다루었으며, 인용한 전거典據도 넓고 설명도 남김이 없으며 실상도 숨김 없이 아주 잘 갖추어져 있다고 할 만하다. 송감이 염씨의 책을 보고도 무슨 까닭에 고증考證하였는지는 모르겠으나, 생각건대 번거로운 것을 없애고 요점만 나타내고자 하였을 것이다. 나의 책은 지금 없애 버리는 것이 좋을 것 같다. 나의 책에서 무엇을 취할 것이 있겠는가? 다만 염약거의 책에 대해 조금 수정의 의견을 붙여 기억을 새롭게 해 주는 것도 도위都尉 형제의 본뜻에 보답할 수 있을 것이다.

『염씨고문소증초』「서」序

⑥ 다산 상서학의 집성:『상서고훈』21권(1834년 갑오甲午 봄, 순조 34년, 다산 73세)

1810년에 지은『상서고훈수략』6권과 1811년에 지은『상서지원록』7권을 합쳐서 새로운 체재로 편집하고 내용을 보완한 것이다.

> 이제『매씨서평』에서 경조부박輕佻浮薄한 말을 잘라 없애고『지원록』을 조목조목 나누어서『상서고훈』에 집어넣고는 합쳐서 한 부의 책으로 만들었다. 그 가운데 근거 없는 소리와 어그러진 말은 빠짐없이 없앴으나 심하지 않은 것들은 때로 그대로 두었으니, 이는 뒷사람들로 하여금 내가 이러한 사람이었음을 알게 하려는 것이다. 두 책을 합했는데도 제목을 그대로『상서고훈』이라 한 것은, 새로운 설을 덧붙이기는 하였지만 여전히 고훈古訓을 위주로 하였기 때문이다. 내 나이 올해 일흔셋, 정력이 쇠진하여 분발할 수 없다. 죽을 날이 멀지 않았으니 이 일을 잘 끝낼 수 있을지 자신할 수 없다. 뒷사람들이 나에게 이러한 뜻이 있어 작업을 시작했다가 끝내지 못했음을 알아줄 것이다.
>
> 『상서고훈』「서」序

(4) 다산의 상서관: 도덕과 역사의 교과서로서의 상서—상서의 옛 모습 탐색

다산 상서학의 종합편인『상서고훈』의 범례凡例를 통해서 다산의 상서관을 파악해 볼 수 있다. 범례는 모두 8조로 구성되어 있다.

① 『상서』 옛 모습 탐색

첫째, 백편「서서」書序(「소서」小序를 가리킨다)는 비록 본래 공자가 지은 것이긴 하나 지금은 매색의 변조를 거쳐 모두 원본이 아니다. 그러나 정현鄭玄 이래로 이미 각 편의 앞머리로 나누어서 권말로 몰아낼 수 없을 듯하다. 다만 각 편의 앞머리에 나누어 놓으면 더욱 문제가 많을 것이기에 이제 다시 한 편으로 만들어 첫째 권으로 한다. 그 가운데 혹 자구를 멋대로 고친 것은 매색이 위조한 것임을 분명히 알 수 있지만, 매색본梅賾本을 그대로 사용하지 않을 수 없었다.(「고요모」皐陶謨·「익직」益稷 같은 것이다.) 오직 그 순서는 한결같이 정현본鄭玄本을 따랐는데, (공영달의 『상서정의』에 열거되어 있는 것에 의거하였다.) 이는 옛것을 그대로 보존하기 위함이다.

둘째, 서문序文과 경문經文은 비록 매색본을 그대로 쓰지 않을 수 없지만, 이른바 『우서』虞書·『하서』夏書라고 한 것은 매색이 정한 것으로 누락되고 비뚤어져서 정돈된 것이 아니므로 지금 일률적으로 정현본을 따른다. 『우하서』20편, 『상서』40편, 『주서』40편을 차례대로 정리하여 옛 모습을 보존하였는데, 그 내용상 서로 엇갈리는 것을 꺼리지 않았다.

『서』 「소서」小序 100편은 비록 매색이 위조한 것이지만 매색본을 그대로 따랐다. 다만 각 편의 머리에 나누어졌던 것을 다시 하나로 모아 『상서고훈』 맨 앞의 「서례」序例에 두고, 정현본의 순서에 맞게 배치하였다. 이는 『상서』의 옛 모습을 보존하려는 다산의 의도다.

② 경문을 함부로 바꾸지 않는다.

셋째, 경문 가운데 복생본伏生本도 공안국본孔安國本도 아니고,

특히 매색에 의해 위조된 것은 분명히 복생본과 정현본에 원래 어떤 글자였음을 알 수 있더라도 경문으로 남은 것은 오직 매색본뿐이므로 매색본을 사용하지 않을 수 없다. 오직 '고이'考異 아래서 시비를 논하였을 뿐, 감히 한 글자도 멋대로 바꾸어 고본을 따르진 않는다.

넷째, 복생·공안국·매색 세 사람의 본말은『매씨서평』제1권과 제2권의 여러 조항에서 상세히 밝혀 두었는데, 원래 갑甲·을乙 자의 표지가 있었다. 지금 이『상서고훈』에서는 중복해서 기술하지 않았다. 간혹 인용 근거한 단서가 있을 때는 다만『매씨서평』을 가리켜 갑·을 자의 표지를 그때그때 주로 달았다.

비록 매색본이 위조된 것이지만 경문은 함부로 바꾸지 않으며, 복생본과 공안국본의 구체적인 차이는『매씨서평』을 참고하면 된다.

③ 제설諸說의 출처를 명확히 밝힌다.

다섯째, 무릇 고훈古訓을 본경本經의『정의』正義에서 채록한 경우에는 출처를 표시하지 않았다. 다른 경經의 주소注疏나 다른 책의 여러 사람 설에서 얻은 고훈인 경우에는 그 출처를 주로 달았다.

여섯째,『상서고훈(수략)』은 다만 한대 유자들의 결락된 채 남아 있는 글을 모은 것이고,『지원록』은 매색과 채침의 해석을 아울러 논한 것인데 지금 이미 합편合編하는 마당에, 또 근세 유자들의 설 가운데 채록할 만한 것도 수록해 나가지 않을 수 없었고, 혹 내가 특별히 스스로 입론한 것도 덧붙여 둔 것이 많다.

④ 다양한 범례를 통하여 경전의 본래 모습을 탐구한다.

일곱째, 글자가 다른 것을 '고이'考異라 표시하고 의지義旨가 틀린 것을 '고오'考誤라 표시하고, 끌어서 증거로 삼은 것을 '고증'考證이라 하고, 평순하게 서로 의논이 된 것을 '고정'考訂이라 하며, 서로 송사하듯 한 것을 '고변'考辨이라 하였다. 또 안설案說에 다른 견해를 드러낸 것을 '논왈'論曰 혹은 '정왈'訂曰이라고 하는 등 글에 따라 범례를 만들어 일정한 격식이 없다. 또한 글 내용에 따라 그 뜻을 부연한 것으로 경전의 본뜻과는 상관이 없는 것을 '연의'衍義라 표시하였다. 책의 범례가 잡다하여 부끄럽다.

⑤ 다산의 상서관은 범례 제8조에 축약되어 잘 서술되어 있다.

여덟째, 이 책은 옛것을 보존하기 위해서 쓴 것이요, 경을 해석한 것이 아니다. 그러므로 자구字句의 훈고에 간혹 다 빠진 것이 있고 의리와 시비 또한 다 해석한 것이 없다. 대체로 채침의 주가 좋다고 생각하기 때문이다. 채침의 주에 간혹 틀린 것이 있을 때에야 논변하였고 뛰어난 점이 있을 때는 드러내어 밝혔으며, 그 나머지는 모두 수록하지 않았다. 채침의 주가 현재 널리 읽히기 때문이다. 매색의 주가 비록 오활迂闊하고 궁벽한 것이 많으나 다 자세히 논하지 않은 것은 시속時俗에서 쓰이지 않기 때문이다. 고훈古訓의 경우, 비록 가려져 덮여 있고 비루하여 별로 쓸 데가 없더라도 다 수록해 두었다. 본 취지가 옛것을 보존하는 데 있기 때문이다.

다산 스스로도 『상서고훈』이 다소 번잡스럽다고 인정했지만, 이는 모두 옛것을 보존하기 위한 다산의 의도 때문이다. 또한 당시 조선에서 통용되던 채침의 『서집전』의 내용은 상당 부분 인정하고 긍정하였다. 유전되면서 옛 모습을 잃어버린 『상서』의 진면목을 찾기 위해 곳곳에 흩어져 있는 옛 모습의 파편들을 하나둘씩 수집하여 『서집전』의 신주新注를 바탕으로 한漢·당唐의 고주古注를 조화시켜 가장 합리적이면서 가장 고전적인 『서』의 의미와 모습을 탐구해 나갔다.

3. 결론: 다산 『상서』 읽기의 현대적 의의

① 고전은 영원한 생명력을 지닌 진리의 보고
② 『상서』는 고대 성인의 심법을 간직한 유가의 경전
③ 다산이 살던 시대에 대한 지식인으로서의 고뇌
④ 『상서』의 원모습 회복과 올바른 해석을 통한 도덕성 회복 추구
⑤ 의고疑古와 온고溫故의 합리적 조합

고전古典이란 세대를 초월한 영원한 생명력을 지닌다. 21세기 지구를 넘어 우주까지 자유롭게 넘나드는 시대에도 여전히 고전이 존재 가치를 가지는 가장 큰 이유는 인간의 불완전성 때문이다. 인간은 우주를 구성하는 유한한 존재로서 동물과 크게 다를 바가 없다. 맹자는 일찍이 이를 간파하여 "인간이 짐승과 다른 점은 극히 적다"(孟子曰 人之所以異於禽獸者幾希;『맹자』「이루하離婁下」)라고 일갈하였다. 다만 도덕성 보존만이 인간과 동물을 구별해 줄 수 있는 유일한 단서라는 점을 강조하였다. 예나 지금이나 인간은 물질적 풍요와 권력을 추

구하며 만족할 줄을 모른다. 이런 점들이 사회 발전의 원동력이라고 주장할 수 있지만, 끝없는 욕심의 끝은 언제나 좋지 않다는 점을 역사를 보면 알 수 있다. 그래서『역사』는 인간의 욕심보다는 도덕심을 우선 기준으로 평가되어 왔고, 앞으로도 그래야만 하는 것이다. 이런 면에서 유가儒家의『상서』와『춘추』는 오늘날『역사』의 고전이라고 할 수 있는데,『상서』의 주인공인 고대의 성군현신聖君賢臣들은 모두 도덕심의 전범典範이다.『상서』맨 처음에 나오는 요堯는 그 자체로 완전한 성군이며, 그 뒤를 이은 사람은 효성이 지극한 순舜이다. 탕왕湯王의 무력은 폭력이 아니라 천명天命이 내린 정의正義이며, 주공周公의 대처는 신하臣下 됨의 표본이다. 이를 통해 후대에 보이고자 했던 유가의 의도는 무엇이었겠는가?

조선 왕조는 유교와 흥망성쇠를 같이하였다. 조선의 찬란한 문화가 자랑스러운 유교 문화이면서 조선의 몰락과 쇠퇴를 제공한 것도 유교의 부끄러운 단면임에는 틀림없다. 그럼에도 현대의 시점에서 몰락한 왕조의 끝자락에 선 유교를 유교의 전부라고 이해하는 것은 참으로 얕은 관점이다. 그 전에 한 단일 왕조를 500여 년 이상 지속할 수 있게 한 보이지 않는 힘을 찾아볼 필요가 있다. 그것은 바로 '의리'義理로 대표되는 조선의 도덕심이라 할 수 있다. 우리는 그 도덕심의 유허遺墟를 문묘文廟에서 찾아볼 수 있다. 문묘에 종사從祀되어 있는 선현을 통해 조선의 선비들이 추구했던 도학道學을 알 수 있고, 긴 기간 조선을 유지했던 보이지 않는 도덕심을 확인할 수 있다. 조선 도학의 전성기는 4대 사화士禍에 대한 신원 회복이 이루어지고 사림파士林派의 이념적·정치적 승리가 완결된 시점에 김굉필金宏弼, 정여창鄭汝昌, 조광조趙光祖, 이언적李彦迪, 이황李滉 등 이른바 5현賢이 문묘에 종사된 15세기다. 사림의 의리를 강조하는 강력한 도덕심은 5000년 유학의 성군현신이 대대로 전한 심법心法이다. 이후 종사從祀되는 선현의 기준이 변질되는 순간 조선은 쇠락의 길을 걷기 시작했다는 것도 알 수 있다.

다산은 18~19세기 조선에서 무너진 도덕심 때문에 힘들어하던 지식인이었다. 또한 진리 탐구를 숙명으로 여기던 학자이기도 했기에 다산에게 『상서』는 '후대에 조작되고 해석이 위조된 것으로 의심되는 도덕 교과서'였다. 다산에게는 도덕이 무너진 시대에 위조된 도덕의 전범을 읽기 위해 '위조'된 부분은 제거하고 '원래' 도덕 교과서의 의미를 찾아내는 일이 급선무였을 것이다. 따라서 공벽孔壁에서 나온 진眞 고문상서古文尙書의 존재와 『서서』書序를 공자가 친히 저술했다는 점을 믿어 의심치 않았으며, 『공전』孔傳은 동진의 매색이 만든 것이라고 단정하였다. 즉 서序, 경문, 주석 가운데 서序는 진짜고, 경문은 매색의 손을 거친 변란된 것이며, 주석은 매색이 맘대로 정한 것이다. 그러나 당시의 『상서』에 담긴 원의를 찾기 위해서 송대 채침의 주석을 바탕으로 『공전』뿐만 아니라 한당송漢唐宋 제가諸家의 주석을 가려내고 자신의 의견도 더하는 합리적인 태도를 견지하였다.

『주역사전』
『주역』의 퍼즐 풀기에 도전하다 *

1. 『주역사전』의 경학사적 배경

다산의 학문은 크게 경학經學과 경세학經世學의 두 부분으로 이루어져 있다. 다산은 경학 분야에서 육경六經과 사서四書에 걸쳐 많은 저서를 남겼는데, 『주역사전』周易四箋은 육경 중에서도 『역경』易經에 관한 주석서다. 『주역사전』은 갑자본(1804)에서 을축본(1805), 병인본(1806), 정묘본(1807)을 거쳐 무진본(1808)에 이르기까지 5년 동안 4번의 개고改稿를 거치면서 모두 다섯 번 출간되었다. 처음에 나온 갑자본과 그 이듬해에 나온 을축본은 8권으로 되어 있었으나 병인본은 16권이었고, 정묘본과 무진본은 24권이었다. 다산이 1808년에 두 아들에게 쓴 편지 「시이자가계」示二子家誡에서 『주역사전』을 '천조지문자'天助之文字라고 말한 것을 보더라도 그가 『주역사전』에 대해서 얼

---

* 방인(경북대학교 철학과 교수)

마나 큰 자부심과 소명召命 의식을 지녔었는지를 짐작해 볼 수 있다.

그렇다면 『주역사전』이란 과연 어떤 책인가? 『주역사전』의 서명書名에서 사전四箋은 『주역』을 해석하기 위한 네 가지 해석 방법인 추이推移, 효변爻變, 호체互體, 물상物象을 가리킨다. 다산은 「사전소인」四箋小引에서 '주자지의야朱子之義也'라는 말을 네 번씩이나 반복하였다. 다산은 한대漢代 이후의 역학이 주자朱子에 이르러 크게 갖추어졌다고 하고, 『주역본의』周易本義에 대해서는 '훌륭한 말과 지극한 이치'(名言至理)가 많이 포함되어 있으나 다만 속유俗儒들이 통찰하지 못할 뿐이라고 하였다. 이처럼 다산은 집대성자集大成者로서 주자의 역할을 매우 높이 평가하였다. 그러나 다산과 주자 사이에 부분적으로 일치하는 점이 있다고 하더라도 근본적인 차이가 존재한다. 그 몇 가지를 열거하면 다음과 같다.

첫째, '추이'는 역학사에서 괘변卦變으로 불려 온 이론인데, 주자는 괘변을 『주역』을 해석하는 다양한 방법 중 한 가지(易中之一義)라고 보았으나 다산은 『주역』을 만든 근본원리(作易之本義)라고 보았다. 주자의 괘변설은 12벽괘를 중심으로 하는 이론이지만, 다산은 소과小過와 중부中孚를 추가하여 14벽괘설을 주장하였다. 둘째, 다산은 '효변'을 서법筮法의 원리이면서 동시에 역사易詞 해석의 원리라고 여겼지만, 주자의 경우는 효변을 단지 서법의 원리로 적용하였다. 셋째, 다산은 '호체'도 역시 주자의 학설이라고 주장하였으나 주자는 호체를 폐지할 수 없다고 하였을 뿐이다. 『주역본의』에서 호체를 사용한 예를 찾아보기 힘든데, 이것은 다양한 방식으로 호체를 활용하였던 다산과 확연하게 대조가 된다. 넷째, 다산은 「설괘전」說卦傳을 『주역』을 해석하는 필수 수단으로 삼았으나, 『주역본의』에서 「설괘전」에 의지하여 '물상'을 해석한 사례는 단지 몇 경우에 한정되어 있다. 주자는 괘변 등의 해석 방법을 써도 잘 해석되지 않으면 물상을 억지로 맞추려 하지 않았고 궐의闕疑로 남겨 두었다. 이러한 점들을 종합해 본다면, 다산과 주자 사이에는 공통점이 없는 것은 아니지만 그 일치하는 측면을 다산이 과장하였다는 것을 알 수 있다. 다산은 자신의 학설이 주자와 조금이라도 일치하는 점이 있으면 주자 학설에 근거를 두었다고 강조하였다. 그리고 설령 주자 학설에 불만이 있더라도 직접 공격하는 것을 가급적 피하고 우회적 비판의 길을 택했다. 예를 들면 다산은 여러 효가 변하는 경우를 용구用九·용육用六의 경우를 제외하고는 허용하지 않았지만, 주자는 『역학계몽』易學啓蒙에서 효변의 모든 경우를 허용하였다. 이것은 초공焦贛의 『역림』易林에서 효변의 방식과 근본적으로 다르지 않다. 그러나 다산은 주자를 직접적으로 비판하지 않았고, 대신에 초공의 효변설을 공격하는 방법을 택하였다. 주자에 대한 다산의 비판이 선명하게 부각되지 않는 것은 다산의 주자 비판이 직접적이지 않고 우회적이었기 때문이다. 따라서 다산역학의 연원을 고찰하기 위해서는 다산의 발언을 문자 그대로 받아들이지 말고, 그 이면裏面을 살펴야 한다.

『주역사전』은 다산이 '천조지문자'天助之文字라고 자부하던 최고의 걸작이었지만, 그는 이 책을 널리 유통시키려는 의지를 적극적으로 드러내지 않았다. 심지어 다산은 1813년에 제자 이강회李綱會를 통해 추사秋史 김정희金正喜에게 『주역사전』을 보내면서 "남에게 보이지 말라"(勿示人)고 신신당부했다고 한다.[1] 이는 혹시라도 있을지 모를 필화筆禍의 가능성을 미리 차단하기 위한 것이 아니었을까? 다

1   정민, 『다산의 재발견』, 휴머니스트, 2011, 550~558쪽.

산은 「사전소인」에서 네 가지 해석 방법이 마치 모두 주자로부터 나온 것처럼 말했지만, 네 가지 이론 중에서 주자가 창안한 이론은 하나도 없으며, 그 뿌리는 모두 한역漢易에 있다. 다산은 『주역』을 배우고자 하는 학인學人들에게 이정조李鼎祚의 『주역집해』周易集解를 마치 옥玉 구슬(拱璧)처럼 귀하게 여길 것을 권장하였다. 우번虞翻에 대해서는 "역학자 중에서 종장宗匠이다"(易家爲宗)라고 하였고, 효변에 대한 우번의 주注를 읽고는 우번의 학설이 지극히 심오한 경지에 도달했다고 하였다.[2] 또한 「계사전」繫辭傳의 '천리지외응지'千里之外應之에 대한 우번의 주注를 읽고 나서는 우번의 해석이 지극히 옳으며, 우번이 결정정미潔靜精微의 경지에 도달하였다고 평가하였다.[3] 이것은 정약용이 우번에게 바친 최고의 헌사獻辭였다. '결정정미'란 『예기』禮記 「경해」經解 편에서 "'깨끗하고 고요하며 정밀하고 미묘한 것'은 『역』의 가르침이다"(潔靜精微, 易敎也)라고 한 데서 나온 말로, 정약용은 우번의 학문적 인식이 그만큼 정치精緻한 수준에 도달하였다고 평가한 것이다. 이러한 여러 측면을 종합해 볼 때 다산의 추이설推移說은 주자보다는 오히려 우번의 괘변설卦變說에 근접해 있다. 게다가 소과와 중부의 두 괘를 벽괘에 추가한 것도 역시 우번의 괘변설을 면밀하게 검토하고 그 문제점을 해결하려는 노력의 결과라고 볼 수 있다.

다산이 한역漢易을 중시한 배경에는 명말청초明末淸初 고증학의 영향이 컸다. 송역宋易에 반대하고 한역을 중시하는 경향은 명말청초

---

2   仲翔之學, 幾乎! 幾乎! 達於扃奧, 皆如此.(「李氏折中鈔」, 『易學緖言』, 《定本 與猶堂全書》, 제17책, 227쪽.)

3   此解極是, 眞所謂潔靜精微, 易敎也.(「李鼎祚集解論」, 『易學緖言』, 《定本》, 제17책, 46쪽.)

의 역학에서 일반적으로 나타난다. 그중에서도 특히 다산에게 큰 영향을 미친 사람은 모기령毛奇齡이었다. 다산이 모기령으로부터 받은 영향은 매우 크며, 그 영향은 다산역학의 체계에 깊숙이 침투해 있다. 청대 초기에 건가학파는 증거 없는 억견臆見을 배척하고 확실한 문헌적 근거와 엄격한 논증을 위주로 하는 학풍을 중시하였는데, 모기령은 그 선봉先鋒에서 주자를 맹렬하게 공격함으로써 정주학程朱學의 기초를 뒤흔드는 역할을 떠맡았다. 다산 실학은 근본적으로 탈성리학적脫性理學的 근본 유학을 추구하는 경향성을 지닌 것이었으며, 이러한 경향성의 단초는 모기령에서 이미 나타났다. 다산과 모기령학설의 공통점은 다음의 네 가지 측면에서 확인된다.

첫째, 한역의 상수학象數學을 계승하면서도 그것을 답습하지 않고 창의적으로 변형시켰다. 둘째, 상수학을 중시하였으나 송대宋代의 진단陳摶 계열의 도서지학圖書之學과 소옹邵雍의 선천역先天易에 대해서 반대하였다. 모기령은 「하도낙서원천편」河圖洛書原舛編을 저술하여 하도河圖와 낙서洛書가 도사道士의 위작僞作임을 논증하였는데, 다산도 역시 위작으로 보았다. 셋째, 왕필王弼의 의리학적 방법론에 반대하고, 왕필이 역학사에서 대대로 계승해 온 전승을 훼손한 데 큰 책임이 있는 것으로 보았다. 넷째, 송대의 관념론이나 위魏·진晉의 도가道家에 의해 훼손되기 전의 고대古代 역학易學의 원형을 밝히려고 시도하였다. 그러나 이처럼 일치하는 경향이 뚜렷하게 나타나는 데도 다산은 모기령으로부터 받은 영향을 결코 인정하지 않았다. 오히려 다산은 「제모대가자모역괘도설」題毛大可子母易卦圖說이라는 글을 지어 모기령의 자모역괘설子母易卦說이 괘변설卦變說의 올바른 뜻을 크게 훼손했다고 비난하였을 뿐이다. 그러나 전체적으로 본다면 모기령이 다산역학을 형성하는 데 미친 영향은 부정적 측면보다는 긍정적인 측면이 더 크다. 다산역학에 미친 주자의 영향이 과장되었다면, 모기령의 영향은 그와는 반대로 은폐되어 있다. 그리고 그 원인을 제공한 사람은 다름 아닌 다산 자신이었다.

2. 춘추春秋 관점에서 발견한 『주역』 해석의 단서

『주역사전』은 『주역』의 주석서註釋書다. 다산은 『주역사전』에서 추이, 효변, 호체, 물상의 네 가지 해석 방법을 활용하여 『주역』을 해석하였다. 네 가지 이론은 한역漢易의 상수학 전통으로부터 발전한 것인데, 그 이론의 기원은 춘추 시대로 거슬러 올라간다. 네 가지 해석 방법 중에서 가장 독창적인 요소로 평가되는 것은 효변이다. 다산의 효변설은 『춘추좌씨전』春秋左氏傳과 『국어』國語의 관점官占에 자주 등장하는 모괘지모괘某卦之某卦의 형식을 깊이 궁리해서 나온 것이다. 『역학서언』易學緖言의 「다산문답」에는 한유漢儒 이래로 효변의 뜻을 아는 사람이 아무도 없었는지 정학연丁學淵이 다산에게 질문하는 장면이 나온다. 다산은 효변이 적용된 예로서 송나라 도결都潔의 『주역변체』周易變體를 제시했으나, 어쨌든 역학사에서 효변을 활용하여 역사를 해석한 사례는 매우 희귀했다. 그 밖에도 성호星湖 이익李瀷이 『역경질서』易經疾書에서 곤괘坤卦 육사六四의 '괄낭무구'括囊无咎의 주注에서 효변을 적용한 사례가 있기는 하지만 아주 사소한 예에 불과하다.

다산은 효변을 탐구함으로써 『주역』 해석의 활로를 찾았기 때문에 효변은 다산역학의 출발점을 형성한다. 다산은 친우親友 윤영희尹永僖(1761~?)에게 보낸 「여윤외심서」與尹畏心書에서 효변설을 창안한 과정을 자세히 설명하였다. 편지에 따르면 다산은 1802년 봄 상례喪禮에 대한 관심 때문에『사상례』士喪禮 등 여러 책을 섭렵하였다. 그런데 주周나라의 고례古禮는 대부분『춘추』에서 증거를 취하였기 때문에『춘추좌씨전』을 읽기로 하였다. 기왕에『춘추좌씨전』을 읽기로한 이상 상례와 관계가 없는 것이라도 읽지 않을 수 없어서 춘추 시대의 관점官占에 대한 기록까지도 읽었다.『춘추좌씨전』은 춘추 시대 서점筮占에 대한 기록을 담고 있기 때문에 고대의 서법筮法에 관한 중요한 단서를 제공해 준다. 다산은 춘추 시대의 관점을 깊이 연구하여「춘추관점보주」春秋官占補註를 남겼는데, 그것은『주역사전』에 포함되어 있다.「춘추관점보주」에 기재된 관점을 서술된 순서에 따라 정리하면 다음과 같다.

다산이『춘추좌씨전』에서 주목한 것은 춘추 시대의 관점에서 자주 나타나는 모괘지모괘某卦之某卦의 형식이었다. 이러한 형식은『춘추좌씨전』에 주로 나오지만『국어』에도 나온다. 이것은 대부분 서례筮例지만 서례가 아닌 경우도 포함되어 있다. 그렇다면 모괘지모괘의 형식이 의미하는 바는 과연 무엇일까? 다산은 계해년(1803) 늦은 봄부터 책상 위에 오로지『주역』을 올려놓고 밤낮으로 잠심완색潛心玩索을 계속하였다.「여윤외심서」에서 다산은 당시의 상황을 다음과 같이 술회하였다.

> 마침내『춘추』관점의 법에 대해 때때로 완색玩索하여 장공莊公 22년의 진경중적제지서陳敬仲適齊之筮와 희공僖公 15년의 진백희가진지서晉伯姬嫁秦之筮 등에서 이리저리 실마리를 끌어내어 해석해 보니, 바로 깨닫는 바가 있는 듯하다가도 도리어 황홀하고 어렴풋하여 도저히 그 문로門路를 찾을 수 없었습니다. 의

출전出典	서례筮例 및 괘례卦例	연표	연대
	[1] 진경중지서陳敬仲之筮	노장공魯莊公 22년	B.C. 672
	[2] 필만지서畢萬之筮	노민공魯閔公 원년	B.C. 661
	[3] 성계지서成季之筮	노민공 2년	B.C. 660
	[4] 진백벌진지서秦伯伐晉之筮	노희공魯僖公 15년	B.C. 645
	[5] 백희가진지서伯姬嫁秦之筮	노희공 15년	B.C. 645
	[6] 진후납왕지서晉侯納王之筮	노희공 25년	B.C. 635
	[7] 왕자백료지어王子伯廖之語	노선공魯宣公 6년	B.C. 603
	[8] 지장자지어知莊子之語	노선공 12년	B.C. 597
『좌전』左傳	[9] 진후언릉지서晉侯鄢陵之筮	노성공魯成公 16년	B.C. 575
	[10] 목강동궁지서穆姜東宮之筮	노양공魯襄公 9년	B.C. 564
	[11] 최저취강지서崔杼取姜之筮	노양공 25년	B.C. 548
	[12] 유길여초지어游吉如楚之語	노양공 28년	B.C. 545
	[13] 숙손표지서叔孫豹之筮	노소공魯昭公 5년	B.C. 537
	[14] 위령공지서衛靈公之筮	노소공 7년	B.C. 535
	[15] 남괴지서南蒯之筮	노소공 12년	B.C. 530
	[16] 채묵대룡지언蔡墨對龍之言	노소공 29년	B.C. 513
	[17] 양호구정지서陽虎救鄭之筮	노애공魯哀公 9년	B.C. 486
『국어』國語	[18] 중이반국지서重耳反國之筮	노희공魯僖公 24년	B.C. 636
	[19] 동인영공지서董因迎公之筮	노희공 23년	B.C. 637
	[20] 성공귀진지서成公歸晉之筮	노선공魯宣公 2년	B.C. 607

심과 분한 생각이 마음속에 교차하면서 거의 음식까지 끊으려고 할 정도였습니다. 그리하여 보고 있던 모든 예서禮書를 다 거두어 간직해 놓고 오로지 『주역』 하나만을 책상 위에 놓고 밤낮으로 마음을 온통 쏟아 음미하고 사색에 몰입하니, 대개 계해년(1803) 늦은 봄부터는 눈으로 보고 손으로 만지고 입으로 읊고 마음으로 생각하고 붓으로 쓰는 것에서부터 밥상을 대하고 뒷

간에 가고 손가락을 퉁기고 배를 문지르는 것에 이르기까지 어느 것 하나도 『주역』이 아닌 것이 없었습니다. …… 옛날의 성현들은 우환이 있을 적마다 『주역』으로 처신하셨습니다. 나의 오늘의 처지를 감히 옛날 성현들께서 당하셨던 바에 비교할 것은 아니지만, 그 위축되고 궁액窮厄을 만난 심정으로 말한다면 현자賢者건 못난 사람(不肖)이건 마찬가지일 것입니다. 7년 동안 떠돌이 생활에 문을 닫아걸고 칩거하노라니, 노비들도 나와는 함께 서서 이야기도 하려 하지 않습니다. 그러므로 낮에 보는 것이라고는 구름의 그림자나 하늘의 빛뿐이고, 밤에 듣는 것이라고는 벌레 소리와 댓잎에 스치는 바람 소리뿐입니다. 이런 고요함과 적막함이 지속되다 보니 정신이 한곳에 모아져 옛 성인의 글에 마음을 다하여 뜻을 이룰 수가 있었고, 자연히 울타리 밖으로 희미하게 새어 나오는 불빛을 엿볼 수 있게 되었습니다.[4]

모괘지모괘의 형식에서는 한 개의 모괘某卦와 또 다른 모괘가 '지'之 자에 의해 연결되어 있다. 미국의 『주역』 연구가인 에드워드

4　逢於春秋官占之法, 時加玩索, 若陳敬仲適齊之筮, 莊二十二年晉伯姬嫁秦之筮, 僖十五紬繹上下, 若有所驚然開悟者. 顧怳忽依俙. 不得其門. 疑憒交中. 殆欲廢食. 於是盡收斂諸禮書而藏之. 專取周易一部. 措諸案上. 潛心玩索. 夜以繼晝. 蓋自癸亥暮春. 目之所眡, 手之所操, 脣之所吟, 心志之所思索, 筆墨之所鈔錄, 以至對飯登圊. 彈指捫腹, 無一而非周易, …… 古者聖賢, 每有憂患則處 之以易. 鏽今日之地, 非敢擬之於古聖賢之所遇. 若其畏約窮厄之情, 則賢不肖之所同也. 七年 流落, 杜門塊蟄, 雖備奴爨婢, 莫肯與之立談. 晝之所見, 唯雲影天光, 夜之所聽, 唯蟲吟竹籟. 靜寂旣久, 神思凝聚, 得以專心致志於古聖人之書. 而竊竊自然以爲窺藩籬之外光耳.(「與尹畏心」,《定本與猶堂全書》4, 126~127쪽.)

쇼네시Edward Shaugnessy는 '지'之가 단지 효사爻辭의 위치를 가리키는 기능을 할 뿐이라고 주장하였다. 춘추 시대에는 아직 초구初九·구이九二 등의 효제爻題가 없었기 때문에 효제의 기능을 대신해 주는 표현이 필요했다는 것이다. 쇼네시의 주장을 따를 경우 '지'之 자는 현대 중국어 백화문白話文에서 '적'的과 같은 기능을 한다. 그러나 다산의 관점에서 본다면 이것은 명백히 잘못된 주장이다. 왜냐하면 모괘지모괘의 형식은 단지 위치를 표시해 주는 기능을 할 뿐 아니라 괘卦의 변동變動이 실제로 일어난다는 것을 나타내기 때문이다. 일반적으로는 '지'之를 '갈 지' 자로 간주한다. 여기서 '간다'는 것은 '괘가 변동한다'는 것을 의미한다. 예를 들면 '건지구'乾之姤는 '건괘乾卦의 구괘姤卦'라는 뜻이 아니고, '건괘가 구괘로 간다' 혹은 '건괘가 구괘로 변한다'는 뜻이다. '모괘지모괘'에서 앞의 모괘를 본괘本卦라 하고, 뒤의 모괘를 지괘之卦 또는 변괘變卦라고 한다. 본괘에서 지괘로 변하기 위해서는 본괘의 효爻가 변동하지 않으면 안 되는데, 이것을 효변爻變이라고 한다.

乾 → 姤

여기서 다산은 한 가지 매우 중요한 의문을 품는다. 『춘추좌씨전』과 『국어』에 나타나는 서례筮例들은 몇 개의 괘에만 제한적으로 적용되는 것이 아니라 『주역』 전편全篇에 일관되게 적용할 수 있는 것이 아닐까? 다산은 384효 각각의 효사 앞에 붙어 있는 '구'九 또는 '육'六에 주목하여 이 숫자들을 효변을 나타내는 부호符號라고 보았다. 즉 『주역』의 '구'九를 노양老陽의 기호로, '육'六을 노음老陰의 기호로 본 것이다. 노양이란 양陽의 변화가 극에 달하여 음陰으로 이미 전환된 상태를 표시하며, 노음이란 음陰의 변화가 극에 달하여 양陽으로 이미 전환된 상태를 표시한다. 이것은 대단한 발상의 전환이다. 이에 따르면 양의 부호가 있더라도 음으로 보아야 하며, 음의 부호가 있더라도 양으로 보아야 한다. 그러므로 숫자 '구'九가 표시되어 있으면 양은 양이로되 실제로는 음으로 전환된 것이며, 숫자 '육'六이 표시되어 있으면 음은 음이로되 실제로는 양으로 전환된 것이다. 여기서 중요한 것은 효사는 모두 이미 변한 괘체卦體를 중심으로 상象을 취하여 글을 붙인 것이라는 점이다. 즉 건초구乾初九는 '건지구'乾之姤, 즉 '건괘가 구괘로 변하는 것'에 해당되니, '잠룡물용'潛龍勿用의 효사는 건괘가 아니라 구괘의 괘상卦象에 연계되어 있다. 건괘 초구初九에 '잠룡'이라는 말이 있는 것은 건괘의 초획初畫인 양陽이 음陰으로 변하여 하괘下卦가 손巽으로 변했기 때문이다. 「설괘전」에 "손巽은 들어가는 것이다"(巽, 入也)라고 하였고, 「계사전」에 "손은 알맞게 맞추되 숨는 것이다"(巽, 稱而隱)라고 하였으며, 「잡괘전」雜卦傳에 "손은 엎드리는 것이다"(巽, 伏也)라고 하였으니, 모두 잠복潛伏의 뜻을 나타낸다. 건초구의 양효를 변화시키지 않으면 손巽의 괘상을 얻을 수 없으니 '잠룡물용'을 해석할 수 없다. 따라서 '잠룡물용'의 뜻을 건乾의 괘상에서 찾으려는 것은 마치 나무에서 물고기를 찾는 것처럼 잘못된 것이다.

다산은 이러한 방식으로 『춘추좌씨전』의 '모괘지모괘'의 서례를 『주역』 전편에 확장해서 적용시켰다. '모괘지모괘'의 형식은 『춘추좌씨전』의 몇 개의 특수한 서례에만 적용되는 것이 아니라 384효 전체에 적용되어야 하는 일반적인 서례다. '모괘지모괘'의 형식은 서례에만 나타나는 것이 아니라 비서례非筮例의 경우에도 마찬가지로 나타난다. 서점筮占을 치지 않았음에도 '모괘지모괘'의 형태를 취하는 이유는 점사占辭 자체가 괘상卦象의 변동과 연계되어 만들어졌기 때문이다. 따라서 서점을 친 경우가 아니더라도 마치 서점을 행해서 점괘를 얻은 것처럼 가정하고 역사易詞를 해석하지 않으면 안 된다. 다산은 효사 형성의 원리와 서법筮法의 논리를 일치시켰으며, '모괘지모괘'의 형태가 서법에만 관계된 것이고 역사와는 무관하다는 논리를 수용하지 않았다.

> 세상에 『좌전』을 읽는 사람들이 '관지비'觀之否와 '준지비'屯之比 등을 서법筮法에 귀속시키면서도, (역사易詞 자체가) 변효變爻를 위주로 한다는 것을 조금도 알지 못하였다. 만약 그렇다면 (그 것이 서법에만 관련될 뿐이고, 역사와는 무관한 것이라고 한다면) 백료伯廖가 말한 '풍지리'豐之離, 순수荀首가 말한 '사지림'師之臨, 유길游吉이 말한 '복지이'復之頤, 채묵蔡墨이 말한 '건지구'乾之姤의 경우는 모두 일찍이 (직접) 점을 친 적이 없는 사례들인데, 또한 어째서 (그 변괘變卦인) 이괘離卦를 말하고, 임괘臨卦를 말하고, 이괘頤卦를 말하고, 구괘姤卦를 말한 것인가? (이렇게 볼 때 '관지비'와 '준지비' 등이 서법에만 관련된 것이고, 역사와는 무관하다는 논리는 그) 미혹됨이 심한 것이다.[5]

---

5 世之讀左傳者, 以觀之否, 屯之比, 歸之筮法, 而易詞之主乎變, 未之或知也. 雖然, 伯廖之云, 豐之離, 荀首之云, 師之臨, 游吉之云, 復之頤, 蔡墨之云, 乾之姤, 皆未嘗筮也. 又何以 曰離·曰臨·曰頤·曰姤也. 惑之甚矣.(『譯註 周易四箋』제7권, 208쪽.; 丁若鏞 著,《定本 與猶堂全書》제16권,『周易四箋』II, 사암, 2012, 227쪽.)

일단 역사易詞와 괘상卦象이 연계된 기본 원리를 파악하자, 그다음부터는 『주역』 전부를 파죽지세破竹之勢로 독파讀破해 내려갈 수 있었다. 다산은 1803년 동짓날 건괘乾卦를 읽기 시작하여 하루에 한 괘씩 읽어 내려갔고, 64일 만에 마침내 64괘를 모두 읽기에 이르렀다. 계속해서 20여 일 만에 「계사전」, 「설괘전」, 「서괘전」序卦傳 등 나머지 부분도 모두 읽어 내려갈 수 있었다. 다산은 「여윤외심서」에서 효변爻變을 건장궁建章宮의 천문만호千門萬戶를 모두 열어젖힐 수 있는 열쇠에 비유하였다.

지금 「설괘전」의 글과 변동變動의 방법을 취하여 384효의 역사易詞에서 차분하게 찾아보면, 글자마다 부합하고 글귀마다 계합契合하여 다시 터럭만큼도 의심이 없고 통하지 않는 곳이 반점半點도 없을 것입니다. 홍공거유鴻工鉅儒들도 해결할 수 없어 문門만 바라보고서 달아나던 오묘한 말들이 파죽지세처럼 해결되지 않는 것이 없을 것입니다. 비교하자면 마치 건장궁建章宮에 천문만호千門萬戶와 종묘宗廟의 아름다움과 백관百官의 풍부함이 모두 그 속에 있으나, 다만 그 자물쇠가 견고히 채워져 있고 경첩도 단단하게 붙어 있어 만 명의 사람이 문 앞에 이르더라도 감히 내부를 엿볼 수 없습니다. 그런데 갑자기 한 개의 열쇠를 손에 넣어, 그것으로 외문外門을 열면 외문이 열리고 중문中門을 열면 중문이 열리고, 고문皐門과 고문庫門을 열면 바깥문과 그 안쪽의 문이 열리고, 응문應門과 치문雉門을 열면 정문과 중문이 열립니다. 이렇게 되면 천문만호가 모두 활짝 열려 일월日月이 비추고 풍운風雲이 피어올라 종묘의 아름다움과 백관의 풍부함이 밝게 드러나서 하나하나 손가락으로 가리킬 수 있을 정도니, 천하에 이런 통쾌함이 어디 있겠습니까?[6]

앞서 언급한 것처럼 다산의 효변설은 『춘추좌씨전』과 『국어』에 나오는 '모괘지모괘'의 형식에 근거를 두고 있다. '모괘지모괘'는 대부분 서례에 해당하지만 서례가 아닌 경우도 있다. 『춘추좌씨전』과 『국어』의 서례들은 대부분 한 개의 효爻만 변하는 것을 원칙으로 하나, 그중에는 다효변多爻變의 경우들도 있다. 『춘추좌씨전』과 『국어』에는 세 개의 효가 변하는 경우가 세 개, 다섯 개의 효가 변하는 경우가 한 개, 여섯 개의 효가 변하는 경우가 한 개 나온다. 반면에 두 개의 효가 변하는 경우와 네 개의 효가 변하는 경우는 나오지 않는다. 『춘추좌씨전』과 『국어』에 나오는 다효변의 경우들을 열거하면 다음과 같다.

三爻變	〔18〕 중이반국지서重耳反國之筮	貞屯悔豫, 皆八也(1·4·5爻變)
	〔19〕 동인영공지서董因迎公之筮	泰之八(1·2·3爻變)
	〔20〕 성공귀진지서成公歸晉之筮	乾之否(1·2·3爻變)
五爻變	〔10〕 목강동궁지서穆姜東宮之筮	艮之八＝艮之隨(1·3·4·5·6爻變)
六爻變	〔16〕 채묵대룡지언蔡墨對龍之言	乾之坤(六爻皆變)

위의 표에서 〔16〕채묵대룡지언蔡墨對龍之言을 제외하면 나머지 경

---

6 今取說卦之文及變動之法, 潛心究索於三百八十四 爻之詞, 則字字符合, 句句契比, 無復一毫半點之疑晦不通者. 凡其奧言微詞之必不可解, 鴻工 鉅儒之望門却走者, 無不破竹之勢, 迎刃以解. 譬如建章宮殿千門萬戶, 宗廟之美, 百官之富, 皆在其中. 但其鐵鑰牢固, 屈戌深嚴, 萬夫當門, 莫之敢窺, 忽有一條鑰匙落在手中, 以之啓外門 而外門闢, 以之啓中門而中門闢, 以之啓皐門庫門而皐門庫門闢, 以之啓應門雉門而應門雉門闢. 於是乎, 千門萬戶, 豁然貫通. 而日月照明, 風雲藹蔚. 凡所謂宗廟之美, 百官之富, 昭森布列, 歷歷可指. 天下有是快哉?(「여윤외심」, 《정본 여유당전서》4, 130쪽.)

우는 모두 서례에 해당한다. 〔16〕은 서점筮占을 치지 않고 단지 역사易詞를 거론한 경우에 해당하기 때문에 '서'筮라고 하지 않고 '언'言이라고 표현했다. 다산은 다효변을 『주역』이 아니라 하상지구법夏商之舊法에 속하는 것으로 여겼다. 그러나 〔16〕은 여섯 효가 모두 변하지만 『주역』의 건괘乾卦 용구用九의 경우에 해당한다. 〔10〕과 〔16〕은 『춘추좌씨전』에 나오며, 〔18〕과 〔19〕와 〔20〕은 『국어』에 나온다.

3. 하상지구법설夏商之舊法說

다산은 효변의 이론에서 일효변一爻變의 경우는 『주역』의 서법에 속한다고 보았으나, 다효변의 경우는 하夏·상商 시기의 『연산』連山·『귀장』歸藏의 서법에 속한다고 주장하였다. 그리고 『주역』의 서법은 구九와 육六을 변효變爻의 부호로 사용하지만 『연산』과 『귀장』의 서법은 칠七과 팔八을 사용한다고 보았다. 이것이 이른바 하상지구법설夏商之舊法說이다. 다산의 하상지구법설은 전통적으로 권위를 인정받아 온 두예杜預와 위소韋昭의 견해에 근거를 두고 있다. 이러한 문제를 풀 수 있는 열쇠는 『좌전』과 『국어』에 나오는 '팔'八 자의 의미에 달려 있다. '팔'八 자는 『좌전』과 『국어』에서 '간지팔'艮之八, '태지팔'泰之八, '정준회예개팔'貞屯悔豫皆八 등 모두 세 차례에 걸쳐 나타난다. 팔八 자의 의미와 관련하여 역학계의 논의는 두 가지 상반된 방향으로 나뉜다. 한쪽 진영에서는 팔이 나오는 경우에는 예외 없이 여러 효의 변동이 나타나기 때문에 팔을 다효변을 나타내는 부호라고 본다. 반면에 다른 쪽 진영에서는 팔이 소음수少陰數이기 때문에 오히려 변화하지 않음을 나타내는 부호라고 본다. 다산은 두예와 위소의 학설에 의거하여 팔八 자가 쓰인 서례筮例들이 하상지구법, 즉『연산』과『귀장』의 서법에 속한다고 주장하였다. 다산에 따르면『주역』의 서법은 일효변을 위주로 하며, 하상지구법은 다효변을 위주로 한다. 그러나『주역』이라고 해서 다효변의 서례가 전혀 없는 것이 아니다. 용구用九는 건지곤乾之坤으로서 건괘乾卦가 곤괘坤卦로 변하는 경우이며, 용육用六은 곤지건坤之乾으로서 곤괘가 건괘로 변하는 경우다. 용구와 용육에서는 여섯 효가 모두 변하기 때문에 명백하게 다효변의 서례에 속한다. 다산은『주역』은 기본적으로 일효변을 위주로 한다고 주장하였지만 예외적으로 용구와 용육에 대해서는 다효변을 허용하였다.

$$乾 \rightarrow 用九 \rightarrow 坤 \qquad 坤 \rightarrow 用六 \rightarrow 乾$$

현대의 저명한 역학자 상병화尙秉和(1870~1950)는『주역고서고』周易古筮攷에서 용구와 용육은 여섯 효가 모두 변하는 경우에 해당하지 않는다고 주장하였다. 그의 주장에 따르면 용구와 용육은 구九와 육六을 얻을 경우에 효를 변화시켜야 한다는 서례의 일반 원칙을 제시한 것에 불과하다. 그러나 주자를 비롯한 대부분의 역학자들은 용구와 용육이 여섯 효가 모두 변하는 경우에 해당한다고 주장하였고, 다산도 예외가 아니다. 그러나 다산은『주역』에서 다효변의 서례는 용구와 용육의 두 경우 외에는 없다고 주장하였다. 그렇지만 여기에 한 가지 의문이 제기된다. 만약 건괘와 곤괘에서 여섯 효가 변하는 것이 허용된다면 왜 나머지 괘들에 대해서는 허용되지 않을까? 실제로 초공의『역림』에서는 그러한 서례를 제시하였고, 주자도 역시 다효변

을 허용하였다. 그러나 다산에 따르면 용구와 용육의 경우는 단지 특
례特例에 해당될 뿐이다. 건괘와 곤괘의 경우에는 여섯 효가 모두 같
은 종류로 이루어져서 전부 동시에 변화시키더라도 복잡할 것이 없
으므로 예외적으로 허용했다는 것이다. 그러나 음과 양이 뒤섞여 있
는 경우에는 여섯 효를 모두 변화시키면 너무 복잡해져서 물상物象
을 적용하는 데 어려움이 있으므로 허용하지 않았다는 것이다. 만약
에 다효변이 『주역』의 서법이라면 그러한 서례가 『주역』의 경문經文
을 통해서 확증되어야 한다. 다산이 용구와 용육에서 다효변을 인정
했던 것은 거기에 해당하는 경문이 있었기 때문이다. 그러나 그 밖의
경우에는 『주역』의 경문에서 확인할 수 없었기 때문에 다효변의 서
례를 인정하지 않았던 것이다.

> 『주역』에는 여러 효가 어지럽게 변동하는 그런 법이 없다. 여러
> 효가 어지럽게 변동하면 물상物象이 복잡(雜糅)하여, 비록 주공
> 周公이나 공자의 지혜라고 하더라도 조화롭게 엮어 낼 수가 없
> 을 것이다. 예컨대 『좌전』이나 『국어』에 기록된 것은 하夏·상商
> 의 법이고, 『주역』의 점법占法과는 매우 다른 것으로 지금은 고
> 증할 수가 없거니와, 만약 『주역』에 이런 법이 있다면 반드시
> 『주역』에 이런 사례가 있어야 하는데, 단사象詞와 효사爻詞를 일
> 일이 다 보아도, 어디 이런 방식의 사례가 나온 것이 있는가?[7]

---

7   周易無此法也. 諸爻亂動, 則物象雜糅. 雖以姬孔之智, 亦無以化而裁之矣. 若, 左
傳國語之所記, 是夏商之法, 與『周易』占法迥殊, 今不可考. 若周易有此法, 則必周易有
此例. 歷觀乎象詞爻詞, 有曾發例於此法者乎?(丁若鏞 著, 《定本 與猶堂全書》 제17권,
『易學緖言』, 사암, 2012, 299쪽.)

요컨대 다산의 주장에 따른다면『주역』은 일효변을 위주로 하며, 다효변은 용구·용육의 두 경우를 제외하면『주역』에서는 존재하지 않는다. 그리고 두 경우를 제외한 나머지 다효변의 경우는 모두 하역夏易과 상역商易의 서법에 속한다는 것이다. 과연 다산의 주장처럼 하역과 상역에서는 다효변의 서법을 채택하였는지를 확인하기 위해서는 먼저 하역과 상역에 대한 실체 규명을 선행해야 한다.

　『주례』周禮의「춘관春官·태복太卜」에 "삼역三易의 법을 관장하니, 첫째를『연산』이라 하고, 둘째를『귀장』이라고 하며, 셋째를『주역』이라고 한다"라고 언급한 것이 있다.『예기』禮記「예운」禮運에도『귀장』에 관한 언급이 보인다. 즉 "공자가 말하기를, '내가 은殷나라의 도를 보고자 하여, 송宋나라에 갔는데 징험하기에 부족하였으나, 나는『곤건』坤乾을 얻었다'"(孔子曰, 我欲觀殷道, 是故之宋 而不足徵也. 吾得坤乾焉)고 하였는데, 여기서『곤건』은『귀장』을 가리키는 것으로 여겨진다.『태평어람』太平御覽에서는 환담桓譚(B.C. 24~A.D. 56)의『신론』新論을 인용하여 "연산팔만언連山八萬言, 귀장사천삼백언歸藏四千三百言"이라고 하였고, 또 "『연산』은 난대蘭臺에 간직해 두었고,『귀장』은 태복太卜에 간직해 두었다"(連山藏於蘭臺, 歸藏藏於太卜)라고 하였다. 이러한 자료에 따른다면『귀장』은 후한 시대에도 여전히 존재했던 것이 된다. 그러나 유향劉向(B.C. 77~B.C. 6)과 유흠劉歆(B.C. 53~A.D. 23)은『연산』과『귀장』에 대하여 언급하지 않았으며,『한서』漢書「예문지」藝文志에도 저록著錄되어 있지 않다. 청대淸代에 마국한馬國翰이 편찬한『옥함산방집일서』玉函山房輯佚書에『귀장』(1권)이 전해지나, 그것이 위서僞書라는 주장이 끊이지 않았다. 그러나 최근 출토역학出土易學 자료들이 발굴되기 시작하면서『귀장』에 대한 실체적 접근이 가능해졌다. 특히 1993년에 호북성湖北省 강릉현江陵縣 왕가대

王家臺 15호 진묘秦墓에서 발견된 죽간竹簡은『귀장』이 역사적으로 실재했을 가능성을 강력하게 시사해 준다. 왕가대 죽간의 내용은『옥함산방집일서』에 포함된『귀장』의 내용과 거의 일치한다. 왕가대본王家臺本『귀장』을 진간秦簡『귀장』혹은 죽간본竹簡本『귀장』이라고 하고,『옥함산방집일서』의『귀장』을 집본輯本『귀장』혹은 전본傳本『귀장』이라고 한다. 이학근李學勤을 비롯한 일부 학자들은 출토 자료에 근거해서『귀장』이『주역』보다 결코 이른 시기에 형성된 것이 아니라고 주장하였다. 그러나 현대 학자들 가운데 임충군林忠軍 같은 학자는『귀장』이『주역』보다 앞서 존재했다고 추정하는 기존의 통설通說을 여전히 지지하고 있다. 만약 두 입장 중에서 전자가 옳다면『좌전』과『국어』에 나오는 다효변의 서례들이 '하상지구법'에 속한다고 보는 기존의 통설과 이에 근거를 둔 다산의 학설은 심각한 도전에 부딪친다. 그러나 이와 관련하여 충분한 근거가 확보되지 않은 상태에서 어떤 결론을 내린다는 것은 매우 성급한 일이 아닐 수 없다. 따라서『좌전』과『국어』에 나오는 다효변의 서례들이『연산』과『귀장』의 서법에 속하는 것인지는 역류易類 출토 자료들에 비추어 검증할 필요가 있다.

4. 역류易類 출토 자료를 통해서 본 효변설

역류 출토 문헌은 최근에 집중적으로 발굴되었지만 과거에도 출토된 사례들이 있었다. 북송北宋 중화重和 원년元年인 1118년에 호북湖北 효감현孝感縣에서 출토된 중방정中方鼎의 명문銘文에서 '칠팔육육육육'七八六六六六과 '팔칠육육육육'八七六六六六이라는 숫자괘(數字卦)가 발견되었다. 중방정은 소왕昭王 18년(B.C. 978)의 서주西周 시대 초기 유물로 고증되었는데, 이것은 춘추 시대에 가장 오래된 점서占筮 기록인 노장공魯莊公 22년(B.C. 672)의 진경중지서陳敬仲之筮와 비교할 때 306년이나 앞선다. 중방정의 숫자괘를 본괘本卦와 지괘之卦의 순서로 배치하면 다음과 같다.

출토 문헌 전문가인 이학근은 중방정의 숫자괘가 '박괘剝卦-비괘比卦'의 배치를 나타낸다고 주장하였다. 만약에 이것이 효변의 방식에 따라 배치된 것이라면 '박지비'剝之比가 되며, 박괘의 육오六五와 상구上九가 변동한 경우에 해당된다. 주자의 『역학계몽』에 따르면 "두 효가 변하는 경우에는 본괘의 두 변효로 점을 치는데, 위에 있는 효가 주효主爻가 된다"(二爻變, 則以本卦二變爻辭占, 仍以上爻爲主)고 되어 있다. 이학근은 주자의 학설에 의거하여 박괘 상구上九와 육오六五의 효사를 모두 참고하였다.

> 剝卦 上九 : 碩果不食, 君子得輿, 小人剝廬
> (큰 과일이 먹히지 않고 남아 있으니, 군자는 수레를 얻을 것이나 소인은 오두막이 벗겨짐을 당할 것이다.)
> 剝卦 六五 : 貫魚, 以宮人寵, 無不利
> (물고기를 꿰어 둠이니, 궁인宮人의 신분이었으나 (군주君主의) 총애를 받으니, 이롭지 않음이 없을 것이다.)

박괘 육오는 군주의 총애를 입는다고 했으니 크게 이로운 경우이며, 상구도 군자가 수레를 얻는다고 했으니 크게 길한 경우에 해당한다. 이학근은 중방정의 명문에 『주역』에 대한 언급이 없기 때문에 숫자괘를 역괘易卦라고 단언할 수 없다는 점을 인정하였다. 그러나 명문의 내용이 『주역』의 박괘의 효사와 부합한다는 사실은 결코 우연이 아닐 것이라고 주장하였다. 따라서 그는 『주역』의 경문이 서주西周 초기에 이미 존재했을 것이라고 추정하였다. 이학근의 학설은 중방정의 명문을 숫자괘에 대응시켜 『주역』의 문자로 인증印證한 사례로서 장정랑張政烺의 숫자괘 가설假說을 적용한 것이다. 그러나 이효변二爻變의 서례는 『주역』뿐 아니라 『좌전』과 『국어』에서도 발견되지 않는다. 뿐만 아니라 『주역』의 서법에서는 노음수老陰數 육六과 노양수老陽數 구九가 되어야 효변을 일으키는데, 중방정의 숫자괘에서는 소양수少陽數 칠七과 소음수少陰數 팔八에서 효변을 일으키기 때문에 과연 『주역』의 서법에 따른 것이 맞는지 의심이 간다. 따라서 중방정의 숫자괘의 배열이 효변에 의해 얻은 '박지비'를 나타낸다는 것은 확증되지 않은 가설에 불과하다.

중방정은 송대에 출토된 유물이지만 최근에 이르러 더욱 많은 역류易類 자료가 출토되고 있다. 이러한 출토 자료들의 출현은 고대 서법에 관한 빈약한 정보의 공간을 메꿔 줄 수 있다는 점에서 학계의 비상한 관심을 받는다. 1978년 봄에는 초국楚國의 고도故都 기남성紀南城 부근의 천성관天星觀 1호 초묘楚墓에서 기원전 350년 전후의 전국 시대 중기 유물로 추정되는 죽간 70여 점이 출토되었는데, 그중에는 8조 16괘의 배열을 취하는 숫자괘가 있었다. 그 밖에 신채갈릉초간新蔡葛陵楚簡, 포산초간包山楚簡, 안양소둔도편安陽小屯陶片 등에서도 좌우 두 괘가 병렬되어 양괘일조兩卦一組의 배열을 취하고 있는 숫자괘들이 출토되었다. 이러한 배열 방식은 앞의 괘가 본괘本卦이고, 뒤의 괘가 그것을 효변해서 발생시킨 변괘變卦, 즉 지괘之卦일 가능성을 강력히 시사한다. 뿐만 아니라 효변은 마왕퇴馬王堆 백서본帛書本 『주역』에서도 나타난다. 마왕퇴 백서본 『역전』易傳의 「무화」繆和 편에 "겸지초육嗛之初六, 겸지명이야嗛之明夷也"라는 구절이 나온다. 백서본의 겸괘嗛卦는 통행본通行本의 겸괘謙卦에 해당된다. 따라서 겸지명이嗛之明夷는 곧 겸지명이謙之明夷가 된다. 이때 본괘는 겸괘謙卦가 되고, 지괘는 명이괘明夷卦가 된다. 이러한 서법은 『좌전』과 『국어』에 나타난 '모괘지모괘'와 같은 유형의 서법임이 분명하다. 마왕퇴 백서본 『주역』에 효변설이 나타난다는 사실은 다산의 효변설과 관련해서도 매우 중요하다. 다산은 『주역사전』의 건괘 초구初九의 '잠룡물용'의 주注에서 가의賈誼(B.C. 201~B.C. 168)가 효변의 뜻을 알고 있었던 것 같다고 추정하였다. 가의의 '잠룡물용'의 풀이는 『신서』新書에 보이는데, 다산의 주장에 따르면 가의가 잠룡이 "들어가서 나오지 않는다"(入而不能出)라고 풀이한 것은 「설괘전」에 "손巽은 들어가는 것이다"(巽, 入也)라고 한 설명을 적용한 것으로, 효변을 취해 건乾을 손巽으로 변화시킨 것이다. 가의가 세상을 떠난 기원전 168년은 공교롭게도 백서본 『주역』이 출토된 장사長沙 마왕퇴 3호 한묘漢墓 묘주墓主의 묘장墓葬 연대와 같다. 따라서 효변은 가의가 활동하던 시대에 『주역』의 해석법으로서 널리 사용되었을 가능성이 매우 높다.

다산에 따르면 효변의 사례는 경방京房(B.C. 77~B.C. 37)에게서도 나타난다. 가의와 마찬가지로 경방도 건괘 초구初九의 '잠룡물용'의 주注에서 효변을 취하였다. 경방이 효변을 취했다고 보는 근거는 '궐이풍'厥異風이라는 구절에 있다. 건괘는 여섯 개의 양획陽畫으로 이루어져서 거기에는 손巽의 바람(風)의 상象이 존재하지 않는다. 그러므로 건乾의 초획初畫을 변화시켜 음陰으로 만들지 않는다면 손巽의 바람의 상을 추출해 낼 수 없다. '잠룡물용'에 대해서 경방이 '궐이풍'이라고 풀이한 것은 경방이 효변을 취했음을 말해 준다. 만약 경방이 효변설을 취했다고 본 다산의 견해가 타당하다면 이것은 가의가 죽은 지 대략 100년 뒤까지도 효변설이 전승되고 있었음을 입증해 주는 증거가 될 것이다.

5. 추이설과 효변설의 결합

효변설은 『주역』해석의 필수 해석법이지만 그것만으로 역사易詞가 원활하게 해석될 수 있는 것은 아니다. 다산은 효변과 추이를 결합하여 괘상卦象의 변동을 해석해 낸다. 추이는 역학사에서는 일반적으로 괘변卦變이라는 이름으로 알려진 이론이다. 괘변설의 전통적인 형태는 12벽괘十二辟卦를 축軸으로 삼아 전개되는데, 다산은 여기에 소과小過와 중부中孚를 추가하여 14벽괘설이라는 독창적 이론을 만들어 냈다. 벽괘辟卦라는 명칭을 최초로 사용한 인물은 한대漢代의 경방이었는데, 경방의 12벽괘는 맹희孟喜의 12소식괘消息卦로부터 나왔다. 맹희는 소식괘를 소괘消卦와 식괘息卦로 나누었는데, 양이 자라나는 괘를 식괘라 하고 양이 꺼지는 괘를 소괘라고 한다. 이것을 표로 나타내면 다음(217쪽)과 같다.

　　황종희黃宗羲의 『역학상수론』易學象數論에 따르면 "괘변의 원칙은 두 효가 서로 자리를 바꾸되, 변화를 주도하는 괘를 중심으로 보면 동효動爻는 오직 한 효에 그친다"(其法以兩爻相易, 主變之卦, 動者止一爻). 그러나 괘변설의 주장자들은 이 규칙을 정합적으로 적용할 수 없다

	息卦						消卦					
	復	臨	泰	大壯	夬	乾	姤	遯	否	觀	剝	坤
卦象	䷗	䷒	䷊	䷡	䷪	䷀	䷫	䷠	䷋	䷓	䷖	䷁
月曆	11월	12월	1월	2월	3월	4월	5월	6월	7월	8월	9월	10월
十二支	子	丑	寅	卯	辰	巳	午	未	申	酉	戌	亥

는 점 때문에 고심했다. 예를 들면 우번은 중부中孚와 소과小過가 이 규칙에 잘 들어맞지 않자 특례로 간주했다. 우번의 괘변설에 따르면 이음사양괘二陰四陽卦는 둔遯과 대장大壯으로부터 변하며, 이양사음 괘二陽四陰卦는 임臨과 관觀으로부터 변한다. 이러한 규칙을 따르자면 이음사양괘인 중부는 둔 혹은 대장으로부터 변해야 하고, 이양사음 괘인 소과는 임과 관으로부터 변해야 한다. 그러나 이 경우 두 개의 효爻가 변동하기 때문에 괘변설의 기본 원칙에 위배되는 것을 피할 수 없다. 우번은 이러한 사태를 피하기 위해 중부와 소과를 벽괘로부 터 변화시키는 대신에 잡괘雜卦인 송訟과 진晉으로부터 변화시켰다. 다시 말해서 중부는 송訟으로부터 변하게 하고, 소과는 진晉으로부터 변하게 하였다. 그런데 우번의 체계에서 중부와 소과는 잡괘이고, 송 괘訟卦와 진괘晉卦도 잡괘이기 때문에, 이것은 잡괘를 또 다른 잡괘로 부터 변화시킨 것이 된다. 어쨌든 우번은 잡괘가 벽괘로부터 변해야 한다는 원칙을 희생시키는 대신에 괘획卦劃의 이동에서 일왕일래一往 一來의 원칙을 지키는 방법을 선택하였다.

　다산의 추이설은 우번의 괘변설에서 드러난 문제점을 개선하고자 시도한 결과다. 다산은 우번과 달리 중부와 소과를 잡괘가 아니라 벽 괘로 설정하였다. 그리고 이음괘二陰卦와 이양괘二陽卦에서 모든 연 괘衍卦는 각각 두 개의 벽괘를 모괘母卦로 취하였다. 문제는 다산이

중부는 이離로부터 변하고, 소과는 감坎으로부터 변하는 것을 허용한
데 있다.

中孚 ← 推移 ← 離　　小過 ← 推移 ← 坎

　다산의 체계에서 중부와 소과는 벽괘고, 이離와 감坎은 연괘기 때
문에 이것은 벽괘가 연괘로부터 변한 것이 된다. 그러나 다산의 괘변
설의 규칙에 따르면 벽괘는 다른 연괘로부터 변하지 않으며, 단지 벽
괘 자체의 내부 순환에 따라서 변한다. 뿐만 아니라 중부가 이離로부
터 변하거나, 소과가 감坎으로부터 변하기 위해서는 두 개의 효가 이
동해야 하기 때문에 일효왕래一爻往來의 규칙까지도 어긴 것이 된다.
그러나 다산은 이것이 일반적인 경우가 아니라 특특비상지례特特非常
之例에 해당한다고 주장했다.[8] 이러한 이유로 다산은 불가피하게 예
외를 허용하였으나, 어쨌든 괘변설의 정합설이 훼손되는 결과를 피
할 수는 없었다.
　그렇다면 다산이 무리를 감수하면서까지 소과와 중부를 벽괘로
설정한 이유는 무엇일까? 그것은 두 괘가 다산역학의 체계에서 없어
서는 안 되는 필수 기능을 부여받았기 때문이다. 다산은 소과와 중부
를 재윤지괘再閏之卦 혹은 양윤지괘兩閏之卦라고 부르는데, 그것은 두
괘가 윤달을 상징한다고 보았기 때문이다. 소과와 중부의 괘형卦形을
보면 대감大坎과 대리大離의 형태를 취하고 있으니, 달(月)과 해(日)의

8　　至於中孚之以離變, 小過之以坎變, 此特特非常之例, 其精義妙旨, 不可以言傳
也.(「朱子本義發微」, 『易學緖言』,《定本 與猶堂全書》제17책, 138쪽.)

상징이기도 하다.

大坎　　　大離

小過　　　中孚

　건乾·곤坤을 포함한 12벽괘가 군주君主의 역할을 하는 데 반해서
양윤지괘는 추뉴樞紐의 기능을 한다. 추뉴란 지도리를 뜻하니, '지도
리'란 문설주에 달아서 문짝을 받치거나 여닫기 위해 붙이는 돌쩌귀
를 가리킨다. 지도리는 매우 작은 물건이지만 그것이 없다면 문이 매
달려 있을 수 없을 뿐 아니라 회전할 수도 없다. 마찬가지로 소과와
중부는 이양괘二陽卦와 이음괘二陰卦의 추이에 참여하여 괘의 변화를
원활하게 하는 역할을 한다. 사시지괘四時之卦와 재윤지괘를 합치면
14벽괘가 되고, 64괘에서 14벽괘를 제외한 나머지 괘를 50연괘衍卦
라고 부른다. 『주역』의 「계사전」에 '대연지수오십'大衍之数五十이라고
한 것이 바로 이것을 가리킨다. 앞에서 설명한 64괘의 구성을 표로
나타내면 다음과 같다.

64괘의 분류		구성 요소	지시 대상	모형 구조
14벽괘	四時之卦 (12벽괘)	復·臨·泰·大壯·夬·乾 姤·遯·否·觀·剝·坤	天地·四時	상부 구조 (자연의 순환 세력)
	再閏之卦	小過·中孚	日月	
50연괘		64괘 중 14벽괘를 제외한 나머지 50연괘	萬物	하부 구조 (인간 사회의 제 현상)

　다산의 14벽괘는 12벽괘와 재윤괘再閏卦로 이루어져 있다. 다산
의 추이는 두 유형으로 나뉜다.

첫째 유형은 14벽괘 중에서 중부·소과를 제외한 12벽괘 내부의 자체 순환 과정이다. 12벽괘는 봄·여름·가을·겨울의 사계四季를 순환하는 자연의 세력이며, 사시지괘라고도 한다. 12벽괘는 천도天道의 순환 운동을 상징하며, 순환 과정은 무한 반복된다. 즉 '복復→임臨→태泰→대장大壯→쾌夬→건乾→구姤→둔遯→비否→관觀→박剝→곤坤→복復→……'의 과정을 되풀이한다. 이렇게 해서 12벽괘가 형성되고, 각각 열두 달에 배당된다.

둘째 유형은 14벽괘로부터 50연괘가 변화되어 생성되는 과정이다. 추이설의 둘째 유형은 다음과 같이 서술할 수 있다.

같은 수의 음陰과 양陽으로 이루어진 벽괘辟卦 X와 연괘衍卦 Y의 관계에서 연괘 Y는 벽괘 X로부터 변한다.

이 법칙에 종속된 세칙細則으로 다음과 같은 규칙들이 성립한다.
① 일양一陽의 연괘衍卦는 일양의 벽괘辟卦인 복復·박剝으로부터 변한다.
② 일음一陰의 연괘는 일음의 벽괘인 구姤·쾌夬로부터 변한다.
③ 이양二陽의 연괘는 이양의 벽괘인 임臨·관觀·소과小過로부터 변한다.
④ 이음二陰의 연괘는 이음의 벽괘인 대장大壯·둔遯·중부中孚로부터 변한다.
⑤ 삼양三陽의 연괘는 삼양의 벽괘인 태泰로부터 변한다.
⑥ 삼음三陰의 연괘는 삼음의 벽괘인 비否로부터 변한다.

둘째 유형의 규칙에 따르면 14벽괘로부터 50연괘로 변할 수는 있어도 50연괘로부터 14벽괘로 변하는 것은 불가능하다. '벽괘辟卦/연괘衍卦'의 관계는 '사시四時/만물萬物'의 관계에 상응한다. 사시란 자연의 순환 세력이며, 만물은 자연의 아래 있으면서 자연의 영향을 받는 모든 것이다. 만물이 사시로부터 기氣를 받을 수는 있어도 사시가 만물에 의지하지는 않는다. 연괘가 벽괘로부터 변화를 지배받는 것은 마치 어린아이들이 부모로부터 생명을 받는 것과 같다. 만일 벽괘가 연괘로부터 변하는 것을 허용한다면, 이는 마치 아버지가 아이에게서 태어나는 것을 인정하는 것처럼 불합리하다. 지금 어떤 사람이 말하기를 을乙을 갑甲의 아들이라고 했다가 또 조금 뒤에는 갑은 을의 아들이라고 한다면, 천하에 이러한 윤리란 있을 수 없다.

'사시=벽괘'의 유형적 특징은 방이유취方以類聚이며, '만물=연괘'의 유형적 특징은 물이군분物以群分이다. 방이유취괘에서는 음과 양이 각각 같은 종류끼리 응집凝集하며, 순수한 생명력으로 존재하는 자연의 세계를 상징한다. 반면에 물이군분괘는 음과 양이 분산된 형태를 취하고 있어서, 자연의 생성력이 만물에 작용하여 이미 변화해버린 세계를 상징한다.

존재 영역	모사	유형적 특징
天道(自然)	14벽괘	方以類聚 : 未分化된 자연의 생성력
人事(社會)	50연괘	物以群分 : 分化된 사물과 사회 현상

추이推移와 효변爻變이 결합되면 다음과 같은 도식이 형성된다.

제1단계	효변을 통해서 본괘와 지괘가 형성된다	本卦 → 효변 → 之卦
제2단계	추이를 통해서 본괘가 모괘로부터 변한다	母卦 → 추이 → 本卦

제3단계	추이를 통해서 지괘가 모괘로부터 변한다	母卦 → 추이 → 之卦

모괘1 (벽괘P)	모괘2 (벽괘Q)		모괘1 (벽괘R)	모괘2 (벽괘S)
↓ 추이 ↓	↓ 추이 ↓		↓ 추이 ↓	↓ 추이 ↓

본괘A	→ 효변 →	지괘B

① 본괘 A가 일양괘一陽卦·일음괘一陰卦·이양괘二陽卦·이음괘
二陰卦에 속하는 연괘인 경우에는 A괘는 두 개의 벽괘 P와 Q를
모괘母卦로 취한다.

② 지괘 B가 일양괘·일음괘·이양괘·이음괘에 속하는 연괘인
경우에는 B괘는 두 개의 벽괘 R과 S를 모괘로 취한다.

③ 본괘 A가 삼양괘三陽卦 혹은 삼음괘三陰卦에 속하는 연괘인
경우에는 A괘는 한 개의 벽괘 P를 모괘로 취한다.

④ 지괘 B가 삼양괘 혹은 삼음괘에 속하는 연괘인 경우에는 B
괘는 한 개의 벽괘 R을 모괘로 취한다.

⑤ 본괘 A 혹은 지괘 B가 벽괘라면 그 모괘는 벽괘이며, 그 변
화는 벽괘의 추이 방식을 따른다.

역학사를 통해 괘변설의 모든 이론은 12벽괘를 중심으로 전개되
었으며, 소과와 중부를 추가한 14벽괘설의 형태는 존재한 적이 없었
다. 효변설의 경우에는 다산의 효변설과 유사한 사례는 더욱 희귀하

다. 더욱이 괘변과 효변을 결합하여 괘상의 변화를 설명하는 일반적 규칙을 만들어 낸 것은 아마도 다산의 『주역사전』이 유일한 경우가 아닌가 한다. 다산역학의 독창성이 평가받는 이유가 바로 여기에 있으며, 다산이 역학사에 기여하는 측면도 바로 여기에 있다.

6. 『주역사전』의 해석 방법에 대한 평가

다산은 『주역사전』에서 추이, 효변, 호체, 물상뿐 아니라 교역交易·변역變易·반역反易이라는 삼역三易의 해석법도 활용하였다. 그럼에도 책 이름을 『주역칠전』周易七箋이라고 하지 않은 것은 추이·효변·호체·물상이 주축을 형성하고, 나머지는 보조 기능을 하는 것에 불과하다고 보았기 때문일 것이다. 학계에서는 관례적으로 네 가지 해석 방법을 역리사법易理四法이라고 부르지만, 다산 스스로는 이러한 명칭을 한 번도 사용한 적이 없다. 다산은 사법四法·사의四義·사해四解·사대의리四大義理 등의 용어를 사용했고, 『주역사전』 대신에 『주역사해』周易四解라는 서명을 쓰기도 하였다. 다산은 「자찬묘지명」自撰墓誌銘에서 추이·효변·호체를 삼오三奧라고도 부르는데, 아마도 그것은 세 가지가 구체적 해석 방법을 가리키는 데 반해서 물상은 기본 원리를 가리키기 때문인 것으로 보인다. 어쨌든 다산이 언급한 해석 원리 중에서 괘효卦爻의 변동에 관련된 해석법은 추이·효변·교역·변역·반역의 다섯 가지다. 그 가운데 추이와 효변은 결합되어 정형화된 해석 방법을 형성한다. 추이와 효변이 결합됨으로써 『주역』은 변화의 서書에 걸맞은 해석의 체계를 갖추었다. 다산은 「자찬묘지명」(집중본集中本)에서 두 개의 삼획괘를 상上·하下로 연결하여 관찰

하는 해석 방식을 목강지사법木強之死法이라고 불렀다.[9] 목강지사법
이란 뻣뻣하게 굳어서 딱딱한 나무처럼 죽은 해석법이란 뜻이다. 두
개의 삼획괘를 연결해서 육획괘를 만드는 방식은 마치 삼단三段으로
이루어진 상자 위에 또 한 개의 삼단 상자를 올려놓은 것처럼 단순하
고 무미건조하다. 『주역』은 수시로 변천하는 삼라만상의 실상實狀을
괘상卦象으로 옮겨 놓은 것이다. 변화의 서書로서 『주역』을 이해하기
위해서는 해석 방법도 그 변화의 모습을 파악할 수 있도록 역동적이
어야 한다는 것은 당연한 요청이다.

그렇다면 이제 가장 근본적인 질문을 던져 보기로 하자. 다산은
『주역사전』의 해석법을 통해 『주역』의 원의原義를 해독해 내는 데 성
공한 것일까? 유감스럽게도 『주역』의 해석 방법이 타당한지 아닌지
를 검증할 수 있는 완벽한 방법은 존재하지 않는다. 그럼에도 우리는
해석의 타당성을 판별하는 데 도움이 되는 몇 가지 기준을 제시할 수
있다.

첫째, 해석 방법이 괘상卦象과 역사易詞의 연관 관계를 효과적으
로 밝혀냈는가? 역사의 의미는 괘상과 밀접하게 연관되어 있다. 따
라서 어떠한 해석 방법이 괘효사卦爻辭의 의미를 해석해 내는 데 성
공했다는 말은 괘상과 괘효사의 연관 관계를 밝혔다는 것과 같은 의
미다. 둘째, 괘상의 의미는 「설괘전」에 의거해서 해석되었는가? 『주
역』의 괘상은 일종의 부호符號, 즉 기호記號다. 괘상의 의미는 「설괘
전」에 적혀 있고, 괘상과 역사의 연관 관계를 밝히기 위해서도 역시
「설괘전」에 의거해야 한다. 만약 『주역』의 괘효사와 연계된 괘상의

---

9   以八乘八者, 木强之死法也.(「自撰墓誌銘」,《定本 與猶堂全書》제3권, 272쪽.)

의미를 해석했을 때 그 해석이 「설괘전」의 설명과 부합한다면, 그 해석의 신뢰성은 높아진다. 「설괘전」은 전한前漢 선제宣帝(B.C. 74~B.C. 48 在位) 원년元年(B.C. 74)에 하내河內의 낡은 집을 허물다가 발견한 책이라는 이유로 위조된 것이 아닐까 의심을 받아 온 문헌이다. 그러나 『춘추좌씨전』의 점서占筮에서 「설괘전」의 물상을 그대로 사용하는 것으로 볼 때 「설괘전」은 서주西周와 춘추 시대에 이미 존재했던 것으로 추정해 볼 수 있다. 만약 『주역』 해석에서 「설괘전」의 효용성을 부정한다면, 『주역』의 상징을 해석할 때 의존할 수 있는 유일한 수단을 포기하는 것이다. 그러나 위의 두 기준을 만족시킨다고 하더라도 해석의 타당성이 완전히 충족되는 것은 아니다.

　『주역』의 원의原義 해명을 가로막는 가장 큰 어려움은 서법筮法이 밝혀져 있지 않다는 데 있다. 괘상과 역사의 연관 관계를 알기 위해서는 서법을 이해해야 한다. 『주역』의 서법은 「계사전」의 '대연지수 오십'大衍之數五十 장章에 그 일부가 전해질 뿐이며, 자세한 내용을 알기는 힘들다. 주자가 『역학계몽』에서 『주역』의 서법 체계를 밝혔지만, 과연 고대의 원형에 부합하는 것인지는 의문이다. 다산은 『주역사전』에서 『역학계몽』과는 상당히 다른 서법을 제시했으나, 역시 하나의 가설로서 이해해야 한다. 『주역』이 난해한 책이라고는 하지만, 그 난해성은 『주역』의 내용 자체에서 비롯된다기보다는 오히려 본래의 서법筮法이 망실亡失되어 그 원형을 알 수 없다는 데서 비롯된다. 그러나 현재의 상황에서 『주역』의 원의를 해명하는 데 완전무결한 해법을 기대할 수는 없더라도 보다 설득력 있는 가설을 기대할 수는 있다. 역학사의 전개 과정을 통해서 『주역』의 해석법은 계속 발전해 왔고, 『주역』의 원의 해명이라는 궁극적인 목표를 향해 접근해 가고 있다. 특히 최근 출토 문헌이 출현함으로써 고대 서법의 원형이 마침내 밝혀질 수도 있을 것이라는 희망을 갖게 해 준다. 다산의 해석법이 『주역』의 원의를 해명하는 완벽한 해답을 제시한 것은 아닐지라도 고대 서법의 원형이 밝혀지기 전까지 설득력 있는 가설로 남을 것이다.

2부

경세학

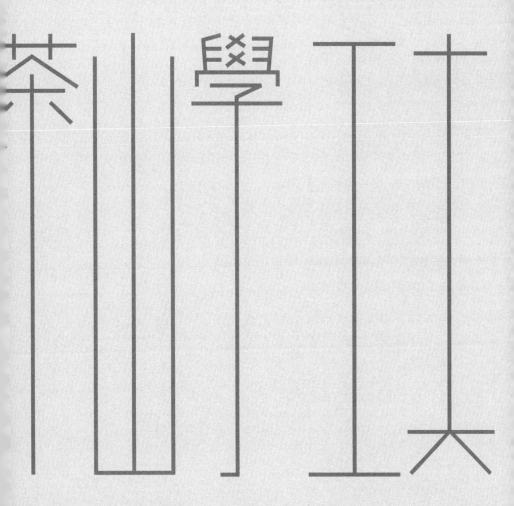

『경세유표』
낡은 국가 혁신론 *

1. 새로운 경학經學 공부와 『경세유표』의 저술

다산 정약용의 학문의 본령本領은 주로 오랜 유배 기간의 극진하고도 지속적인 경학經學 공부를 통해서 스스로 깨치고 개발한 내용을 체계화함으로써 이루어진 것으로 이해된다. 바로 이 경학 공부를 통해서야 그는 자신의 정체성을 확고히 수립할 수가 있었다.

이른바 신유사옥辛酉邪獄(1801)에 연루되어 변방으로 유배 간 다산이 우선적으로 착수한 것이 경학 공부였다. 그는 18년 유배 생활(1801~1818) 가운데서 먼저 16년 동안을 경학 공부에 전념하였다.

「자찬묘지명」自撰墓誌銘을 보면, 그의 경학 공부는 역대의 어떠한 주석註釋에도 구애받지 않고 '옛 성인聖人의 본뜻(本旨)'을 깨쳐 내는 데 극진한 정성을 다하였다. 그러는 가운데서 급기야 '신명神明의 묵

* 김태영(경희대학교 명예교수)

묵한 깨우쳐 줌이 있는 듯'한 감응을 받았다고 그는 술회해 놓았다.

여기 '신명의 묵묵한 깨우쳐 줌'이란 대체 무엇을 가리켜 말함인가. 아마도 자신의 공부가 이미 스스로 넉넉히 깨우칠 경지에 이른 다음에야 비로소 일어날 수 있는, 직관으로 관통하는 깨달음(覺得) 외의 현상은 아닐 것이다. 그의 유일한 지기知己로서 당시 흑산도에 유배 중이던 그의 중씨仲氏(丁若銓) 또한 그의 아우에게 '신명의 묵묵한 깨우쳐 줌'이 일어났을 것임을 증언해 마지않았다.

> 처음에 내가, 『역』易을 익히고 『예』禮를 연구하여 모든 경서經書에까지 미쳐 갔는데, 한 가지를 깨달을 적마다 마치 신명의 묵묵한 깨우쳐 줌이 있는 듯하여 남에게 말할 수 없는 것이 많았다. 형님 약전若銓이 흑산 바다에 있으면서, 한 편이 이루어질 적마다 보시고는 말하기를, "네가 이 경지에 이른 것은 너 스스로도 알지 못했을 것이다. 오호라, 도道가 천 년 동안 없어져 갖가지로 가려졌는데, 네가 헤쳐 내고 끌어내어 그 가려진 것들을 환하게 풀어냈으니 어찌 너 혼자 할 수 있는 일이겠느냐" 하였다.
>
> 「자찬묘지명」

그와 같은 경학 공부를 일단락 짓고 난 다음에야 그는 경세론 저술에 착수하였다. 그래서 1817년에는 『경세유표』經世遺表를 초하였다. 그는 기본적으로 진보론적 역사관을 견지하고 있었을 뿐더러 그의 경학 공부가 공전절후空前絕後의 경지에 이르렀던 만큼, 그의 경세론 또한 어느 누구보다도 독자적 혁신성革新性을 확보할 수 있었다.

『경세유표』는 국가 체제의 개혁론이라는 거대 담론을 전개하고 있다. "경세經世란 무엇인가? 관제, 군현제, 전제田制, 부역, 공시貢市,

2부 경세학

창름倉廩, 군제軍制, 과거제, 해세海稅, 상세商稅, 마정馬政, 선법船法과 국도國都의 건설에 이르기까지 현재의 운용(時用)에 구애됨이 없이 경법經法을 세우고 요목要目을 베풀어 우리의 낡은 나라를 혁신하고 자 하는 것이다."

그런데 국가 체제를 혁신할 기본 법제를 제정하는 일은, 물론 현능賢能한 신료의 도움을 받기는 하겠지만 무엇보다 국왕國王 자신이 수행해야 하는 과업에 속한다. 즉『경세유표』는 기본적으로 국왕이 주체가 되어 추진하고 실현해야 하는 '국가개혁론'을 초안한 것이었다.

그런데 현재의 낡은 국가 체제를 혁신해서 그가 지향하고자 한 새로운 정치 세계는 어떠한 모습의 것이었는가. 그것은 곧 다산이 그토록 전념하여 공부한 경전經傳에 드러나 있는 '옛 성왕聖王'들의 국가 체제, 즉 요堯·순舜·우禹·탕湯·문왕·무왕·주공周公이 이룩한 이른바 '왕정'王政 그것이었다.

그런데 다산은 과연 '왕정'이라는 새로운 국가체제론을 독자적으로 저술해 낼 수 있을 것으로 자신했는가.

이른바 신유사옥에 연루되어 1801년 3월 상순 유배지 장기長鬐에 도착한 다산은 자신의 평상시 공부를 돌이켜 보면서 「자소」自笑라는 시를 지었다.

> 하늘 아래 일이란 일은 모두 다 알고 말 작정으로, 妄要盡知天下事
> 온 세상 책이란 것은 모두 다 읽기로 했다네.　　遂思窮覽域中書
> 《여유당전서》 제1집 「자소」

그는 또 같은 해 말 강진康津으로 이배移配된 후에는 자제에게 당부하는 글에서 다음과 같이 덧붙인다.

이 세상에 뜻을 둔 사람은 한때의 재해災害 때문에 드디어 청운靑雲의 뜻까지 꺾어서는 안 된다. 사나이의 가슴속에는 항상 가을 매가 하늘로 치솟듯 하는 기상을 지니고서 건곤乾坤이 눈 안에 들고 우주宇宙가 손바닥 안에 있듯이 생각하고 있어야 한다. 나는 스무 살 때쯤 해서는 이 우주 사이의 일을 모두 취해다가 일제히 펼쳐 보고 일제히 정돈하고 싶었는데, 30~40세가 되어도 그러한 뜻이 쇠퇴하지는 않았다.

《여유당전서》 제1집 「학유가계」學游家誡

"가을 매가 하늘로 치솟듯 하는 기상"이라든가 "건곤이 눈 안에 들고 우주가 손바닥 안에 있듯" 하다는 느낌은 물론 그 자신의 타고난 재능에다 어려서부터 지속해 온 깊은 경학 공부의 온축蘊蓄에서 연유하는 것이었다. 그만큼 그는 세상사에 대해서 큰 의욕과 용솟음치는 힘을 지니고 있었다.

더욱이나 16년이라는 기간 동안 심신을 다하여 전념한 철저한 경학 공부의 온축이야말로 그가 왕정론王政論을 서술할 확고한 궁극적 지반을 이루었다. 그는 이미 40세 전인 사환仕宦 시절 당시부터 이 세상의 기예技藝란 것은 사람들이 많이 모여 살면 모여 살수록, 그리고 시대가 내려오면 내려올수록 점점 더 발전한다는 진보론적進步論的 역사관歷史觀을 갖추고 있었다. 그 같은 진보론적 역사관이 이 세상 온갖 이치를 꿰뚫어 해석할 수 있는 그의 철저한 경학 공부의 온축과 결합함에 따라, 이제 그는 어느 누구와도 차원次元을 달리하는 그만의 독자적인 국가론國家論, 왕정론을 구축할 수 있었던 것이다. 다산의 국가개혁론이 이전의 어떠한 경우보다도, 더 나아가서는 그 후의 어떠한 경우에 견주어서도 가장 독자적인 개혁론의 성격을 지닌 까닭이 거기 있었다.

주지하듯 조선 왕조 일대의 지배 이념으로 행세한 주자학은 이 세계를 구성하는 모든 존재의 근원이 곧 이理와 기氣로 구성되었다는 이기론적 본체론에 기초한다. 여기서 인성人性은 물리物理와 등치된다. 곧 '성즉리'性卽理다. 그리고 인간의 현명함과 우둔함은 그 자신이 선천적으로 타고난 기질氣質의 청탁淸濁에 따른 것이라는 이론을 견지한다.

그런데 다산은 주자학의 핵심인 '성즉리'라는 명제를 긍정치 않는다. 인성人性과 물리物理는 별개의 것이라고 생각한다. 즉 '인간'과 '자연'을 분리해서 인식한다. '인성'이란 것은 천天으로부터 부여받은 인간의 기호嗜好를 일컬음인데, 선善을 좋아하고 악惡을 싫어하는 경향성을 지닌 것으로 이해한다.

특히 그는 천天의 영명靈明함을 직통으로 부여받음에 따라 그 자체 영명하면서도 주체적 판단력判斷力을 갖춘 '심'心이야말로 인간의 본체本體라고 하는 새로운 본체론을 정립하기에 이르렀다. 여기서는 인간의 선악善惡이 자기 자신의 '심'의 판단과 실행 여하에 달려 있다. 그만큼 인간 자신의 사회적 책임과 주체성이 강조된다. 그의 실학實學은 인간 사회의 어떠한 가치 있는 것도 모두 인간의 실행實行을 통해서야 실현할 수 있다는 철저한 '행사주의'行事主義로 일관한다.

다산에 따르면 '왕정'을 구현했던 삼대三代 이후의 통치 형태는 모두가 악법惡法·폐속弊俗의 연속 형태다. 물론 조선 왕국의 경우 역시 예외가 아니다.

삼대 때 우禹·탕湯·문文·무武가 나라를 이룩하여 표준을 세우고 예악禮樂을 제정하여 금석金石 같은 법전을 물려주었다.

…… 그런데 후세에는 세상이 어지러운 때를 타서 우뚝 일어선 자가, 천명天命은 아직 정돈되지 않고 인심人心도 복속되지 않은 상태에서 호강豪强한 자들의 원망을 살까 염려해 드디어 쇠란衰亂한 세상을 오래 거치면서 겹겹이 쌓여 벌써 곪아 터질 종창腫瘡을 이루고 있는 폐법弊法들을 그대로 따라 쓴다.

『경세유표』 11-21 역역지정力役之征

우리나라의 법이란 것은 대개가 고려高麗의 옛것을 인순因循한 것이요, 세종世宗 임금 때 이르러 다소 손익을 가하였으나, 한번 임진왜란을 겪은 후로는 백 가지 법도가 무너져 모든 일이 어지러워졌다. …… 그윽이 생각건대 터럭 한 끝에 이르기까지 병들지 않은 것이 없으니, 지금에 와서 개혁하지 않는다면 반드시 나라가 망하고야 말 것이다.

『경세유표』 인引

그래서 다산은 삼대三代의 법제인 『주례』周禮를 준거 삼아 『경세유표』를 저술함으로써 삼대와 같은 '왕정'王政의 회복을 추구해 마지 않았다. 다산은 또한 삼대 이후 다시는 '왕정'을 회복할 수 없었던 까닭은 성인聖人의 경전經傳에 대한 후세의 해석이 근본적으로 잘못되었기 때문이라고도 확신한다.

폐법과 학정이 일어난 것은 모두가 경전의 뜻을 밝혀 알지 못한 데서 말미암았다. 그러므로 치국治國의 요체는 경전의 뜻을 밝히는 일보다 먼저 해야 할 것이 없다.

『경세유표』 '부공제'賦貢制 2

그는 다시 구체적인 사례도 들어 두었다.

> (『상서』尚書「우공」禹貢에서) '전'田이라 한 것은 전지田地에서
> 거두는 것이요, '부'賦라고 한 것은 다른 재부財賦를 거두는 것이
> 었다. …… (그런데도 한漢나라 정현鄭玄 이래) 고금의 모든 주
> 석가가 모두 부賦를 전세田稅라고 해석하면서 한 사람도 감히
> 이의異議를 제기하는 자가 없었다.
>
> 『상서고훈』尚書古訓 3-3~6 궐토유백양厥土惟白壤

물론 조선朝 왕국의 지배 이념으로 행세해 온 주자학도 여기서 결코 예외가 아니었다.

그러니 주자학을 '치국'의 통치 이념으로 준수한다는 것은 성인聖人이 드러낸 경전 본래의 원리에 어긋난 통치 행태를 인습하는 일에 속한다.

가령 삼대 왕정의 기초라고 하는 정전제井田制를 예로 들어 본다면, 주자朱子는 이를 결코 실행할 수 없는 것이라고 이해하였다. 그러나 다산은 정전제가 아니면 '왕정'은 결코 회복할 수 없는 것이라는 확신 아래, 『경세유표』에서도 가장 큰 지면을 할애하여 이를 서술하였다.

다산의 정전제론井田制論은 단지 균전론적均田論的 정전제도를 실현한다는 차원 정도의 것이 아니었다. 그는 수천 년 인습해 온 주곡농업主穀農業 일변 의존적인 종래의 국가 경제 수준을 지양하는 새로운 길을 추구하였다. 그는 실로 수천 년 도외시한 상商, 공工, 산림山林, 천택川澤 등 여러 분야의 국내 산업을 새로운 차원에서 다원적·다각적으로 개발 진흥함으로써 전국 만민을 사士, 농農, 상商, 공工,

포圃, 목牧, 우虞(목재), 빈嬪(직포), 주走(잡노동)의 '9직職'으로 나누어 배치해 만민 균직론均職論을 실현한다는 전망 위에서 드디어 '균전론'을 포괄하면서도 그것을 지양止揚하는 독자적인 정전제론을 주창할 수가 있었다. 그리고 정전제론이라는 바탕 위에서야 그는 자신의 왕정론을 소신껏 펼칠 수가 있었다.

다산은 자신의 정전제론을 두고, "성인聖人의 여러 경서를 보건대, 내가 참작해서 변통하고자 하는 것이 원래 선왕先王의 본법本法이었다"고 확신한다.(…… 原是先王之本法.;『경세유표』정전론井田論 1)

그리고 다시, "(정전을) 경계經界하는 일은 천지天地를 거듭 이룩하는(重刱) 큰 사업"이요, "지금 선왕의 대도大道를 따라 만세토록 준행할 큰 경법經法을 세운다"고도 단언한다.(『경세유표』정전의井田議 1)

그런데 그와 같이 왕정王政을 회복하기 위한 새로운 개혁 법제의 제정과 그 실현은, 이른바 '조종의 법제'라는 것에 가탁하면서 영구 집권을 획책하는 현재의 세습적 벌열閥閱 정권 아래서는 결코 착수조차 해 볼 수 없는 사안임이 명백하였다. 개혁 법제의 새로운 제정은 현행 '법제'의 운용을 통해서가 아니라 결국 새로운 '정치적 결단'을 통해서야 비로소 착수할 수 있는 과제였다.

그런데 현실적으로 그 같은 정치적 결단을 단행할 수 있는 주체는 누구였는가. 거기에는 왕권王權 외의 다른 것이 결코 있을 수 없었다.

다산은 왕정의 회복이라는 국가 체제의 개혁을 추진할 주체로는 결국 왕권을 상정할 수밖에 없었다. 그는 '천天의 운행'과 같이, 궤도를 일탈하지 않으면서도 굳건한 독자적 추진력을 갖춘, 현능한 제도 왕권制度王權의 출현을 대망待望했던 것으로 이해된다.

그리고 다산의 왕정론에서는 왕권뿐 아니라 그 통치하의 주민인 개별 인간 자체의 주체성부터가 이전의 경우와는 크게 달라진 것으로 설정되었다는 사실 또한 주목해야 할 것이다. 가령 주자학에 의하면, '천명天命으로 부여받은 성性(天命之謂性)이야말로 인간과 만물의 본질이다. 그런데 그것은 천명에 따라 각기 부여받은 것이므로 근원적으로 '만물은 일체一體'다. 그러나 다산은 유배기의 오랜 경전 연구 끝에 드디어 천天의 영명靈明함을 직통으로 부여받은 '심'心이야말로 인간 독자의 본질이라고 확신한다.

> 형체가 없는 심心이 인간의 본체本體니 곧 이른바 허령불매虛靈不昧한 것이다. 이 형체가 없는 본체는 혈육血肉에 소속한 것이 아니어서, 모든 형상을 포괄하고 모든 이치를 깨달을 수 있으며 능히 사랑하고 능히 미워하기도 하는 것이니, 인간이 생겨나는 시초에 천天이 인간에게 부여한 것이다.
>
> 『대학강의』大學講義

그는 다시 인간이 천명으로 부여받은 성性이란 것은 심心의 속성으로서의 '기호'를 일컫는데, 단지 인간의 성性은 선善을 좋아하고 악惡을 미워하는 속성을 지닌다 하였다.

그러므로 다산에 따르면 인간은 결코 만물과 일체가 아니다. 곧 인간과 자연은 결코 연속적인 존재가 아니요, 인간만이 만물을 향용享用하는 주인이다. "천天은 인간으로 하여금 이 세상을 집으로 삼아 선善을 행하도록 해 두었으며, 일월성신 초목 조수鳥獸는 이 집의 이바지가 되도록 해 두었다."(『논어고금주』論語古今註)

여기 다산이 인간과 자연을 분리해 인간만을 주체적 존재인 것으로 생각하는 사유 체계는 근원적으로 서학西學의 학습을 통해서 형성된 것이라고 함이 이 방면 연구자들의 일반적인 견해다. 그런데 자연

을 인간과 분리된 것으로 인식할 때에야 인간은 그 자연을 대상화對
象化할 수가 있다. 그래야만 인간이 그 개별 사물의 이치를 객관적으
로 추구해서 인식할 수가 있고, 그래서 인간 자신에 유용하도록 활용
할 수가 있다. 그것은 세계관의 큰 변화를 뜻하는 것이며, 인간의 역
사와 문명에 대한 인식에 일대 전기轉機가 일어났음을 시사하는 것으
로도 이해된다.

더 나아가 다산의 경우, 군사라든가 산업의 각 분야에서 물질을
다루고 생산하는 기예·기술의 체계는 사람이 많이 모여 살수록, 그
리고 시대가 내려올수록 점점 더 발전한다는 진보론적 소신이 확고
하였다.

그런데 조선 사회의 현실은 어떠하였는가. 무슨 기술을 조금 지닌
경우에 대해서는 오히려 주구적 수탈을 자행했으니, 기술의 발전은
커녕 오히려 퇴보가 일어날 수밖에 없는 현실을 그는 직시한다. 그는
드디어 국가가 이용감利用監을 개설하여 남북 각지의 군사·산업 기
술을 체계적으로 학습·개발하고, 전국 각지의 자원資源을 조직적으
로 개발하며, 다시 국가 행정력을 동원하여 그 체계를 조직적으로 널
리 전포 학습시키고, 그 가운데 우수한 산업 역군들을 관직官職으로
등용하는 길을 마련하는 등 다방면 유인책誘引策을 고안하기에 이르
렀다. 그것은 곧 인간이 본래적으로 타고난다는 부욕富欲과 귀욕貴欲
의 충족을 위해 모든 주민으로 하여금 각기의 산업 현장에 적극적으
로 나서게 할 뿐만 아니라 국가 또한 부국강병의 길을 도모할 수 있
다는, 곧 '왕정' 실현의 길로 나아가리라는 고안이었다.

2. 『경세유표』에 드러난 경세론의 역사적 성격

(1) 새로운 시대 창출의 의도

다산에 의하면, 주공周公은 하夏나라와 은殷나라의 제도를 깊이 고찰하여 그 폐단을 덜어 내고 미비한 것은 보충함으로써 『주례』를 제정하여 왕정을 성취할 수 있었다. 그런데 전국戰國 시대 말기에 왕정의 교화가 이미 쇠퇴해졌다. 더구나 진시황秦始皇과 항우項羽가 전적典籍을 불살라 버린 뒤로는 삼대의 왕정은 하늘 위의 일과 같이 아득해지고 말았다. 그래서 마침내 2000년 동안 긴 밤이 드리워져 다시는 새벽이 오지 않았다. 그 도중에 한漢나라 정현 등이 노력하여 옛 경서經書의 훈고訓詁는 통했으나 왕정의 법제를 제작한 실제와는 극히 멀고 다른 곳이 많았다. 후세 사람들은 이 주석을 가지고 경서를 해석하면서 다시 연구하지는 않고, 마침내 선왕先王의 법제는 지금으로서는 시행할 수가 없다고 말한다.

그러나 다산 자신이 경전 공부를 통해서 터득한 바로는 선왕先王의 법제로서 지금 전해 오는 것은 요전堯典, 고요모皐陶謨, 우공禹貢의 3편과 『주례』 6편이 남아 있다. 그리고 '도道의 큰 근원은 요순堯舜에서 일어나 하나라, 은나라를 거쳐 『주례』로 흘러 들어가고 공자孔子 문파에서 끝나면서 『중용』中庸과 『대학』大學 두 책으로 전해지기에 이르렀다.'

다산이 유배지에서 심혈을 기울여 옛 경전을 공부한 끝에 발견한 것은 전국 시대 전까지 대체로 전해지고 있었다는 선왕先王의 법제 원래의 모습 그것이었다. 가령 왕정 구현의 최대 기반이요, 그래서 『경세유표』에서도 가장 큰 비중으로 다루는 정전제를 두고서 말하는 다음과 같은 확신을 살필 것이다.

"(정전을) 경계經界하는 일은 천지天地를 거듭 이룩하는(重冊) 큰 사업"이요, "지금 선왕의 대도大道를 따라 만세토록 준행할 큰 경법經法을 세운다"고도 단언한다.

더구나 그것은 우리나라에서는 천지개벽 이래 처음으로 시도하고 자 하는 획기적인 정치 사업이었다.

> 더구나 우리 동방東方은 천지개벽 이래 그 산림·천택·구릉丘陵 ·원습原濕이 본래의 바탕 그대로 오늘날에 이르렀으니, 혼돈混 沌이 트이지 않았고 원래의 대도大道가 흩어지지도 않았다. 지 금 이 큰 사업은 수인燧人·염제炎帝가 만물의 도리를 개통해서 만사를 이룩하던(開物成務) 시초이며, 황제黃帝와 요순이 구획하 고 경리經理하던 정치 사업이다.
>
> 『경세유표』 정전의 1

다산의 『경세유표』는 아득한 옛날 중국의 황제와 요순이 처음으 로 구현하였던 왕정의 회복을, 조선 왕조 후기後期 당시의 현실에다 처음 으로 시도해 본다는, 가장 구체적인, 그래서 가장 획기적인 역사의식 의 소산이었다 할 것이다.

(2) 새로운 객관적 통치 기준의 정립

다산은 왕정론의 기초인 정전제 자체가 천지天地를 새로 이룩할 기준 을 정초定礎하는 것이라고 인식한다.

> 성인聖人은 규구規矩로써 방원方圓을 바로잡고, 6률律로써 5음

音을 바로잡고, 정전井田으로써 9분의 1세稅를 바로잡았다. 이 것을 표준(楷)으로 하고, 모범(模)으로 하고, 법식(型)으로 하고, 규범(範)으로 해서 전야田野에 있는 어리석은 백성에게 그 전지 田地의 구획이 법에 맞음을 알도록 한 것일 뿐이다. 어찌 반드시 산을 무너뜨려 구렁을 메우고 고개를 깎아 늪을 메워서 천하의 땅을 다 정전井田으로 만든 다음이라야 마음에 쾌하게 여겼겠는 가. 정井으로 만들 만한 곳은 정井으로 만들고, 정井을 만들 수 없는 곳은 …… 하나같이 정전井田하는 그 비율을 적용하여 승 제乘除 절보折補하였다. 이것이 요순과 3왕의 법이었다.

『경세유표』 정전론 2

물론 기준이 되는 정전井田의 구획이야 반드시 필요한 것이지만, 실제로는 오히려 비뚤고 기울어진 토지가 더 많으므로 이에 자연 지형을 따르면서도 정전제의 내용을 구현하게 하면 된다는 이론이다. 그런데 정전제의 그와 같은 표준은 어디까지나 수리數理를 따라 제정해야 객관적 이치에 맞는다. 그래서 다산은 관직을 제도화하거나 혹은 이용후생利用厚生의 기술을 논하면서도 반드시 수리를 따라야 함을 논한다.

천天이 방方과 원圓의 이치를 만들어, 무릇 원圓은 6으로 1을 에워싸고, 방方은 8로 1을 에워싼다. 그러므로 성인聖人이 이를 본받아 관직제도에 육관六官을 설치해서 한 임금을 받들고, 전지田地제도에 8부夫를 두어서 공전公田을 다스렸다. 또한 관직은 위에 있는 까닭에 그 수리數理에 원圓을 썼고, 전지는 아래 있는 까닭에 그 수리에 방方을 썼다. 이것이 천지와 음양의 바른 이치이며 신성한 제왕帝王의 큰 법이었다. 이를 어기는 것은 천리天理를 거스름이고 이를 배반하는 것은 법이 아니니, 사의私意로 변통할 수는 없는 것이다.

『경세유표』 정전의 1

모든 공장工匠의 교묘한 기술은 모두가 수리에 근본을 둔 것이다. 반드시 구句, 고股, 현弦과 예각銳角, 둔각鈍角의 서로 맞먹어들고 서로 차이 나는 근본 이치에 밝은 다음이라야 이에 그 법식을 깨칠 수 있다. 진실로 스승에게 배우고 익혀 오랜 세월 노력을 들이지 않고서는 끝내 그 기술을 꿰뚫어 낼 수가 없는 것이다.

『경세유표』 이용감利用監

그래서 그는 이를테면 도량형度量衡부터를 근본적으로 다시 제정하여 전국 일률一律로 통일해야 한다는 이치를 강조한다.

도량형의 무법無法이 우리나라보다 심한 데가 없다. 한 성城 안이라도 저자마다 같지 않고, 한 고을 안이라도 마을마다 같지 않으며, 한 마을 안에서도 집마다 같지 않고, 한 집안에서도 거두고 내는 것이 같지 않으니, 그것이 끼치는 폐단은 이루 다 말할 수가 없다. 이서吏胥가 이를 인연引延하여 농간弄奸을 부리고, 장사꾼은 의심나고 현혹되어 물자를 유통시키지 못한다. 묘당廟堂에 앉아 있는 신하는 시가時價를 듣지만 사방의 실정을 알 수가 없고, 일을 맡은 신하는 수입을 헤아려 지출할 수가 없으며, 감수監守하는 신하는 문부文簿를 살펴서 실수實數를 책임

지울 수가 없다. 나는 이르건대 한 관청을 세워 오로지 이 일만을 관장토록 해야 한다. 무릇 도량형으로서 털끝만큼이라도 어긋남이 있거나 조금이라도 저울눈에 어김이 있는 경우는 바로 극률極律을 써서, 그 사람은 죽이고 그 재물은 몰수하며, 그 관원은 처벌해야 한다. 법령을 선포하여 온 나라 백성에게 모두 이보다 엄중한 법금이 없음을 알도록 해야 한다. 그런 후에야 법제를 논의할 수 있으며 경용經用을 정할 수 있을 것이다.

『경세유표』 2 양형사量衡司

가령 15두斗를 1석石으로 하는 현실의 시속時俗은 전혀 근거 없는 것이므로 10진법을 따라 개혁해야 함을 역설한다. '무릇 산수算數의 승제乘除는 모두 다 10·10을 율로 삼아야 그 비율이 명백하다. 마땅히 양형사量衡司에서 동두銅斗를 만들어 8도에 반포할 것이요, 관두官 斗·사두私斗·시두市斗·이두里斗가 털끝만큼도 어긋나지 않아야 이에 왕제王制라 할 수 있을 것이다.'

수리에 바탕을 둔 객관적인 기준의 정립 사안은 가령 군사적 활용을 위한 각종 수레(車)와 선박船舶의 제작에도 새로운 고안으로 적용된다. 그것은 또한 상품 화폐 경제의 단계로 들어선 당대의 객관적인 요청을 반영한 것이었다. 그래서 다산은 수레와 선박의 제작과 관리를 전담하는 중앙 행정 기관으로서 각기 전궤사典軌司와 전함사典艦司의 설치를 구상한다. 이를테면 전궤사는 중국의 수레제도를 배워 와서 기술이 익숙해지면 전국적으로 동일한 궤도의 수레를 제작토록 하되, "무릇 공사公私 간에 소용되는 수레는 모두 여기서 제작할 것이다. 그 공비工費를 계산해서 수레의 값을 일정하게 정하여 백성들이 값을 바치고 수레를 사 가도록 할 것이요, 혹 사사로이 만드는 것은 엄금한다."

수레제도는 북으로 중국에서 배우고, 선박 제조술은 남방으로 일본·유구琉球의 선진 제작 기술을 도입함으로써 규격화하여 제작한다는 다산의 구상은 매우 개방적인 개혁론으로 해석된다. 그것은 구체적인 산업 기술의 객관적 존재 의의를 국가의 행정적 조정을 통해서 새로이 창출하고 부여한다는 극히 적극적인 구상이었다. 일체의 사조私造를 허용치 않는다는 것은 물론 지리멸렬한 현 실태를 지양하기 위한 고안이지만, 당분간은 당해 산업 기술의 수준을 격단으로 고양할 수 있는 지름길인 것으로 해석된다. 말하자면 낡은 시대를 지양하고, 새로운 왕정王政의 역사 시대에 맞는 새로운 제도와 기술로 혁신하기 위한 근본 기준을 정립하고자 하는 의미인 것으로 해석된다.

(3) 국가 위주의 인간 배치

다산은 정전제를 기준으로 삼아 토지에다 인간을 배치코자 하였다.

> 선왕先王의 법은 전지田地를 위주로 했는데 후세의 법은 인구人口를 위주로 했다. 전지는 땅에 붙어서 이동할 수 없기 때문에 그 수가 일정하다. 그러나 인구는 사람에게서 기인하므로 그 번성함과 쇠함이 일정치 않으니, 그 수를 알기가 어렵다.
>
> 『경세유표』 전제田制 5

> 촌리村里를 만듦에는 전지田地를 가지고서 묶는데 무릇 4정井을 1촌村, 4촌을 1리里, 4리를 1방坊으로, 4방은 1부部로 만든다. 촌에는 1감監을, 리에는 1윤尹을, 방에는 1노老를, 부에는 1정正을 각기 설치하고, 인의仁義로 인도하여 공전公田을 경치耕治토

2부 경세학

록 하고 효제孝悌로 일깨워서 사전私田을 경작토록 한다. 그 경전耕田과 파종을 감독하고 모내기와 김매기를 독려하며 베고 타작함을 살피고 방아 찧고 키질하는 것을 신중하게 하여, 들에서 거두어다 공창公倉에 바치도록 한다.

『경세유표』 정전의 2

이 현縣의 농민은 저 현의 전지를 경작할 수 없다. 혹 그 농민의 촌리村里가 오직 저쪽 전지에만 의존하는 경우에는 그 농민을 이사시켜 저 전지를 경작토록 한다. 현縣의 경계는 한결같이 큰 냇물이나 큰 고개, 넓은 도랑이나 높은 언덕, 큰길 등을 한계로 한다. 그런 다음 무릇 이 현縣의 농민이 저 현에서 경작하는 것을 일체 엄금하여, 비록 시점時占(소유자)이라도 그대로 시작時作(경작자)으로 만들어서 법을 범하지 못하도록 한다. 이 경지를 경작하려는 자는 마땅히 이 현縣에 옮겨 와 살게 하되, 판적版籍에 편입한 뒤에라야 이에 금하지 않는다.

『경세유표』 정전의 2

지금 우리나라에는 사농공상士農工商이 뒤섞여서 구분이 없는데, 다만 한 마을에 사민四民이 섞여 살 뿐 아니라 또한 한 사람의 몸으로도 네 가지 업을 겸행한다. 이것이 한 가지 기예技藝도 성취하지 못하고 온갖 일에 법도가 없어지는 까닭이다. 그러나 전지田地를 가지고 묶어서 넷과 넷이 서로 통솔하도록 하는 방식은 옛날 제도를 따르지 않을 수 없다. 비록 그 사이에 농사하지 않는 사족士族이 끼어서 사는 것은 구애하지 않더라도, 공工·상商 두 백성의 경우는 불가불 읍성邑城 가운데 모여 살도록

함으로써 관중管仲이 제齊나라 다스리던 법을 따르지 않을 수 없다.

『경세유표』 정전의 2

요우堯禹가 전지를 구획하여 정전제를 만든 까닭은 백성의 전산田産을 균평케 해 주기 위함이 아니라, 나라의 조세租稅와 부렴賦斂을 바로잡기 위함이었다. 억조창생은 임목林木처럼 빽빽이 수가 많으니 비록 자모慈母라도 하나하나 다 젖을 먹일 수는 없다. 오직 백성에게서 거두는 것이 일정하게 법도가 있으면 백성은 바로 편하게 여기는 것이다. 그러므로 성인聖人은 조세와 부렴을 바로잡는 데 힘썼지 전산을 균평히 해 주는 데 힘쓰지 않았다. 다만 9직職으로써 만민萬民에게 권하여 각자 서로 도와 이바지해 가면서 먹고살도록 했을 따름이다.

『경세유표』 전제 5

(4) 일률적·제도적 통치론

주자 성리학性理學에 따르면 '군주君主의 일심一心'이야말로 '천하天下의 대본大本'이요, 무엇보다도 군주의 심덕心德 함양이야말로 '덕치'德治를 실현하는 지름길이다. 다산 역시 '군주의 일심은 모든 교화教化의 근본'이라고 이해한다. 그러나 다산은 동시에 군주의 '일심'이란 반드시 믿을 것은 못 되며, 따라서 엄밀한 통치 법제法制를 정립하는 것이야말로 꼭 필요한 일임을 강조한다.

세도世道의 변천은 무상하고 왕王의 일욕逸欲은 무한한 것이다. 입법立法의 시초에 자질구레하고 산만하여 하늘이 만들어 낸 철주鐵鑄 같은 형상이 없다면 몇 세대를 넘지 않아 (법제를) 더하고 줄이며 없애고 일으킬 것이다. 기강이 문란해져 단서조차 찾을 길이 없어질 것이요, 조금이라도 살피지 않는다면 반드시 토붕와해土崩瓦解하고 말 것이다.

『경세유표』 천관이조天官吏曹

삼대가 지난 뒤로 왕정이 실현된 적이 없었다는 엄연한 역사적 현실은 그 같은 왕정이 결코 쉽사리 실현되지는 않을 것이라는 생각을 일깨워 준다.

이제 주자 성리학의 '덕치론'과 다산의 제도적 통치론의 가장 좋은 사례는 순임금의 이른바 '무위이치'無爲而治의 개념에서 잘 드러난다.

『논어』論語에서 "무위이치 한 이는 순임금이었을 게다"라고 한 공자의 말씀을 두고 주자는, "'무위이치'라고 말한 것은 (순임금 같은) 성인聖人은 덕德이 융성하여 백성이 저절로 교화되므로, 성인의 작위作爲를 기다리지 않고도 치세治世가 이루어졌음을 말한 것이다"라고 해석하였다. 조선 성리학이 이 해석을 따랐음은 더 말할 나위가 없다.

그러나 다산은 그와는 전혀 달리 해석한다. 적극적인 통치 행위가 없어도 치세가 이루어졌다고 함은 '무위이치'라는 명제에 대한 잘못된 해석이라는 것이 그의 판단이다. 오히려 '천하에 요순堯舜보다 부지런한 이가 없었으며, 천하에 요순보다 치밀한 이가 없었다'고 그는 확신한다.

또 실상 성리학의 경우, 군주의 심덕 함양에는 그것을 밖으로부터 규율하는 법제 따위가 필요한 것은 아니다. 이른바 '존심양성'存心養性이라 하여, '본연의 심성'을 간직하고 함양하는 내공內攻의 길을 중히 여긴다.

그러나 다산은 현실에서의 구체적 실행을 동반하지 않는 '심성의 함양' 따위는 결코 긍정하지 않는다. 가령 왕정을 구현하기 위해서는 정전제와 같은 구체적인 제도를 정립하는 것이야말로 가장 절실한 요건이다. 그래서 '천지天地를 중창重刱하는 큰일'이라고 하지 않았는가. 여기서 전지田地는 외물外物이므로, 그것을 구획해서 배분하고 힘써 경치토록 하며 또 부·세를 수취함에는 반드시 구체적인 법제에 의한 규율이 필요하다. 따라서 구체적인 사공事功을 구현할 수 있는 변법變法이야말로 필수 과제다.

> 지금 우리나라는 조종祖宗이 마련한 법전法典 외에 감사監司가 증액增額하고 현령縣令이 증액하고 이서吏胥가 증액하고 하례下隸가 증액하고 이정里正이 증액해서 명령이 여러 갈래로 나오니, 박을 쪼개듯 제 뜻대로 하여 어지럽게 기강이 없으며 법도가 날로 무너진다. 한 번이라도 개혁하려는 논의가 아래에서 일어나면 문득, 조종이 마련한 법은 가볍게 고칠 수 없다고 한다. …… 그러나 국가에서 옛 법에 따라 이럭저럭 하는 것은, 실상 고려 말기의 폐정弊政과 연산군 때의 여독餘毒과 임진왜란 직후에 임시로 조처했던 제도에 관계된 것이 많고, 나머지는 모두 수령과 이서와 하례가 제멋대로 마련한 것들이다. 어찌해서 조종의 옛 법이라 이르는가. 사람들이 흔히 고을마다 같지 않다(邑各不同)고 하는데, 대저大抵 고을마다 같지 않다는 것은 놀랄 만한 말이다. 한 임금이 위에 있는데 어찌 감히 고을마다 같지 않다고 하는가. …… 한 나라는 한 군軍과 같아서 대장大將은 5영營을, 영은 부部를, 부는 사司를, 사는 초哨를, 초는 기旗를, 기는 대隊를, 대는 오伍를 통솔하는 것이다. …… 고을마다 같지 않

다는 것은 난망亂亡하는 술책이니, 국사國事를 도모하는 자가 예
사로 여길 일이 아니다.

『경세유표』 전제 7

'왕정의 회복'은 현 실태의 법제를 가지고는 결코 실현할 수가 없
는 것이었다. 현행의 법제 자체가 지배층의 이익에 복무하도록 조성
되어 온 것임이 명백하다고 다산은 인식하였다. 그 같은 지리멸렬한
현 실태를 극복하기 위해서도 국가는 군사軍事 조직과 같이 일사불란
한 지배 체제를 구축하지 않으면 안 된다. 왕정은 반드시 명명백백한
객관적·합리적 기준에 따른 제도를 수립하고, 그것을 준수하는 일률
적·제도적 통치를 통해서야만 비로소 기대할 수 있는 것이라는 소신
이었다.

(5) 왕권 중심 통치론

군주의 일심一心이 '천하의 대본大本'이라고 하는 명제는 왕권의 초
월적 위상을 말해 주는 대목이다. 주자 성리학에서도 물론 왕권의 그
같은 속성을 긍정한다. 그러나 주자 성리학은 현실적으로는 이른바
재상宰相 위임委任의 통치 형태를 선호한다. 주자 성리학의 기본 통
치체제론은 군주의 직무는 그 일심을 닦고 높은 안목을 길러 재상(大
臣)으로 적합한 자를 엄선하여 보임하고, 그에게 국정을 위임하여 백
관百官을 선임 통치토록 하는 것이다. 실상 군주는 세습하는 직위이
므로, 반드시 대대로 현능한 군주가 나오기는 어려운 일이다. 그러
므로 오랜 선별을 거쳐 이미 현능한 자격을 인정받은 재상을 선발하
여 그에게 국정을 통솔하도록 위임하는 제도야말로 전제군주專制君主
1인의 자의에 맡기는 경우보다 더 개선된 것이라 할 수 있다.

그런데 다산은 군주의 직사職事 자체가 '천天의 일을 대리代理하는'(代理天工) 것임을 강조한다. 그런 관념의 연원이야 오래된 것이지만, 다산의 경우 '천의 일'(天工)은 왕권 자체가 직접 대리해야 하는 것이지 결코 재상(大臣) 따위 타인에게 위임할 수 없다는 체계적인 이해에 서 있음을 살필 것이다.

> 왕자王者가 관직을 설치하여 직사를 분담시키는 것은 천天의 일을 대리하는 것이다. 삼공三公, 육경六卿을 비롯한 모든 신료臣僚는 모두 왕의 덕을 보필하여 인간의 기강을 세우고 예禮, 악樂, 형형刑, 정政과 재부財賦, 갑병甲兵에 이르기까지 그 진실하고 급절한 일에 마음을 다해야 한다.
>
> 『경세유표』홍문관弘文館

그래서 다산은 왕정을 구현할 중심이며 주체가 되는 것은 왕권王權 그 자체라고 역설한다. 그는 가령 『상서』尙書 「홍범」洪範 편의 "황극皇極은 황皇이 그 극極(표준)을 세움이니, 이 오복五福을 거두어 여러 백성에게 널리 펴 준다"는 대목을 다음과 같이 해석한다.

> 황극이 구주九疇의 한가운데 위치함은 공전公田이 정전井田 9부의 한가운데 있음과 같다. 사방四方 사유四維의 표준이기 때문에 그 극을 세운다고 이른 것이다. …… 『주례』 6편에는 각기 수장首章에다 모두 '설관設官 분직分職하여 백성의 극이 된다'고 하였는데, 이는 바로 임금이 그 극을 세운다는 뜻이다. 『역』易에 태극太極이 있고 양의兩儀 4상象과 64괘卦 384효爻가 모두 거기서 분출分出하니, 마치 황극이 오복을 거두어 만백성에게 널리

나누어 줌과 같은 것이다.

『상서고훈』「홍범」황극

　여기서 황극의 이론은 단지 이념상으로 왕권은 강력한 것이라고 말하는 정도가 아니었다. 다산은 그러한 황극을 구현한 구체적인 사례로 요순의 경우를 들어 설명하였다.

　내가 보건대 임금의 직사를 떨쳐 일으키기에 분발하여 천하 사람들을 항상 들끓고 바쁘게 역사役使시킨 이가 요순이요, 또한 치밀하고 엄혹하므로 천하 사람들이 항상 조심하고 두려워하여 일찍이 한 오라기의 거짓도 못하게 이끌어 간 이도 요순이었다. 천하에 요순보다 부지런한 이가 없었건만 하는 일이 없었다고 속이고, 천하에 요순보다 치밀한 이가 없었건만 엉성하고 오활하다고 속여 왔다. 『역』에 "천天의 운행은 굳건하다"고 하였다. 밝고 밝은 요순이 천天으로 더불어 굳건하여 일찍이 잠깐의 휴식도 갖지 못하였고, 우禹·직稷·설契·고요皐陶 등도 맹렬하게 분발하여 왕王의 고굉股肱 이목耳目 노릇을 다하였다.

『경세유표』인

　살피듯이, 맹렬하게 분발하여 분주하게 힘쓰던 훌륭한 대신大臣들의 보필이 있기는 하지만, 그것은 어디까지나 임금의 팔다리와 눈·귀 노릇을 다하는 수준이었다. 대신들도 매우 큰 노력을 다하지만 그러나 통치의 주체는 어디까지나 '천天의 운행'처럼 굳건한 위상에 서 있는 왕권 자체임을 주의할 일이다. 즉 왕 자신이 주체가 되어 모든 신하를 이끌고서 '천의 운행'처럼 굳건한 통치의 운행을 잠깐의 휴식도 없이 계속하는 왕권을 강조하였음이 드러난다.

즉 왕권은 결코 사당私黨을 짓거나 끌려 다녀서는 안 되며, 모든 신민臣民을 통솔하고 모든 권능權能과 기강紀綱을 총람하는 위상에 바로 서서 만민萬民의 왕 노릇을 굳건히 수행해야 하는 것임을 그는 강조한다. 그래야만 '천天의 일을 대리' 할 수 있는 것이다.

왕권은 천天의 운행처럼 모든 관리로 하여금 각자가 분담한 직사에 조금의 사심私心도 없이 충실하게 매진토록 하는 새로운 통합과 조정의 주체 역할을 다해야 한다는 것이 그의 고안이다. 여기 '천天의 일'이라든가 '천天의 운행'이라는 명제가 시사하듯, 그것은 결코 별개로 유리되어 있는 존재가 아니요, 휘하의 모든 관원官員과 만백성을 통솔하면서 간단없는 운행을 계속하는 제도왕制度王으로서의 속성을 지닌 왕권으로 고안되었음을 살필 수 있다.

그런데 그렇게 강력한 권능權能을 행사하는 제도왕으로서의 왕권은 역사적으로는 어떠한 의미를 지닌다 할 것인가. 그것은 아마도 중외中外를 막론하고 이른바 '조종의 법제'라고 하는 현 실태에 가탁하면서 실제로는 극단한 중간 농단을 지속하는 지리멸렬한 폐습을 극복하고자 하는 고안으로 풀이된다.

조선 후기의 현실로는 오랜 당쟁 끝에 장기 집권당執權黨의 전횡이 항구화하여 대신大臣의 반열에 오를 수 있는 것은 소위 '벌열閥閱수십 가'뿐이라는 형세가 지속되었다. 그런데 벌열의 지배 체제는 벌열만으로 작동하는 것이 결코 아니었다. '먼 시골 군현의 향리鄕吏로서 중앙의 재상宰相과 체결하지 않은 자가 없다'는 것이 다산의 관찰이다. 그런 극단한 할거적·다극적 결탁과 중간 농단 체제는 곧 '조종의 법제'를 가탁하여 항구적으로 지속되었다. '나라가 망하고 말 것'이라는 다산의 우려는 그냥 해 보는 말이 아니었다.

그래서 다산은, 중앙의 벌열로부터 지방 향리들에 이르기까지 무릇 지배층에 의해 자행되는 중층적·다극적 중간 농단 구조를 극복하기 위해서는 국가 통치권을 왕권이라는 하나의 극極에다 집중해야 한다는 이론을 제시한다. 따라서 소수 지배 계층에만 얹힌 존재가 아니라 이제는 만백성을 상대하여 이끌고서 왕정을 실현할 수 있는 '황극'皇極으로서의 왕권, 개혁 주체로서의 왕권이 다시 탄생해야 한다는 개혁론을 고안했던 것이다.

(6) 통치 행정의 철저한 점검: 고적론考績論

다산은 왕권이 주체가 되어 통치 사업을 구현하되, 그것을 분담하는 모든 신료의 직사 수행은 그 성적을 유루 없이 고찰하는 고적考績 제도를 실행해야 함을 특히 주요한 사안으로 제시하였다. 물론 이제까지의 대전大典 체제에도 신료의 근무 성적을 '전최'殿最하는 고과考課의 명목이 없지는 않았다. 그런데 그것은 단지 당하관堂下官에만 적용될 뿐 아니라 사실상으로는 단한單寒한 관원官員만을 대상으로 하는 인습에 맡겨 운용되었다. 그러나 다산은 '전최라는 것은 요순시대에 고적考績이라 일컫던 것으로서 곧 왕자王者가 천天을 대신하여 만물을 다스리는(體天理物) 큰 권한'이라는 소신을 피력한다.

> (『상서』의) '전'典이란 것은 나라를 경륜하는 법을, '모'謨라는 것은 나라를 다스리는 계책을 말해 둔 것입니다. 그 법과 그 계책으로는 고적考績 한 가지 일보다 앞서는 것이 없으니, 요순의 지치至治는 이를 가지고서 성취한 것입니다.
>
> 《여유당전서》 「중씨께 올림」上仲氏

그가 별도의 편목으로 정립해 놓은 고적론考績論에 따르면, 무릇 직사를 맡은 관원이라면 어떠한 원훈대신元勳大臣일지라도 결코 예외일 수가 없으며, 또한 조금이라도 너그러이 보아 줄 수조차 없다는 사실을 강조한다. 그 까닭은, 진실로 '천天의 직사職事는 폐기할 수가 없는 것이며, 민생民生은 고달프도록 버려 둘 수가 없는 것이기 때문이다.'

여기서 '왕의 통치'는 곧 '천天의 직사'로 등치等置되며, 그것은 다시 민생과 직결되어 운용하는 것임을 확인할 수 있을 것이다.

새로운 시대를 열고 이끌어 갈 왕권은 그만큼 엄정하고도 중차대한 권한과 책무를 지니고서 '천天의 운행'처럼 군건한 통치 행정을 준행함으로써 민생을 안정시켜야 하는 위상에 있는 존재로 설정되었던 것이다.

3. 『경세유표』의 역사적·현재적 의미

다산의 시대인 조선 왕국 후기뿐 아니라, 무릇 한국사에서는 이른바 국가 체제라고 하는 것과 성질을 달리하는 어떠한 사회적 구성체라든가 조직체도 독자적으로 존속한 일이 없었다. 독자적 입법권과 사법권을 갖춘 이른바 서양식 봉건封建 제도라는 것은 아예 존재하지 않았을 뿐만 아니라, 국가 체제와는 다소 성향을 달리하는 어떠한 호족豪族 세력조차 결코 독자성을 지닌 존재로 존속한 경우가 없었다. 하나의 왕조王朝가 건립되면 500년 또는 1000년에 가까운 장기간의 명맥을 유지한 배경이 거기 있었다.

그래서 한국사에서는 정치 또는 경제 분야가 국가와 별도의 독자적 개념을 띤 것으로 인식되거나 연구된 적도 없었다. 상대적이지만 사회·정치·경제적 변화가 적다 보니, 그 변동에 관한 문제의식도 적었던 것으로 이해된다.

그런데 그와 같이 끈질긴 국가 체제의 현실적 병폐를 가장 크게 인식하기에 이른 것은 조선 후기에 실학實學이 발생하면서부터였다. 무엇보다도 삼대三代의 성왕聖王들이 구현했다는 왕정王政이라는 통치 형태에 비추어 볼 때, 현실 국가 체제의 적폐가 구조적으로 명백히 드러났던 것이다.

실학을 집대성한 다산에 와서는 그 같은 인식이 극점을 이루었으며, 거기에 대한 변혁론 또한 가장 극단한 형태로 드러나기에 이르렀다.

다산의 경우, 유배기의 오랜 경학 연구로 그 수준이 공전절후空前絶後한 하나의 극점을 성취하기에 이르렀으며, 바로 그 수준과 안목을 통해 인식하기로는, 현실을 가장 크게 규제하고 억압하며 그래서 가장 지리멸렬하게 끌어가는 장본이 곧 국가 체제임을 절감하기에 이르렀다. 그래서 그에게는 국가 체제 변혁론을 구축하는 일이야말로 가장 절실하고도 시급한 현실적 과제로 떠올랐던 것이다. 그가 유배기의 경학 연구를 일단락 지은 다음, 가장 본격적으로 착수하여 저술해 낸 것이 곧 『경세유표』였다는 사실이 그것을 말해 준다.

다산의 『경세유표』는 군주에게 올릴 당대의 현실 개혁론으로 저술한 것이었다. 그러나 사회·정치적인 처지 때문에 그것은 결코 군주에게 올려져 활용할 기회를 가질 수가 없었다. 세상도 가파르게 변해 가고 말았던 것이다.

그래서 낡은 국가 체제를 구조적으로 혁신하고자 했던 다산의 『경세유표』는 지금은 하나의 고전으로만 남아 있다. 그러나 우리나라 역사에서 그것은, 무릇 국가 체제 개혁론 최후의, 그리고 최고의 원형을 이루는 것으로 남았다는 사실을 여기 기억해 두고자 한다.

『목민심서』
다산의 정치학 *

1. 『목민심서』로 들어가기

『목민심서』란 책은 다산의 대표작이다. 필자의 이 발언에 많은 분들이 동의하리라고 보지만 해명을 요하는 의문점이 없지 않다.

다산의 방대한 저술 목록에서 하필 『목민심서』가 대표작으로 손꼽힐까? 『목민심서』는 외견상으로 말하면 지방 행정의 실무를 다룬 책이다. 이런 행정 실무의 참고 서적인 책이 어떻게 대학자의 대표작으로 평가될 수 있을까? 이런 회의적인 물음을 던져 볼 수 있겠다. 이 물음의 답은 다른 어디가 아니고 『목민심서』의 내용에 들어가서 찾아야 할 터인데 다산 자신의 정치사상과 어떻게 관련되는가를 해석해 볼 것이 요망된다. 나아가서는 다산의 학문 세계 전체에서 『목민심서』의 위상과 의의를 살펴볼 필요가 있다. 때문에 이 글은 '다산

* 임형택(성균관대학교 명예교수)

의 정치학'을 표제로 앞세운 것이다.

당연한 말이지만 정치학은 민을 떠나서는 성립할 곳이 없다. 『목민심서』역시 마찬가진데 백성을 구하기 위한 '긴급 처방'의 의미를 갖는 것이었다. '긴급 처방'이란 위급 환자에 대한 응급조처다. 다산은 목전에 백성이 처한 상황을 긴급을 요하는 중환자로 진단한 셈이다. 곧 『목민심서』를 저술한 일차적인 취지다. 그런데 긴급 처방은 일시적 방편으로 끝나서는 별로 의미를 갖지 못할 것이다. 경우에 따라서 긴급 처방을 쓰는 일이 불가피하겠지만 근본적인 대책, 장기적인 경륜과 함께 갈 때 긴급 처방도 의미를 갖지 않겠는가. 표제에 '백성을 구하기 위한 긴급 처방과 근본 대책을 세우다'라는 부제를 붙인것은 이 때문이다.

그런데 『목민심서』는 독자들이 접근하기에 그렇게 용이한 책은 아니다. 분량만 해도 지금 나와 있는 번역서로 6권이나 되어 독자를 질리게 만드는 데다가 내용 또한 대단히 복잡하고 심각하다. 산을 하나의 비유로 들어 보자. 우리가 높고 험한 산을 힘겹게 등반하고 나면 온몸으로 얻은 경험이나 성취감은 뒷동산을 오르내린 것과 견줄 수조차 없지 않은가. 필자는 자신 있게 말한다. 이 책을 마음먹고 힘들여서 읽으면 공부가 많이 되고 깊은 감명도 받을 것이라고. 『목민심서』는 조선 사회를 구체적으로 속속들이 파악할 수 있는 생생한 교과서다. 뿐 아니고 공부의 방법론으로서, 인간과 사회에 대한 이해를 깊고 넓게 하는 데서도 아주 요긴하다. 그런 점에서 『목민심서』는 필독서이기도 하다.

우리가 『목민심서』란 책에 들어가자면 다산의 대표작이자 필독서라는 점을 먼저 염두에 두어야 할 것이다. 아울러 '목민'이란 개념에 착안할 필요가 있다. '목민'은 『목민심서』를 읽는 열쇠말이다.

2. '목민'의 개념과 목민서

(1) '목민'이란 어떤 개념인가?

'목민'은 인민을 다스린다는 의미를 지닌 말이다. 따라서 목민은 '치민'治民이라고 바꾸어도 좋은 것이다. 이때 '목'牧은 통치 행위를 의미하는데, 바로 통치자를 목으로 일컫기도 하였다. 牧이란 한자의 여러 뜻풀이에 국왕이나 고을의 관장을 가리키는 의미도 들어 있다. 지방관을 목으로 지칭한 것은 아득한 옛날부터였다. 벌써 『서경』書經에서 순임금은 12주의 장을 가리켜 12목이라고 칭했던 것이다. 정치란 치자와 피치자의 관계에서 성립한다고 볼 때 목민은 바로 정치다.

그런데 '牧'의 일차적 의미는 가축을 기른다는 뜻이다. 소나 양 같은 짐승을 기르는 곳을 목장, 기르는 자를 목동이라고 지칭하지 않는가. 인민을 다스린다는 뜻도 실은 이 일차적 의미에서 확장된 것이다. 목민의 개념은 사람을 짐승의 차원으로 격하시킨 정치 논리라는 생각이 들기도 한다. 그 의미하는 바가 이런 차원이 아닌 것임은 물론이다. 하늘(天)이 만사만물을 주재하고 화육化育한다는 사유의 논리에서 비롯된 것이다. 『목민심감』牧民心鑑이란 책의 서문에서는 이렇게 천명하고 있다.

> 하늘이 이 백성을 낳음에 조절하고 보살피는 일을 다할 수 없기 때문에 천자에게 위임하였으며, 천자는 혼자서 다 다스릴 수 없기 때문에 사목司牧에게 위임한 것이다.

천자는 하늘로부터 하늘의 고유한 권능을 위임받은 존재이고 사목=지방관은 천자의 대리인이라는 생각이다. 곧 하늘을 대신해서 모든 것을 다스린다(代天理物)는 사고의 논리에 의거하는 것이다. 이에 따라 제왕의 권력이 정당시되는바 여러 고을의 관장은 하늘로부터 위탁받은 제왕의 권력을 분점한 셈이다. 그러므로 하늘이 만물을 낳고 기르듯 제왕이나 지방관은 백성을 보살펴서 잘 양육하는 것이 마땅한 도리다. 때문에 나라의 임금이나 지방의 수령을 가리켜 '목'이라고 일렀으니, 백성을 잘 보살피는 데 '목'이라고 일컬은 참뜻이 있었다고 할 것이다.

이런 목민의 개념은 인간 일반을 양으로 상정하여 "여호와는 목자시니"(『성경』「시편」)라고 한 기독교의 논리와도 매우 흡사해 보인다. 어떻게 이처럼 유사할 수 있을까? 아마도 먼 옛날 유목 사회의 경험을 공유한 데서 비롯된 것이지 싶다. 이 대목에서 흥미로운 사실은 기독교의 경우 그것을 **종교화**한 데 비해서 유교의 경우는 **정치화**하였다. 동서의 공통점이자 차이점이다. 목민의 개념을 정치화한 유교에서는 **인정**과 **애민**을 주장하였다.

유교의 정치학은 한자 문화와 함께 동점東漸하여 비교적 이른 시기에 한반도에 들어왔다. 신라 경덕왕 시기 향가의 작가인 충담사는 「안민가」安民歌라는 제목의 노래를 지어 불렀다.

임금은 아비요,
신하는 사랑하는 어미요,
백성은 어리석은 아이라.

임금과 신하와 백성의 관계를 엄부자모嚴父慈母라는 가족적인 윤리로 규정짓고 있다. 백성은 '어리석은 아이'와 같으므로 아버지처럼 엄하면서도 어머니처럼 사랑스럽게 보살펴야 하는 것이다. 여기에 분명히 해 둘 점이 있다. '어리석은 아이'로 호칭된 백성이 따로 있는 것이 아니요 백성 일반을 가리킨다는 사실이다. 훈민정음의 「어제서문」御製序文에 나오는 '어리석은 백성'(愚民) 역시 마찬가지다. 유교의 정치학에서 민이란 존재 형태는 '어리석은 백성' 또는 '어린아이'(赤子)로 인식되기에 목민의 논리가 성립한 것이다. 당시 신라는 불교 국가요 충담사는 승려임에도 정치 문제에 당해서는 유교적인 논리에 의거했음을 증언하고 있다.

요컨대 중국이나 한국의 전통 사회에서 정치학의 패러다임은 목의 개념에 기초하고 있었다. 일찍이 맹자는 "지금 천하의 인목人牧들은 사람 죽이기를 좋아하지 않는 자 드물다"(『孟子』「梁惠王」上)고 강도 높은 비판적 발언을 남긴 바 있었다. 가렴주구를 일삼아서 백성들을 못살게 만드는 작태가 맹자의 지적처럼 군주제하에서 정치 현실이었다고 말해도 과언이 아니지 싶다. 그래도 맹자의 이 언표言表는 인정과 애민을 강조하기 위한 반어적 수사에 가깝다. 폐기할 일이 아니고 실현해야 할 당위였다. 왜냐하면 그것은 정치의 기본이고 회복하지 않으면 안 되는 고대적 이상이기 때문이다. 그래서 이른바 목민 서류가 시대에 따라 저작되고 통행하였던 것이다. 더욱이 유교적 체질을 강화한 시대, 중국사에서 송대 이후나 한국사에서 조선 왕조로 와서 목민서에 속하는 저술들이 허다히 산출, 유포되기에 이르렀다.

(2) 중국과 한국의 역대 목민서들

'목'의 개념을 정치화한 유교에서 목민관(=목관)이 있듯 종교화로 나간 기독교에서는 목사pastor가 있다. 목사가 평신도를 지도하는 지위인 것처럼 목민관 역시 백성을 보살피는 입장이다. 목민관은 '근민'近民의 직분이기에 여러 벼슬자리 중에서도 중요한 의미를 갖는 것으로 의식되었다.

다산의 『목민심서』는 전체의 첫머리를 "다른 벼슬은 구해도 좋으나 목민의 벼슬을 구해서는 안 된다"는 문장으로 시작한다. 능력이 미치지 못하는 자는 목민관을 하겠다고 쉽게 덤벼들어서는 안 된다는, 경고적인 의미를 담고 있다. 다산은 이 문장에 "오직 수령은 만백성을 주재하니 하루에 만기萬機(온갖 정무, 즉 왕의 정사를 뜻함)를 처리함이 그 규모가 작을 뿐 본질은 다름이 없으므로, 천하 국가를 다스리는 임금과 비록 대소는 다르지만 처지는 실로 같은 것이다"라는 설명을 달아 놓았다. 주州·부府·군郡·현縣으로 나뉜 지방 행정의 단위에서 수령이 관장하는 공간은 조그맣지만 자기 영역 내에서 전권을 행사한다. 그러므로 국왕과 수령은 비록 규모는 달라도 백성을 다스리는 위치라는 점에서 입장이 같다고 한 것이다. 군현제하의 수령을 봉건제하의 영주와 유사한 성격으로 본 셈이다. 목민서류는 바로 이러한 수령들에게 참고와 지침이 되도록 하기 위해 저술한 책이었다.

요컨대 목민서는 '목'을 정치학으로 개념화한 유교 사회의 소산품이다. 중국과 한국의 역사상에서 성립한 것이다. 일본만 해도 동아시아 국가이긴 하지만 유교의 정치·사회적 비중이 현저하지 못한 까닭에 목민서의 존재는 별로 뚜렷하지 못했던 것 같다.

중국에서 목민서에 속하는 서책들은 그 전모를 다 파악하기가 불가능한 형편이다. 역대에 유통되었던 목민서류가 워낙 잡다했던 데다가 현전하지 않은 것이 많기 때문이다. 필자가 목견한 것으로 명말에 발간된 『관상정요전서』官常政要全書, 최근에 편찬된 『관잠서집성』官箴書集成을 들어서 그 대략을 살피기로 한다.

『관상정요전서』는 총 20책으로 명나라 말기인 1620년대에 금릉서방金陵書房(중국 난징)에서 당씨唐氏가 발행한 것이다. 현재 고려대학교 도서관에 소장되어 있다. 목민을 위한 전서적인 성격으로서 형정刑政·송사訟事에 관한 부류를 포함하여 총 25종에 이른다. 형정·송사에 관한 업무도 당시에는 수령의 소관사이므로 넓게 잡아 목민서류에 소속시켰다고 하겠다. 표제의 '관상정요'란 지방관이 항시 정사에 임해서 긴요한 내용임을 의미한다. 명대에 저술, 간행된 목민서류를 집성한 형태다. 이 책이 상업 출판물인 점도 유의할 대목이다. 중국 사회에서는 지방 행정을 위한 목민서류의 상품적 수요가 당시에 이미 발생했음을 알게 한다.

『관잠서집성』[1]은 근래 학술 문화에 대한 관심이 일어나면서 목민서류를 총집해서 영인으로 발간한 책이다. 자국의 우수한 행정 문화의 전통을 담고 있다는 점을 내세웠다. 위로 당나라 측천무후則天武后의 『신궤』臣軌로부터 아래로 20세기 중화민국 시대까지 내려와서 서세창徐世昌의 『장리법언』將吏法言까지 도합 101종이 수록되어 있다. 그중에서 명대에 나온 것이 17종, 청대에 나온 것이 73종으로 합해서 90종에 이른다. 명·청 시기가 절대다수를 점유하는데, 그런 중에도 청대가 다수임을 확인할 수 있다.

이 『관잠서집성』은 실로 방대한 분량이지만 여기에 누락이 없지 않다. 위에 인용했던 『목민심감』[2]도 보이지 않는다. 역사상에 명나라가 등장한 직후 출현한 목민서임에도 명말에 편찬된 『관상정요전서』에도 수록되지 못했다. 그런데 이 『목민심감』이 중국에서 처음 간행

---

1   『관잠서집성』官箴書集成은 4단 조판으로 800쪽 분량의 영인본 10책. 官箴書集成編纂委員會 編, 合肥: 黃山書社, 1997.
2   『목민심감』牧民心鑑은 휴리携李 주봉길朱逢吉이 엮은 것으로 상·하 1책이다. 영락永樂 갑신년(1404)에 서문을 쓴 것임.

된 직후에 조선으로 들어와서 간행된 것이다. 태종 12년인 1412년에 경기도 지평砥平 감무관監務官으로 있던 김희金熙가 감영과 협의하여 발간하였다. 김희는 이 책에 대한 소견을 "근민의 위치에 있는 자로 서는 마땅히 강구해야 할 내용이다"라고 적었다. 조선 왕조는 민본을 정치의 기본으로 삼아 건국하였던 터에, 『목민심감』이 지방 행정의 지침서로서 수용되었음을 알 수 있다.

자료상으로 조선인의 손에서 목민서가 책의 형태로 저작 혹은 찬술되기는 한참 시대를 내려와서다. 현전하는 목민서류는 대체로 18, 19세기에 출현한 것이다. 근대로 와서 학문적인 관심의 대상이 되어 수집, 정리된 자료집으로는 『조선민정자료: 목민편』(일인 학자 나이토 요시노스케內藤吉之助 編, 1942)이 있다. 목민서에 속하는 자료 13종을 수록한바 당시로서는 비교적 널리 수합하였고 정리도 그런대로 잘된 편이다. 근래 『조선민정자료총서』(김선경金善卿 편, 여강출판사, 1987)라 하여 영인본으로 간행된바 5종의 목민서가 추가되었다. 따로 또 '서벽외사 해외수일본'으로 『거관잡록』居官雜錄과 『근민요람』近民要覽이 간행된 바 있다.

그런데 대표적인 목민서 2종이 이들 자료집에는 포함되어 있지 않다. 하나는 안정복安鼎福의 『임관정요』臨官政要이며, 다른 하나는 지금 다루는 『목민심서』다. 현재 학계에 알려진 한국의 목민서류는 대략 21종을 헤아리는데, 모두 조선 후기에 출현한 것이다.

이들 21종이 한국 목민서류의 전부가 아님은 물론이다. 종류도 훨씬 많을 것으로 추정되는바 대부분 필사본으로 유통되어 갈피를 잡아서 전모를 파악하기가 극히 어려워진 상태다. 필자가 이런 종류의 문건들을 어쩌다가 눈에 띄면 이 역시 우리 역사 문화를 이해하는 자료지 싶어서 거두어 둔 것이 7점 정도다.[3] 본격적인 조사, 정리와 연구 작업이 시급히 요망된다고 하겠다.

앞에서 살펴본바 『관잠서집성』을 기준으로 중국의 추세를 보면 총 101종에서 명대에 저술된 것이 17종, 청대에 저술된 것이 73종이다. 목민서가 명청대로 와서 90퍼센트에 달하는데, 그런 중에도 17~19세기에 비중이 상승하였다. 한국에서도 18, 19세기에 집중되어 있다. 이런 현상을 어떻게 설명할 것인가? 목민서의 수요는 유교 사회에서는 상시적으로 있었다고 보아야 할 것이다. 한국에서는 17세기 이전엔 『목민심감』처럼 중국에서 수입하여 그 수요를 해소했던 것으로 추정된다. 그러다가 17세기에서 18, 19세기로 내려오면서 중국과 마찬가지로 한국에서도 목민서의 **정치·사회적 수요가 급상승**하는 현상이 나타났다. 이는 물론 역사 현실의 변화에 대응한 동향으로 해석해야 할 것이다. 이런 동향에 따라 한국에서는 목민서의 '국산화'가 이루어진 것으로 판단된다.

이러한 목민서류의 출현 배경을 어떻게 설명할 것인가? 조선 사

---

3 필자가 소장하고 있는 7종의 목민서류는 다음과 같다. ①「거관수지」居官須知(필사본 두루마리 형태로 36조목), 18세기 초에 활동했던 이정李淨(1684~1735)이 작성한 것. ②『치군요결』治郡要訣(필사본 1책 25장), 저자 미상. ③『치군잡기』治郡雜記(필사본 1책 26장), 필자의 직계조상인 임홍원林弘遠(1741~1799)이 양천현감 재임 시에 필사한 것. 필사 연도는 1799년. ④『자민요람』字民要覽(필사본 1책 62장), 내표제에 "오리 이상국 계생이덕기서"梧里 李相國戒甥李德沂書라고 되어 있음. ⑤『목민서』牧民心書(필사본 권10~권12, 1책 65장), "신관열辛觀烈 서書, 김종호金鐘浩 준準"이라고 적혀 있음. ⑥『위성수록』渭城隨錄(필사본 1책 18장), 평안도 희천熙川 군수로 1702년에 부임하여 행한 치적을 기록한 내용. 기록자 김정보金鼎輔, 기록 연도는 1703년. 기록자는 군수의 친구. ⑦『교남자민록』嶠南字民錄(필사본 상하 1책 30장), 김병연金秉淵(1767~1832)이 대구 인근의 하양현河陽縣 현감으로 재임하는 동안 행한 치적을 그의 손자 김경인金卿仁(1805~1878)이 기술한 것. 이들 문건에 대해 필자는 「『목미심서』의 이해: 다산 정치학과 관련하여」(『한국실학연구』 13, 2007과 『우리 고전을 찾아서』, 한길사, 2007에 재수록)라는 논문에서 소개한 바 있다.

회에서 정치의 담당자, 사회의 지도층은 사대부다. 목민서가 출현한 지점은 다른 어디가 아니고 바로 이들 사대부의 목민 의식에서 찾을 일이다.

(3) 목민서의 출현 경위를 알아본다

조선 사대부들이 남긴 문집에서 목민에 관한 글을 간혹 찾아볼 수 있다. 여기에 두 편을 사례로 들어 보자. 하나는 호남 출신으로 16세기 대표적인 유학자의 한 분인 유희춘柳希春(1513~1577)의 『미암집』眉巖集에 수록된 「정훈」庭訓이고, 다른 하나는 17세기 기호의 남인계 학자로서 명망이 높았던 김세렴金世濂(1593~1646)의 『동명집』東溟集에 수록된 「거관잡기」居官雜記다. 두 편 모두 목민적인 내용을 담고 있다.

'정훈'이란 자손을 훈계한다는 뜻의 말이다.[4] '정훈'으로 표제한 유희춘의 글은 내편과 외편으로 구성되어 있다. 내편은 자기 수양에 관계된 내용이고, 외편은 관인으로 진출하였을 때 유의해야 할 내용이다. 사대부의 기본자세인 주체의 확립과 실천을 의미하는 것이다. 외편은 다시 중앙 관료로서의 활동에 해당하는 '입조수지'立朝須知와 지방관으로 부임했을 때 필요한 '치현수지'治縣須知로 구분하고 있다. '치현수지'는 곧 목민서 성격의 내용이다. 김세렴의 「거관잡기」는 그 자신이 경상도 현풍 고을을 맡아 다스릴 때 '목민관의 임무는 애민보다 중요한 것이 없음'을 각성한 나머지 스스로 성찰의 자료를 삼기 위해서 작성한 것이었다. 양자가 저술 경위는 같지 않지만 사대부의

---

4 『논어』論語 「계씨」季氏에 공자가 뜰(庭)을 지나가는 아들 이리鯉를 불러서 시를 힘써 공부할 것을 교시한 말이 나온다. '정훈'은 여기서 유래한 것이다.

본분을 자각한 데서 나온 것이라는 점에서 상통한다.

사대부士大夫란 요컨대 독서의 바탕을 가지고 정사에 참여하는(從政) 성격을 지닌 사회적 존재이다. 사대부란 말 자체를 '독서의 사'와 '종정의 대부'의 합성어로 규정한 것이다. 벼슬하는 일 또한 사대부의 본무로 사고하였다. 그렇기에 유희춘은 자손을 훈계하기 위한 목적의 문건에 '입조수지'와 '치현수지'를 포함시켰거니와, 김세렴은 스스로 경계한다는 취지에서 문건을 작성한 것이다. 이 두 종의 문건은 책으로서의 규모를 갖춘 것은 아니지만 목민서의 원형이라고 말해도 좋을 것이다.

『임관정요』의 안정복은 그 자신이 벼슬하지 않은 독서인 신분으로 있을 적에 목민서로서 중요하게 손꼽히는 책을 저술하였다. 그는 "비록 자기 위치에서 벗어난 일이란 혐의가 있지만 뜻을 가지고 지은 것이다"라는 말을 덧붙인다. 관인의 신분이 아닌 독서인의 처지에서 목민서를 저술한 데 따른 변명조의 발언이다. 그의 발언에서 "뜻을 가지고 지은 것"이라 한 뜻은 독서하는 선비로서 응당 중요시해야 할 목민의 문제다. 목민에 관심을 기울여서 저술하는 처지는 각기 다를 수 있겠으나, 기본 입장은 사대부로서의 본무를 자각한 데 있었다. 그것은 곧 유자의 본무이기도 했다.

예로부터 증언贈言이란 형식이 있었다. 지금 결혼식에서 주례가 행하는 주례사는 말하자면 증언에 해당하는 셈이다. 인생에서 어떤 중요한 계기에 당해 어른이나 스승의 도리로 권면하고 경계하는 말을 구두로 하는 일이 예나 지금이나 있기 마련인데, 글로 써 준 것이다. 이에 증언이란 글쓰기의 형식이 자리 잡았다. 증언에 해당하는 글의 종류 또한 다양하게 발전하였던바 먼 길을 떠나는 이에게 주는 성격의 송서送序가 있다. 지방관으로 나가는 친지나 후배에게 주는 송서를 문집에서 허다히 접할 수 있는데, 대체로 관잠官箴의 내용을 담은 것이다. 명재상으로 손꼽히는 이원익李元翼(1547~1634)이 자기 생질인 이덕기李德沂가 지방관으로 나감에 당해서 지어 준 것이 있는데, 이것이 후세에 목민서의 범주로 수용되었다. 자신이 그 위치에 있지 않으면서도 사명감을 가지고 저술하였다고 한 안정복의 『임관정요』 또한 원고 상태로 보관해 두었던바 친히 아는 사람이 혹 지방관으로 나가게 되어 가르침을 청하면 이 책을 주었노라고 술회한다. 안정복은 자신의 이 행위를 "대개 고인의 증언의 뜻이다"라고 밝히기도 했다.

조선조에서 목민서류가 출현한 사회·문화적 배경은 대략 이와 같이 정리해 볼 수 있다. 18, 19세기에 이르러 목민서의 정치적 수요가 확장됨에 따라 목민서류는 다양한 형태로 발전, 파생되어 나간 것이다.

다산의 『목민심서』는 다른 여러 목민서류와 비교해서 공통성 및 차별성을 지니고 있다. 『목민심서』 또한 그 당시의 정치적 수요의 확장과 관련을 맺고 있다는 점에서 동시대적 공존물이며, 기본적으로 '목민'을 공분모로 삼는 것이다. 양자의 차별성에 대해서는 여러모로 지적할 수 있겠다. 우선 가시적으로 『목민심서』와 다른 목민서류는 규모와 체계에서 차이가 현저하다. 조선에서뿐 아니고 명·청의 목민서류 중에서도 『목민심서』에 견줄 만큼 방대한 것은 아직 발견하지 못했다.

다산은 『목민심서』의 자서에 붙여서 "(이 책 이름을) '심서'라 한 것은 무슨 까닭인가? 목민할 마음은 있으되 실행할 수 없기 때문에 '심서'라 이름한 것이다"고 밝혔다. 위에서 거론하였던 『목민심감』과 『목민심서』는 표제상으로 한 글자밖에 다르지 않다. 그렇지만 '심감'

은 문자 그대로 마음의 귀감을 삼는다는 뜻이었다. 『목민심감』의 작자는 "마음이 먼저 서지 않으면 어떻게 정사를 펼 수 있겠는가"라고 말했다. 곧 도덕적인 주체 확립의 문제다. 다산의 경우 '심서'라고 한 진의는 '목민할 마음은 있으나 몸소 실행할 수 없'는 자신의 처지와 직결되어 있다. '심서'라고 붙인 이 표제부터 관잠서류와는 차원을 달리할 뿐 아니라, 지방 행정의 실무에 요긴한 것이긴 해도 기능적인 차원에만 머물러 있는 것이 아니었다. 『목민심서』의 의의는 그 작자의 학문 세계—저술 체계에서 찾아야 할 것이다.

3. 다산의 정치사상과 저술 체계에 비춰 본 『목민심서』

(1) 다산은 '민'의 존재를 어떻게 보았던가?

목민을 맡은 자 네 가지 두려움이 있다. 밑으로 백성(民)이 두렵고 위로 대성臺省이 두렵고 더 위로 조정이 두려우며, 또 더 위로는 하늘(天)이 두려운 것이다. 그런데 목관이 두려워하는바 항시 대성·조정에 있고 백성과 하늘에 대해선 더러 두려워하지를 않는다. 하지만 대성·조정은 혹은 가깝고 혹은 멀어서, 멀면 천리, 아주 멀면 수천 리이니 이목으로 살피는 바가 두루 미치지 못할 수 있다. 오직 백성과 하늘은 바라보면 뜰에 있고 다가서면 마음속에 있으며 자기 팔처럼 부리고 호흡하듯 함께하여, 이와 같이 밀착되어 떨어질 수 없는 것은 없다. 무릇 도리를 아는 자 어찌 백성과 하늘을 두려워하지 않으랴!

「송부령도호이종영부임서」送富寧都護李鍾英赴任序

　　　　　　　　　　　　　　2부 경세학

이 글은 다산이 멀리 함경북도의 지방관으로 나가는 이종영李鍾英[5]이란 친지에게 지어 준 송서送序다. 증언贈言에 해당하는 것이다. 여기서 '대성'臺省이란 사헌부와 사간원을 지칭하는 말이다. 규찰·탄핵권이나 임금에게 보고하는 위치에 있는 대성, 임면권을 가진 조정이 두려운 대상이 되는 것은 사세로 보아 그럴 법하다. 그런데 다산은 지방관으로서 참으로 두려워할 바는 제일 밑으로 백성, 제일 위로 하늘이라고 일깨운 것이다. 하늘을 가장 두려움의 대상으로 생각해야 한다는 것은 다산 특유의 천관에 직결되어 있는데, 민을 하나로 묶어서 두려움의 대상으로 설정한 점은 여러모로 음미할 대목이다.

민을 두려운 존재로 떠올린 것은 종래 보호 대상으로 바라보던 것과는 분명히 다른 시선이다. 그런데 실은 역사상에 민은 두려운 사태를 초래할 잠재성을 항시 지니고 있었다고 보아야 할 것이다. 옛말에 "백성은 물과 같다"고 했는데, 왜냐하면 물이란 "배를 뜨게 할 수도 있고 배를 전복시킬 수도 있기" 때문이다.[6] 이때 배는 '목'으로 일컬어지는 임금 내지 수령을 비유하고 있음은 물론이다. 그리고 배를 전복시키는 물이란 다름 아닌 민요民擾 혹은 민란이다. 19세기로 와서 민란으로 수령이 쫓겨나는 사태가 지역에 따라 심심찮게 발생하였던 바 임술민란(1862)은 그것이 대규모로 확대된 형태이며, 동학농민운동(1894)에 이르러 극에 달했다.

민란이 빈발한 현상은 조선 왕조의 근본적 모순을 반영한 것이요,

---

5   이종영은 무관인데, 문산文山 이재의李載毅란 학자의 아들이다. 이재의는 다산을 강진 유배지로 찾아와 학문적인 토론을 하였고, 이후로 친교를 가졌다.

6   『정관정요』貞觀政要 「정체」政體, "古語云: '君, 舟也; 民, 水也; 水能載舟, 亦能覆舟.'" 『순자』荀子 「왕제」王制에 이와 유사한 말이 나온다.

체제적인 위기이기도 하였다. "조정이란 생민生民의 심장부이고 생민이란 조정의 사체四體입니다."(「여김공후」與金公厚) 이렇게 다산은 국가를 정부와 인민의 유기적 통일체로 인식하였다. 이 유기체의 균열을 어떻게 봉합하느냐? 나아가서는 유기적 통일체를 복원하는 과제가 다산 정치학의 핵심 주제였다고 말해도 좋을 듯하다.

이 유기체의 축—통치자와 피치자의 관계에 대해서 다산은 어떻게 사고하였을까? 곧 '목'과 '민'의 관계다. 다산은 "목은 민을 위해서 존재하느냐, 민은 목을 위해 살아가느냐?"(「원목」原牧)라는 물음을 던진다. 민이 목을 위해 살아가는 일상화된 현실은 이치에 맞지 않으며 "목은 민을 위해 존재한다"고 다산은 단언한 것이다. 「원목」에서 '목'은 '민'을 위한 존재라는 이 논법과 저 「탕론」湯論의 아래서 위로 통치자를 뽑아 올리는 **하이상**下而上 방식은 민 주체의 이론에 직통한다. '민'을 가장 두려워해야 할 대상으로 본 다산의 사고의 근저에는 '민'을 정치의 주체로 인식한 사상이 도사리고 있었다. 그런데 그 자신 개혁적인 설계도—『경세유표』에서는 민 주체 사상을 제도화하는 단계로 나가지 못한 것 같다. 여기에 다산이 처한 현실이 있었고, 다산의 절실한 고뇌가 있었다.

다산은 민을 정치의 주체로 착목着目하였지만, 그것은 어디까지나 원론적인 차원이요 지향점이었다. 다산 자신이 그것을 현실의 제도로 구체화하는 데로 자기의 학문 작업을 밀고 나가지 못했다. 아니, 그가 처했던 주객관적 조건에 비추어 그것은 불가능한 일이 아니었던가 싶다. 민주주의 정치제도는 아무런 모델도 없이 일개인의 머리에서 고안해 낼 수 있는 것이 아니다. 그리고 설령 고안해 낸다 하더라도 인간 현실, 사회 현실에 비추어 실현 가능한 일일까? 때문에 필자는 "『경세유표』의 체제는 「탕론」·「원목」의 정치사상을 실현 가능성을 고려하여 대폭 수정한, 다시 말하면 근원적 개혁의 이상을 현실에 절충한 것이다"(「丁若鏞의 민주적 정치사상의 이론적·현실적 근저: 「蕩論」·「原牧」의 이해를 위하여」)라고 평한 바 있다. 그 자신 극명하게 표출하였던 민 주체의 정치 논리를 스스로 방기했다는 의미는 물론 아니다. 그렇다면 민 주체의 논리를 포함해서 그의 민에 대하여 여러모로 풍부한 사상을 그의 정법 3서에서 어떤 방향, 어떤 요령으로 내면화했을까?

(2) 『목민심서』와 『경세유표』·『흠흠신서』는 상호 어떤 관련성이 있는가?

『목민심서』는 『경세유표』, 『흠흠신서』와 함께 다산의 저술 목록에서 '정법 3서'로 손꼽힌다. 다산 자신이 필생의 학문 저술을 총결산해서 밝힌 유명한 말이 있다.

> 육경六經 사서四書에 대한 연구로 수기修己를 삼고 일표이서一表二書로 천하 국가를 위하려 하였으니 본말本末을 구비한 것이다.
>
> 「자찬묘지명」自撰墓誌銘

자신이 추구한 학문 세계, 그 결실인 저술 체계를 본말의 논리로 천명하고 있다. 본말은 체용體用과 같은 의미로 유학의 기본 패러다임이다. 본=체에 해당하는 수기는 주체의 도덕적 확립임에 대해서 말=용에 해당하는 치인은 주체의 정치적 실천으로, 양자를 구별하면서 통일적으로 인식하는 논법이다.

'육경 사서에 대한 연구'는 경학의 저술을 가리키는바 주체의 도덕적 실천을 위한 것으로 '본'에 속하며, '일표이서'는 『경세유표』와 『목민심서』·『흠흠신서』를 가리키는바 '말'에 속하는 셈이다. 후자의 '천하 국가를 위함'은 그야말로 치국, 평천하의 웅대한 뜻을 실현하고자 하는 것이니 '말'이라고 해서 결코 가볍게 볼 성질이 아님은 물론이다. 유학적 본말 체용의 논리는 원칙적으로 양자 간에 경중이 있을 수 없고 서로 떨어져 있는 것도 아니다. 다산은 이 유학적 패러다임에 따라 죽을 때까지 혼신의 열성을 바쳐서 학문을 수행하였고, 그 결과로서 600권에 달하는 방대한 저술을 이룩하였다.

요컨대 『목민심서』는 다산 저술 체계의 중심부에 '정법 3서'의 하나로 위치한 것이다. 따라서 우리가 『목민심서』를 제대로 이해하려면 큰 틀에서 경학과의 체용 관계를 생각해야 하므로, 정법 3서와의 상호 관계 양상은 필히 살펴야 할 사안이다. 그러자면 다산학의 총체적 분석으로 들어가지 않으면 안 된다. 하지만 지금은 그럴 자리가 아니다. 체용 관계는 고려 사항으로 두고 정법 3서와의 관계 양상에 대해서 간략히 논해 보자.

앞에서 말한 대로 『목민심서』는 지방 행정 단위 차원에서 지켜야 하고 알아야 하는 제반 사안을 다룬 것임에 비해 『흠흠신서』는 특화해서 인명이 달린 형사 재판에 관련한 문제들을 다룬 내용이다. 반대로 『경세유표』는 문제의 차원을 크게 달리해서 국가 제도와 국정 운영 전반의 개혁을 설계한 내용이다. 『경세유표』는 '신아구방'新我舊邦을 표방한바 국가개조의 마스터플랜이다. 다산적인 체용 논리에서 목적지는 치국평천하에 있었으니 『경세유표』야말로 다산의 학문 세계―저술 체계의 정점에 서 있다고 말해도 좋다. 이런 『경세유표』와 『목민심서』의 관계는 어떻게 그려지며, 『흠흠신서』를 저술한 취지는 어디에 있었을까?

『경세유표』가 목적한바 '신아구방'―국가 개조란 주제는 생각해 보면 한 학자가 불쑥 들고 나설 사안이 아니다. 당시의 상식에 비추어 참람僭濫하다는 지탄을 받기 십상이다. 그러나 다시 또 생각해 보면 천하사를 자기의 본분으로 여기는 것이 유자의 도리 아닌가. 자아를 고도로 각성한 인간이라면 오히려 본분의 일로 생각해야 옳다. 이 대목에서 따져 물어야 할 점이 있다. 다산은 안정된 체제로 지속하고 있는 나라, 조선국을 왜 온통 뜯어고치지 않으면 안 되는 것으로 진단하였을까?

> 생각해 보건대 (우리나라는) 털끝 하나 머리칼 하나 병들어 있지 않은 곳이 없다. 지금에 당해서 개혁하지 않으면 망하고야 말리라!

『경세유표』의 서문에서 다산이 직접 한 말이다. 당장 국정 전반이 속속들이 병들어 죽어 가는 상태이므로, 수수방관할 상황이 아니다. 진정으로 주체적 인간이라면 이렇게 판단해야 타당하다. 다산은 기본적으로 유자다. 그의 고도로 각성한 주체 의식은 유학의 패러다임을 따라 경전에서 개혁의 근거와 방향을 찾기 마련이었다. 다름 아닌 그 자신의 경학으로 구축한 세계다.

『경세유표』의 경우 경전적 근거를 특히 『주례』周禮에 둔 것이었다. 다산은 『주례』를 주공周公이 주나라를 건설하면서 제정한 것으로 확신하고 있었다. 『주례』의 제도를 이상적 모델로 삼아 국가 제도를 설계하였으니 『경세유표』는 실로 『주례』의 재해석으로 보아야 할 것이다. 그것은 훈고적 해석과는 아주 다른, 『주례』의 창조적·현실적 해석이었다. 저 옛날의 요순에서 문무文武, 주공으로 이어진 '일왕一王의 법제'(최고 통치자인 왕은 당연히 정통성과 유일의 권위를 지녀야 한다는 의미에서 일왕一王이라고 했다)를 현재적으로 부활하려는 기획이었다. 이러한 다산의 '신아구방'의 대기획은 상고주의적 성격이 선명한데, 그런 만큼 개혁주의적인 지향이 뚜렷하였다고 말할 수 있다. 『경세유표』는 다산 자신이 당장 실행해야 하는 플랜으로 설계하였지만, 한편 당장에 착수할 상황이 아니라는 현실 상황에 눈을 감지 않았다. 이에 다산은 『목민심서』를 저술한다.

> '일왕의 법제'는 모름지기 보민保民을 한 다음에라야 시행할 수 있다. 인민을 보호하지 못하면 아무리 요순의 법이라도 실시할 곳이 없을 것이다. 곧 『목민심서』를 지은 까닭이다.
>
> 이중하李重夏, 「서목민심서후」書牧民心書後

타자가 『목민심서』를 『경세유표』와 관련지어 논한 글이긴 하지만 저자의 진의를 정확하게 짚은 것으로 생각된다. 다산 자신도 『목민심서』를 한마디로 "지금의 법제를 그대로 추종해서 우리 백성을 보호하려는 것이다"라고 규정한 바 있었다. 『경세유표』가 당장 국가 정책으로 채택, 실현될 전망이 막연한 상황에서 눈앞에 병들어 죽어 가는 백성들을 긴급히 구호한다는 취지로 엮은 책이 다름 아닌 『목민심서』다. 『경세유표』에서 구상한 국정 제도의 개편은 일단 유보한다는 것이 전제되어 있었다. 양자는 짝을 이루고 있다.

방금 살펴본 대로 『목민심서』와 『경세유표』에 관류하는 저술 의식은 민의 문제에 있었다. 이 저술 의식은 『흠흠신서』에도 통한다. 일견하여 『흠흠신서』는 다룬 내용이 특화된 분야인 데다가 인간의 생명이라는 보편적 차원이어서 다르게 느껴지기도 한다. 한데 당시 제도에서는 사법 재판에 관련된 일련의 사안 자체가 목민관의 소관 사에 속하였다. 다만, 워낙 전문성을 요하기 때문에 별도의 저술로 구분 지었을 따름이다. 『목민심서』 「형전」刑典의 단옥斷獄조 도입부에서 "인명에 관계되는 사항은 『흠흠신서』에서 다루었으므로 여기서는 논하지 않는다"는 언급이 나와 있기도 하다. 『흠흠신서』 또한 『목민심서』와 함께 지방관을 위한 정서류政書類에 속하는 것이다. 이를 특화한 데서 그 저자의 인명을 각별히 중시하는 사상이 잘 드러난다고 보겠다.

『목민심서』와 『경세유표』·『흠흠신서』를 하나의 전제로 독해하는 관건은 '민'에 달려 있다. 정치란 처음도 끝도 '민'을 떠나서는 성립할 수 없지 않은가. 『흠흠신서』를 특화한 이 점이 주목을 요한다. 다음에 다산의 '민'에 대한 사유가 법사상으로 반영되는 측면을 분석해 보고자 한다.

(3) 다산의 법철학을 논한다

다산은 **법치**法治를 부정하고 **예치**禮治를 들고 나왔다. '예치'의 정신을 담은 것이 다름 아닌 『경세유표』다. 책 이름부터 당초에는 『방례초본』邦禮草本이었다.

> 여기서 논하는 내용은 '법'이다. 법인데도 '예'라고 서명을 붙인 것은 왜인가?
>
> 「방례초본인」邦禮草本引

국가를 통치하는 것은 법이라고 해야 마땅한데 그것을 예로 대치한다는 주장이다. 다산은 '예치'의 모델을 고대에서 찾아 『주례』를 발견하였다. 『경세유표』가 『주례』를 국가 제도와 국정 운영의 모델로 삼은 이론적 근거는 바로 '예치'에 있었다.

"『주례』로 돌아가자."

이는 더 말할 나위 없는 상고주의다. '신아구방'―우리나라를 새롭게 개조하자면서 도리어 옛날로 돌아가자고 한 것이다. 이것은 수사적인 역설이 아니고 진정성이 중후하게 새겨져 있었다. 상고주의는 다산적 사고 논리지만, 넓게 보아 실학의 기본 성격이기도 하다. 이 대목에서 먼저 따지고 가야 할 점이 있는데 다산은 왜 이렇듯 '법치', 즉 법을 부정했을까?

> 천리에 비추어 합치되고 인정에 맞아 어울리는 것을 '예'라고 이르는 데 대하여 사람들이 두려워하고 슬퍼하는 바로 협박해서 우리 백성들로 하여금 덜덜 떨게 만들어 감히 저촉하지 못하도록 하는 것을 '법'이라고 이른다. 옛날의 왕들은 '예'로 '법'을 삼았고, 후세의 왕들은 '법'으로 '법'을 삼은 것이다. 이 점이 서로 다르다.
>
> 앞의 글

다산적 상고주의는 법치의 문제점을 제기한 데서 발단했음을 본다. 그가 문제 삼은 것은 법의 자의성, 폭력성이다. 사람들을 협박해서 "덜덜 떨게 만들어 감히 저촉하지 못하도록 하는 것"이 후세의 제왕들이 제정한 법이라고 강한 어조로 비판을 가한 것이다. 반면에 자연의 이치에 합당하고 인간 현실에 적합한 예로 법을 삼아야 한다는 주장이다. 법을 송두리째 부정한 것이 아니고 법이 예의 성질을 갖춰야 한다는 생각이다. 즉 **'제왕의 법'―현행법을 부정하고 천리와 인정에 합당하여 보편성·영구성을 담보한 법 개념**을 떠올린 것이다.

오직 하늘만이 사람을 살릴 수도 있고 죽일 수도 있다. 인명은 하늘에 매여 있는 것이다. 사목司牧 또한 그 사이에서 선량한 자들을 보살펴 살아가도록 하고 죄악이 있는 자들을 붙잡아 죽이기도 하는데, 이는 **천권**天權을 현시하는 행위일 따름이다.

「흠흠신서서」欽欽新書序

『흠흠신서』에 붙인 다산의 글이다. 인명에 관계된 사법 행위를 하늘의 고유한 권리를 대신해서 집행하는 것으로 말하고 있다. 인명을 중시한 때문에 하늘을 끌어들인 셈이다. 그렇긴 하나 하늘을 한낱 방편으로 삼은 것은 아니다. '목민의 정치학'을 철저히 본원적으로 사고한 데서 도출한 개념이다. 목민관의 역할을 '대천리물'代天理物이라고 표현했던 그것이다. '인권'은 '천권'으로 보장되고 있다. 다산의 다음 세대로서 역시 위대한 학자인 최한기崔漢綺는 '천민'天民이란 개념을 들고 나왔다. '천권'과 '천민'은 철학적 배경은 다르지만 인명을 중시한 사상이란 점에서 상통하는 것으로 보인다. '천권'을 제기한 다산은 '법치'를 부정한 대신 '예치'를 주장한 것이다.

다산은 「원목」에서 법은 본디 기초 단위에서부터 민의 원망願望을 쫓아, '하이상'下而上의 방식으로 제정된 것이라고 말한 바 있다. 그야말로 법 제정의 절차에서부터 민주적이었으므로 편민便民의 뜻이 십분 발휘되었다고 한다. 법의 원형이 이러했다고 주장하였지만 차라리 그가 이상으로 상정한 법의 원리라고 보아야 할 듯싶다.

또 고려할 점이 있다. 동양의 법에는 자고로 인권이란 개념이 부재했다는 것이 통설이다. 물론 율령을 세움으로써 국가의 기강이 잡히고 법도가 정해져서 권력의 과도한 행사를 제한하기도 했다. 하지만 인간의 권리를 보호하고 통치자의 권력을 견제하는 법 개념은 분명하지 못했다. 때문에 법은 오직 통치의 수단이었고 인간을 규율하는 장치로서의 기능을 수행해 왔다. 다산이 법에 대해 근원적으로 회의하였던 이유는 바로 여기에 있었다. 「원목」에서 창조적인 예지로 구상했던 **민주적인 법** 제정을 이미 유보해 둔 상태에서는 고대적인 '예치'의 개념을 호출할 수밖에 없지 않았을까. 그리하여 예를 지향한 새로운 법 개념을 제출한 것이다.

다산은 천과 민을 하나로 묶어 통치자의 입장에서 두려워해야 할 대상이라고 일깨운 바 있었다. 그리고 인간의 가장 기본적인 생명을 보호하려는 취지로 천권의 개념을 도입한 터였다. 나아가 근원적인 차원에서 현행법의 문제점을 제기하여 하늘의 이치와 인간 현실에 기초해서 합리적이고 보편적인 법으로 돌아갈 방도를 강구한 것이다. **권력자의 사리사욕에 이용되는 것이 아닌, 공공성 및 합리성을 지닌 법, 그 법의 근거를 천에서 찾았다.** 이러한 법 개념은 자연법의 성격을 띠는바 **다산은 자연법적 논리로 민의 문제에 접근**하였다고 말할 수 있다.

4. 『목민심서』의 체제와 내용의 특성

(1) 『목민심서』의 체제와 편차

『목민심서』는 모두 12편으로 편마다 6개조를 두어서 도합 12편 72조로 엮여 있다. 원본은 총 48권으로 3권을 1책으로 묶어서 도합 16책이다. 참고로 전체 편목의 차례 및 분량을 표로 제시한다.

다음 표에 나타난 대로 『목민심서』는 지방관으로 나가는 '부임'에서 시작, 임무를 마치고 귀환하는 '해관'에서 끝나는 구조다. 그 중간은 3기, 6전에 진황賑荒이 들어가서 모두 10편으로 짜여 있다. 3기는

편명	조의 이름	분량	비고
1. 부임赴任	제배除拜 치장治裝 사조辭朝 계행啓行 상관上官 이사莅事	2권	부임 과정
2. 율기律己	칙궁飭躬 청심淸心 제가齊家 병객屏客 절용節用 낙시樂施	4권	
3. 봉공奉公	선화宣化 수법守法 예제禮際 문보文報 공납貢納 왕역往役	2권	삼기三紀
4. 애민愛民	양로養老 자유慈幼 진궁振窮 애상哀喪 관질寬疾 구재救災	2권	
5. 이전吏典	속리束吏 어중馭衆 용인用人 거현擧賢 찰물察物 고공考功	3권	
6. 호전戶典	전정田政 세법稅法 곡부穀簿 호적戶籍 평부平賦 권농勸農	9권	
7. 예전禮典	제사祭祀 빈객賓客 교민敎民 흥학興學 변등辨等 과예課藝	5권	
8. 병전兵典	첨정簽丁 연졸練卒 수병修兵 권무勸武 응변應辯 어구禦寇	4권	육전六典
9. 형전刑典	청송聽訟 단옥斷獄 신형愼刑 휼수恤囚 금폭禁暴 제해除害	6권	
10. 공전工典	산림山林 천택川澤 선해繕廨 수성修城 도로道路 장작匠作	4권	
11. 진황賑荒	비자備資 권분勸分 규모規模 설시設施 보력補力 준사竣事	5권	흉년 구호 활동
12. 해관解官	체대遞代 귀장歸裝 원류願留 걸유乞宥 은졸隱卒 유애遺愛	2권	이임 과정

* 총 12편 72조, 48권 16책으로 잡은 것은 필사 원본이며, 신조선사新朝鮮社에서 간행한 활자본은 권책의 묶음을 달리해 총 14권 7책으로 만들었다.

수령 자신의 주체 확립과 도덕적 방향성을 드러낸 율기律己·봉공奉公·애민愛民, 6전은 수령의 제반 업무를 이·호·예·병·형·공으로 나누어 서술하였다. 그리고 따로 흉년을 당했을 때의 구휼 활동을 다루어 진황 1편을 특설한 것이다. 『목민심서』란 책은 하나의 저술로서 조리 정연하여 규모와 체제를 구비한 것임을 알 수 있다.

그런데 분량상으로 보면 12편 72조를 각기 일정하게 맞추지 않아서 길고 짧은 차이가 난다. 1편이 2권 내지 3권에 담겨 있는가 하면, 호전 하나가 무려 9권에 이른다. 6전 부분의 비중은 아주 커서 31권이나 된다.『목민심서』는 6전 중심의 체제를 갖춘 것이다. 이와 같이 목차 구성 측면에서는 전체적으로 완정한 균형을 취한 반면, 내용 측면에서는 각각의 비중에 따라서 분량을 자유롭게 잡은 모양새다. 다음에『목민심서』가 취한 6전 체제에 대해 논하기로 한다.

6전典 체제의 의미

『목민심서』의 6전 중심 체제는 편차상에서 확연히 드러나는 사실이다. 그것이 어떤 의미를 갖는가? 아울러 거기에 분량이 대폭으로 실린 사정도 살펴야 할 문제다.

우리나라에서 통행한 목민서류에서 6전 체제를 잡은 경우는 극히 드물다. 오직 홍양호洪良浩의『목민대방』牧民大方에서 그 선례를 찾아볼 수 있을 뿐이다.『대방』은 '목민의 도'를 3경經과 6전典으로 틀을 잡은바, 이는『심서』의 3기 6전과 같은 구도다. 이렇듯 기본 구도는 양자가 일치하지만 의미가 서로 일치하는 것은 아니다. 우선 외형상으로 보아『대방』은 비록 6전으로 나누어 수령의 업무를 거론하나 서술 분량이 모두 합쳐도『심서』의 1권 정도다. 이런 양적인 차이는 양자의 의미 내용의 차이와도 무관하지 않은 것임이 물론이다.

이·호·예·병·형·공의 6전은『주례』에서 비롯된 것이지만, 당시 중앙 정부의 6조로부터 지방 행정 단위의 6방에 이르기까지 통행하는 제도다. 다산은『경세유표』에서『주례』의 원형을 모델 삼아 국가 제도를 설계했거니와,『목민심서』에서 6전 체제를 취한 직접적인 의도는 현행 제도를 따라 논한다는 데 있었다. 구체적 실태를 분석하고 문제점을 간파하는 것이 무엇보다도 긴요한 과제였기 때문이다.

또한 '수령7사'[7]를 극복하려는 의도도 내포되어 있었다. '수령7사'란 수령이 꼭 힘써야 할 임무로서 법전에 규정된 일곱 가지를 가리킨다.

> 수령의 직분은 어찌 꼭 7사에만 그칠 것인가. 지금 위에서는 7 사로 경계하고 아래서는 이를 받들어서 한결같이 7사 외에는 달리 힘써야 할 임무가 없는 줄로 생각한다. 아무리 어질고 선행을 좋아하는 수령이라도 손을 어디에 써야 할지를 모르고 있다. 어찌 한심하지 않은가!

『목민심서』「애민편」의 도입부에 적혀 있는 말이다. 애민이 수령의 임무로서 중요한 일임에도 7사에 들어 있지 않기 때문에 간과하는 문제점을 심각하게 지적한 것이다. 수령은 맡은 바 직무가 7사에 한정되지 않고 고을의 전반적인 업무를 관장해야 하는데 마치 7사가 전부인 양으로 여긴다는 지적이다. 이 또한 관료적 병폐의 일종이라 하겠다. 때문에 목민서들은 대부분 '수령7사'를 중심으로 엮었다. 『목민심서』의 '6전 체제'는 곧 '수령7사' 중심의 서술 체제를 비판, 대안으로 제출된 것이다. 『목민심서』의 서문에서 다산은 '수령7사'는 대체적인 방향을 적출한 것일 뿐이라고 하면서 이렇게 지적하였다.

> 수령이라는 직분은 관장하지 않은 바가 없으니, 여러 조목을 차례로 명시하더라도 오히려 직분을 다하지 못할까 두려운데, 하

---

7 수령7사란 지방의 수령이 지켜야 할 일곱 가지 요목으로, 농상성農桑盛·호구증戶口增·학교흥學校興·군정수軍政修·부역균賦役均·사송간詞訟簡·간활식奸猾息이다. 이를 기준으로 수령의 치적을 평가하였으며, 목민서류도 대개는 이에 준해서 서술되었다.

물며 스스로 생각해서 행하기를 바랄 수 있겠는가? 이 책은 첫 머리와 맨 끝의 2편을 제외한 나머지 10편에 들어 있는 것만 해도 60조이니, 실로 어진 수령이 있어서 자기 직분을 다할 것을 생각한다면 방향을 잃지 않을 것이다.

『목민심서』에서 편마다 조목을 세분해서 자상하게 서술한 그 저자의 고심과 진의가 십분 느껴진다. 당위론이나 원칙론으로 경계하는 정도를 훨씬 넘어 수령으로서 감당해야 하는 제반 업무를 구분해서 정치하게 분석, 설명하여 각기 적절하고도 구체적인 실행 방법을 제시하려 한 것이었다. 따라서 조목이 복잡하게 늘어날 수밖에 없는데 목차를 조리 정연하게 세웠으니 가장 요령을 얻은 모양이다. 그런 가운데서도 중심부에 해당하는 6전은 36조로 편성되어 있다.

이 6전 36조는 곧 수령이 관장하는 실제 업무이면서 민생 현실에 직결된 대목이다. 가령 국가의 재정과 인민의 생존이 걸린 「세법」稅法, 「곡부」穀簿, 「평부」平賦는 각기 2권 분량에 담겨 있다. 그만큼 비중을 두어서 다룬 것임이 물론이다. 지방 군현의 실무와 관련된 현장 자료를 풍부하게 동원한 점이 특히 주목된다. 6전의 양적인 비중이 커진 것이다. 다산 자신 현장 자료를 이용하게 된 것과 관련하여 이렇게 언급한다.

> 남쪽 변두리 땅에서는 전세田稅와 공부貢賦를 아전들이 농간하여 각종 폐단이 발생하는데 나의 처지가 낮았기 때문에 듣는 것이 매우 소상하여 이것들 또한 종류별로 기록하였으며, 나의 얕은 견해도 덧붙였다.
>
> 「목민심서」 자서自序

"나의 처지가 낮았"다는 것은 그 자신이 귀양살이 하는 몸이기 때문이다. 그렇기에 민생현실에 자상할 수 있었다.『목민심서』는 6전 중심의 체제를 취함에 따라 여기에 양적 비중이 커진 것은 자연스런 추세다. 이 점은『목민심서』의 기본 취지와 관련되는바 목민관의 실무에 자상하고도 구체적인 지침이 될 수 있도록 하기 위함이었다.

(2)『목민심서』의 내용은 어떤 특징이 있는가?

『목민심서』의 내용을 두루 파악해서 해명하고 논평을 하는 것은 필히 요망되는 과제지만 만만한 일이 아니다. 누군가가 이 일을 맡아 주길 기대하면서 여기서는 두 가지 문제를 언급해 두는 것으로 그친다.

주체 확립의 문제와 고과제도

중국에서는 종래 목민서류를 도서 분류상에서 관잠서로 구분했다. 역대의 전적들을 총집, 정리한 사고전서四庫全書에서 목민서들은 사부史部 관잠서에 소속시켜 놓았다. 최근에 이 부류를 총집한 책의 이름을『관잠서집성』이라고 붙인 것이다. 우리 조선조의 목민서들 또한 대략적 성격이 관잠서로 분류되어야 할 것임이 물론이다. 사대부로서의 교훈을 목적으로 한 그 발생론적 경위나 당위론 내지 원론적 서술을 위주로 한 내용에 비추어 그러하다. 하지만『목민심서』의 경우는 위에서 논하였듯 관잠서보다는 정서政書로서의 성격이 우세하다.

그럼에도『목민심서』또한 잠언적인 성격을 상당한 정도로 견지하고 있다. 수령된 자의 품성이나 도덕적인 태도를 부단히 강조하는 것이다. 거의 전편에 걸쳐서 수령 자신의 청렴성, 근면성을 일깨우길 잊지 않고 있거니와, 위 표에서 볼 수 있듯 율기·봉공·애민의 3기紀

는 표제에서부터 이미 도덕적 방향성이 전제되어 있다. 하지만 실제 내용을 검토해 보면 「봉공편」과 「애민편」은 실무적인 기술을 위주로 한다. 그럼에도 수령 자신의 수양에 역점을 두었으니, "밝기 전에 일어나서 촛불을 밝히고 …… 조용히 앉아서 정신을 함양해야 할 것이다"(「율기편」)라고 한 것이다. 수령의 일상적 몸가짐을 거의 종교 차원으로 끌어가고 있다. 이 측면을 보면 사회·정치적으로 실천해야 할 문제를 개인의 주관적 태도에 돌린 것처럼 비친다.

이처럼 주체 확립을 중시한 것은 '수기치인'이라는 유교적 사고 논리의 특성이기도 하지만 거기에 또 다른 까닭이 있었다. 당시 왕정 체제에서 지방 수령은 백사를 관장하여 무제한의 권력을 행사하도록 되어 있었다. 도의 감사가 있고 어사가 때때로 나오지만 감시 기능이 제대로 작동하기는 어려웠다. 지방의 고을은 비록 규모는 조그마해도 소왕국이고 그 안에서 수령은 임금처럼 군림하였던 셈이다. 권력의 분점과 균형이 결여된 제도 아래서 그 제도를 뜯어고치지 않는 선에서 문제점을 최소화하기 위해선 담당 주체의 도덕성을 강조하는 것이 불가피한 방향이었다.

이 대목에서 아울러 주목할 사안이 있다. 다름 아닌 고과제도를 주요 포인트로 설정한 점이다. 주체의 도덕성을 강조하는 한편 감시 기능을 효율적이고도 적극적으로 도입할 것을 주장한 것이다.

고과考課는 능력과 실적을 평가하여 인사에 반영하는 제도다. 오늘날에도 여러 공직 사회에서 나름으로 평가제도가 시행되고 있으나, 과연 얼마나 신빙성과 실효성이 있는지 다분히 회의적으로 생각되는 실정이다. 예전에도 고적考績 혹은 고공考工이라 하여, 고려 말에 이미 이 제도가 도입되었다. 조선조에서는 『경국대전』에 규정되어 감사가 관하의 수령들에 대해 매년 2회 공식적인 평가가 이루어졌다. 앞서 거론했던 '수령7사'는 이 고과의 기준으로 정해진 항목이었다. 이 관행적 고과 또한 형식에 흘러 실효를 기대하기 어려웠다. 이런 고과제도를 다산은 다시 합리적으로 개정하여 중앙 정부로부터 지방의 말단에 이르기까지 전면적으로 본격적으로 실시할 것을 거듭 역설하였다. 국정의 성패는 바로 이 고과제도에 달린 것처럼 주장한 것이다.

이에 대한 다산의 견해와 방법은 「고적의」考績議란 글에서 정치하게 논술되었고, 이론적 근거는 『서경』書經의 해석을 통해서 제시하였다. 『목민심서』에서는 「이전」吏典 '고공'考功에서 이 문제를 집중적으로 다루었다. 다산은 "감사가 공적을 평가하는 법은 아주 소략하기 때문에 실효를 기대할 수 없다. 임금께 아뢰어 그 방식을 고치도록 하는 것이 옳다"고 고과제도의 전면적 개정을 염원한다. 그리하여 "이 법이 제대로 정해지면 태평의 치세를 기대할 수 있을 것이다. 중국의 요임금과 순임금이 훌륭한 치세를 기록한 것은 오직 공적의 평가, 이 한 가지 일에 있었다. 나는 이 주장이 망언이 아님을 확신한다"고 대단히 역점을 두었던 것이다. 고과를 이처럼 중시한 그의 의도는 어디에 있었을까?

'예치'를 주장한 다산의 정치학에서 주체 확립이 주요 과제가 되는 것은 논리적으로 정합성을 갖는다. 다산은 주체의 도덕적 자세를 기본으로 생각하면서도 다른 한편으로 감시 기능을 하는 고과제도를 전면적으로 도입하려 한 것이다. 주체의 도덕성으로 기울어지면 주관적이 되기 쉬운데 객관적인 평가로 균형을 잡으려 한 것이라고 여겨진다.

민의 존재와 민생 대책

'민의 문제'가 정법 3서를 관통하는 사안임을 앞에서 지적하였거니와, 더욱이 『목민심서』는 당장 목전에서 신음하며 죽어 가는 백성들을 구제하는 데 목적을 두었다. 그러한 저술 의식은 다산 자신이 분명히 언표하였을 뿐 아니라, 책의 체제 역시 거기에 맞추어져 있었다. 그가 직접 한 말을 들어 보자.

> 『목민심서』는 무엇인가? 지금의 법제를 그대로 추종해서 우리 백성을 보호하려는 것이다. 「율기」·「봉공」·「애민」으로 3기를 삼고, 이·호·예·병·형·공으로 6전을 삼은 다음, 마지막은 「진황」으로 하였다. 각 편마다 6조를 설정하니 조목별로 고금의 자료를 찾아 망라하고 간교·허위의 행위들을 낱낱이 파헤쳐서 폭로한 이 내용을 목민관들에게 제공하면 아마 한 명의 백성이라도 그 은택을 입지 않을까. 이것이 나 정약용의 마음이다.
>
> 「자찬묘지명」

『목민심서』는 '민'의 존재가 전체 구조의 핵심을 이룬 것이었다. 어느 편이건 '민'과 무관한 것은 없다는 뜻이다. 사례 하나를 들자면 「봉공」 '문보'文報에서 수령이 상관에게 문서를 올리는 일에 관련하여 민생 문제라면 경우에 따라선 상관과도 싸워야 한다며 일깨운 말씀이다.

"천하에 가장 천해서 의지할 데 없는 것도 백성이요, 천하에 가장 높아서 산과 같은 것도 백성이다. …… 상사가 아무리 높아도 수령이 백성을 머리에 이고 싸우면 대부분 굴복할 것이다."

'천'과 함께 '민'이 가장 두려운 존재라고 보았던 다산 자신의 사고 논리가 투영된 대목으로, 그의 독특한 '민의 사상'이 잠재해 있음을 느끼게 한다.

『목민심서』에서는 결국 민생 대책이 풀어야 할 핵심 과제다. 이 과제와 직접 관련해서 『목민심서』는 3기에서 6전으로 넘어가는 대목에 「애민편」을 설정하고, 6전이 끝난 대목에서 별도로 또 「진황편」을 배치하는 목차 구성을 하였다. 「애민편」 6조를 살펴보면, 노인 문제, 고아·유기아 문제, 병자·장애인 문제, 재난 구호 등등 민생과 사회복지 전반에 관심을 두어 구체적인 방안을 내놓았다. 「진황」 6조는 흉년의 대비책인데 거의 주기적으로 발생했던 한발 기근으로 굶어 죽는 백성들을 살리기 위한 사전 준비, 구휼 사업의 실시 방법을 자상하게 서술하였다. 그야말로 한 사람이라도 살려 내겠다는 뜻이 곡진하게 드러나는바 **민생 문제는 곧 인권 문제**였다.

5. 맺음말: 『목민심서』의 현재성

『목민심서』는 오늘의 시대로 와서 이미 실용적 의미는 상실했다고 보아야 할 것이다. 그렇다면 어떤 현재성을 거기에 부여할 수 있을까? 이에 답하는 말로 이 글의 끝맺음을 삼아 둘까 한다.

먼저 해야 할 말이 한 가지 있다. 18, 19세기에 이르러 목민서류가 급증한 현상을 당시 정치·사회적 수효가 급증한 데 요인이 있었다고 보았다. '정치·사회적 수요'란 과연 어떤 것이었는지 이에 관해서는 구체적인 언급을 하지 않고 지나쳤다. 목민서류가 급증한 것은 한국과 중국에 걸쳐서 동시대적 현상이었다. 19세기 중반을 지나면서 동아시아의 전통 사회가 급속히 해체되는 과정에 들어선 역사적 사실에 주목할 필요가 있다. 18세기로부터 19세기에 이르는 시간대는 대변혁을 목전에 둔 기간으로 사회 문화적 움직임이 대단히 활발해졌다. 때문에 혼란스런 면을 연출했던가 하면 민의 존재감이 여러모로 부상하였다. 이런 시대 상황에 대응하는 방도의 하나가 목민서의 저술, 보급이었다. 다산의 『목민심서』 또한 급상승했던 수요에 대응하여 저술된 책으로 수많은 목민서류와 함께 동시대적 공존물이다. 그래서 『목민심서』는 여러 목민서류와 공통성 및 차별성을 지니게 되었다. 『목민심서』의 현재성은 다각도로 지적할 수 있겠으나, 특히 다음 세 가지를 거론하려 한다. 이 글은 처음부터 『목민심서』가 다른 목민서류와 차별성을 드러낸 지점에 주목했거니와 그 가치 또한 주로 이 지점에 관련되어 있다.

첫째, 사료적인 가치다. 『목민심서』는 당시 조선의 사회와 민생 현실을 각종 자료를 많이 동원해서 전면적으로 심도 있게 분석하고 해명한 것이다. 때문에 목민서류로서 실로 전무후무한 풍부화를 구현할 수 있었다. 실무적·기능적 차원에 머물렀던 대부분의 목민서류와는 전혀 다른 면모다. 그래서 이 책을 마음먹고 읽으면 교양과 지식을 쌓을 수 있고 학문을 연구하는 데도 더없이 좋은 자료가 될 수 있다고 한 것이다.

둘째, 고전으로서의 가치다. 중국의 목민서류를 총집한 『관잠서집성』은 이 총서의 의의로 '자국의 우수한 행정 문화의 전통'을 보여 준다는 점을 내세웠다. 다산의 『목민심서』는 한국만 아니고 중국을 포괄해서 고금의 '행정 문화의 전통'을 폭넓게 수렴하면서, 거기에 그치지 않고 투철한 문제의식을 가지고 정치 행정의 제도와 거기에 편제된 백성의 삶의 현실을 생동하게 묘사하고 날카롭게 비판하는 필치를 휘둘렀다. 그 자신의 학문 세계-저술 체계의 일부로 수행되었는데 인간과 사회에 대한 이해를 폭넓게 하는 데 긴요한 것이다. 사료적 가치뿐 아니고 불후의 고전으로서의 가치를 크게 평가할 수 있다.

셋째, 민에 대한 시각. 앞 절에서 인용한바 다산은 "천하에 가장 천해서 의지할 데 없는 것도 백성이요, 천하에 가장 높아서 산과 같은 것도 백성이다"라고 천명했다. 민의 존재를 한편으로 가장 불쌍하게, 다른 한편으로 가장 높게 인식한 것이다. '어리석은 백성'으로 치부하는 전래의 우민적인 관점으로부터 탈피한 것이 아니면서 상반되는 시각이 아울러 작동한다. 그는 '목민의 정치학'이란 유교적인 틀에서 오히려 철저했다. 그리하여 『목민심서』는 '백성을 구하기 위한 긴급 처방과 근본 대책'을 강구한 내용으로 엮였다. 그 속에는 '민을 정치의 주체'로 인식한 다산적 관점이 들어가 있다. 다산이 제도로서의 민주주의를 고안했다고 말하기는 어렵지만, 민을 본위로 하는 정치와 법을 사고한 것이다. 오늘의 한국 현실에서 직면한 문제는 민주주의다. 최근에 우리가 경험했듯, 대통령을 국민의 손으로 뽑았다가 국민의 함성으로 쫓아냈다. 이 글을 쓰는 시점에서 눈앞에 진행된 상황이다. 뽑은 것도 국민이고 쫓아낸 것도 국민이다. 인간을 무작정 믿을 수 없겠지만, 아무래도 인간적 양심과 삶의 저력을 신뢰해야만 할 것이다. 다산 정치학의 저작들을 읽으면서 민주주의를 근본적으로 돌아보는 계기를 삼자는 말로 이 글을 끝맺는다.

『흠흠신서』
진정한 흠휼을 구상하다 *

1. 진정한 흠휼欽恤

다산 정약용은 우리에게 너무나도 친숙한 실학자다. 그는 『흠흠신서』를 통해 조선 후기의 일반적인 법 집행 관행과 법 감정을 비판한 바 있다. 다산은 사건 판결이야말로 천하의 저울처럼 공평해야 한다고 보았다. 죄수를 위하여 죽일 길을 찾아도 정의롭지 않고 그렇다고 살릴 길만 찾아도 정의롭지 않다는 것이다. 그럼에도 살길을 찾아보고 죽을 길을 찾지 않는 이유는 무엇인가? 바로 한번 죽은 자는 다시 살아날 수 없기에 일단 살려 놓고 죽일 방도를 찾아도 늦지 않기 때문이다. 다산은 혹시라도 모를 억울한 피해자를 불쌍히 여기는 마음 그것이야말로 흠휼欽恤의 본의라고 주장했다.[1] 사법 정의는 단 한 명의 억울한 이도 허용하지 않겠다는 마음 자세로 정확하고 엄격하게

* 김호(경인교대 사회교육과 교수)

2부 경세학

집행되어야 비로소 가능했다.

다산은 조선 후기에 흠휼을 무조건 관용하는 것으로 생각하여 법을 굽혀 도덕 교화를 강조하면서, 이를 악용하고 처벌받지 않는 자들이 늘어난다고 비판했다. 그는 '용서를 일삼는 것이야말로 아녀자의 사랑(仁)'이라며 보다 엄격한 법 집행을 강조했다. 그렇다고 다산이 법가法家라거나 엄형嚴刑을 주장했다고 말할 수는 없다. 그는 누구보다 신체형의 불인不仁함을 비판했기 때문이다.

다산은 고의 없는 범죄를 사면하였을 뿐 아니라 정상 참작을 통한 시중時中의 중요성을 깊이 고민했다. 나아가 당시 사법 정의의 구현이 매우 어려운 현실임을 토로하면서도 아주 신중하고 공정한 법 집행이 사회를 구할 유일한 방법임을 거듭 주장했다.

다산은 자신의 생각이 사실은 정조의 뜻을 받든 데 불과하다고 밝힌 바 있다. 그가 형조 관리로 근무하던 시절 정조는 다산에게 『상형고』祥刑攷라는 살옥殺獄 사건의 판례집을 만들도록 했다. 사건 심리 과정과 최종 판례를 수집하여 후대의 모범으로 삼으려던 것이었다.[2] 다산은 편집을 마친 후 『상형고』의 발문을 지어 정조의 뜻을 밝혀 두었다. 뜻밖에도 정조가 신하들로부터 가장 듣기 싫어하는 말은 '임금께서 사람 살리는 일을 좋아 하신다'는 칭찬이었다. 정조의 살옥 감형 사례는 『심리록』審理錄을 일별하기만 하면 금방 알 수 있을 정도이다. 그런데 정조 자신은 사람들을 쉽게 용서한다는 말을 가장 거북해했다는 것이다.

---

1 『欽欽新書』 권1 「經史要義」 1 '明愼不留之義'.
2 다산의 『흠흠신서』는 정조의 명을 받들어 엮은 『상형고』 간행의 연장선에서 이루어진 일이었다.

싸움을 하다가 구타하여 살인을 한 자는 죽일 생각은 본래 없었으나 불행하게 죽은 경우가 십 중 칠팔이며, 혹 칼을 뽑아 들고 곧바로 찌른 자는 반드시 그 마음에 지극한 원한이 있어서 죽어도 참을 수 없는 경우다. 이에 본래 죽일 생각이 없이 죽인 경우와 죽일 생각을 품고 죽인 경우에 대해 내(정조)가 때에 따라서 나누어 판단했다. 내가 살리기를 좋아해서가 아니라 법률상으로 마땅히 그렇게 해야 하기 때문이었다. 또 내가 옥사를 신원할 때마다 조신朝臣들은 문득 호생지덕好生之德을 강조하는데, 조신들은 내가 그 말을 듣기 좋아하리라고 여길지 모르지만 나는 그 말보다 더 듣기 싫은 말이 없었다. 대체로 착한 것을 좋아하고 악한 것을 싫어하는 것은 의리(義)와 지혜(智)다. 큰 죄악이 있어 반드시 죽여야 할 사람을 보고서도 그를 끝없이 살리려고만 한다면 이는 사덕四德(인·의·예·지)에서 두 가지(의·지)를 빠뜨린 것이다. 그런데 어떻게 덕이 되겠는가. 나는 대체로 한 사람이라도 죄 없는 자를 죽이는 일은 하지 않으려고 했던 것이지, 내가 살리기만을 좋아하는 사람은 아니다. 조신들이 몇 해를 두고 나를 섬겼으면서도 나의 뜻을 모르고 나를 보고 살리기를 좋아한다고들 하니 내가 듣기 싫어하는 말이다.[3]

정조는 단지 감형과 용서를 일삼지 않았다. 처벌받아 마땅한 자를 처벌했고, 단 한 사람의 억울한 희생자도 생기지 않도록 주의했을 뿐이다. 정조의 생각은 다산이 말하고 싶었던 바이기도 했다. 정조의

---

3 『與猶堂全書』文集 권14「跋祥刑攷艸本」.

살옥 심리審理 기준에 대한 다산의 이해는 무조건의 관대와 사면이 아니라, 처벌해야 할 자는 처벌하고 죄책罪責을 묻기 어렵다면 용서하는 것이었다. 진정한 사법 정의를 구현하기 위해 이러한 원칙 준수는 무엇보다 중요했다.

2. 불승흠탄不勝欽歎

『흠흠신서』 전편을 통해 다산은 정조의 판부判付를 칭송해 마지않았다. 간혹 정조의 판결에 준엄한 비판을 삼가지 않았던 그였지만, 대부분의 사건 판결에 관한 정조의 법 추론에 동의했다. 다산은 많은 목민관들이 정조의 심리와 판부를 읽고 그 깊은 뜻을 이해하기를 바랐다.

그중에서도 다산이 탄복해 마지않은 사건 판결이 있었다. 1778년(정조 2) 8월 평양에서 벌어진 한세명 사건이었다. 다산은 '감탄하지 않을 수 없다'(臣不勝欽歎之至)고 술회했다.

『심리록』의 기록은 이렇다. "집강執綱 한세명이 임무를 제대로 수행하지 않는다며 양반 강중흥·강종지 형제가 꾸짖자, 한세명이 화를 내며 방망이를 강중흥에게 던졌다. 그런데 일이 잘못되어 옆의 오덕룡이 맞아 죽었다."[4] 당연히 한세명이 정범으로 고발되었다. 그런데 사건이 쉽게 종결되지 않고 수년을 끌었다. 급기야 1781년(정조 5) 4월 한세명의 부인 양조이가 억울하다며 격쟁擊錚했다. 격쟁은 조선

4　『심리록』권7「平安道平壤府韓世明獄」참조.

시대에 억울함을 호소하던 일종의 소원제도였다.

『일성록』日省錄에는 양조이의 주장이 자세하게 기록되어 있다.[5] 사실은 강중홍이 오덕룡을 구타하여 기절하자 집에 데려가 개의 간을 먹이는 등 구료하였으나 그만 오덕룡이 죽었고, 이에 강중홍이 김윤경을 뇌물로 꼬여 한세명을 범인으로 증언하도록 했다는 것이다.

정조는 철저한 재조사를 명했다. 평양 감사는 한세명이 정범이 아닐 수 있다고 보고했다. 한세명은 고독단신孤獨單身이나 강중홍 형제는 마을의 토호土豪이므로, 강중홍이 몽둥이를 던져 사람을 죽이고도 한세명을 무고했을 가능성이 높다는 취지였다. 그러나 형조 관리들의 의견은 달랐다. 정조의 명령이 억강부약抑强扶弱하려는 취지였고, 평양 감사가 이를 받들어 강중홍을 정범으로 삼으려는 의지를 보였으나 그렇다고 강중홍을 정범으로 확정할 수는 없다는 반론이었다.

수년이 지나 1784년 윤3월 정조는 몇 가지 추론을 통해 자신의 입장을 밝혔다. 정조는 본 사건 조사의 형식(獄體)과 내용(獄情) 모두를 문제 삼았다. 먼저 옥체상의 문제다. 조선 시대 하나의 사건에는 한 명의 정범이 결정되어야 했다. 그런데 당시 조사관들은 강종지와 한세명 두 사람을 정범으로 기록했던 것이다. 정조는 백번 양보하여 정범을 확정하기 어려워 그렇게 했더라도 이후에 범인을 확인하기 위한 철저한 수사가 필요했는데 그렇지 않았다고 질타했다.

다음 옥정의 문제다. 왜 한세명이 범인이 되었을까? 강종지는 지역의 호강인 데 반해 한세명은 다른 고을에서 이사 온 힘없는 자였다. 정조는 이 점을 합리적 의심의 출발로 삼았다. 의문은 계속되었

---

5   『일성록』 정조 8년(1784) 윤3월 25일, 29일 참조.

다. 강중홍, 강중삼 그리고 강종지 형제는 한집안에 사는데 어찌 이들이 한세명, 오덕명 등과 다투는 현장에 강종지는 없었다는 이야기를 누차 강조했을까? 정조는 강종지의 범행을 숨기려는 형들의 의도를 간파했을 뿐 아니라 한동네 사는 김윤경의 태도에도 의문을 품었다. 대부분 증인은 남과 척질까 조심스럽게 말하고 에둘러 표현하는 것이 일반적이다. 그런데 김윤경은 시종일관 한세명을 정범으로 만들려고 애를 썼다. 이상 몇 가지 근거를 들어 정조는 본 사건의 정범이 한세명이 아닐 수 있다는 결론에 도달했다. 다산은 이러한 정조의 합리적 추론을 높이 평가했다.

> 신 정약용이 삼가 살펴보건대, 임금의 판부에 의문의 단서들이 열거되었으니 임금의 통찰이 만 리를 밝히신 것입니다. 비록 고요皐陶(순임금의 신하로 법리에 통달했다)가 관장하고 요임금이 숙고한다 해도 이보다 더할 수는 없습니다. 시골의 어리석은 백성들은 간증이 되면 대개 그 말을 이랬다저랬다 모호하게 말함으로써 뚜렷하게 상대와 원수지지 않으려고 하는 법인데도 김윤경은 스스로 앞장서 증인이 되어 곧바로 사지에 몰아넣어 사사로운 마음을 품고 약자를 업신여기는 사건을 만들고자 했습니다. 그러나 임금의 신명이 해와 달이 비추듯 밝게 빛났으니 신 정약용은 감탄하지 않을 수 없었습니다.[6]

정조는 한 사람의 억울한 피해자도 없도록 한다는 흠휼의 마음으

6　『欽欽新書』 권5 「祥刑追議」 1 '首從之別' 3.

로 합리적 추론 과정을 거쳐 강씨 형제와 김윤경의 공모共謀를 간파했던 것이다. 드디어 1784년(정조 8) 5월 29일 정조는 최종 판결을 통해 7년 동안 억울하게 고생한 한세명을 석방하도록 명령했다.

아울러 강종지와 김윤경의 죄상을 낱낱이 밝히도록 명령했다. 끝까지 자백하지 않는 두 사람의 교활하고 간악함을 엄중하게 꾸짖지 않을 수 없었기 때문이다. 그런데 흥미롭게도 정조는 강종지를 구하려고 허위로 증언하고 김윤경을 꾀어 한세명을 범인으로 몰아간 강중흥과 강중삼 형제를 석방했다. 형제간의 우애를 돈독히 하는 교화의 뜻을 보이고 모든 백성이 이를 배우기 바라는 차원이었다.

정조와 다산에게 진정한 흠휼이란 혹시 모를 피해자를 불쌍하게 여기고 신중한 판단을 내리는 것이었다. 신중함과 관대함은 전연 달랐다. 그런데 조선 후기의 많은 목민관들이 흠휼을 신중함이 아닌 관대함으로 오해한 채 사면과 감형을 남발하고 있었다.

다산은 혹시 모를 피해자를 불쌍히 여기는 긍휼의 마음과 이에 기초한 신중한 법 집행이야말로 흠휼의 진의라고 강조했다. 주희朱熹 흠휼론의 본뜻이 그러했고, 정조가 이를 받들어 실천했으며, 다산 역시 『흠흠신서』 전편을 통해 그 의미를 더욱 구체화했다.

3. 범의犯意의 유무

누군가를 죽이려는 마음으로 살인을 저질렀다면 절대 용서할 수 없다. 고의故意의 유무는 살옥 판결의 가장 중요한 기준이었다. 다산 역시 '고의범'은 반드시 처벌해야 한다고 주장했다.

다음은 곡산 사또 시절 다산이 직접 겪었던 사건이다. 황해도 수

안의 창고지기 최주변이 동료 민성주와 장난하던 중 칼에 찔려 죽자 최주변의 아내가 민성주를 복수 살해한 일이다.

초검관 수안 군수는 최주변의 아내 안씨를 열녀烈女로 표창해야 한다고 보고했다. 그러나 다산은 민성주가 최주변을 죽이려던 마음 (犯意)이 없었다고 보았다. 민성주와 장난하다가 칼에 다쳤으며 이후 최주변이 조섭을 잘못하여 죽은 것이지 민성주가 직접 칼로 최주변을 살해하지 않았다는 것이 다산의 판단이었다.

민성주가 최주변을 칼로 찌른 일이 장난(죽일 마음이 없는)에서 비롯했다면 최주변의 아내 안씨는 민성주를 복수 살해할 수 없다. 때문에 민성주를 복수 살해한 안씨는 열녀가 아니라 살인자일 뿐이다. 안씨를 열녀로 둔갑시킨 초검관이야말로 다산에게는 사법 정의를 해치는 형편없는 목민관이었다.

다산은 민성주가 최주변을 칼로 찔러 죽일 마음이 없었다는 사실을 증명하고자 했다. 그리고 몇 가지 근거를 들어 논증해 나갔다. 먼저 민성주의 칼은 떡을 써는 용도로 애초에 날카롭지 않았다는 점이다. 둘째 칼에 다친 최주변이 한 달 동안 창고에서 짐을 나를 정도로 건강했다는 사실이다. 그리고 검험 결과 왼발 복사뼈의 칼로 찔린 부위 외에 발목이나 발등 부위 여러 군데에서 악창惡瘡이 발견되었다는 점이다. 마지막으로 민성주가 죽이려고 찔렀다면 발등의 상처가 조그맣고 깊어야 하는데 최주변의 상처는 옆으로 길게 나 있다. 이로 보아 칼로 찌르기보다 칼이 떨어지면서 맞은 상처가 분명했다.

다산은 이상의 증거에 기초하여 다음의 결론에 도달했다. 민성주가 칼로 최주변을 찌른 것이 아니라 두 사람이 장난치다가 최주변이 칼에 맞았고, 이후 조섭을 하지 않은 채 무리하게 일을 하다가 병사했다는 것이다. 다산은 범범하게 사건을 조사하여 살인범을 열녀로 둔갑시켜서는 안 된다고 강조했다.

아내가 남편의 원수를 갚음은 삼강오륜의 큰 뜻이니 기특한 일이요 절조가 높은 일이 아닐 수 없다. 또한 민성주의 범행이 반드시 죽이려는 마음에서 나왔고 칼날의 상처가 반드시 죽는 급소에 해당하는 것이라면, 아내 안씨가 칼을 품고 원수를 갚은 사실이 어찌 찬란히 빛날 일이 아니겠는가? 그러나 본 사건은 그렇지 못하다. 본 사건은 장난에서 비롯하였고, 상처는 복사뼈 아래에 불과하다. 또한 상처를 보면 칼을 옆으로 하여 때린 것이지 찌른 것은 아니다. 따라서 최주변의 죽음은 상처를 조섭하지 않고 찬바람을 쏘인 때문이다. 다행이 최주변이 죽지 않았다면 한번 웃고 끝날 일에 지나지 않았으므로 상처로 고생은 했지만 관아에 고발하지 않았던 것인데, 불행히도 죽자 그 아내 안씨가 모진 칼로 목구멍을 찌르고 다듬이 방망이로 머리와 얼굴을 어지럽게 내리쳤으니 그 잔인함과 악독함은 최주변이 다친 것보다 백배나 더하다. 대체로 시골의 어리석은 부인이 다만 남편이 죽으면 원수를 갚는다는 말만 듣고 이 일이 복수할 만한 일이 아니란 사실을 헤아리지 않았다. 그런데도 안씨가 함부로 사람을 죽인 사실에 죄가 없다고 판결한다면, 이후 뒤따를 폐단이 끝이 없을 것이다. 윤리를 손상하는 의리를 법으로 허용해서는 안 될 것이다.[7]

---

7   『欽欽新書』권10「剪跋蕪詞」1 '遂安郡崔周弁覆檢案跋詞'.

법과 도덕을 혼동해서는 안 된다는 것이 다산의 주장이었다. 다산은 오직 정확한 사건 조사와 합리적 추론만이 정의로운 판결을 가능케 한다고 보았다. 대부분의 목민관들은 사건을 정확하게 조사하지 않은 채 상식적으로 판단하거나 범인이나 관련자들의 진술에 의거하여 성급하게 사건을 결론짓기 일쑤였다. 심지어 사람을 죽인 범인을 열녀로 칭송한 수안 군수의 판단이야말로 심각한 문제가 아닐 수 없었다.

다산에게 사법 정의란 인정이나 도덕에 호소하는 것이 아닌 정확한 사건 조사와 철저한 원칙(법)의 적용으로부터 비로소 가능한 일이었다. 복수와 관련하여 다산은 한유韓愈와 유종원柳宗元의 논의를 비교한 바 있다. 다산은 유종원의 손을 들어주었다. 유종원은 '원칙'이 분명했기 때문이다.

> 복수의 경우 사건의 근본을 추구해 복수할 만한 경우였다면 복수를 의롭게 여기고, 복수할 만한 경우가 아니었다면 단지 범죄일 뿐이다.[8]

다산은 유종원의 논의가 매우 명확하다고 칭송했다. 사건의 근본을 헤아려 복수할 수 있는 조건이었다면 허용할 수 있지만 그렇지 않다면 반드시 처벌해야 한다는 것이다. 가령 부모가 정당하지 못한 일(간통 혹은 도둑질 도중)로 죽임을 당한 경우 자식은 복수할 수 없다. 그러나 수령이 사적인 감정으로 부모를 마음대로 죽였다면 자식은

---

8   『欽欽新書』권1「經史要義」2 '復讎殺官'.

국가의 관리마저 복수 살해할 수 있다는 것이다. 다산은 복수 그 자체를 부정하지 않았다. 원칙에 합당하다면 복수마저 허용될 수 있지만 원칙에 합당하지 않다면 그 어떠한 폭력도 정당하지 않았다.

4. 최선의 선택

법의 원칙에 따르는 일은 중요했지만 결코 쉽지 않았다. 원칙을 지키려고 하지만 상황에 따라 최선의 판단(時中)이 달라졌기 때문이다. 결국 법의 원칙과 사건의 정황을 모두 고려한 최선의 결정이 요구되었다.

1783년 10월 황해도 해주의 옥졸 최악재 사건을 보자.[9] 최악재는 죄수 박해득이 옥졸에게 의례히 지불하는 돈을 내지 않았다며 다른 죄수 이종봉을 시켜 구타하도록 했다. 이후 구타당한 박해득이 시름시름 앓다가 사망하고 말았다. 이종봉은 죄인 장무掌務였다. 장무는 일종의 반장 역할이었지만 사실상 감옥의 죄수들에게 돈을 갈취하여 옥졸 최악재에게 바치는 일이 전부였다.

황해도 감사는 해당 사건을 조사한 사또들의 초검과 복검안에 기초하여 최악재를 주범, 이종봉을 종범으로 형조에 보고했다. 처음부터 최악재는 이종봉을 시켜 박해득을 결박하고 구타하도록 지시한 자였으니, 한마디로 최악재는 밖에서 지시하고 이종봉은 안에서 지시를 따랐다고 본 것이다. 특히 이종봉은 죄수의 몸으로 목숨이 옥졸에게 달려 있었으므로 최악재의 명을 거역하지 못했을 것으로 보았

---

9   『심리록』 권15 「黃海道海州牧崔惡才獄」.

다. 박해득을 결박한 자는 이종봉이나 처음부터 사주한 자는 최악재이므로 그를 정범으로 보고한 것이다.

황해 감사의 보고서를 접수한 형조 관리들은 본 사건을 논의한 후 황해 감사와 다른 결론을 내렸다. 황해 감사의 판단은 악행의 원인을 깊이 따지는 데서 나온 의논이지만 법의 의미를 잘 헤아려 본다면 정범은 직접 범죄를 저지른 자에 해당한다는 논거였다. 주모자가 비록 최악재일지라도 박해득이 목숨을 잃은 것은 결국 이종봉 때문이라고 판단한 형조 관리들은 이종봉을 주범으로 최악재를 종범으로 정조에게 보고했다.

정조는 당시 검안을 읽고 참담한 심정을 토로했다.

> 황해도의 장계는 최악재를 주범으로 삼았고, 형조는 이종봉을 주범이라 했다. 황해도는 위협한 자를 고려하였고, 형조는 범행한 사실을 중시했다. 모두 예리한 관찰과 법조문을 세밀하게 조사하여 결정하였으나 양자를 비교해 보았을 때 형조의 판단이 조금 나은 듯하다. 그러나 본 옥사를 보고 놀랍고 가슴 아픈 일이 있다. 최악재는 옥졸이고 이종봉은 죄수다. 어찌 감옥의 죄수 신분으로 감히 장무라 일컫고 옥졸로서 멋대로 죄수에게 수십 냥의 재물을 뜯어내며 혹은 감옥의 창살 너머로 공갈하고 혹은 머리에 형틀을 씌우고 결박하여 잡아 묶는 등 오만 가지의 고초와 아픔을 모두 겪게 하는가? 두 사람에게 모두 사죄死罪를 내리고 싶다.

정조는 두 놈 모두에게 사죄를 내리고 싶은 마음이었다. 본 사건 이후 정조는 혹시라도 옥졸이 죄수들을 괴롭히거나 돈을 갈취하다가 발각되면 당사자는 물론 사또와 관찰사도 모두 엄벌하겠다고 경고했다.

후일 다산은 본 사건의 원인을 법의 원칙과 사건의 정황을 고려하여 다음과 같은 의견을 내놓았다.

> 박해득이 몸을 부딪친 것은 차꼬이고, 차꼬에 부딪친 것은 넘어졌기 때문이다. 또 넘어진 것은 차꼬를 몸에 묶었기 때문이며, 차꼬를 몸에 묶은 자는 이종봉이다. 그런데 이종봉이란 자는 최악재의 사주를 받은 경우이므로 그 근본을 따져 심문하고 조사해 보면 결국 최악재가 주범이고 이종봉이 종범이 확실하다. 이종봉보다 최악재를 주범으로 결정해야 한다.[10]

사건의 근본 원인은 최악재에게 있다고 판단한 다산은 법의 원칙에 따라 최악재를 주범으로 확정해야 한다고 보았다. 정조와 다른 판단이었다. 그렇다고 이종봉의 죄가 결코 가볍지 않았다. 정조는 두 놈 모두 사죄에 처하고 싶다고 하지 않았는가. 사건의 정황에 따라 다산은 이종봉의 악행을 엄벌하지 않을 수 없다고 보았다.

다산은 감옥 안의 오래된 죄수는 악독하기가 옥졸보다 심하다고 지적했다. 이종봉을 그저 따르기만 했다고 볼 수 없다는 주장이었다. 최악재가 비록 문 밖에서 명령했고 이종봉은 위협을 핑계 삼아 혹독한 짓을 따라했다고 해서 최악재가 더 흉악하고 이종봉이 그렇지 않다고 하기는 어렵다. 이에 다산은 이종범이 비록 종범이지만 가중 처

---

10 『欽欽新書』 권5 「祥刑追議」 3 '首從之別' 20.

벌해야 바람직하다고 보았다. 물론 그렇다고 이종봉을 주범으로 결정할 수는 없었다. 이것이 법의 원칙과 사건의 정황을 고려한 다산의 최종 판단이었다.

다산은 법을 도덕 교화의 중요한 보조 수단으로 생각했다. 죄인을 무겁게 처벌해야 한다고 판단되면 가능한 무겁게 처벌하고, 가볍게 처벌해야 한다면 가능한 가볍게 처벌해야 한다는 것이다. 정상 참작으로 관용을 베풀 수 있는 경우라면 가능한 가볍게 처벌하지만, 이와 반대로 엄하게 처벌하여 죗값을 치르도록 해야 한다면 최대한 무겁게 처벌해야 한다는 의미다. 이처럼 도덕은 법을 빌려 효력을 발휘하고 법은 도덕을 빌려 그 정당성을 강화했다.

다산은 최악재를 주범으로 엄하게 처벌하고 이종봉은 가능한 한 무겁게 가중 처벌하는 것이 최선이라고 주장했다. 최선의 판단은 원칙에만 얽매이지 않았다. 물론 상황에 따라 이리저리 적용되어서는 더욱 불가했다. 법의 원칙과 사건의 상황을 고려한 최선의 결정이야말로 사법 정의의 필수 조건이었다.

5. 법의 도덕화

다산이 보기에 조선 후기의 많은 목민관들은 원칙과 상황을 고려한 최선의 판단에 도달하지 못하고 있었다. 다산은 최선의 판단을 내리기 위해서 무엇보다 감정과 편견을 배제해야 한다고 강조했다. 감정과 편견은 무조건 관용하는 감형의 남발만큼이나 괘씸하다며 무겁게 가중 처벌하는 엄형嚴刑의 문제를 야기하고 있었다.

다음은 1778년(정조 2) 8월 황해도 재령의 이경휘 사건이다. 최 여인은 친척 이경휘의 전답에서 이삭을 주워 먹으며 간신히 생계를 꾸리고 있었다. 그런데 어느 날 오촌 숙부 이경휘가 최 여인이 볏섬을 훔쳐 먹었다며 도둑으로 몰아세웠다. 이에 비관한 최씨가 자식, 조카들과 함께 모두 물에 빠져 자살했다. 무려 7명이 죽어 큰 논란에 휩싸였다.[11]

황해 감사는 위핍조(핍박하여 사람을 죽게 한 죄)를 적용하여 이경휘를 장일백杖一百에 처분할 수 있다고 판단했다. 아무리 무겁게 처벌해도 사죄에 처할 수는 없다고 보고했다. 정조는 대로大怒했다. 7명의 원한을 풀기 위해 이경휘를 사죄에 처하지 않을 수 없다고 본 것이다. 아울러 황해 감사를 무겁게 처벌하라고 지시했다.

친족 간에 사소한 이익을 다투다가 7명이나 죽는 풍속의 쇠락에 분노했던 정조는 이경휘에게 괘씸죄를 더했다. 가볍게 처벌하자는 황해 감사마저 엄하게 꾸짖었다.

정조의 의지 때문이었는지 이후 형조의 논의는 이경휘를 중벌에 처하는 쪽으로 선회했다. 형조참의 이헌경은 '한 묶음의 이삭을 다투다 벌어진 일이므로 형률은 장일백이 맞지만 이러한 경우를 사죄에 처하지 않는다면 어떻게 원통한 마음을 풀어 줄 수 있겠는가'라는 의견을 올렸다.

1784년(정조 8) 윤3월 정조는 본 사건의 최종 판결을 내렸다. 주범인 이경휘가 비록 직접 칼로 찔러 죽인 것은 아니지만 억지로 도둑의 누명을 씌우고 위협하고 공갈하여 일곱을 죽게 만들었으니, 풍속의 변고를 범범하게 보아 넘길 수 없다는 논지였다. 정조는 이경휘를 엄

---

11 이하 『심리록』 권11 「黃海道載寧郡李京輝獄」.; 『흠흠신서』 권7 「祥刑追議」 9 '威逼之阨' 1 참조.

중히 형신刑訊하여 기필코 사형에 처하라고 신칙申飭했다.

정조는 이삭 몇 줌을 주은 조카를 도둑으로 몰아 7명이나 죽게 만든 숙부 이경휘를 사형에 처하지 않을 수 없다고 판단했다. 위핍률威逼律의 장 일백이 정확한 처벌이었음에도 정조는 무거운 처벌을 지시했다.

법의 적용 과정에서 도덕 감정의 과잉이 드러난 사례였다. 조선 후기 법의 도덕화는 강상綱常 윤리와 관련하여 더욱 심하게 나타났다. 부모를 위한 복수를 관용하거나 감형할 뿐 아니라 반대로 강상 윤리에 어긋난 범죄의 경우 괘씸죄를 적용하여 가중 처벌하기 일쑤였다. 가볍게 처벌하고자 마음먹으면 가볍게, 무겁게 처벌하려면 무겁게 처벌하는 것이 원칙이었지만, 조선 후기에 이르러 가볍게 처벌하고자 마음먹고 너무나 가볍게, 무겁게 처벌하려고 마음먹은 후 너무나 무겁게 처벌하는 일이 비일비재했다.

다산은 지나치게 법을 굽히고 도덕을 강조하는 당시의 법 감정과 관행을 우려했다. 후일 『흠흠신서』에서 다산은 정조의 판결을 정면으로 비판했다. 모름지기 살옥은 공평해야 한다는 말로 비평을 시작한 다산은 이경휘를 사죄에 처하려는 정조의 판결은 균형을 잃었다고 지적했다.

> 살옥 사건은 천하의 공평한 일이어야 한다. 비록 몸에 상처가 없더라도 그 정상이나 범행이 지극이 흉악하면 마땅히 살인으로 판단하고 비록 10명의 목숨이 동시에 떨어졌다 해도 진실로 그 정상이나 범행이 무겁지 않으면 마땅히 그 죽음을 너그럽게 해야 한다. 단지 죄의 경중만을 논하면 되지 어찌하여 저 죽음의 다소를 따지려 하는가. 최 여인 모자 7인이 일시에 물에 몸을

던졌으니 이번 사건을 듣고 누군들 해괴하다고 생각지 않겠는가마는 비록 그렇다 해도 최씨는 일단 제쳐 놓아 생각하지 말고 홀로 이경휘의 범행만을 잡고 반복해서 연구한 후 만일 그 계책이 반드시 협박해서 죽이려는 데서 나왔고 그 사정이 부득이 자살할 수밖에 없었으며 또 그 정황이 7인이 모두 죽지 않을 수 없었을 경우에 한하여 이경휘를 살인범으로 간주할 수 있다.

다산은 일곱의 목숨 때문에 사건 판결 과정에서 공평을 잃어서는 안 된다고 주장했다. 반드시 죽이려 했고 부득이 자살할 수밖에 없었으며 사정상 일곱이 모두 죽지 않을 수 없었을 경우에 한하여 이경휘를 사죄에 처할 수 있다는 다산의 주장에서 그의 논리적이고 신중한 태도를 엿볼 수 있다.

만일 이경휘의 모욕이 일곱의 목숨을 죽일 만한 일이 아니었다면 너무 쉽게 목숨을 끊고 다른 자녀들마저 희생시킨 최씨가 지나친 것은 아닌가? 그렇다면 일곱의 목숨을 이경휘에게 모두 갚으라고 할 수 있겠는가? 그럼에도 이경휘에게 패씸죄를 적용하여 가중 처벌한다면 법보다 도덕 감정을 우선한 결과일 뿐 공평한 판결이라고 할 수 없다.

다산은 '이경휘의 행동이 분노하고 한을 품을 만하지만 반드시 죽을 필요가 없었으며 부끄러워하고 두려워할 만하지만 반드시 죽을 만한 일이 아니었다면, 가령 죽어야 할 만한 일이더라도 자녀 모두와 함께 죽을 필요는 없었으니 그렇다면 이경휘는 사람을 모욕하고 무고한 죄는 있더라도 살인한 죄는 없다. 그리고 설사 사람을 죽인 죄가 있다 해도 7인을 모두 죽인 죄는 없다. 지금 만일 일곱의 목숨 모두를 이경휘에게 지워 무겁게 책임을 묻는다면 이경휘에게 너무 억울한 일'이라고 주장했다.

도리어 7명의 목숨을 앗아 간 죗값은 최씨가 치러야 하지 않을까? 다산의 반문이었다.

> 7인의 목숨이 끊어진 사실을 판단하여 살인죄를 논한다면 최녀崔女에게 있다. 자살도 사람을 죽이는 것이요, 자녀를 살해하는 것 또한 사람을 죽이는 것이다. 우견愚見(정약용의 견해)으로는 단지 최녀가 살인한 것만 보이지 이경휘가 사람을 죽인 죄는 보이지 않는다.

다산은 '충분한 위협'(可畏) 조건이 성립했을 때만 살인의 죄책을 지울 수 있다고 결론지었다. 단지 사망자가 많다는 이유만으로 책임지지 않을 책임을 지고 사죄에 처해질 수는 없다는 것이다. 이에 다산은 이경휘를 엄벌에 처한다면 결국 사법 정의를 해치는 일이요, 피해자만을 생각하다가 반대로 가해자를 억울하게 만들 뿐이라고 주장했다. 심지어 일곱이 아니라 더 많은 사람이 죽었다 해도 이경휘에게 이 책임을 물을 수 없다고도 했다. 도리어 모욕을 당하자 자살로써 복수하려던 최씨의 '편협함'이 더 근본적인 원인이므로 최씨에게 책임을 물어야 정의를 구현할 수 있다는 것이다. 다산에게 법의 공평함과 신중함은 이러한 방식이었다.

6. 정확한 조사와 공정한 판결

다산은 정확한 수사가 선행되고 이에 기초한 엄밀한 추론만이 공정한 판결에 이를 수 있다고 보았다. 따라서 수사를 정확하게 하려는 목민관의 의지가 무엇보다 중요했다.

18세기 후반 황해도 강령에서 백성 김윤서가 장막봉을 구타 살해한 사건이 벌어졌다. 장막봉이 술에 취하여 욕을 하자 김윤서가 발로 장막봉의 왼쪽 옆구리를 걸어차고 손에 든 담뱃대로 관자놀이를 때린 것이다. 장막봉은 시름시름 앓다가 일주일 만에 사망했다.[12]

당시 세 차례의 조사(初檢, 覆檢, 三檢)가 벌어졌다. 초검관 강령 사또는 장막봉과 김윤서는 친척 사이라 특별히 죽일 마음은 없었을 것으로 판단했다. 아울러 구타 후 장막봉이 관아에 드나드는 등 정상적으로 생활한 것으로 미루어 감기가 심해져 죽었을 가능성이 높다고 결론지었다. 병사론病死論의 근거로 초검관은 장막봉의 검시 결과를 첨부했다. 장막봉의 왼쪽 이마에서 까진 상처를 확인했지만 뼈가 부러지거나 뇌수가 흘러나오지 않았으며 살갗이 벗겨진 정도로는 사망할 수 없다고 판단했던 것이다.

후일 초검안을 살펴본 다산은 강령 사또의 허술한 조사를 질타했다. 이마 부위의 관자놀이는 필사처必死處(급소)로 살갗이 터질 정도라면 충분히 죽을 수 있으며, 아울러 상처의 깊이가 1푼 정도라면 이를 단지 긁혔다고 말할 수 없다는 것이었다. 또한 장막봉이 구타당한 후 관아에 드나든 사실은 있지만 법조문의 기한이 10일(구타 후 10일 안에 사망하면 구타를 죽음의 원인으로 인정함)이므로 충분히 구타를 사망의 원인으로 볼 수 있다는 의견이었다. 다산은 감기가 걸렸다고 해도 사인을 구타 후 감기로 사망했다고 기록해야지, 단지 병사라고 한다면

---

12 이하 논의는 모두 『欽欽新書』 권6 「祥刑追議」 6 '傷病之辨' 1 참조.

명백한 오류라고 지적했다.

한마디로 강령 사또는 명백한 살인 사건을 병사로 잘못 조사했던 것이다. 오류는 복검 조사에도 그대로 이어졌다. 복검관 역시 장막봉의 죽음을 숙병宿病과 음주 그리고 구타 등의 복합적인 원인으로부터 기인했다고 판단했다. 구타를 결정적인 사인으로 보지 않았던 것이다. 다산은 복검관의 의견에 대해서도 신랄하게 비판했다.

초검에서는 살갗이 터졌다 하고 복검에서는 살이 터졌다 했으니 살이 터진 상처는 살갗이 터진 것보다 무거운 상처다. 『무원록』無冤錄에 상처가 필사처에 해당하면 10일을 넘기지 못한다고 했다. 이제 과연 7일 만에 죽었으니 무엇 때문에 사인을 찾아 이리저리 헤매는가? 초검에서는 싸운 뒤 행동이 정상이었다고 하고 복검에서는 다음 날 병들어 누운 뒤 일어나지 못했다고 했다. 그렇다면 정상적인 행동이란 게 싸운 곳에서 걸어 집으로 돌아와 곧바로 방에 가서 누운 데 불과하다. 이를 정상적으로 관아에 드나들었다고 말할 수 있는가. 김윤서가 죽을 먹이고 약을 맛본 것은 스스로 구타가 무거웠음을 알았다는 증거요, 또 칼로 배를 찔러 자살하려던 것 역시 죄로부터 도망치기 어렵다는 점을 스스로 잘 알았다는 증거다. 증거가 확실하고 명백한데도 도리어 김윤서를 정범이 아니라 한다면 잘못이 아닌가? 생각건대, 장막봉은 본래 종의 신분으로 평소 술주정이 심했고 신세 또한 혈혈단신이었다. 반면에 김윤서는 비록 같은 종의 신분이라지만 인품이 조금 어질어 본디 여러 사람의 마음을 샀다. 진영鎭營의 서리와 노비들 모두 김윤서를 편들어 죄를 가볍게 하려던 나머지 장막봉의 죽음을 안타까워하지 않았다. 이에 사또의 판단마저 흐려졌던 것이다.

다산은 정확한 조사 그리고 편견 없는 판단을 강조했다. 장막봉의 술주정과 무관하게 사실을 있는 그대로 정확하게 조사해야 마땅한 일이었다.

그런데 삼검관의 검안 보고서는 더욱 형편이 없었다. 장막봉은 본래 감기를 앓은 데다 술에 취해 냉방에 누웠다가 묵은 병이 도져 병사했다고 결론지은 것이다. 삼검관은 애초에 구타 등은 거론조차 하지 않았다. 다산은 삼검안은 너무 흠결이 많아 일일이 논의할 수도 없을 정도라고 비판했다.

부실한 조사는 해당 사또에 그치지 않았다. 당시 황해 감사의 보고서도 엉터리였다. 황해 감사는 담뱃대로 때려서는 사람이 죽을 리 없다며 병사가 확실하다고 결론지었다. 다산은 목민관들의 총체적인 부실을 문제 삼았다.

평론하여 이르건대, 담뱃대는 비록 작지만 양 끝에 구리쇠를 물렸고 이것으로 이마를 때렸으니 어찌 다치지 않겠는가? 피가 나오고 살갗이 터지고 살도 터진 것이다. 한번 누운 뒤 마침내 다시 일어나지 못했고 이로 말미암아 죽었으니 할 말이 있겠는가? 죽은 원인은 마땅히 구타사로 해야 하고 김윤서는 정범을 삼아야 한다. 물론 담뱃대로 사람을 구타한 경우와 빨랫방망이나 삽자루로 사람을 때린 것과는 다르다. 그러나 황해 감사는 오직 자그마한 상처에 집중한 나머지 이 때문에 사람이 죽을 수는 없을 것이라는 몽상에 빠졌다. 정상을 참작한다면서 김윤서의 살인을 용서하고 우연한 죽음으로 만들었으니, 실로 어진 사람의 마음 씀씀이를 알 수 있겠다. 그러나 살인 사건의 원인이나 정범을 결정하는 문제는 조금의 빈틈도 없어야 한다.

황해 감사는 담뱃대로 인한 작은 상처로 사람이 죽을 수는 없다고 판단하여 김윤서의 구타 살인을 단순 사고사로 처리했다. 다산은 오직 몽상夢想에 불과하다고 비난했다. 담뱃대라지만 그 끝을 구리로 감쌌다면 이는 충분히 살인 흉기가 될 수 있었다. 이 점을 단 한 번이라도 고려했다면 단순한 사고사로 확정하지는 않았을 것이라는 게 다산의 생각이었다.

다산은 평론의 말미에 살인 사건을 우연한 사고로 귀결시켜 사람의 목숨을 살려 준 황해 감사야말로 진정 어진 마음의 소유자(仁人之用心)라며 칭찬 아닌 칭찬을 적어 놓았다. 한심하기 짝이 없다는 비아냥이었다.

7. 죄의유경罪疑惟輕

부실한 조사와 관련하여 '의옥'疑獄의 문제는 더욱 심각했다. 의옥은 글자 그대로 의심스러운 사건이었다. 조사 과정에서 진술이 번복되거나 피의자를 범인으로 특정할 만한 증거가 사라지는 등 의심스러운 점이 나타나면 '살인자상명'殺人者償命(살인자는 목숨으로 갚는다)의 원칙을 적용하기 어려웠다. 한 사람의 억울한 피해자도 생겨서는 안 된다는 흠휼의 정신 때문이었다.

조선 시대에는 '죄의유경'罪疑惟輕, 즉 죄가 의심스럽다면 가볍게 처벌한다는 원칙을 인정仁政의 기초로 삼아, 살인 사건이라 해도 의

옥이 되면 피의자를 사형에 처하지 않았다. 이상적인 취지에 비해 현실은 달라도 너무 달랐다. 죄의유경의 뜻이 무색하게도 의옥은 처벌을 피하려는 데 악용되곤 했다. 사또들 역시 '죄의유경'을 내세워 마땅히 처벌해야 할 범인들을 감형하거나 사면하기 일쑤였다.

1785년 경기도 고양에서 묏자리를 두고 이경구와 이기종 두 집안이 다투었다. 싸움 중에 이경구는 이기종 가문 사람들에게 둘러싸여 구타를 당했고, 이를 피해 도주하던 중 밤길에 그만 발을 헛디뎌 절벽 아래로 떨어져 사망했다.[13] 이경구의 사인이 피타被打가 아닌 데다 절벽 아래로 떠민 사람이 없었기에 과연 '타살'인지가 문제였다. 그렇다고 도망 중에 낭떠러지에서 떨어져 죽은 것을 자살이라고 볼 수도 없었다.

당시 초검관과 복검관 모두 이기종을 주범으로 인정하고 처벌해야 한다고 주장했다. 복검관은 이경구의 목이 좌우로 마구 흔들리고 뼈가 없는 듯 움직였으므로 분명 떨어지면서 목뼈가 부러져 사망했다고 주장했다. 이기종이 이경구의 투장偸葬을 저지하려고 사람들을 불러 모아 구타하도록 했으니 주범은 싸움을 선동한 이기종이라는 논리였다.

초검과 복검안을 살펴본 경기 감사는 이경구의 직접적인 사인이 불확실한 데도 단지 먼저 싸움을 선동했다는 이유만으로 이기종을 정범으로 결정한 초·복검의 의견을 성급한 판단이라고 비판했다. 단지 이기종이 앞장섰다는 이유만으로 주범이 될 수는 없으며 조금 더 신중해야 한다는 논리였다.

---

13 『심리록』 권14 「京畿高陽郡李起宗獄」.

당시 경기 감사는 이경구의 사망 장소를 직접 찾아가 지형을 자세히 살펴보았다. 그는 현장의 산비탈이 높고 험한 데다 바위 벼랑이 깎아지른 듯하여 이러한 지형을 고려해 보았을 때 확실히 죽을 수밖에 없다고 결론지었다. 그럼에도 이경구가 혼자 떨어져 죽었으므로 이기종을 정범으로 확정하기 어렵다고 보고했다. 형조 관리들 역시 경기 감사의 의견에 전적으로 동의했다. 형조는 이경구가 발을 헛디뎌 목이 부러진 사건이므로, 선동했다는 이유로 이기종을 정범으로 확정하기 어렵다는 의견을 정조에게 올렸다.

정조는 경기 감사와 형조 관리들의 판단을 칭찬했다. 사건의 증거가 불분명한 데다 사인 역시 확실하지 않은 한밤중의 변고인데 수많은 사람 중에 이기종 한 사람에게 살인의 책임을 지울 수 없다는 것이었다. 설령 이기종이 모의를 주창했더라도 여러 사람이 힘을 합쳐 구타한 이상, 당연히 구타의 경중을 가려 정범을 확정해야 한다는 논리였다. 또한 증언을 들어 보면 이진영이라는 자의 구타가 가장 심했다고 하는데 그렇다면 차라리 이진영을 정범이라고 보는 편이 합리적이지 않을까라는 의견도 내놓았다.

정조는 이기종을 주동자라 하여 범인으로 확정한다면 너무나 억울하지 않을까 걱정했다. 그렇다고 한밤중에 작당하여 살인의 변고를 저지른 이기종을 그냥 살려 주기도 어려웠다. 정조는 본 사건이야말로 범인을 확정하기 어려운 '의옥'으로 보고 이기종을 감사정배減死定配(사죄를 낮추어 유배형에 처함)로 감형했다.

후일 본 사건의 검안을 살펴본 다산은 조사 과정에 의문을 제기했다. 다산은 경기 감사의 주장이 일견 타당한 듯 보이지만 타살의 흔적이 불분명하다는 사실만으로 의옥으로 결정할 수 없다고 강조했다. 다산은 법의학 지침서인 『증수무원록』增修無冤錄을 근거로 경기 감사와 다른 의견을 내놓았다.

> 스스로 써러딘 자는 그 힘이 아래 이시니 상혼 바 만히 다리와
> 발과 폴헤 이시디 (중략) 만일 밀팀을 닙어 써러딘 자는 그 힘이
> 우희 이시니 상혼 바 만히 얼굴과 두 손목에 잇느니

즉, 스스로 떨어진 자는 자신을 아끼려 하므로 하체가 먼저 떨어
지고, 떠밀린 경우는 뜻하지 않은 일이라 상체가 먼저 떨어진다는 뜻
이다.

다산은 시장屍帳을 통해, 이경구의 상처가 모두 등 뒤와 귀 밑에
있고 목뼈가 부러진 상태였음을 확인하고『무원록』의 다리, 발 그리
고 팔에 상처가 없으며 모두 상체에 손상을 입은 경우와 일치한다고
보았다. 다시 말해 스스로 떨어진 것이 아니라 밀쳐 떨어진 경우와
유사하다고 추론했다. 이를 근거로 다산은 본 사건을 단순히 의옥으
로 처리할 수 없다고 주장했다. 이기종을 살인의 죄로 엄하게 처벌해
야 한다는 것이다.

> 당시 이경구는 등 뒤에서 함성이 크게 일어나자 발아래 비탈은
> 깎아지른 듯했지만 해를 피하기가 호랑이 만난 것 같아 불이면
> 불로, 물이면 물로 뛰어들었을 것이다. 캄캄한 밤에 급하게 도
> 망하다 마침내 구렁텅이에 떨어졌으니, 이는 핍박당해 떨어진
> 것이지 스스로 떨어짐이 아니다. 적병賊兵이 핍박당해 골짜기로
> 떨어졌다면 공은 장수에게 있고, 선량한 백성이 핍박당해 골짜
> 기로 떨어졌다면 그 죄는 가장 먼저 제창한 자에게 있음이 명백
> 하다. 이날 남의 묘지에 몰래 장사를 지낸 사람을 두들겨 쫓은

무리는 무려 수십 명이요, 깃발과 북을 들고 지휘한 자는 이기종이 아니면 누구인가? 한두 사람이 같이 때렸을 때는 오히려 구타의 경중을 헤아려 범인을 구별할 수 있지만 이 경우 무리를 동원하여 전투하는 것 같았으니, 무릇 죽거나 다치면 그 책임이 우두머리에 있는 법이다. 죄의유경에 근거하여 이기종을 논의하려 한다면 절대 잘못이다. 간혹 임금께서 죽이기를 싫어하고 살리기를 좋아하는 마음으로 사죄를 용서하지만, 실은 법을 집행하는 논의에 있어서는 옳지 않다.[14]

다산은 조선의 법 집행이 용서와 관용만을 앞세운 채 응당 벌을 받아야 할 자를 처벌하지 않음으로써 도리어 정의 구현에 실패했다고 비판했다. 다산에게 진정 정의로운 정치란 처벌할 자를 반드시 처벌하는 것이지 과도하게 부생傅生의 덕을 강조하는 일이 아니었다.

그런데 사또들은 정조의 뜻을 오해하여 감형을 일삼곤 했다. 가령 의주에서 벌어진 변채강 사건을 보자. 변채강은 자신을 벼 도둑으로 의심하는 이덕태를 구타 살해했다. 평안 감사 김종수는 구타가 아니라 밥을 먹다가 체해서 죽은 사건으로 결론지었다. 팔뚝만 한 몽둥이로 때린 것치고는 상처가 너무 작으므로 구타로 보기 어렵다는 논리였다. 대신에 시신의 입안에 남아 있는 밥을 보면 분한 나머지 음식을 먹다가 체해서 죽은 것이 확실하다고 주장했다. 후일 다산은 평론을 통해 평안 감사 김종수의 보고가 이치에 매우 어긋난다고 비판했다.

다산은 『흠흠신서』 전편을 통해 사람의 목숨을 살리려는 데 급급

---

14 『欽欽新書』권6 祥刑追議 4「自他之分」13.

한 나머지 정확하고 철저한 조사를 결한 채 감형과 관용을 일삼는 관리들을 호되게 비판했다. 정조의 지음知音을 얻은 자라고 칭송이 자자했던 김종수마저도 다산의 신랄한 비판을 피할 수 없었다. 다산은 철저한 조사와 선입견 없는 태도야말로 공정한 판결에 앞서는 필수 조건이라고 강조했다.

8. 하늘의 권한

다산은 법의 공정하고도 엄밀한 집행을 강조했다. 그는 죄를 저지른 자를 처벌할 때 용서만이 능사가 아니며 동시에 엄중한 처벌 또한 진정한 길이 아님을 누누이 강조했다. 당시 많은 정치가들은 어진 정치, 곧 흠휼과 인정의 정치를 그저 관용이나 감형과 동일한 어감으로 사용했다.

> 지금의 법관은 흠휼해야 한다는 말에 홀려 사람의 죄는 너그럽게 용서되어야 한다고만 생각하고 법을 운용한다. (중략) 참형斬刑에 처할 자를 유배시키고 유배할 자를 징역형에 처하고 징역형에 처할 자에게는 장형杖刑을 내리니 이는 곧 법조문을 농락하고 법을 업신여기면서 뇌물을 받는 자일 뿐 무슨 흠휼의 뜻이 있겠는가?[15]

---

15 『欽欽新書』「經史要義」 1 '眚怙欽恤之義'.

다산에게 진정한 흠휼이란 단지 너그럽게 용서하는 것이 아니었다. 용서할 수 있는 경우와 그렇지 않은 경우를 분명히 구별하고, 용서할 수 있다면 용서하지만 그럴 수 없다면 반드시 처벌해야 사법 정의를 구현할 수 있다는 것이다.

또한 법의 원칙과 사건의 정황을 면밀하게 고려하여 최선의 판단에 이르는 것이 중요했다. 무리하게 법의 이상만을 추구할 수도 없지만 그렇다고 상황 논리에 따라 이리저리 흔들려서도 안 되기 때문이다.

다산은 조선 시대의 관리들이 경전을 숭상하고 시문을 읊조리는데 골몰할 뿐 법률은 도외시한다고 비판했다. 목민관의 임무 가운데 사람을 살리고 죽이는 일만큼 중요하고도 무거운 사명이 또 어디 있을까? 말 그대로 하늘의 권한을 대신하는 일이었다. 그런데도 이에 무심하다면 그런 죄악이 어디 있겠는가?

다산이 『흠흠신서』를 저술한 가장 중요한 이유는 살옥을 조사하는 목민관의 무거운 책임감을 강조하기 위해서였다. 정조는 검시를 잘못하거나 살옥을 엉성하게 조사하여 잘못된 보고서를 올린 지방관들을 엄하게 추고推考하거나 파직했다. 때문에 정조 치세에 지방관들은 어명御命이 무서워서라도 살인 사건을 신중하게 조사하고 법전을 들추어 가며 공부했다.

그러나 정조 사후 세태가 돌변했다. 아무도 형벌의 중요성을 돌아보지 않았고, 세상에는 억울한 옥사가 넘쳐 났다. 이에 다산은 퇴락한 세상에 경종을 울리고자 했다. 중국과 조선의 법전들과 각종 옥안獄案을 수집하고 자신의 견해를 붙여 살옥을 처리할 목민관들의 참고서를 만들었다. 그리고 사람의 목숨이 달린 일은 신중하고 또 신중하게 처리하라는 뜻에서 '흠흠신서'欽欽新書라 이름 지었다.

오직 하늘만이 사람을 살리고 죽이니 인명재천이라 한다. 그런데 지방관은 그 중간에서 선량한 사람은 편히 살게 해 주고 죄진 사람은 잡아다 죽일 수 있으니, 이는 하늘의 권한을 드러내는 일이다. 사람이 하늘의 권한을 대신 쥐고서 삼가고 두려워할 줄 몰라 털끝만 한 일도 세밀히 분석해서 처리하지 않고서 소홀히 하고 흐릿하게 하여, 살려야 하는 사람을 죽이기도 하고 죽여야 할 사람을 살리기도 한다. 그러면서도 오히려 태연하고 편안하게 여긴다. 또는 부정한 방법으로 재물을 얻고 부인婦人들을 호리기도 하면서, 백성들의 비참하게 절규하는 소리를 듣고도 그것을 구휼할 줄 모르니 이는 매우 큰 죄악이다.[16]

---

16 『欽欽新書』「序」.

다산 시詩
병든 사회의 임상 보고서 *

1. 다산 정약용을 보는 시각

대부분의 사람들에게 '다산 정약용'과 관련해서 가장 먼저 떠오르는 것은 『목민심서』, 『경세유표』일 것이다. 그만큼 이 책들은 실학자 다산의 대표적인 저술이다. 그러나 다산이 2500여 수의 시를 남긴 시인이기도 했던 사실을 아는 사람은 드물 것이다. 엄격히 말하면 그가 현대적 의미에서의 시인은 아니다. 시작詩作을 전업으로 하지 않았기 때문이다. 당시 대부분의 선비들과 마찬가지로 그는 학문과 정치와 시작을 동시에 수행한 인물이다. 그럼에도 그의 시는 다른 양반 사대부들의 시와 뚜렷이 구별된다. 일반 사대부들의 경우에는 그들의 학문적 성격이나 정치적 경향이 시에 반영되는 일이 드물었다. 즉 시와 정치, 시와 학문은 별개였다. 그들의 정치 행위나 학문적 저술에서는

---

* 송재소(성균관대학교 명예교수)

백성의 생활과 나라의 안위를 운위하지만 그들이 쓴 시는 현실권 밖에서 유유자적하며 음풍농월한 내용이 주를 이루었다. 반면에 다산은 학문과 시를 하나로 통일하였다. 말하자면 다산의 실학사상이 한편으로는 『목민심서』와 같은 논리적 산문으로 표현되었고, 다른 한편으로는 시로 형상화된 것이다. 이 점이 다산의 시를 다른 시와 구별시킨 변별적 특징이라 할 수 있다.

시의 속성은 기본적으로 개인의 정서를 개성적으로 노래하는 것이다. 그러나 '매우 재능 있는 뛰어난 시인'에 머물지 않고 '위대한 시인'이 되기 위해서는, 개인의 정서 속에 개인을 넘어선 더 큰 집단의 정서가 녹아 있어야 한다. 개인과 집단, 개인과 사회, 개인과 국가, 나아가 개인과 세계를 독립된 별개로 보지 않고 서로 관련되어 영향을 미치는 유기체로 인식해야만 '위대한 시인'이 될 수 있다. 이런 점에서 「진달래꽃」의 작가 김소월을 매우 재능 있는 뛰어난 시인이라 할 수 있고, 「님의 침묵」을 쓴 한용운을 위대한 시인이라 부를 수 있을 것이다. 이런 의미에서 다산은 위대한 시인이라 부를 수 있을 것이다.

여기서 잠깐 내가 다산 시詩를 공부하게 된 개인적 경험담을 말해두고자 한다. 내가 다산의 시를 처음 접한 것은 1970년대 후반, 박정희 정권의 '유신정책'維新政策이 막바지 기승을 부릴 즈음이었다. 박정희 대통령이 시행한 유신의 공과功過에 대한 평가는 접어 두고라도 당시 우리나라는 기나긴 어둠의 터널을 통과하고 있었다. 국민의 기본권인 언론, 출판, 결사의 자유가 철저히 봉쇄된 가운데 국민들은, 특히 지식인들은 눈이 있어도 못 본 체해야 했고 귀가 있어도 못 들은 체해야 했으며 입이 있어도 벙어리 노릇을 해야만 했다. 이런 시절에 다산의 시를 읽는 것은 하나의 신선한 충격이었다. 당시 현실의 모순과 부조리를 낱낱이 파헤쳐 고발한 다산의 시를 읽음으로써 일종의 대리만족을 느꼈다. 우리나라의 한시漢詩에도 이런 작품이 있다는 걸 비로소 알았다. 이제 다산의 시 세계로 들어가 본다.

2. 젊은 시절의 고뇌

젊은 날의 다산은 현실과 이상 사이에서 심한 갈등을 겪었다. 그 앞에 닥친 현실은 과거 시험이었다. 당시 양반 사대부 집안의 자제들 모두가 그랬겠지만, 나주羅州 정씨丁氏 명문가의 후예로서 그는 과거 시험에 합격해서 입신출세를 해야 한다는 압박감에 시달렸다. 그는 16세(1777) 때 전라도 화순 현감으로 발령된 부친을 따라 화순으로 가서 글을 읽다가, 18세 때는 과거 시험공부를 하라는 부친의 명에 따라 서울로 간다. 서울로 가는 도중에 지은 시에서 그는 마음의 갈등을 이렇게 노래한다.

  ……

곳곳마다 봄바람에 푸른 연기 일어나고 　春風處處爇爐靑
외진 곳에 사는 사람 순박한 풍속 지녔네 　僻居食力懷淳俗

곧장 가족 이끌고 이곳에 숨고 싶어 　　徑欲攜家此中隱
진흙 길서 벼슬 구걸, 그보다 낫겠네 　　勝向塵途丐爵祿

「용계산 비탈길을 넘으며」踰龍谿阪

그러나 부친의 명을 어길 수 없어 그는 일단 고향에 들렀다가 서울로 간다.

남녘땅 삼 년을 나그네로 지냈는데	南土三年客
봄이 온 서울에는 온갖 나무 꽃피었네	春城萬樹花
성문에 들어서니 화사한 기색 넘치고	入門多氣色
돌아보니 안개 노을 아련하구나	回首杳煙霞
유학 생활 그 어찌 벗이야 없으련만	遊學那無友
이리저리 헤매느라 가정 아직 못 꾸렸네	棲遑未有家
시골 땅 논밭으로 다시 돌아가	何如隴畝上
뽕밭 삼밭 일굼이 낫지 않을까	歸與種桑麻

「한양에 들어가서」入漢陽

한양 성문에 들어서면서 느낀 다산의 감회다. 결혼 후 이리저리 다니느라 가정을 꾸려 정착하지도 못했는데 또다시 서울에서 내키지 않는 과거 시험 준비에 매달려야 하는 심회를 토로한 시다. 차라리 고향으로 돌아가 농사나 지으며 사는 것이 나을 것이라 생각하기도 한다. 사환仕宦과 은거 사이의 이러한 갈등은 28세에 그가 문과文科에 급제할 때까지 계속된다. 그가 모든 것을 버리고 고향으로 돌아가 농사나 짓겠다는 생각을 가진 것은 과거 시험 자체를 탐탁지 않게 여겼기 때문이다. 그는 관리 등용 수단으로서의 과거 시험이 불합리한 제도라 생각했다. 그는 이렇게 말했다.

과거학科擧學은 이단異端 중에서도 폐해가 가장 심한 것이다.
…… 과거학은 가만히 그 해독을 생각해 보면 비록 홍수와 맹수
라도 비유할 바가 못 된다. 과거학을 하는 사람 중에는 시부詩賦
가 수천 수에 이르고, 의의疑義가 5000수에 이르는 자도 있는데,
이 공功을 학문에다 옮길 수만 있다면 주자朱子가 될 것이다.

「위반산정수칠증언」爲盤山丁修七贈言

이 세상을 주관하면서 천하를 거느려 광대놀음을 하는 재주는
과거科擧의 학문이다. …… 지금 천하의 총명하고 슬기 있는 자
를 모아 놓고 한결같이 모두 과거라는 절구에다 던져 넣어 찧고
두드려서 오직 깨지고 문드러지지 않을까 두려워하니 어찌 슬
프지 않으리오.

「오학론」五學論 4

심지어 섬나라 일본에는 과거제도가 없기 때문에 그 학문이 우리
나라를 능가했다고 말하기까지 했다. 그럼에도 끝내 과거 시험을 포
기하지 못한 것은 부친의 간곡한 권유를 어길 수 없었기 때문이다.
그러니 그의 심적 갈등은 더 깊어만 갔다.

슬프다 이 나라 사람들이여	嗟哉我邦人
주머니 속에 갇힌 듯 궁벽하구나	辟如處囊中
삼면은 바다에 둘러싸이고	三方繞圓海
북쪽은 높은 산이 주름져 있어	北方縐高崧

| 사지가 언제나 굽어 있으니 | 四體常拳曲 |
| 큰 뜻인들 무슨 수로 채울 수 있으리오 | 氣志何由充 |

| 성현은 만 리 밖 먼 데 있으니 | 聖賢在萬里 |
| 누가 있어 이 몽매함을 헤쳐 줄 건가 | 誰能豁此蒙 |

| 고개 들어 사방을 둘러보아도 | 擧頭望人間 |
| 환하게 깨달은 자 보기 드물고 | 見鮮情曈曨 |

| 남의 것 모방에만 급급해하니 | 汲汲爲慕倣 |
| 어느 틈에 정성껏 자기 일 연마하리 | 未暇揀精工 |

| 어리석은 무리들이 바보 하나 떠받들고 | 衆愚捧一癡 |
| 야단스레 다 같이 받들게 하니 | 嗜哈令共崇 |

| 질박하고 꾸밈없는 단군檀君 세상의 | 未若檀君世 |
| 그 시절 옛 풍속만 못하리로다 | 質朴有古風 |

「술지이수」述志二首 중 제2수

서울에서 과거 공부를 하던 1782년(21세)에 쓴 시인데, 다산의 시야가 더 넓어졌음을 볼 수 있다. 그는 과거에 급제하여 벼슬길에 나아간다는 개인적인 입신출세보다 더 크고 높은 것에 뜻을 두었다. 그는 당시 조선의 지적知的 풍토風土 전체를 조감鳥瞰하면서 우리나라 사람들, 특히 지식인들이 "남의 것 모방에만 급급해하며", "어리석은 무리들이 바보 하나 떠받들고 야단스레 다 같이 받들게 한다"고 말했다. 여기서 말한 '바보 하나'가 누구를 또는 무엇을 가리키는지 분명히 알 수는 없지만, 성리학적 가치관이 지배하던 당시 사회가 떠받드는 인물일 것이라 추측해 본다. 다산은 성리학에 대하여 매우 비판적이었다.

그리고 "성현은 만 리 밖 먼 데 있다"고 했을 때의 '성현' 또한 누구를 가리키는지 알 수 없다. 이 성현이 만 리 밖 먼 곳에 있어서 사람들의 몽매함을 헤쳐 주지 못함을 안타까워하고 있다. 다산이 말한 성현이 공자나 맹자가 아님은 분명하다. 공자나 맹자가 시간적으로나 공간적으로 먼 곳에 있는 것은 사실이지만, 우리는 이미 경전을 통해서 공맹의 가르침을 충분히 숙지했기 때문에 공맹은 결코 멀리 떨어져 있는 존재가 아니다. 그렇다면 '성현'은 누구인가? 다산은 이 무렵 가까이 지내던 이벽李檗을 통하여 서양의 학문과 천주교를 접했고, 이에 대하여 일정한 정도의 호기심을 가지고 있었다. 이렇게 볼 때 비생산적인 성리학적 풍토에서 내키지 않는 과거 시험을 준비하던 그가 서양의 문물을 접하면서 받은 정신적 충격과 관련이 있지 않을까? 조심스럽게 생각해 본다. 이런저런 생각에 다산의 심적 갈등은 깊어만 갔다.

다산은 22세(1783)에 생원시에 합격하여 성균관에서 공부하며 문과文科 시험 준비를 하고 있었다. 이 시기에 그는 정조 임금의 총애를 받았지만 반대파들의 견제로 또다시 출사와 은거 사이에서 갈등을 겪었다. 그런 중에도 28세(1789)에는 문과에 급제하여 첫 벼슬길에 나섰다. 이후 정조의 총애 속에 벼슬도 높아졌으나 그를 견제하려는 반대파들의 공격이 더욱 심해졌다. 반대파들이 그를 공격하는 명분은 그가 천주교 신자라는 것이었다. 드디어 그는 모든 걸 버리고 낙향하려는 생각을 하기에 이른다.

책 상자 정리하고 하얀 먼지 터는데	手整牙籤拂素塵
어린 딸 쓸쓸히 책상머리 앉아 있네	蕭條女稚案頭陳
차츰 알겠네, 먹고 입는 일밖에 딴 일 없음을	漸知喫著無餘事
깊이 깨닫네, 문장이 사람에게 이롭지 않음을	深悟文章不利人
늙어 총명 줄어드니 어찌 책을 대하랴	老減聰明那對眼
자식들 노둔하니 제 몸 하난 편하겠지	子生愚魯定安身
단칼로 끊으려다 아직도 미련 남아	快刀一斷猶牽戀
이별함에 매만지며 잠시 또 사랑하네	臨別摩挲且暫親

「책을 팔며」鬻書有作奉示貞谷

33세(1794) 때 쓴 시인데, 다산은 극심한 실의와 좌절에 빠져 책을 팔 생각까지 했던 것 같다. 공부하는 사람에게 가장 소중한 재산인 책을 팔아 버릴 정도로 그는 모든 의욕을 상실하고 있었다. 그는 "문장이 사람에게 이롭지 않음을" 알았다고 했다. 그리고 "자식들 노둔하니 제 몸 하난 편하겠지"라 하여 공부하지 않고 총명하지 않은 것이 차라리 세상 살아가기에 편하겠다고 말했다. 이로 보면 당시 다산은 자포자기에 가까운 정신적 공황 상태에 이르렀음을 알 수 있다.

3. 굶주리는 농민들

다산은 33세 되던 해 10월에 암행어사로 임명되어 경기도 연천 지방을 순찰한다. 이때 그곳의 적성촌積城村에 있는 한 농가의 피폐한 모습을 보고 장편의 시를 썼다. 이것이 그의 일생의 진로를 결정하는 계기가 되었다.

시냇가 헌 집 한 채 뚝배기 같고　　　　　臨溪破屋如甕鉢
북풍에 이엉 걷혀 서까래만 앙상하네　　　北風捲茅椽齾齾

묵은 재에 눈이 덮여 부엌은 차디차고　　　舊灰和雪竈口冷
체 눈처럼 뚫린 벽에 별빛이 비쳐 드네　　　壞壁透星篩眼豁

집 안에 있는 물건 쓸쓸하기 짝이 없어　　　室中所有太蕭條
모조리 팔아도 칠팔 푼이 안 되겠네　　　　變賣不抵錢七八

개꼬리 같은 조 이삭 세 줄기와　　　　　尨尾三條山粟穎
닭 창자같이 비틀어진 고추 한 꿰미　　　　雞心一串番椒辣

깨진 항아리 새는 곳은 헝겊으로 때웠으며　破甖布糊敝穿漏
무너앉는 선반대는 새끼줄로 얽었구나　　　庋架索縛防墜脫

구리 수저 이정里正에게 빼앗긴 지 오래인데　銅匙舊遭里正攘
엊그젠 옆집 부자 무쇠솥 앗아 갔네　　　　鐵鍋新被鄰豪奪

닳아 해진 무명 이불 오직 한 채뿐이라서　青綿敝衾只一領
부부유별 이 집엔 가당치 않네　　　　　　夫婦有別論非達

어린것 해진 옷은 어깨 팔뚝 다 나왔고	兒穉穿襦露肩肘
날 때부터 바지 버선 걸쳐 보지 못하였네	生來不著袴與襪
……	
남편은 나무하러 산으로 가고	郎去山樵婦傭舂
아내는 이웃에 방아품 팔러 가	
대낮에도 사립 닫힌 그 모습 참담하다	白晝掩門氣慘怛
아침 점심 거르고 밤에 와서 밥을 짓고	晝闕再食夜還炊
여름에는 갖옷 한 벌 겨울엔 삼베 적삼	夏每一裘冬必葛
땅이나 녹아야 들 냉이 싹 날 테고	野薺苗沈待地融
이웃집 술 익어야 찌끼라도 얻어먹지	村篘糟出須酒醱
……	
오호라 이런 집이 천지에 가득한데	嗚呼此屋滿天地
구중궁궐 깊고 멀어 어찌 다 살펴보랴	九重如海那盡察
……	

「적성촌에서」奉旨廉察到積城村舍作

암행어사의 직무를 수행하고 돌아가서 복명復命하면 그만일 터인데도 그는 이 농가 앞에 서서 집 안을 자세히 관찰했음에 틀림없다. 그렇지 않고서야 시의 도입부에서 찌그러진 농가의 모습을 그토록 사실적으로 묘사할 수 없었을 것이다. 농가의 외관 묘사에 이어서 그

집에 살고 있는 사람들의 생활상이 그려진다. 군포軍布와 환곡還穀에 시달리며 비참하게 살아가는 그곳 주민의 생활은 아마 다산의 상상에 의존한 바 크겠지만 조금도 과장되었다는 느낌을 주지 않는다.

다산이 묘사한 농가는 물론 적성촌이란 특정 장소에서 본 집이지만, 이런 집이 그곳에만 있는 예외적인 집은 아니다. "오호라 이런 집이 천지에 가득한데"란 구절에서 보듯이 그가 적성촌에서 본 농가는 '천지에 가득한' 이런 집을 대표하는 집이다. 다산은 그렇게 믿었다. 당시 농민들의 궁핍은 보편적인 현상이었다. 적성촌에서 목격한 농민의 참상은 그의 의식을 크게 각성시켰고, 이후 그의 전 생애를 지배하는 민중 지향적 사고의 출발점이 되었다.

다산은 당시 사회를 "털끝 하나도 병들지 않은 것이 없는" 사회라 말했다. 비유컨대 의사로서의 다산이 진단한 조선은 머리끝부터 발끝까지 속속들이 병든 중환자였다. 이 중환자를 치료하기 위해서는 우선 그 병인病因을 정확히 진단해야 한다. 의사로서의 다산은 속속들이 병든 조선 사회의 곳곳을 정밀하게 살펴 병든 실태를 낱낱이 보고했는데, 이 임상 보고서가 그의 시詩인 셈이다. 그리고 이 임상 보고서를 토대로 그가 내린 처방전이 『경세유표』, 『목민심서』, 『흠흠신서』를 비롯한 500여 권의 저서다. 이 처방전의 핵심은 개혁 사상이다. 병든 조선을 살리기 위해서는 모든 걸 개혁해야 한다는 것이 다산의 처방인데, 개혁의 주 대상은 각종 제도다. 제도의 결함 때문에 백성들이 병들어 신음하고 있다는 것이 다산의 판단이다. 그의 시에는 잘못된 제도로 인하여 고통 받는 백성들의 참상이 곡진하게 묘사되어 있다.

나라의 임금이 토지를 소유함은　　　　　　后王有土田

비유컨대 부잣집 영감마님 같은 것　　　　譬如富家翁

영감마님 가진 땅 일백 경頃이고　　　　翁有田百頃
열 아들이 제각기 분가하여 산다면　　　　十男各異宮

한 집이 열 경씩 나누어 가져　　　　應須家十頃
먹고사는 형편을 같게 해야 마땅한데　　　　飢飽使之同

약은 놈이 팔구십 경 삼켜 버리니　　　　黠男吞八九
못난 놈 곳간은 언제나 비어 있네　　　　痴男庫常空

약은 놈 비단옷 찬란히 빛나는데　　　　黠男粲錦服
못난 놈은 가난을 괴로워하네　　　　癡男苦尫癃

영감마님 눈을 들어 이 지경 보자 하니　　　　翁眼苟一盼
슬프고 괴로워 속마음이 쓰리지만　　　　惻怛酸其衷

그대로 맡기고 정리를 하지 않아　　　　任之不整理
동서로 뿔뿔이 굴러다니네　　　　宛轉流西東

부모 밑에 뼈와 살, 받은 바는 꼭 같은데　　　　骨肉均所受
부모의 자애가 왜 이다지 불공한고　　　　慈惠何不公

커다란 강령이 이미 무너졌으니　　　　大綱旣隳圮
만사가 막혀서 통하지 않네　　　　萬事窒不通

| 한밤중에 책상 치고 벌떡 일어나 | 中夜拍案起 |
| 탄식하며 하늘을 우러러보네 | 歎息瞻高穹 |

「여름날 술을 마시며」夏日對酒 중에서

「여름날 술을 마시며」는 1060자에 달하는 장편 고시로 전정田政, 군정軍政, 환곡還穀, 과거제도, 신분제도 등 조선 후기의 사회적 모순이 남김없이 묘사되어 있다. 자기 시대를 철저히 고민했고, 그 고민을 바탕으로 좀 더 나은 사회로 개혁하고자 했던 다산의 번민과 울분이 유감없이 발휘된 그의 대표작이다. 인용한 내용은 이 시의 일부분으로 토지제도에 대한 그의 구상을 노래한 것이다. 그의 토지제도 개혁론은 「전론」田論에 잘 나타나 있다.

지금 국내의 전지田地는 약 80만 결結이고 인구는 약 800만 명이다. 가령 10명을 1호戶로 계산한다면 매호每戶에서 1결結의 땅을 경작해야 공평해진다. 그런데 지금 문관文官 무관武官의 귀신貴臣들과 항간의 부호들로서 1호에 곡식 수천 섬을 거두는 자가 심히 많은데, 그 전답을 계산하면 100결 이하가 되지 않을 것이니 이는 990명의 생명을 죽여 1호를 살찌게 하는 것이다. 국내의 부호로서 영남의 최씨와 호남의 왕씨같이 곡식 만 섬을 거두는 자가 있는데, 그 전답을 계산하면 400결 이하가 되지 않을 것이니 이것은 3990명의 생명을 죽여 1호를 살찌게 하는 것이다.

다산은 지위 고하를 막론하고 전 국민이 전지를 균등하게 소유하는 것이 원칙이라고 생각했다. 이 생각을 구체화한 것이 '여전제'閭田

制다. 먼저 전국을, 30호 가량을 1여閭로 하는 여 단위로 재편성한다. 그리고 한 여閭 내에서는 사유제私有制 없이 전지를 주민들이 공동으로 소유하고 공동으로 경작하여 가을에 추수가 끝나면 국가에 조세를 납부하고 남은 생산물을 노동 일수에 의하여 공동으로 분배하자는 제도다. 그리하여 '농사짓는 자는 전지를 얻고, 농사짓지 않는 자는 전지를 얻지 못하며, 농사짓는 자는 곡식을 얻고, 농사짓지 않는 자는 곡식을 얻지 못하는' 사회, '힘쓴 것이 많은 자는 양곡糧穀을 많이 얻고, 힘쓴 것이 적은 자는 양곡을 적게 얻는' 사회를 만들고자 했다.

갈밭 마을 젊은 여인 울음도 서러워라　　　　蘆田少婦哭聲長
현문縣門 향해 울부짖다 하늘 보고 호소하네　　哭向縣門號穹蒼

군인 남편 못 돌아옴은 있을 법도 한 일이나　夫征不復尚可有
예로부터 남절양男絕陽은 들어 보지 못했노라　自古未聞男絕陽

시아버지 죽어서 이미 상복 입었고
갓난아인 배냇물도 안 말랐는데　　　　　　　舅喪已縞兒未澡
삼대三代의 이름이 군적에 실리다니　　　　　三代名簽在軍保

달려가서 호소하나 동헌 문엔 호랑이요　　　薄言往愬虎守閽
이정里正이 호통하여 단벌 소만 끌려갔네　　里正咆哮牛去皁

칼을 갈아 방에 들자 자리에 피가 가득　　　磨刀入房血滿席
스스로 한탄하네, 아이 낳아 닥친 곤액　　　自恨生兒遭窘厄

......

　　조선 후기의 병폐를 집약적으로 나타낸 이른바 '삼정三政의 문란'
중에서 군정의 문란상을 고발한 작품이다. 군정의 문란은 주로 군포
의 수납을 둘러싸고 일어났다. 군포란 현역에 복무하지 않는 16세 이
상 60세 이하의 성인 남자가 부담하는 일종의 병역세兵役稅로 1년에
포布 2필을 납부하는 제도다. 이 제도가 조선 후기에 이르면 각종 부
정과 부패의 온상이 되어 황구첨정黃口簽丁(갓난아이를 군적에 올려 군포
를 부과하는 것), 백골징포白骨徵布(죽은 자를 군적에서 빼지 않고 군포를 부과
하는 것) 같은 협잡이 다 여기서 나왔다. 그래서 다산은 『목민심서』에
서 "그 폐단이 크고 넓어 백성들의 뼈를 깎는 병이 되었다. 이 법이
고쳐지지 않으면 백성들은 모두 죽어 갈 것이다"라고 말한 바 있다.
다산은 이 시를 쓰게 된 동기를 이렇게 말했다.

　　이 시는 가경嘉慶 계해년癸亥年(1803) 가을에 내가 강진에 있으
　　면서 지은 것이다. 그때 갈밭에 사는 백성이 아이를 낳은 지 사
　　흘 만에 군보軍保에 편입되고 이정里正이 못 바친 군포 대신 소
　　를 빼앗아 가니 그 백성이 칼을 뽑아 자기 양경陽莖을 스스로 베
　　면서 "내가 이 물건 때문에 이러한 곤액을 받는다" 하였다. 그
　　아내가 양경을 가지고 관청에 나아가니 피가 아직 뚝뚝 떨어지
　　는데, 울며 하소연했으나 문지기가 막아 버렸다. 내가 듣고 이
　　시를 지었다.

　　하늘이 어진 인재 내려보낼 때　　　　　　皇天生材賢

다산 시 병든 사회의 임상 보고서　　　　　　　　　　333

왕후장상 집안만 가리지 않을 텐데	未必揀華冑
어찌하여 가난한 서민 중에는	云胡葷蓱賤
뛰어난 인재 있음 보지 못하나	未見有俊茂
서민 집에 아이 낳아 두어 살 됨에	兒生在孩提
미목이 수려하고 빼어났는데	眉目正森秀
그 아이 자라서 글 읽기 청하니	兒長請學書
아비가 하는 말 "콩이나 심어라	翁言且種豆
너 따위가 글은 읽어 무엇에 쓰게	汝學書何用
좋은 벼슬 너에겐 돌아올 차지 없다"	好官不汝授
그 아이 이 말 듣고 기가 꺾여서	兒聞色沮喪
이로부터 고루孤陋함에 젖어 버리고	自玆安孤陋
애오라지 이자 불려 나가서	聊殖子母錢
중간치 부자쯤 되기 바라니	庶幾致中富
나라에 큰 인재 찾을 수 없고	邦國少英華
높은 가문 몇 집만 제멋대로 놀아나네	高門日馳驟

「고시 24수」古詩二十四首 중 제14수

지체 높은 집안에 아이가 나면	兒生在高門

낳자마자 당장에 귀한 몸 되고	落地便貴骨

두어 살에 아랫사람 꾸짖는 법 가르치니	孩提敎罵人
총각 때 벌써부터 오만하기 짝이 없네	總角已傲兀

아첨하는 무리들이 구름처럼 모여들어	諛客如浮雲
행전行纏도 채워 주고 버선까지 신겨 주며	希覯親結襪

"잠자리서 너무 일찍 일어나지 마십시오	且臥勿早起
행여나 병이 나면 어쩌시려오	恐子病患發

애써서 글 읽는 일 하지 않아도	毋苦績文史
높은 벼슬 저절로 굴러온다오"	自然有簪笏

그 아이 자라니 과연 기세 드날려	兒長果登揚
말 타고 대궐에 들어가는데	騎馬入東闕

달리는 말 마치도 나는 용 같아	馬走如飛龍
네 다리가 하나도 걸리지 않네	四足無一蹶

「고시 24수」 중 제15수

신분제도의 불합리함을 증언한 작품이다. 이 시는 불합리한 신분제도 때문에 '서민의 자제들은 재주가 뛰어나고 공부를 많이 했는데도 왜 출세할 수 없는가', '호문豪門의 자제들은 어떻게 해서 놀면서도 출세하는가'에 대한 생생한 증언이며, 나아가 '호문의 자제와 서민의 자제들이 각각 나름대로 제도의 결함 때문에 어떤 형태로 타락해 가는가', 그래서 '국가 차원에서 그 손실이 얼마나 큰가' 하는 문제를 시로 형상화한 것이다. 다산은 「통색의」通塞議란 글에서 "신臣은 삼가 생각건대 인재를 얻기 어려운 지가 오래되었습니다. 온 나라의 영재英才를 모두 발탁하여 쓰더라도 오히려 부족할 지경인데 하물며 그 10에 8, 9를 버리며, 온 나라의 백성을 모두 배양하더라도 오히려 부족할 지경인데 하물며 그 10에 8, 9는 버리고 있습니다"라고 말하여 신분에 관계없이 인재를 등용할 것을 주장했다.

4. 쥐와 야합한 고양이

남산골 한 늙은이 고양이를 길렀더니	南山村翁養貍奴
해묵고 꾀 들어 요망하기 여우로세	歲久妖兇學老狐
밤마다 초당에서 고기 뒤져 훔쳐 먹고	夜夜草堂盜宿肉
항아리며 단지며 술병까지 뒤져 엎네	翻瓨覆瓿連觴壺

......

생각하면 고양이 죄 극악하기 짝이 없어	念此貍奴罪惡極
당장에 칼을 뽑아 천벌을 내릴거나	直欲奮劍行天誅
하늘이 너를 낼 때 무엇에 쓰렸던가	皇天生汝本何用
너보고 쥐 잡아서 백성 피해 없애랬지	令汝捕鼠除民癏

......

너 이제 한 마리 쥐도 안 잡고	汝今一鼠不曾捕
도리어 네놈이 도둑질을 하다니	顧乃自犯爲穿窬

쥐는 본래 좀도둑 피해 적지만	鼠本小盜其害小
너는 기세 드높고 맘씨까지 거칠어	汝今力雄勢高心計麤

쥐가 못하는 짓 제멋대로 행하여	鼠所不能汝唯意
처마 타고 뚜껑 열고 담벼락 무너뜨리니	攀檐撤蓋頹堅塗

이로부터 쥐들은 꺼릴 것 없어	自今群鼠無忌憚
들락날락 껄껄대며 수염을 흔드네	出穴大笑掀其鬚

쥐들은 훔친 물건 뇌물로 주고	聚其盜物重賂汝
태연히 너와 함께 돌아다니네	泰然與汝行相俱

......

「고양이」狸奴行

다산의 대표적인 우화시인데, 쥐를 잡아야 할 고양이가 도리어 쥐와 야합하여 행패를 부린다는 착상 자체가 기발하다. 고양이와 쥐가 야합한다는 것은 현실에서 일어날 수 없는 일이다. 현실에서 일어날 수 없는 일을 우화시의 형식으로 이야기함으로써 다산이 말하고자 하는 의도가 무엇일까? 다산의 의도를 파악하기 위해서는 고양이와 쥐가 가리키는 것이 무엇인가를 밝혀야 한다. 여러 해석이 가능하겠지만 일차적으로 남산골 늙은이는 일반 백성에, 쥐는 도둑에, 고양이는 포도군관捕盜軍官에 비유되었다고 볼 수 있다. 포도군관은 도둑 잡는 일을 맡은 포도청 소속의 하급 관리다. 이렇게 보면 이 시는, 쥐를 잡아야 할 고양이가 쥐와 야합하듯이 도둑을 잡아야 할 포도군관이 도둑과 한패가 되어 백성들을 괴롭히는 현실을 고발한 작품으로 읽힌다.

포도군관이 도둑과 야합한다는 것은 일반적인 상식을 뒤집는 일이지만 『목민심서』에는 이러한 사실이 여러 곳에 기록되어 있다. 한 기록에 따르면, 도둑이 '개업'을 하려면 포도군관에게 신고를 한 후 최초 세 번까지의 장물은 모두 포도군관에게 바치고 그다음부터는 3·7제로 나누어 먹는다고 한다. 있을 수도 없고 있어서도 안 되는 이 기막힌 현실을 고발하기 위하여 다산은 고양이가 쥐와 야합한다는 기발한 상상력을 발동한 것이다.

다산은 백성들에게 직접적인 피해를 입히는 포도군관이나 아전을 비롯한 하급 관리들의 횡포를 조선 후기 사회의 심각한 병폐라고 진단했다. 그래서 『목민심서』에서 아전 단속하는 것을 수령守令의 중요한 임무라 말했다.

백성은 토지로써 논밭을 삼지만, 아전들은 백성으로써 논밭을 삼는다. 백성의 껍질을 벗기고 골수를 긁어내는 것으로써 농사 짓는 일로 여기고 머릿수를 모으고 마구 거두어들이는 것으로써 수확하는 일로 삼는다. 이러한 습성이 이루어져서 당연한 짓으로 여기게 되었으니, 아전을 단속하지 아니하고서 백성을 다스릴 수 있는 자는 없을 것이다.

"아전들은 백성으로써 논밭을 삼는다"고 말할 만큼 아전들이 저지르는 각종 비리를 잘 알고 있던 다산은 아전의 횡포를 고발한 시를 다수 남겼는데, 그중에서 두보의 이른바 '삼리'三吏에 차운次韻한 「용산리」龍山吏, 「파지리」波池吏, 「해남리」海南吏가 유명하다.

5. "지사地師에게 묻지 마라"

병든 현실을 진단한 다산의 임상 보고서에는 불합리한 각종 제도로 고통 받는 백성들의 참상이나 하급 관리들의 횡포 외에 비과학적인 미신에 젖어 있는 일반인의 의식도 포함되어 있다. 다산은 비합리적이고 비과학적인 속설俗說이나 미신 등을 철저히 배격했다.

그는 손목의 맥脈을 짚어 병을 진단하는 진맥법의 부정확성을 설파했고, 얼굴 모양을 보고 운명을 점치는 관상법觀相法을 믿어서는 안 된다고 했다. 뿐만 아니라 갑자甲子, 을축乙丑을 따져 그것으로 택일擇日하고 그것으로 사람의 사주를 보고 그것으로 길흉을 점치고 그것으로 수명을 예측하는 등의 행위도 단호히 배격했다. 그는 또 풍수지리설도 맹렬히 비판하여 다음과 같이 말했다.

세상에 송장을 묻어서 남에게 화禍를 주는 일은 있으나 송장을 묻어서 남에게 복을 주는 일도 있다는 말인가? 간사한 귀신과 요망스러운 무당이 이런 술법으로 사람을 속여 악한 데로 빠지게 할 뿐이다.

그는 풍수설을 "꿈속의 꿈이고 속임수 중의 속임수"라 했다. 그는 죽기 전 아들에게 '내가 죽으면 집의 뒷동산에 매장하고 지사地師에게 묻지 말라'고 유언할 정도로 풍수설을 배척했다.

제비란 놈 터 잡으면 옮기길 꺼리는데　　　　鷰子開基惜屢移
마루 천장 여기저기 진흙 칠 해 놓았네　　　　謾將泥點汚梁楣

요즈음 풍수설이 습속이 되었으니　　　　　　邇來風水渾成俗
생각건대 새 중에도 지사地師가 있는 게지　　疑亦禽中有地師

「여름날 전원」夏日田園雜興效范楊二家體 24수 중 제13수

　70세 때의 작품인데, 진흙을 물어다가 마루 대들보에 집을 짓는 제비를 보고 이런 시를 쓸 수 있었던 다산의 상상력이 놀랍다. 이것은 그의 풍수설 비판이 그토록 철저했다는 증거이기도 하고, 그러한 풍수설 비판을 제비를 빌려 시로 형상화한 그의 시적詩的 재능을 보여 주는 것이기도 하다. 다산의 합리적이고 과학적인 사고는 다음과 같은 시에 잘 드러나 있다.

조룡대釣龍臺서 용 낚은 일 황당하기 짝이 없네　　龍臺釣龍事荒怪
최북崔北의 그림에서 처음으로 보았도다　　　　　　我初見之崔北畫

용감한 장군 하나 사나운 모습에다　　　　　有一猛將貌猙獰
찢어진 눈초리에 창날같이 성난 수염　　　　怒髭如戟目裂眥

오른팔에 쇠줄 감고 휘둘러 내던지니　　　　鐵索蜿蜒繞右肘
피 흐르는 백마白馬 미끼, 용의 입에 물린다　　白馬流血龍口罝

| 용의 입 벌어지고 목줄기 움츠리며 | 龍口呿張龍頸蹵 |
| 꿈틀대는 갈기질에 물결이 부서진다 | 鬐鬣擊水波四洒 |

| 갑옷이 번쩍이며 황금 비늘에 비치고 | 甲光炫燿照金鱗 |
| 검은 구름 가득한 하늘이 비좁은 듯 | 黑雲滿天天宇隘 |

| 말하는 이가 바로 당나라 소정방蘇定方 | 道是大唐蘇定方 |
| 부소산扶蘇山서 용 죽이고 군사를 건넸다네 | 屠龍渡師扶山砦 |

| 부소산 밑 강물이 흐르는 곳에 | 扶山之下江水流 |
| 주먹만 한 바위가 거품처럼 떠 있어 | 蓋有拳石如浮漚 |

| 그 당시 천척 배, 강 남쪽에 대었는데 | 當時千艘泊南岸 |
| 무엇 하러 서북쪽 길 택해 왔으며 | 如何路由西北陬 |

| 구름을 내뿜은 신령한 용이 | 龍旣噓雲顯靈詭 |
| 어찌하여 미련하게 낚싯밥 삼켰으랴 | 詎又冥頑仰吞鉤 |

| 바위가 움푹 패어 발꿈치가 빠질 듯한 | 石面谽谺深沒趾 |
| 신발 자국 남았다고 지금까지 전해 오니 | 好說靴痕至今留 |

| 오천 년의 문헌들이 황당하고 허술해 | 載籍荒疏五千歲 |
| 호해壺孩 마란馬卵 모두 다 잘못된 지 오래네 | 壺孩馬卵都謬悠 |

| 선한 일에 향기 없고 악한 일에 악취 안 나 | 爲善無芳惡無臭 |

소인은 방자하고 군자는 근심하네　　　　　小人恣睢君子愁

「조룡대」釣龍臺

'조룡대'釣龍臺는 백마강 가에 있는 바위로, 당나라 소정방이 백제 성을 함락하기 위하여 이 강을 건너려는데 강을 지키는 용이 짙은 안 개를 내뿜어 건널 수 없자, 쇠사슬로 만든 낚싯줄에 백마 미끼를 달 아 용을 잡고 강을 건넜다는 민간 설화가 전해진다. 바로 이 바위 위 에 서서 소정방이 용을 낚았다는 것이다.

이후 수많은 시인 묵객들이 이를 소재로 시를 짓고 화가들은 다투 어 소정방이 용을 낚는 그림을 그렸는데, 합리적 사고의 소유자인 다 산이 이를 믿을 리 없었다. 그는 금정찰방金井察訪 시절에 직접 이곳 을 방문하여 역사적 사실과 주위의 지리를 조사한 끝에, 소정방이 백 제성을 공격하기 위해서는 백마강을 건널 필요가 없었다는 결론을 내렸다. 그럼에도 이 허황한 이야기를 믿는 사람들을 깨우치기 위하 여 이 시를 쓴 것이다.

이러한 다산의 합리적인 사고는 자연에 대한 과학적 인식으로 연 결된다. 그는 밀물과 썰물이 천지의 호흡 때문에 일어난다는 종래의 견해를 반박하고 그 원인을 해와 달의 운동에서 찾았다. 다산은 렌즈 의 원리에 대해서도 상당히 정교한 이론을 전개했다. 근시近視와 원 시遠視에 대한 종래의 견해는 '가까이 보지 못하는 것은 양陽의 부족 때문이다' 또는 '가까이 보지 못하는 것은 수水의 부족 때문이다'라 하여 음양오행설로 설명하는 것이었다. 다산은 이를 비판하여 '근시, 원시는 다만 눈동자가 볼록한가 평평한가에 달려 있는바, 평평하면 시선의 초점이 멀며 따라서 원시이고, 볼록하면 시선의 초점이 가깝 기 때문에 근시다'라고 하여 사람이 늙으면 눈동자가 평평해져서 초점이 멀어지므로 원시遠視가 된다고 했다.

이 밖에도 다산은 수원성水原城을 축조할 때 기중기를 창안하여 많은 경비를 절약하게 했고, 박제가朴齊家와 함께 우리나라 최초로 종두법種痘法을 연구하여 보급하기도 했다. 이러한 자연과학적 업적은 그의 합리적이고 과학적인 사고의 소산이다. 이 과학적 사고가 병든 조선 후기 사회의 병인病因을 정확히 진단하게 했고, 또 500여 권에 달하는 방대한 저서를 집필하는 원동력이 되었을 것이다.

6. "나는야 조선 사람, 조선시 즐겨 쓰리"

늙은 사람 한 가지 유쾌한 일은	老人一快事
붓 가는 대로 마음껏 써 버리는 일	縱筆寫狂詞
구태여 경병競病에 구속될 필요 없고	競病不必拘
고치고 다듬느라 더딜 것 없어	推敲不必遲
흥이 나면 당장에 뜻을 실리고	興到卽運意
뜻이 되면 당장에 글로 옮긴다	意到卽寫之
나는야 조선 사람	我是朝鮮人
조선시朝鮮詩 즐겨 쓰리	甘作朝鮮詩
그대들은 그대들 법 따르면 되지	卿當用卿法
오활하다 그 누가 비난하리오	迂哉議者誰

구구한 그 격格과 율律을　　　　　　區區格與律

먼 곳 사람 어떻게 알 수 있으랴　　遠人何得知

......

배와 귤은 그 맛이 각각 다른 것　　梨橘各殊味

입맛 따라 저 좋은 것 고르면 되지　嗜好唯其宜

「노인의 즐거움」老人一快事 중 제5수

　6수로 된 연작시 「노인의 즐거움」 중 제5수인데, 다소 희작적戱作
的인 성격을 띠면서도 다산의 진심이 담겨 있는 작품이다. 그는 이
시에서 '조선시'를 쓰겠다고 말했는데, 다산이 말한 '조선시'는 중국
시의 "구구한 격格과 율律"에 구속 받지 않고 쓰는 시를 뜻한다. 그러
므로 "나는야 조선 사람/조선시 즐겨 쓰리"라 한 것은, 여러 이유에서
한자를 빌려 시를 쓰긴 하지만 구태여 중국시의 까다로운 기준에 맞
추어서 시를 쓸 필요가 없다는 말이다. 중국어 음률에 익숙하지 않은
우리나라 선비들이 그 까다로운 규칙을 지켜서 시를 쓰기가 여간 어
려운 일이 아니었음은 능히 짐작할 수 있는 일이다. 이런 중국어 성
률의 구속으로부터 벗어나 자유롭게 시상을 전개하여 시를 지어 보
자는 생각이 '조선시'로 나타난 것이다.

　이 '조선시'의 개념 속에는 까다로운 성률의 구속으로부터 벗어남
과 더불어, '조선 사람이 조선 땅에서 조선 사람의 정서를 조선식으
로 표현한 시'까지 포함되어 있다. 말하자면 다산은 '조선 민족의 시'
를 쓰고 싶었던 것이다. 이것은 당당한 민족 주체 의식의 표출이다.
앞의 시에서 말한 '배'와 '귤'은 중국시와 조선시를 가리킨다. 배와 귤

은 어느 것이 더 맛있다고 말할 수 없다. 따라서 중국시도 조선시에
비하여 절대 우위에 있지 않다는 것이 다산의 생각이다.

보릿고개 험하기가 태항산太行山 같아   麥嶺崎嶇似太行

단오절 지나서야 보리 익기 시작하네   天中過後始登場

어느 누가 풋 보리죽 한 사발 떠서   誰將一椀熬靑麨

주사籌司 대감 맛보라고 바쳐 볼 건가   分與籌司大監嘗

「장기농가」長鬐農歌 10장 중 제1장

넘실대는 논물 위에 모내기 노래 애절한데   秧歌哀婉水如油

저 아가는 유난히도 저렇게 수줍은고   嗔怪兒哥別樣羞

흰 모시 새 적삼에 노란 모시 긴 치마   白苧新襦黃苧帔

장롱 속에 겹겹이 싸 추석날만 기다리네   籠中十襲待中秋

「장기농가」 10장 중 제2장

첫 번째 시에서 '맥령'麥嶺은 '보릿고개'인데, 중국어 어휘에는 없
는 말로 다산의 조어造語다. 또 '대감'大監과 두 번째 시의 '아가'兒哥
도 마찬가지다. 이렇게 중국어 어휘에 없는 한국 한자어를 시에 사용
한 것은 그가 말한 '조선시' 정신을 실제 창작에서 실천한 하나의 예
다. 이러한 조선시 정신은 중화주의의 절대적 권위로부터 벗어나려
는 주체 의식의 한 표출이라 볼 수 있다.

7. 늘그막의 청개구리

다산은 중년에 18년이라는 긴 유배 생활을 겪고 고향으로 돌아와서도 왕성한 저술 활동을 펼치며 민중에 대한 애정이 식지 않았음을 보여 주었다. 이제 그가 만년에 쓴 시 한 수를 소개함으로써 이 글을 마친다.

> 몸이 온통 녹색인 조그마한 개구리가　　綠色通身絶小蛙
> 한평생 단정하게 매화나무에 앉아 있네　　一生端正坐梅叉
>
> 제가 감히 높이 살기 바라서가 아니라　　非渠敢有居高願
> 산 채로 닭 배 속에 매장될까 겁나서네　　剛怕雞腸活見埋
>
> 「여름날 전원」 24수 중 제13수

　　한가한 어느 여름날 뜰 앞의 매화나무 가지에 앉아 있는 청개구리를 보고 문득 자신을 청개구리와 오버랩시킨다. 매화는 4군자의 하나다. 이 군자의 풍모를 지닌 매화나무 가지에 청개구리 한 마리가 '단정하게' 앉아 있다. 이 청개구리는 세속을 멀리하고 고고하게 살아가는 선비처럼 보이지만 사실은 닭에게 쪼아 먹힐까 봐 땅에 내려오지 못하는 것이다. 다산은 평소 선비들의 현실 도피적인 태도를 매우 비판했다. 현실 속에서 현실과 대결하며 부조리한 현실을 개혁해야 한다는 것이 그의 신념이었다. 그러나 그는 현실과 대결하다가 몇 번이나 죽을 고비를 맞은 바 있다. 그래서 "산 채로 닭 배 속에 매장될까 겁이 나서" 땅에 내려오지 못하는 청개구리처럼 현실 정치권을 떠나 조용히 살고 있는 청개구리를 자신에 비유한 것이다.

다산은 해배 후에도 왕성한 저술 활동을 하다가 1836년 고향 집에서 75세를 일기로 서거했다.

다산 논설
모든 백성을 잘살게 *

1. 머리말: 수기치인과 경세론

저 앞에 큰 산이 있다. 워낙 자락이 사방팔방으로 넓어서 그 산에 가면 한 자락, 한 골짜기에서만 노닐고 돌아올 뿐 전체 산의 진면목을 쉽사리 알 수 없다. 다산 정약용의 방대한 저서와 학문 체계가 그러하다. 그래도 일단 윤곽이나 인상만이라도 살짝 파악할 수 있는 방법은 없을까?

다산은 「자찬묘지명」에서 자신의 저술을 이렇게 소개했다.

"육경六經·사서四書로써 자신을 수양하고 1표表·2서書로써 천하·국가를 다스리니, 본본과 말末을 갖춘 것이다."

'육경·사서'는 유학의 기본 경전이다. '일표이서'는 『경세유표』, 『목민심서』, 『흠흠신서』를 가리킨다. 자신을 수양하는 것이 바로 '수

---

* 김태희(다산연구소 소장)

기'修己이고, 천하·국가를 다스리는 것이 바로 '치인'治人이다. 그런데 유교 경전에 관한 공부를 경학, 천하·국가를 다스리는 공부를 경세학이라 한다. 그리고 '수기'를 위한 경학을 '본'으로 보고, '치인'을 위한 경세학을 '말'로 표현했다. 요컨대 다산의 학문 체계는 '경학=육경사서=수기=본'과 '경세학=일표이서=치인=말'의 둘로 구성된 것이다.

수기치인! 이 단어에 주목해야 한다. 이는 동양 사상의 핵심 개념이다. 제자 정수칠丁修七에게 보낸 편지에서 다산은 공자의 유학을 이렇게 말했다.

"공자의 도는 '수기치인'일 따름이다."

당시의 유학자들이 이기론, 사단칠정론, 하도낙서 등만 말하는데, 진정한 공부는 수기치인을 위한 것이라면서 다음과 같이 말했다.

> 『서경』「열명」說命 편에, '배움은 학문의 절반'이라고 했는데, 이는 자기 수양(修己)이 우리 학문(유학) 전체에서 단지 절반의 공功일 뿐이라는 것이다. 『서전』書傳에 '가르침은 학문의 절반'이라고 했는데, 이는 사람을 가르치는 것(敎人)이 우리 학문 전체에서 실로 절반의 공功에 해당한다는 것이다. 두 해석이 서로 충돌하지 않으니, 이 뜻을 안다면 마땅히 경세학經世學에 뜻을 두어야 할 것이다.
>
> 「반산 정수칠에게 주는 말」爲盤山丁修七贈言

『목민심서』에서도 같은 취지의 말을 볼 수 있다. "군자의 학문은 수신이 절반이요, 그 절반은 목민"이다. '수신', '수기'는 같은 의미다. 나머지 절반인 '교인'敎人 또는 '목민'牧民은 '치인'과 같은 말이다. 그런데 '수기'를 위한 경학이 학문의 절반이고, 나머지 절반은 '치인'을 위한 경세학이다. 따라서 유교 경전만 공부해서는 학문이 완성될 수 없다. 경학에서 나아가 경세학을 해야 학문을 완성할 수 있는 것이다. 다산의 학문 체계는 바로 이런 생각을 실천한 것이다.

다산이 경세학을 말末이라고 표현했지만 이는 결코 학문적 가치를 낮잡아 본 것이 아니다. 상대적으로 '수기'를 더 강조하는 당시 분위기와 달리 다산은 '치인', 즉 '경세'를 강조했다.

> 공자께서 자로子路, 염구冉求 등에게 매번 정사政事를 가지고 인품을 논하였고, 안자顏子가 도를 물음에도 반드시 나라를 다스리는 것으로 대답했다. 각자의 뜻을 말하게 할 때도 역시 정사에서 대답을 구하였으니, 공자의 도道는 그 쓰임이 경세經世라는 것을 알 수 있다. 무릇 글귀에 얽매이거나 은일隱逸을 자칭하여 사공事功에 힘을 쏟지 않는 것은 모두 공자의 도가 아니다.
>
> 「반산 정수칠에게 주는 말」

공자가 제자들과 토론할 때 정사政事·나랏일, 즉 '경세'를 말했다는 것이다. 글귀만 따지거나 세상일을 등진 채 숨지 말고, '경세'를 통해 '사공'事功에 힘쓸 것, 다시 말하면 세상일에 실제로 기여하는 것이 공자의 가르침이라는 것이다. 다산은 대학자였지만 단순히 책만 보는 학자에 그치지 않았다. 세상을 경영하는 '경세가'經世家였다.

경세가로서 다산의 면모를 보여 준 것이 바로 '일표이서', 즉 『경세유표』·『목민심서』·『흠흠신서』다. 「자찬묘지명」에서 자신의 '일표이서'를 이렇게 소개했다.

『경세유표』란 어떤 책인가? 관제官制, 군현지제郡縣之制, 전제田制, 부역賦役, 공시貢市, 창저倉儲, 군제軍制, 과제科制, 해세海稅, 상세商稅, 마정馬政, 선법船法, 영국지제營國之制(도성을 경영하는 제도) 등을 지금 쓰임에 얽매이지 않고 경經을 세우고 기紀를 펼쳐서 우리의 오랜 나라를 새롭게 하려는 생각이다.

『목민심서』란 어떤 책인가? 지금의 법에 의해 우리 백성을 다스리는(牧) 것이다. 율기律己·봉공奉公·애민愛民을 3기紀로 삼고, 이吏·호戶·예禮·병兵·형刑·공工을 6전典으로 삼고, 진황振荒 1목目으로 끝맺음하였다. 각각 6조씩을 두되, 고금古今을 찾아 망라하고 간위奸僞를 파헤쳐 목민관에게 주니, 바라건대 한 백성이라도 그 은택을 입는 자가 있었으면 하는 것이 내 마음이다.

『흠흠신서』란 어떤 책인가? 인명人命에 관한 옥사獄事는 잘 다스리는 자가 적다. 경사經史로써 근본을 삼고 비의批議로써 보좌를 삼고 공안公案으로 증거로 삼되, 모두 상정商訂(헤아려 평함)하여 옥사를 담당하는 관리에게 주니, 바라건대 원통한 사람이 없었으면 하는 것이 내 뜻이다.

이상 「자찬묘지명」

『경세유표』는 국가 제도 개혁론이고, 『목민심서』는 백성을 위한 지방 수령의 행정 지침서이고, 『흠흠신서』는 형사 참고서다. 이 저서들은 다른 장에서 각각 소개할 것이기 때문에 여기서는 자세히 설명하지 않는다. 대신 여기서는 다산의 짧은 논설을 소개하고자 한다. 오히려 짧은 논설이 다산의 아이디어를 간명하게 파악하기에 용이한 측면이 있다. 다산의 짧은 논설 가운데서 경세론과 관련된 몇 편만 소개할 것이다.

2. 지도자는 백성을 위해

다산의 정치론에 관해 알 수 있는 짧은 '정론 3편'이 바로 「원정」原政, 「원목」原牧, 「탕론」蕩論이다. 「원목」은 곡산 부사 시절(1798, 37세 무렵)에, 「원정」은 그보다 좀 전에 쓴 것으로 추정하고 있다. 「탕론」은 유배 시절(1801~1810년 무렵)에 지은 것이라는 연구가 있다. 「원정」, 「원목」은 관직에 있던 30대에, 「탕론」은 유배지에서 40대에 쓴 것으로 추정하는 것이다. '원'原이란 원래의 의미를 밝힌다는 뜻이다. 「원정」은 '정치란 무엇인가', 「원목」은 '목牧이란 무엇인가'란 제목으로 바꿀 수 있다. 먼저 「원목」과 「탕론」을 본다.

'목'牧이란 단어 자체는 '무리를 보호하고 이끌다'라는 뜻이다. 쓰임새를 보면, 양치기 소년을 가리키는 '목동', 종교계에서 쓰는 '목자', 지방 수령을 가리키는 '목민관' 등이 있다. 다산은 『목민심서』에서 '목'이란 단어가 가축을 기른다는 말에서 연유했다고 보고, 백성을 기르는 '양민'養民을 '목'이라 불렀다고 했다. 「원목」의 목은 목민관과 같은 지도자를 가리킨다.

「원목」은 "목牧이 백성을 위해 있느냐? 백성이 목牧을 위해 있느냐?"라는 단도직입적인 질문으로 시작한다. 백성이 일해서 목을 섬기고 백성이 수고하여 목을 살찌게 하는 모습을 들어 백성이 목을 위해 생긴 것이 아닌가 다시 묻는다. 그러고는 이를 거듭 부정하며 "목이 백성을 위해 있다"고 단언했다.

목牧의 기원을 다산은 다음과 같이 설명했다.

먼 옛날, 처음엔 백성만 있었지 무슨 목이 있었던가? 백성들이
모여 살면서 한 사람이 이웃과 다투어 해결하지 못하다가, 한 어
른이 공정한 말(公言)을 잘하므로 그에게 찾아가 바로잡았다. 이
웃이 모두 감복하여 그를 추대하여 높이고 이름을 이정里正이라
했다. 여러 마을(里)의 백성이 해결하지 못한 마을의 다툼이 있
었는데, 한 어른이 뛰어나고 아는 것이 많아 그에게 찾아가 바로
잡았다. 여러 마을이 모두 감복하여 그를 추대하여 높이고 이름
을 당정黨正이라 했다. 여러 향리(黨)의 백성들이 해결하지 못한
향리의 다툼이 있었는데, 한 어른이 현명하고 덕이 있어 그를 찾
아가 바로잡았다. 여러 향리 사람들이 모두 감복하여 그를 추대
하여 높이고 이름을 주장州長이라 했다. 여러 고을(州)의 주장이
한 사람을 추대하여 우두머리로 삼고 이름을 국군國君이라 했
다. 여러 나라의 국군이 한 사람을 추대하여 우두머리로 삼고 이
름을 방백方伯이라 했다. 또 사방의 방백이 한 사람을 추대하여
우두머리로 삼고 이름을 황왕皇王이라 했다. 황왕의 근본이 이
정에서부터 시작하였으니, 목이 백성을 위해 있는 것이다.

「원목」

처음엔 백성만 있었지 지도자가 따로 없었다. 다툼이 생겼을 때
문제를 해결해 주는 사람이 있어, 사람들이 그를 지도자로 추대했
다. 이런 식으로 영역이 넓어지면서 이정→당정→주장→국군→방
백→황왕으로 단위별 지도자가 정해졌다. 이를 굳이 피라미드 구조
로 파악한다면, 아래로부터 시작해서 위로 올라가며 지도자가 정해

진 것이다. 백성의 필요에 의해서 정한 이 지도자가 '목'이다. 요컨대 '목'이란 백성을 위해 생긴 것이다.

이어서 다산은 '법法의 기원도 같은 방식으로 설명했다.

> 그때는 이정이 백성의 바람(民望)에 따라 법을 제정하여 이를 당정에게 올렸다. 당정은 백성의 바람에 따라 법을 제정하여 이를 주장에게 올렸다. 주장은 국군에게 올리고, 국군은 황왕에게 올렸다. 그러므로 그 법은 모두 민을 편하게 하는 것이다(便民).
>
> 「원목」

'법'이란 것도 목이 아니라 백성의 바람에 따라 정해진 것이다. 따라서 백성을 불편하게 하기 위한 것이 아니라 백성을 편하게 하기 위한 것이었다. 지도자가 정해지는 양상과 마찬가지로, 법도 아래로부터 위로 결정되어 올라간 것이다.

다산은 이 같은 '목'과 '법'의 기원에 대해 간명하게 설명한 다음, 그렇지 않은 현실을 소개했다. 후세에 와서 사정이 달라진 것이다. 한 사람이 스스로 황제가 된 다음 주위 사람들로 제후를 삼고, 제후도 자신의 주위 사람들로 주장을 삼고, 그런 식으로 당정과 이정도 정해진 것이다. 법도 마찬가지다. 황제가 정해서 제후에게 주고, 제후가 정해서 주장에게 준다. 지도자와 법이 위에서 아래로 정해진다. 그래서 법이란 것이 군주는 높고 백성은 낮고, 아랫사람 것을 깎아서 윗사람에게 붙여 주는 식이다. 그 결과 백성이 목을 위해 생긴 것처럼 보였다. 그리하여 마치 '백성이 목을 위해 생긴 것'처럼 보이지만 그것은 이치에 맞지 않으며, 본디 '목이 백성을 위해 존재한다'는 것이 다산의 결론이다. 여기서 백성은 시혜 대상이 아니라 목의 존립 근거다.

「원목」의 논리는 「탕론」에서 다시 나타났다. 탕湯은 원래 하夏나라 걸왕桀王의 신하였다. 군주인 걸왕이 학정을 하자, 탕은 제후들의 도움을 받아 걸왕을 쫓아내고 상商(은)나라를 세웠다. 이러한 방벌放伐 행위가 정당한 것인지, 유학에서는 쟁점이 되어 왔다. 다산은 「탕론」에서 "탕이 걸을 방벌한 것은 옳은 일인가? 신하가 임금을 친 것이 옳은 일인가?"라는 질문을 던진 다음 바로 답하길, "이것은 옛 도를 답습한 것이요, 탕이 처음 한 일은 아니다"면서, 방벌의 역사적 선례들을 열거했다. 탕왕의 행위가 군주를 쫓아낸 최초의 것이 아니며 역사 속에 왕왕 있던 행위란 것이다.

"무릇 천자天子란 어떻게 해서 있는가? 하늘에서 떨어져 천자가 된 것인가, 아니면 땅에서 솟아나 천자가 된 것인가?"

천자의 기원을 「원목」과 유사한 논리로 설명했다. 가家를 기본으로 하여 5가＝1린隣 → 5린＝1리里 → 5리＝1현縣의 단계를 올라가면서 우두머리를 추대하여 인장隣長, 이장里長, 현장縣長이 선출되고, 여러 현장이 추대한 사람이 제후諸侯가 되고, 제후가 다 같이 추대한 사람이 천자天子가 되는 것이다. 각 지도자의 명칭이 「원목」과 달라졌을 뿐 논리는 같다.

다산은 「탕론」에서 「원목」보다 한 걸음 더 나아가, 추대의 논리에서 교체의 논리를 도출했다. 즉 "천자는 여러 사람(衆)이 추대해 이루어진 것이니, 여러 사람이 추대하지 않으면 이루어질 수 없다." 추대했던 것과 마찬가지 방식으로 추대를 철회하여 지도자를 교체할 수 있다. 5가가 의논하여 인장을, 25가가 의논하여 이장을, 제후들이 의논하여 천자를 바꿀 수 있는 것이다. 다산은 "누가 신하가 군주를 쳤다고 말할 수 있는가?" 추대한 사람들이 의논하여 부덕한 군주를 갈아 치우는 것은 정당한 권한이다.

"천거하여 높이는 자도 여러 사람이요, 끌어내린 자도 여러 사람이다. 천거하여 높였다가 다른 사람으로 바꾸어 천거한다고 탓한다면 도리에 맞겠는가?"

여러 사람(衆)이 지도자를 추대해 위로 올라가는 구조를 '하이상'下而上의 정치 구조라 할 수 있다.

다산은 지도자 교체의 정당성을 밝히는 한편, 그 한계도 제시했다. 천자를 바꾸는 것은 단지 천자를 그만두게 할 뿐이어서, 천자를 그만두면 제후로 복귀할 수 있다. 교체의 폭력성을 절제하기 위한 의도도 있지 않나 여겨진다.

그런데 다산은 한나라 이후의 정치 구조는 다르게 설명했다.

"한나라 이후로는 천자가 제후를 세우고, 제후가 현장을 세우고, 현장이 이장을 세우고, 이장이 인장을 세운다."

'하이상'下而上이 아닌 '상이하'上而下의 정치 구조다. 아래로부터의 정치가 위로부터의 정치로 바뀐 것이다. 그 결과 한나라 이전과 이후의 순順과 역逆이 뒤바뀌었다.

한나라 이전과 이후에 상황이 뒤바뀐 것에 대해서는 논리적인 설명을 하지 않았다. 대신 "여름 한철 사는 쓰르라미가 봄과 가을을 알지 못한다"는 『장자』에 나온 말로 맺고 있다. 하이상의 정치 구조가 정상인지, 상이하의 정치 구조가 정상인지 시대 상황으로 돌리고, 그 타당성을 논하지 않은 채 인식의 한계 문제로 돌려 버렸다. 그럼에도 다산의 주장은 명백했다. 군주권이 아래로부터 여러 사람에 의해 정해졌다는 것이다.

다산이 왕권 세습의 왕조 사회에 살면서도 이와 같은 정치론을 편 것은 일단 대단한 일이다. 그러나 역사적으로 살펴보면 세습은 왕권

계승 방법의 하나였을 뿐이다. 유학자들이 이상적인 사회로 보았던 요와 순의 시대에는 유덕하고 현명한 신하에게 왕권을 넘겼다. 바로 선양禪讓의 방식이다. 다산의 정치론은 당대의 시대적 제약에 국한되지 않고, 더 넓은 역사적 안목을 바탕으로 한 것이다.

그렇다면 다산의 정치론을 현대 정치론에 비추어 어떻게 평가할 수 있을까? 통치 권력의 근거 면에서 현대의 민주공화국 이념과 근본적으로 다를 바 없다고 본다. 다만 그렇다고 백성의 정치주체성을 인정했다고 보긴 힘들다. 백성이 정치 주체로서 활동할 구체적 방법을 제시하지 않았기 때문이다. 그 점에서 현대 민주주의의 관념과는 차이가 있어 보인다.

3. 정치란 백성이 고루 잘살게

「원목」과 「탕론」에서 권력의 근거를 이야기했는데, 이제 「원정」을 통해 다산의 정치론을 보기로 한다. 「원정」은 "정政이란 것은 바로잡음(正)이요, 우리 백성을 고르게 하는 일이다"(政也者 正也 均吾民也)라는 말로 시작된다. 정치란 정正이라는 공자의 언명을 이어받으면서, 이를 '백성을 고르게 함(均)'이라고 부연한 것이다. 균均은 다산 정치론의 키워드다.

그리고 백성을 고르게 하는 정치의 예를 들었다. 첫째, 땅의 이익과 혜택으로 부유해지도록 땅을 골고루 나눠 주는 것. 둘째, 땅의 생산성에 따라 차이가 나는 것을 막기 위해 운송 수단을 발달시키고 도량형을 제대로 시행해서 물자 유통을 활성화하여 지역의 균형을 이루는 것. 셋째, 강자의 횡포를 죄 주고 약자를 보호하고 살리는 것.

넷째, 속이고 범하고 사납고 악한 자는 형벌로 징계하고 공손하고 부지런하고 충실하고 착한 자는 상으로 권장하는 것. 다섯째, 붕당을 제거하고 공도公道를 넓혀 어진 사람이 나아가고 불초한 사람이 물러나게 하는 것. 이렇게 바로잡는 것을 정치라 한다.

이어서 왕정王政을 예시했다. 가령 수리 시설을 정비하고, 식목植木으로 토건土建을 하고, 과수·축산·사냥 등으로 식량을 보충하고, 광산물을 채취하고, 역병을 방지하는 것 등을 열거했다. 왕정이란 것이 고원高遠한 도덕 윤리가 아니라 산업을 진흥하는 구체적인 정책 수행이었다. 따라서 왕정의 목록은 얼마든지 추가될 수 있다.

왕정이 이루어지느냐 이루어지지 않느냐는 백성의 삶과 나라의 살림에 직결된다.

> 왕정이 폐하면 백성이 곤궁해지고, 백성이 곤궁해지면 나라가
> 가난해지고, 나라가 가난해지면 거둬들이는 것이 번거로워지
> 고, 거둬들이는 것이 번거로워지면 인심이 이반하고, 인심이 이
> 반하면 천명이 떠난다. 그러므로 급한 바는 정치에 있다.
>
> 「원정」

「원정」의 맺음말에서 정치의 임무란 것이 궁극적으로 백성의 삶과 국가 재정을 안정시키는 것임을 알 수 있다. 결국 요즘 단어로 경제 내지 산업의 진흥이 경세론 내지 정치론의 중요한 부분이 된다. 당시는 농업 위주의 사회였으므로, 다산의 농업정책론에 관한 몇 가지 논설을 살펴보기로 한다. 관직에 들어온 초기였던 29세에 쓴 「농책」農策(1790), 37세에 쓴 「응지론농정소」應旨論農政疏(1798), 38세에 쓴 「전론」田論(1799) 등이 그것이다.

다산은 막 벼슬에 나아간 29세(1790. 정조 14)에 쓴 「농책」에서 여러 농업 대책을 말했다. 옛날에는 조정에서 벼슬한 사람들이 농사를 지었거나 농사의 어려움을 잘 아는 사람들이어서 백성을 잘 다스렸는데, 사士와 농農이 갈라진 지금은 그렇지 못하다고 지적했다. 농사와 농업 정책의 전문성과 적실성이 떨어졌다는 것이다. 또 백성과 국가가 넉넉하지 못한 이유를 인력人力이 넉넉하지 못하고 지리地利를 개척하지 않고 천시天時를 밝히지 않은 탓이라고 지적했다. 그 대책으로, 놀고먹는 것을 금해서 인력을 넉넉하게 하고, 수리 시설을 일으켜 지리를 넓히고, 별의 운행을 잘 살펴 천재에 대비하자고 했다. '만인개로'萬人皆勞 사상과 '기술 개발론'은 이미 젊은 다산에게서 확인할 수 있다.

다산은 35세에 황해도 곡산 부사로 나가는데, 이때 관리로서의 현장 경험을 얻었다. 이를 바탕으로 농업 정책을 제시하라는 정조의 교지에 응하여 「응지론농정소」를 올렸다. 이 글에서 농업의 문제점 세 가지를 지적했다.

> 농업에는 다른 산업만 못한 세 가지가 있습니다. 높기로는 선비 (士)만 못하고, 이익으로는 장사(商)만 못하고, 편안하기로는 백공百工만 못합니다. 대체로 지금의 사람들 생각은 낮은 것은 부끄러워하고, 해로운 것은 기피하며, 수고로운 것은 꺼리는데, 농업은 다른 산업만 못한 것이 세 가지나 있으니, 이를 제거하지 않으면 아무리 농사를 권면해도 백성은 농사를 짓지 않을 것입니다.
>
> 「응지론농정소」

당시 사·농·공·상의 네 직업 가운데 농업의 처지를 보면, 높기로는 선비만 못하고, 이익으로는 상업만 못하고, 편안하기로는 공업만 못하다. 이 세 가지를 개선하지 않으면 농사짓기를 권할 수 없다. 이런 평가를 바탕으로 유명한 3농 정책(편농. 후농. 상농)을 피력했다.

"첫째는 편농便農이니 편하게 농사짓게 하려는 것이고, 둘째는 후농厚農이니 농업이 이익이 나게 하려는 것이며, 셋째는 상농上農이니 농민의 지위를 높이려는 것입니다."

그리고 그 방책을 대체로 다음과 같이 제시했다. 첫째 '편농'을 위해서는 농기구를 개량하고, 농업 기술을 개선하고, 수리 사업을 일으켜야 한다. 둘째 '후농'을 위해서는 환상법還上法의 폐해를 제거하고, 부업과 작물 다각화를 장려하고, 도량형을 통일해야 한다. 셋째 '상농'을 위해서는 과거제도를 개선하고, 벼슬에 나아가지 않는 사람은 농사를 짓도록 해서 놀고먹는 사람이 없게 해야 하며, 양역법良役法을 개선해야 한다.

다음 해(1799)에는 「전론」을 통해서 본격적으로 토지제도 개혁론을 내놓았는데, 그것이 바로 유명한 '여전제'閭田制였다. 「전론」은 다음과 같이 시작한다.

어떤 사람에게 경작지(田地)가 10경頃이 있고, 그의 아들은 10명이었다. 그의 아들 한 명은 3경을 얻고, 두 명은 2경씩을 얻고, 세 명은 1경씩을 얻었다. 나머지 네 명은 경작지를 얻지 못해 울부짖으며 이리저리 떠돌다가 길바닥에서 굶어 죽는다면, 그 부모는 부모 노릇을 잘한 것인가? 하늘이 백성을 내어 먼저 그들을 위해 경작지를 마련해 먹고 살게 했다. 또 군주君主를 세우고 목민관牧民官을 세워, 백성의 부모가 되어 백성의 재산을 고르게 하여 다 함께 살도록 했다. 그런데도 군주와 목민관이 된 사람이 여러 자식이 서로 치고 빼앗는 것을 팔짱 낀 채 바라보며 금지하지 않아, 강자는 더 차지하고 약자는 떠밀려 땅에 넘어져 죽는다면, 그 군주와 목민관은 과연 군주와 목민관 노릇을 잘한 것인가? 그러므로 백성의 자산을 고르게 마련하여 함께 잘살 수 있게 하는 사람이 군주와 목민관이요, 백성의 자산을 고르게 마련하여 함께 잘살 수 있게 하지 못하는 사람은 군주와 목민관의 책임을 저버린 사람이다.

「전론」1

「전론」 1에서 군주와 목민관의 임무를 말하면서, '부익부富益富 빈익빈貧益貧'의 현실을 고발했다. 「원정」에서처럼 '균'에 관한 주장을 볼 수 있는데, 다산은 빈부 격차의 현실을 심각하게 여겼던 것이다.

다산은 「전론」에서 '농사짓는 사람이 경작지를 얻고, 농사짓지 않는 사람은 얻지 못하게 해야 한다'고 경자유전耕者有田의 원칙을 강조하면서, 그 방안으로 그의 독특한 '여전제'를 제시했다. '여閭'라는 개념은 산골짜기와 하천을 경계로 삼아 구획한 것이다. 주나라 제도에서 이름을 빌려 왔지만 이에 구애받지 않고 대략 30가家 내외가 포함되는 규모로 제안했다.

여閭에는 여장閭長을 두고, 1여閭의 경작지는 1여의 사람들이 함께 다스리되, 이곳저곳 경계 없이 오직 여장의 명령만을 따르도록 한다. 하루하루 일할 때마다 여장은 장부에 기록한다. 추수 때 모든 곡물을 모두 여장의 집(여 안의 도당都堂)에 운반하여, 그 양곡을 나눈다. 먼저 국가에 납부할 것을 실어 내고, 그다음

에 여장의 봉급을 주고, 그 나머지를 노동 일수를 기록한 장부
에 따라 분배한다.

「전론」 3

여장을 선출하여 지휘하도록 하고, 여 안의 토지(여전)는 경계 구
분 없이 여민이 공동 경작한다. 여민의 노동은 날마다 장부에 기입한
다. 그리하여 추수 때 수확한 곡물을 한 곳에 모아서 나라에 바치는
세금과 여장에 주는 봉급을 공제한 다음, 그 나머지를 장부에 기재된
노동 일수에 따라서 여민에게 분배한다. 여전제에서 주목되는 점은
공동체 단위의 공동경작과 노동량에 따라 분배한다는 점이다.

농사를 짓는 사람은 경작지를 통해 곡식을 얻는데, 공업이나 상업
에 종사하는 사람도 공산물이나 재화로써 곡식을 바꾸니 걱정할 것
이 없다. 생산 활동의 사회적 분업이다. 다만 선비가 문제다. 일을 않
고 노는 선비가 곡식을 얻을 수 없다면, 농사를 짓든지 공업이나 상
업에 종사할 것이다. 주경야독晝耕夜讀의 지식층이 있을 수 있다. 또
실업實業의 이치를 강구하여 실제에 도움을 준다면 그 공로로 1일 노
역을 10일로 기록하고 양곡을 분배해 줄 수 있다고 했다. 결과적으로
누구도 놀고먹는 불로소득자는 없어진다.(「전론」 5)

이 밖에 다산은 병농일치제兵農一致制에 입각하여 여의 체제를 그
대로 병제(군사제도)로 활용하여 만민개병萬民皆兵의 효과를 거두는
방안도 제시했다.(「전론」 7)

여전제를 관통하는 주요 원칙은 농사짓는 사람에게 농지가 있는
'경자유전'의 원칙과 모든 사람이 일하는 '만인개로'의 원칙이다. 다
산의 경제정책론은 훗날 『목민심서』와 『경세유표』에 계속되었다. 구
체적 정책론은 달라진 점이 있지만 기본적인 지향이 바뀌진 않았다.

다산이 균均을 강조했지만, 그것이 기계적 분배나 형식적 평등은 아니었다. 모두에게 일할 기회를 주고 생산적 효율성을 꾀해 전체 생산을 늘리길 기대했다.

4. 기술 개발과 제도 개혁을

산업과 관련된 다산의 중요한 논설 가운데 하나가 「기예론」技藝論이다. 이를 소개하는 것은, 기술에 관한 논설이지만 이른바 개혁·개방론의 주요한 아이디어를 제공하기 때문이다. 당시의 주류 논리 틀인 '상고주의'尙古主義 내지 '탁고개제'託古改制와는 판이한 논리란 점에서 주목할 만하다.

다산은 「기예론」에서 짐승에겐 발톱, 뿔, 단단한 굽, 날카로운 이빨 또는 독을 주어 먹고살게 하고 자기를 방어할 수 있게 했으면서 인간은 왜 연약하게 두었는가 물으며, 인간에겐 지려知慮와 교사巧思를 주어 기예를 습득해서 살아갈 수 있게 했다고 주장한다.

> 사람에겐 지려智慮와 교사巧思가 있어 그들로 하여금 기예技藝를 습득하여 스스로 생활하게 한 것이다. 그러나 지려는 추진에 한계가 있고, 교사는 천착에 시간이 걸린다. 그러므로 비록 성인이라도 천만인이 함께 의논한 바를 당해 내지 못하고, 비록 성인이라도 하루아침에 그 아름다움을 완전하게 할 수는 없다. 그러므로 사람이 모일수록 그 기예는 더욱 정교해지고 세대가 내려올수록 기예는 더욱 공교해진다.
>
> 「기예론」

대단히 중요한 아이디어가 담겨 있다. 인간이 다른 동물과 다른 점은 기예를 활용하여 사는 존재란 것이다. 지려와 교사는 기예를 습득할 수 있는 지적 능력이라 할 수 있다. 그런데 지적 능력도 발휘하는 데 일정한 한계가 있고, 이를 발전시키는 데 시간이 걸린다. 그래서 성인이 다중만 못하고, 기술 수준을 향상하는 데는 시간이 걸린다. 비록 기술적인 면에서의 논의지만 성인과 다중을 비교하여 다중의 논의가 더 우월하다는 것은 획기적이며, 기술 수준은 시간의 흐름에 따라 나아진다는 진보적 발상 또한 획기적이다.

그래서 궁벽한 시골 사람의 기술 수준은 사람들이 많이 모이는 도회지에 사는 사람의 기술 수준보다 떨어지며, 도회지에 사는 사람의 기술 수준은 더 많은 사람이 모여 사는 서울 사람의 기술 수준보다 떨어진다. 또한 시골 사람이 우연히 서울에 와서 한 차례 배워 갔다 해도 그것으로 더 이상 배울 것이 없다고 큰소리칠 일은 아니다. 여전히 새로운 게 있고 여전히 배울 게 있는 것이다. 이처럼 다중 내지 광범위일수록, 최신일수록 기술 수준이 높다는 생각은 개방과 혁신의 논리로 귀결될 수 있다.

다산은 「기예론」에서 농업, 직조, 병기, 의료 분야의 기술 수준이 향상되었을 때의 편익을 말하고, 백공의 기술 수준이 향상하면 나라가 부유해지고 병사가 강해지며, 백성이 넉넉하게 오래 살 것이라고 했다. 그러면서 풍토의 차이와 옛것의 좋음만 들어 우리의 현재에 안주하는 태도를 비판했다. 또한 다산은 중국이 기술 보호 정책을 펼 수도 있음을 우려하면서 가능할 때 기회를 놓치지 말고 기술을 도입하는 데 힘써야 한다고 강조했다.

「기예론」에서는 '동도서기'東道西器의 발상도 엿보인다.

대저 효도와 공경(孝弟)은 천성天性에 근본하고 성현의 책에 밝혀 놓았으니, 이를 확충하고 닦고 밝히면 예의禮義의 풍속은 이루어진다. 이는 밖에서 기다릴 것도, 나중에 나온 것에 기댈 것도 없다. 이용후생에 필요한 것과 백공의 기예 능력은, 나중에 나온 제도를 가서 구해 오지 않으면 몽매함과 고루함을 깰 수 없고 이익과 혜택을 일으킬 수 없다. 이는 나라를 도모하는 자가 마땅히 강구해야 할 바다.

「기예론」

다산은 도道에 해당하는 효제孝弟의 영역과, 기器에 해당하는 이용후생과 기술의 영역을 구분했다. 전자의 정신문명은 전통의 우리 것에서 이미 밝혀진 것이니 실천만 하면 된다. 그러나 후자의 물질문명은 부지런히 밖에서 배우고, 최신의 것을 배우는 데 힘써야 한다.

후자는 치인 내지 경세의 영역에 속한다. 이 영역에서 기술 개발 못지않게 제도 개혁이 중요하다. 『경세유표』에서는 기예론을 잇는 이용감利用監 설치론을 제시했다. 이용감은 청나라의 선진 문물을 배우는 것을 전담하는 기구다. 이 밖에 여러 제도 개혁론을 제시한 『경세유표』는 제도를 전면적으로 개혁하지 않으면 나라가 망할지도 모른다는 절박한 위기의식을 느끼며 쓴 저서다.

『경세유표』의 서문에서 다산은 개혁의 정당성과 절실함을 피력했다. 법제法制의 개변改變을 여러 이유로 부정하는 견해를 논박하는 한편, 법제가 제정된 지 오래되었을 뿐 아니라 폐단이 심각하기 때문에 법제의 개변은 시급하다고 강조했다. 또한 군주가 자기 수양에만 힘쓰면 정치는 자연히 잘될 것이라는 '무위'無爲의 정치론에 반박했다. 다산이 말하는 왕정이란 단지 군주가 군림만 하는 것이 아니라 부지런히 정사를 펴야 하는 것이었다.

5. 맺음말: 이상과 현실의 조화

다산의 짧은 논설 몇 편을 통해 그의 경세에 관한 아이디어를 살펴보았다. 그런데 이 논설과 본격적인 경세서인 '일표이서'와는 어떤 관계가 있는가? 짧은 논설은 다산의 기본 생각을 알기에 적합하다. 여기에는 이상에 따른 간명한 원칙이 담겨 있다. 이에 비해 일표이서는 관직에서 물러나 저 먼 유배지에서, 유교 경전을 탐구하고 관직의 경험을 살리고 선재한 여러 경세서를 참고하여 본격적으로 쓴 것으로, 구체적 현실 속에서 그 현실을 어떻게 개선할까 하는 실제적 고민을 담은 저서다. 요컨대 짧은 논설은 가치 내지 이상을 밝힌 원칙론, '일표이서'는 현실을 감안한 구체적인 방안이라 할 수 있다.

'일표이서'는 경세에 관한 구체적 논의를 담고 있기에 구체성의 차이를 드러낸다. 경세서의 구체성 때문에 현재의 상황과 동떨어진 내용도 있을 수 있다. 그런 경우 그 기저에 흐르는 정신을 읽을 필요가 있다.

『경세유표』와 『목민심서』 사이에도 구체성의 차이가 드러난다. 『경세유표』는 '경세'란 단어에서 알 수 있듯이 '국가' 경영을 위한 관제, 지방 편제, 군제, 세제 등을 내용으로 한다. 『목민심서』는 '지방' 행정을 내용으로 한다. 『경세유표』는 나라를 새롭게 하는 제도 '개혁'론을 담고 있다면, 『목민심서』는 '현행' 법제 아래서라도 수령이 백성을 위해 뜻을 갖고 운영을 잘할 것을 기대하고 있다. 『목민심서』가 아무리 백성의 편에서 당대의 세태를 비판적으로 지적했다 해도 제도적으로는 주어진 것을 전제로 했기 때문에 본질적으로 혁명적인 내용의 저서가 될 수는 없다. 물론 제도 안이지만, 다산이 백성을 위해 목민관에게 적극적인 해석과 행동을 요구한 것도 사실이다.

원칙을 밝힌 논설과 본격적인 대책을 강구한 경세서와의 관계, 또한 제도의 개혁에 중점을 둔『경세유표』와 제도의 운용에 중점을 둔 『목민심서』의 관계 속에서 이상과 현실의 조화를 이루고자 하는 실천적 경세가의 모습을 볼 수 있다.『경세유표』의 본래 이름은 '방례초본'이었다. '초본'草本이라 한 까닭은 무엇인가? 자신이 제시하는 개혁안을 꼭 그대로 수용할 것을 고집하지 않으며, 계속적인 수정과 윤색을 통해 대안의 현실 적용 가능성을 높이겠다는 열린 자세를 표방한 것이다.

간혹 두 저서의 의의를 과도하게 높이거나, 거꾸로 오늘날의 관점에서 기준을 높이 설정하여 부족한 점을 지적하기도 한다. 오히려 경세가로서 높은 이상을 추구하면서도 현실을 직시하여 그에 맞는 정책을 제시하는 태도에 주목할 필요가 있다. 이상이 아무리 고상하더라도 그것이 현실에서 실현되기 위해서는 유연한 자세와 또 다른 노력이 필요하다. 그렇지 않으면 그 이상과 원칙은 구두선이 되고 만다. 실제 현실 속에서 이상이 실현되기 위해서는 현실 적합성과 구체적 타당성이 필요하다.

원칙을 견지하면서도 유연성을 발휘하려는 실천적 경세가의 모습, 이상과 현실을 조화시키려는 노력! 이는 다산을 읽는 독자에게도 필요한 자세가 아닐까.

다산 경학
유교 고전의 실학적 독법 *

臣謹案, 弊法虐政之作, 皆由於經旨不明. 臣故曰治國之要, 莫先於明經也.

"법과 제도가 무너지고, 정치가 삶을 핍박한 것은 유교 고전의 뜻이 왜곡되었기 때문입니다. 그러한바, 국가 질서의 재건은 고전을 올바로 해석하는 데서 출발합니다."

다산 정약용, 『경세유표』권10 지관수제地官修制 부공제賦貢制

1. 강진, 남쪽 끝에 내던져진 유배객

서울로 압송될 때, 다산은 그만 죽고 싶었는지도 모른다.

가을바람, 흰 구름을 날려, 푸른 하늘, 티 한 점 없네.

* 한형조(한국학중앙연구원 교수)

이 몸, 가볍게, 그만 세상 밖에 서 있을 수 없을까

秋風吹白雲. 碧落無纖翳. 忽念此身輕. 飄然思出世

「백운」白雲

가슴을 옥죄는 불안 속에서, 그는 꿈에 둔괘 하나를 얻는다.

夢得屯之復. 聊題一詩.

둔괘는 곤란 속을 헤쳐 나오는 '소생'의 괘다. 잠을 깬 새벽, 그는 아마도 가슴을 쓸어내렸을지 모른다.

다시금 심문이 이어졌지만, 황사영의 백서와 연루된 흔적이 없었다.

가을, 역적 황사영이 체포되었다. 악인 홍희운과 이기경 등이 나를 죽이려 모의, 온갖 빌미로 조정의 허락을 받아 냈다. 나와 형이 붙잡혀 심문을 받았다. 연통한 흔적이 없어 옥사가 성립되지 않았다. 태비의 처분으로 나는 강진현으로, 형은 흑산도로 유배되었다.[1]

회갑 때 쓴, 묘지에 묻을 『자서전』의 일절

나주의 율정 삼거리에서 형과 이별하는 장면은 지금도 눈물을 적시게 한다. 홀로 강진에 도착한 불청객은 서러웠다.

---

1   秋逆賊黃嗣永就捕, 惡人洪義運李基慶等謀殺鏞, 百計得朝旨, 鏞與銓又被逮按事,
無與知狀. 獄又不成. 蒙太妣酌處, 鏞配康津縣, 銓配黑山島.

北風吹我如飛雪

흩날리는 눈처럼, 북풍이 나를 휩쓸어

南抵康津賣飯家

남쪽 강진땅, 밥 파는 주막에 내동댕이쳤네.

「객중서회」客中書懷

　　다들 죄인을 꺼려 문을 닫았고, 아이들은 구경거리라 담장을 부수었다. 주막 밥 파는 노파의 호의로 겨우 몸을 붙일 수 있었다. 지금 그곳으로 추정되는 자리에, '사의재'四宜齋라는 이름의 초가가 하나 복원되어 있다.

　　다산은 비로소 긴 한숨을 몰아쉬었다. 더 이상의 추국은 없을 것이고, 이제 목숨을 걱정하지 않아도 되지 않을까.

　　　나는 바닷가에 유배되었다. 어렸을 때의 꿈을 떠올렸다. 20년간 정치의 한복판, 관료의 삶에 매몰되어, 선왕의 대도가 있다는 것을 까마득히 잊고 있었다. '이제야말로 (학문의) 여유를 얻었다' 하고 기쁘게 축하했다.[2]

2. 왜 경학, 즉 고전에 대한 해석인가

다산의 목표는, 자신이 토로한 대로 '선왕의 대도'를 밝히는 데 있다.

2　鏞旣謫海上, 念幼年志學, 二十年沈淪世路, 不復知先王大道. 今得暇矣, 遂欣然自慶.

그의 다양한 저술들은 유교 문명의 체제를 확인하고, 그 시스템으로 조선 후기를 개혁하려는 방책들로 가득하다. 그의 응용 혹은 처방은 '경세학'經世學이라 불린다. 이른바 '일표이서'가 그것이다. 다산은 말한다.

> 경세란 무엇인가? 관료, 지방 행정, 토지, 부세, 공역, 창고, 군제, 과거제, 바다와 상업의 세금, 군수, 해양, 국가 경영 등에 관한 제도이다. 시대가 용납할까는 차치하고, 근본 원리를 세우고 펼쳐, 내 묵은 나라를 새롭게 하고자 한다.[3]

경세經世 3부작은 누구나 들어 익숙할 것이다.

『목민심서』牧民心書는 지방 행정의 매뉴얼이고, 『흠흠신서』欽欽新書는 이를테면 '인간의 얼굴을 한' 사법과 형 집행이며, 『경세유표』經世遺表에는 효율적인 정부 조직과 정책 구상이 담겨 있다.

다산의 업적은 여기 그치지 않는다. 오래된 유교 고전 해석에 몰두한 것이다.

> 육경사서를 집어, 깊이 숙고 성찰했다. 중국 한대 이래 명청에 이르기까지 해석에 도움이 될 수많은 유학자들의 창의를 수집하고, 두루 비교 고찰해서 오류를 바로잡고, 독자적으로 판단하여 일가의 논의를 구축했다.[4]

---

3 經世者何也. 官制 郡縣之制 田制 賦役 貢市 倉儲 軍制 科制 海稅 商稅 馬政 船法 營國之制. 不拘時用, 立經陳紀, 思以新我之舊邦也.

4 取六經四書, 沈潛究索, 凡漢魏以來, 下逮明淸, 其儒說之有補經典者, 廣蒐博考,

그런데 다산은 왜 이 한가해 보이는 작업에 매달렸을까. 심지어 이 작업이 경세의 실용보다 더 근본적이고 중요하다고까지 자부하는가.

> 육경사서로 수기, 나를 닦고, 일표이서로 천하 국가를 위한다. 그로써 본말을 갖추었다. 그럼에도 아는 자는 적고, 비난하는 자는 많으니 천명이 허락하지 않는다면 불구덩이에 집어넣어도 그만이다.[5]

세계를 이해하는 방식이 가치와 선악을 결정하고, 그것은 판단과 행동의 준거로 기능한다. 언필칭 사서삼경四書三經이라 불리는 '고전'은 유교 전통이 지배적인 곳에서 구성원들로 하여금 어떤 방식의 삶을 선택하고, 무슨 가치에 따라 행동해야 할지, 제도와 시책은 무엇에 토대를 두어야 할지를 규정하는 최종 준거, 보이는 혹은 보이지 않는 입법관의 역할을 한다.

경학은 그 고전의 해석을 말한다. 이 작업은 아카데믹 서클 안의 한가한 '연구'가 아니다. 그것은 그야말로 '실학'으로, 구성원의 가치 정향을 리드하고, 행동을 판정하는 인문적 전쟁터였다.

다산의 경학은 그가 꿈꾼 새로운 문명의 정신적 기초를 담고 있다. 그 전모를 한눈에 읽을 수는 없다.

그러나 일이관지一以貫之, 그 파편들을 관류하는 중심이 있고, 보이지 않는 체계가 있다. 그것을 나는 한마디로, 아리스토텔레스의 입

以定訛謬, 著其取舍, 用備一家之言.
5   六經四書, 以之修己, 一表二書, 以之爲天下國家, 所以備本末也. 然知者旣寡, 嗔者以衆, 若天命不允, 雖一炬以焚之可也.

을 빌려 "명상vita contemplativa에서 행동vita activa으로"라는 캐치프레이즈로 정식화할 수 있지 않을까 한다.

　사설을 접고, 다산 경학의 실례를 한둘 보여 드리고자 한다. 모티프는 남녀 간의 사랑이다. 이 단서를 따라가다 보면, 그가 왜 그토록 경전 해석에 집중하는지, 그리고 이 해석을 리드하는 그의 정신에 뜨겁게 공감할지 모른다.

3. 치마를 걷고

『시경』으로 불리는 『시』詩에는 고대 중국에서 부르던 노래들이 실려 있다. 그 가운데 정나라의 시가, 정풍鄭風은 남녀 간의 사랑으로 유명하다. 거기 「건상」褰裳, 즉 「치마를 걷고」라는 시가 있다. 제목부터 은근한 핑크빛 분위기가 감지되지 않는가. 주자는 이 노래에 대해 "여인이 춘정을 이기지 못해 부른 노래"(集云, 淫女語其所私)라고 평가했다.

> 子惠思我, 褰裳涉洧, 子不我思, 豈無他士.
> 그대, 나를 사랑한다면야, 치마를 걷고, 이 강을 건너리오만, 그 사랑이 식었다면, 어디 다른 사내가 없으랴.

　사랑을 갈구하는, 임을 떠나보내고 싶어 하지 않는 간절함이 절절하다. 배신을 때린 남자에게 칼을 들이댈 기세도 시퍼렇다. 시는 어느 모로 보나, 남녀 간의 정념을 노래하는 듯하다.
　그런데 다산은 이 시의 맥락과 배경, 현장에 대해 가히 독자적인 상상력으로, 파천황破天荒의 해석을 내놓는다.

> 『여씨춘추』呂氏春秋에 이런 이야기가 실려 있다. 진晉나라가 정
> 鄭나라를 치고자 했다. 숙향叔向을 사신으로 보내, 거기 사람
> 이 있는지를 정탐하게 했다. 정나라(의 정치가) 자산子産이 이
> 런 시를 읊었다. '그대, 나를 사랑한다면야, 치마를 걷고, 이 강
> 을 건너리오만, 나를 더 이상 쳐다보지 않는다면, 어디 다른 놈
> 이 없으랴.' 숙향이 돌아와 보고했다. "정나라에 사람이 있습니
> 다. 자산子産이라고…… 안 되겠던데요. 진秦과 형荊이 가깝습
> 니다. 시는 (불순한) 생각을 담고 있었습니다. 안 되겠습니다."
> 그래서 (진은) 정나라 공격을 철회했다.

다산은 이 시가 남녀 사이의 상열지사相悅之詞가 아니라, 전운이
감도는 외교적·군사적 공방이라고 단언한다. 속뜻은 이렇다. "너희
(晉)가 우리(鄭)를 치겠다고? 우호를 깨고 도발을 한다면, 우리는 다
른 동맹(秦·荊)을 구해 대적해야겠지……."

그렇다면 전쟁의 긴장이 높아지고 동맹이 이합집산 하는 일반적
상황에서 불릴 만한 노래일 수도 있다.

이 구절은 김영호 소장본 『시경강의보』詩經講義補의 난외서欄外書
에 적혀 있다. 다산이 『시경강의』詩經講義 초고를 정리할 때는 이 맥
락을 미처 발견(?)하지 못했음을 알려 준다. 통찰은 나중의 어느 날
문득 번개처럼 찾아왔는지 모른다. 아니면 자신의 토로대로, 고대의
시간과 사건, 연대를 다시금 꼼꼼히 음미하다가 불현듯 무릎을 쳤을
수도 있다.

다산은 시라는, 인간의 감정을 토로한 장면에서조차 '정치가'로서

2부 경세학

의 시야를 흩뜨리지 않는다. 그럼에도 독자인 우리는 다산의 해석이 '옳은 것'인지, 단순한 상상이나 추측인지를 알 수 없다.

철학자들은 말한다. "사실은 없다. 다만 해석만이 있다." 여행기는 풍경보다 여행자에 대해서 더 많은 정보를 담고 있다. 다산의 해석은 고대의 사실들에 대한 새로운 발견들로 가득하다. 그러나 나는 그 해석을 통해 다산 자신의 의도와 열망, 그 속에 담긴 좌절과 편견을 만난다. 이웃집 노인이 『사기』史記를 읽다가 흥분해 연암燕巖을 찾아왔다. "묘사가 어찌나 핍진한지 성벽 위에서 항우項羽와 유방劉邦의 전투를 직접 관람하는 것 같더라니까." 연암은 심드렁하게 대꾸한다. "그거야, 부엌에서 숟가락 주웠다는 것과 뭐 다르오. 내가 『사기』를 읽을 때는 나비를 잡으려다 놓친 어린아이가 떠오릅니다. 사방을 둘러보며 안타까움과 부끄러움에 어쩔 줄 몰라 하는……." 나는 다산의 경학에서도 그의 '마음'을 읽는 것이 중요하다고 생각한다.

그러나 좀 너무하지 않은가. 남녀 간의 사랑 이야기를 꼭 정치적으로 해석해야 직성이 풀리는가?

4. 공자의 로맨스?

다산은 『논어』에 하나 남아 있는 공자의 로맨스 라인도 그냥 두지 않았다.

몇 년 전, 영화 〈공자〉를 개봉했다. 공자 역을 맡은 배우 주윤발이 인터뷰에서, "그토록 위대한 영화를 왜 사람들이 보지 않는지 모르겠다"는 볼멘소리를 한 적이 있다.

(1) 주렴 속의 은은한 패옥 소리

이 영화를 두고 배영대 기자가 쓴 글이 있다.

〔노트북을 열며〕공자의 애인, 『중앙일보』 2010. 02. 16.

설 연휴에 중국 영화 〈공자 - 춘추전국시대〉를 봤다. 영화의 한 장면이 계속 머리를 맴돈다. 공자 생존 당시 음탕하기로 소문난 여인 남자南子(위나라 영공의 부인)가 공자를 유혹하는 대목이다. 남자로 분한 미모의 여배우 저우쉰은 요염한 자태로 허리를 꼬며 공자를 홀린다. 공자 역을 맡은 저우룬파의 표정도 미묘하다. 저우쉰은 저우룬파에게 이렇게 말했다. "당신은 인자애인仁者愛人이라고 항상 말을 하고 다닌다는데, 그 인仁에 평판이 나쁜 나 같은 여자도 포함되는 것입니까?"

위 대사는 감독의 창작이다. 하지만 전통 유교의 맹점을 정확히 꼬집는 구절로 이해된다. 공자의 어록인 『논어』의 키워드는 인仁이며 그 의미는 애인愛人이기 때문이다. '애인'은 남녀의 연인을 의미하는 명사가 아니라, 사람을 아끼고 사랑한다는 의미의 동사 + 목적어 구조로 읽힌다. 지당하신 공자님 말씀으로 무심코 넘어가곤 했던 『논어』의 허를 영화는 찌르고 들어갔다.

공자와 남자의 만남은 『논어』에 나온다. "공자께서 남자를 만나시었다. 제자인 자로가 아주 기분 나빠 했다. 공자께서 이에 맹세하며 말씀하시었다. '내가 만약 불미스러운 짓을 저질렀다면 하늘이 날 버리시리라!' ……." 이는 사마천의 『사기』에도 역사적 사실로 인용된다. 그런데 이 구절은 해석이 분분했다. '성인聖人 공자'의 이미지에 자칫 누가 될 수 있기 때문이다. 공자를

신처럼 숭앙하려는 이들이 언급조차 꺼리는 장면을 영화는 과
감하게 클로즈업했다. 오히려 실제 기록보다 섹슈얼 이미지를
강화했다. 중국인의 눈에도 이 같은 '인간 공자'의 묘사는 신선
한 시도다.

이 기사를 보고, 나는 복잡한 상념과 해석의 가닥들을 우후죽순
떠올렸다. 기자가 인용한 『논어』는 「옹야」雍也 편에 있다. 원문은 다
음과 같다.

"子見南子, 子路不說. 夫子矢之曰, 予所否者, 天厭之, 天厭
之."

초벌 번역하자면 이렇다.

공자가 (위령공의 부인) 남자南子를 만났다. 자로子路가 기뻐하
지 않았다. 선생님께서는 맹서하기를, '내가 잘못한 일이 있다
면(予所否者), 하늘이 나를 싫어할 것이다. 하늘이 나를 싫어할
것이야.'

이 곡절을 둘러싼 이야기를 들려 드릴까 한다. 그렇다. 배영대 기
자의 말대로, 사마천의 『사기』에는 공자가 이 '음란한 여인'과의 대면
을 꺼렸다는 이야기가 실려 있다.

공자가 위나라로 갔더니, 남자가 사람을 시켜 공자에게 푸념했
다. "사방 군자들이 나를 만나 주려 하지 않는군요. 치욕이라 생

각하는 모양입니다……. 나는 당신과 만나고 싶습니다." 공자는 사양하다가, '마지못해' 어쩔 수 없이 만났다.

그다음 서술이 묘하다.

부인은 (영화에서처럼) 주렴 속에서 흔들리고 있고, 공자는 들어가서 북쪽으로 머리를 조아렸다. 은은한 패옥 소리가 맑게 들렸다. 공자가 말했다. "만나고 싶지 않았는데, 예법이 있어…… (이렇게 왔습니다)."

영화는 『사기』의 이 기록에 의존하고 있다. 12세기 『논어』 해석의 권위자, 조선조 500년을 지배한 주자의 의견도 이와 비슷하다.

남자는 위나라 영공의 부인이다. 음행淫行이 있어, 보자는 요청을 공자가 사양했다. (그러나) 부득이不得已(글자 그대로, 그만둘 수 없어서)하게, 만나 볼 수밖에 없었다. 왜냐고? 옛 법에는 초빙되거나 벼슬하는 선비는 제후의 부인을 만나 뵙는 것이 예법이었기 때문이다. (자로는 어쨌건) 이런 음란한 여자를 만나는 게 선생님께 치욕이라고 생각해서 인상을 찌푸렸다.

주자는 "내가 잘못한 일이 있다면"(予所否者)을 "예에 합당하지 않고, 절차와 도리를 무시했다면"(否謂不合於禮不由其道也)으로 해석했다. 성인의 도는 완전하기 때문에 누구를 만나든, 심지어 악인조차 만날 수 있으며, 엉터리없는 사설이나 억지 주장에도 적절히 대처할 수 있다는 것이다. 주자는 지금 이 만남의 '격식'에 초점을 두고 있다.

(2) 진실은 어디 있는가?

이 해석이 오랫동안의 통념이었다. 과연 공자는 정말 '마지못해서' 남자를 방문한 것일까? 그리고 남자와 공자 사이에 장막 속의 로맨스 라인이 아련히 떴다가 사라진 것일까?

다산은 그렇지 않다고 단정한다. 사마천이 수많은 기록을 열람하고 천하를 답사했다고 하나, 공자 때로부터 500년 후의 인물임을 감안하자.

모든 발언에는 맥락이 있고, 배경이 있다. 그리고 발화자의 가치와 평소 지향이 있다. 이 모든 것이 복합되어야 발언의 진의를 이해할 수 있다는 것. 다산은 대화의 격식이 아니라 '내용'에 초점을 맞춘다.

위나라, 이 나라는 당시 문제 국가였다. 『한비자』韓非子 「세난」說難 편에 다음과 같은 일화가 전한다.

> 위 영공은 미자하彌子瑕라는 보이 프렌드(男寵)를 두고 있었다. 얼마나 총애(?)했던지 겁이 좀 없었다. 어머니가 아프다는 소리를 듣고 영공의 전용 리무진을 급거 타고 궐 밖의 엄마를 찾아갔다. 영공이 웃으면서 넘겼다. "효자로다. 발뒤꿈치 잘릴(刖刑) 각오를 하고 내 리무진을 징발하다니……." 어느 날 과수원을 거닐다가, 먹다 만 복숭아를 영공에게 내밀었다. "맛이 좋습니다." 주변에서 "네 이놈!" 하고 목을 치려 하니 영공이 말렸다. "나를 얼마나 사랑하면, 그리했겠느냐." 나중, 총애가 식고 사이가 뜨자, 영공이 옛일을 떠올렸다. "이런 발칙한 놈이 있나. 감히 내 리무진을 타고, 제 처먹던 복숭아를 내게 내밀지 않았더냐?"

여도지죄餘桃之罪, 판단의 객관성을 믿지 마라! 불교 강의를 할 때 내가 가끔 이 이야기를 예로 든다.

각설, 아마도 남자의 음행은, 영공 탓이 크지 않을까 싶다. 한창 뜨거운 나이에, 보이 프렌드만 찾는 영공만 처다보고 있을 수만은 없지 않으랴. 남자는 송宋나라 출신으로, 결혼 후에도 옛 연인 송조宋朝를 불러 근친의 불륜을 이어 가기도 했다. 부부가 다, 엉뚱한 곳에서 짝을 찾았던 것. 아, 공자가 송조의 미모를 질투(?)한 적도 있다.

> 이 험난한 세상을 건너려면, 제사관 타(축타)의 언변을 갖추든가, 아니면 송조宋朝 같은 얼짱 몸매를 갖추든가 해야겠지.
> 子曰: "不有祝鮀之佞而有宋朝之美, 難乎免於今之世矣!"
>
> 『논어』, 「옹야」雍也

큰아들이자 세자인 괴외蒯瞶는 어머니를 증오했다. 어느 날, 칼을 들고 뛰어들어 엄마를 죽이려 했다. 그러나 거사는 실패했고, 그는 결국 외국으로 망명할 수밖에 없었다.

그리고 몇 년 뒤, 영공이 세상을 떠났다. 문제는 '후계'였다. 세자는 타국에 망명해 있고, 남자는 둘째 공자 영에게 권력을 제의했지만, 공자 영은 사양했다. "그건 내 자리가 아닙니다. 임종 때 아무 말씀도 없었지 않습니까?" 남자는 도리 없이 세자의 아들, 즉 손자인 첩輒에게 제후의 자리를 물려주려 했다.

여기까지는 『좌전』左傳 등을 통해 알려진 사실이다. 다산은 이 배경 위에서 공자와 남자 두 사람의 '만남'을 추적해 간다.

2부 경세학

(3) 공자는 왜 남자를 만났는가

공자는 아차, 부자간의 골육상쟁을 우려했다. 그리고 당연, 위나라의 혼란과 고통 받을 민생을 우려했다. 공자는 예법상 '마지못해' 그냥 '인사나 하려고' 남자를 만난 것이 아니다. 그랬다면 『논어』에 실리지도 않았을 것이다. 공자는 그야말로 '정명'正名, 이름을 바르게 하는 것이 혼란을 예방할 바른 해법임을 강조했다. "망명한 세자를 모셔와 뒤를 잇게 해야 한다!" 다산은 말한다.

> 공자가 남자를 만난 것은 괴외를 불러들여, 모자 사이의 은혜를 온전히 하라고 '권고'하려는 것이었다. 그래서 "내가 (남자를) 만나 (조언하)지 않았다면(予所否者) 하늘이 나를 싫어했을 것이다"라고 (변명)한 것이다. 대부들이 제후의 부인(小君)을 만난 것은 (특별한 사건이 아니라) 당시의 일반적 의례(恒禮)였다.

아, 그거 사람들이 의아해 할 수도 있겠다. "아니, 효孝를 지고의 가치로 삼는 유가에서, 그 창시자 공자께서, 어머니를 죽이겠다고 나선 패륜아를 다시 모셔 권력을 이양하라고 권했다는 것이 말이 되는가?" 실제 정통 주자학자들은 말이 안 된다고 생각했다.

조선조 500년을 주도한 주자학의 '합리적' 해법은 어땠을까? 『논어집주』論語集注에서 주자는 호씨胡氏의 입을 빌려 다음과 같이 말한다.

> 호씨가 말했다. "위나라 세자 괴외가 어머니 남자의 음란을 부끄러워하여 죽이고자 했으나, 미수에 그치고, 망명했다. 영공은 (둘째인) 공자 영을 세우고자 했지만, 사양했다. 영공이 죽고 부인 (남자)가 또 권했지만, 사양했다. 그래서 손자 첩을 세

워 괴외를 막았다. 괴외는 어머니를 죽이려 했고, 아버지에게 죄를 지었기 때문이다. 첩은 온 나라를 방패로 아비를 거절했으니 '아비 없는 사람'이라 하겠다. 그 아비도 나라를 가질 자격이 없다. 공자가 정치를 맡으면 정명, 이름을 바로 세운다고 했는데 (어떻게 하는 것이냐 하면) 일의 전말을 적어 천자에게 고하고, 여러 제후에게 청해 공자 영을 지목해 후계로 세운다. 이 해법이 인륜에 합당하고, 이성에 적합하다(人倫正, 天理得). 그래야 (공자 말씀처럼) '이름이 바르고, 일이 순조로워진다.' 공자의 이 설득을 자로는 도무지 납득하려 하지 않았다. 그래서 출공出公 첩을 모시다가 결국 난리 통에 죽었다. 그는 녹을 먹으면 재난을 피하지 않는 것이 도의라는 것만 알았지, 출공의 녹을 먹는 것이 잘못이라는 것을 몰랐다.

이 해법이 조선조의 정통 노선으로 자리 잡았다. 세자는 패륜이고, 손자 첩은 아버지를 제치고 권좌에 오를 수 없다. 오직 흠 없는 (?) 공자 영이 유일한 대안이라는 것. 유교의 도덕주의적 강박을 여기서도 확연히 느낄 수 있다. 그런데 다산은 전혀 다른 소리를 한다.

그는 공자가 도덕가 이전에 정치가라고 말하고 싶어 한다.

관중에 대한 평가에서 극명하듯, 공자는 어떤 사안이든 '보다 큰 가치의 지평'에서 읽는다. 관중이 주군을 따라 죽지 않고 제환공齊桓公을 위해서 봉사했고, 자신 사치하고 방자했지만, "그가 있어서 중화 문명을 오랑캐로부터 지켰고, 힘을 통한 천하의 평화를 누릴 수 있었다"고 그의 공적을 기렸다. 나중 맹자가 자신을 관중 따위(?)와 견주는 것조차 불쾌해한 것과는 전혀 다른 인식이다.

다산은 권력의 현실적 속성에 주목한다. 다산은 이렇게 말하는 듯하다. "바람을 내세우지 말고 현실의 역사를 보라." 정치의 장은 가정의 친화 원리로만 작동하는 것이 아닌, 냉혹한 권력의 다이내믹스를 보여 준다.

경학, 즉 고전 해석의 차이는 실제 정치적 '적용'과 맞닿아 있다.

조선 후기를 달군 예송禮訟은 권력의 후계와 그 위상을 둘러싼 정치 논쟁임을 익히 알고 있을 것이다. 변호와 비판의 도구는 바로 고전이었다. 경학은 이처럼 정치적 현장, 사회적 교환의 중심 원리를 뒤흔든다. 다산의 '해석'이 정당한 것으로 설득되고 용인된다면 왕의 권력과 책임에 대해 통념과는 다른 인식이 유포되었을 것이다.

당연히, 여기 제자인 자로와 의견이 갈렸다. 자로는 건달 출신답게 무인형武人形의 과감함과 타협 없는 원칙을 지키는 사람이다. 공자는 정치적 안정을 위해 괴외를 후계로 받아들이라고 충고했고, 자로는 어머니 목에 칼을 들이댄 패륜아에게 권력을 줄 수 없다고 맞섰다.

자로가 공자의 방문을 싫어한 이유가 여기 있다. 요컨대, 이 구절은 공자의 변명이 아니라 확신이다! 그렇다면 위의 번역들은 다 틀린 셈이다. 맨 처음 나는,

"내가 잘못한 일이 있다면"(予所否者)이라 번역해 두었고,

배영대 기자는,

"내가 불미스러운 짓을 저질렀다면"(予所否者)이라고 풀었지만,

다산의 해석에 따르면, 이 구절은

"내가 그렇게 하지 않았다면"(予所否者)

이 된다. 그럼, 전체는 이렇게 번역된다.

> 내 그렇게 (조언하기 위해 남자를) 방문하지 않았다면(否者), 하
> 늘이 나를 싫어할 것이다. 하늘이 나를 싫어할 것이야.

남자가 공자의 충고(?)를 들었을 리 없다. 그예, 아들을 제치고 손
자인 첩輒을 후계로 세웠다. 이가 출공出公이다. 정정은 불안했고, 이
윽고 세자 괴외가 세력을 모아 위나라로 쳐들어온다. 괴외가 성루를
점령, 싸움이 결판났는데도 자로는 이 속으로 당당히 걸어 들어가,
잘못을 꾸짖다가 목숨을 잃는다. 갓끈이 끊어지자 자로는 다시 갓을
고쳐 잡으며, "선비가 의관을 흩뜨리며 죽을 수는 없다"고 외쳤다. 이
부분도 사서史書에 분명하다. 위나라에 정변이 일어났다는 소리를 듣
고 공자는 멀리서 탄식했다. "아, 자로가 죽는구나!"

(4) 정치는 이름을 바로잡는 데서 시작한다

『논어』에서 하나뿐(?)인 로맨스를 지워 버린 것은 혹, 다산의 지나친
정치적 촉수, 그 결과는 아닐까?

다산은 그렇지 않다고 손을 내젓는다. 다산은 자신의 해석이 자의
적 상상력이나 '희망이 현실을 도배'한 것이 아님을 극구 강조한다.
"나는 사실을 추적하는 사람이다. 위의 해석은 공자와 『논어』를 치밀
하게 고고考古한 결과다. 즉 소설이 아니라 역사다."

다산은 『논어』 안에서 위의 해석과 관련된 몇 개의 방증傍證을 동
원한다. 두 개만 살펴보자.

(가) 공자가 '정명'正名을 강조한 것은 익히 알고 있을 것이다. 사람들은 이 말을 '사실과 명칭'의 일치라는 철학적 언명으로 읽지만, 다산은 이 언급의 구체적 맥락을 파고든다. 다산은 철두철미 관료적 자의식을 가진 사람이고, 모든 언설을 정치적 맥락에서 읽어 낸다.

> 자로가 묻는다. "위나라 군주가 선생님께 정치적 조언을 구한다면, 무엇을 우선 강조하시겠습니까?" "명칭을 바로잡는 것이 가장 시급하지." 자로가 말했다. "이것보라니까요. 이렇게 뭘 모르신다니까. 그게 되겠습니까." "철없는 자로야! 모르면 입을 다무는 법이다. 만일 명칭이 제자리를 잃으면 논의가 순조롭지 않고, 그럼 적절한 시책을 마련할 수 없다. 예악이 진작되지 않고, 형벌이 뒤엉킨다. 그렇게 되면 백성들이 어떻게 행동해야 할지 모른다."[6]
>
> 『논어』,「자로」子路

여기 '명칭을 바로잡는다'는 것은 망명한 세자를 후계로 세워야 한다는 말에 다름 아니다! 후계는 최고 통치의 권위를 지정한다. 그 후에 귀족과 관료들의 위치와 역할이 주어지고, 그 예법의 질서가 백성들의 행동을 권고하고, 일탈에 따른 형벌을 징계할 것이다.

'명칭을 바로잡는다'는 것은 후계를 누구로 정할 것이냐를 곧바로 가리킨다. '세자'의 아들이 제후가 되고, 정작 세자는 외국을 떠도는

---

6 子路曰: "衛君待子而爲政, 子將奚先?" 子曰: "必也正名乎!" 子路曰: "有是哉, 子之迂也! 奚其正?" 子曰: "野哉, 由也! 君子於其所不知, 蓋闕如也. 名不正則言不順, 言不順則事不成, 事不成則禮樂不興, 禮樂不興則刑罰不中, 刑罰不中則民無所措手足."

것은 '올바른 이름'이 아니지 않은가. 이 미스매치는 필연적으로 혼란과 무질서, 분쟁을 야기할 것이다.

자로는 그러나 '도덕적으로' 어머니에게 칼을 들이댄 자에게 후계를 넘길 수 없다는 것, 그리고 '현실적으로'도 어머니 남자가 그를 부를 리가 만무하다는 생각에, 공자의 순진한 제안을 코웃음 치는 것이다.

공자는 그러나, 세자의 아들에게 후계가 돌아갈 경우의 혼란과 도탄을 더 걱정한다. 다산은 말한다.

> 그렇게 될 경우 '혼란'은 피할 수 없다. 천자도 승인하지 않을 것이고, 제후들은 비난할 것이라 외교가 길을 잃는다. 대부들은 탐탁지 않아 할 것이고, 백성들도 손가락질할 것이니 명령이 먹히지 않고, 시행도 효과를 보지 못한다. '이름이 바르지 않으면' 한 가지도 되는 일이 없다.
> 補曰 事不成者, 施爲無所成也. 天子非之, 諸侯議之, 無以事大而交鄰, 大夫心誹, 庶人口謗, 無以發號而施令, 不正名則百事不成.
>
> 『논어고금주』論語古今註

다산의 해석을 방증하는 사례 하나를 더 들어 보자.

(나) 『논어』에는 또 다음과 같은 이야기가 같이 전한다.

> 염유가 물었다. "선생님이라면 위나라 군주가 되실까요?" 자공이 말했다. "어디, 내가 한번 물어보지!" (공자에게) 들어가서 말했다. "백이숙제는 어떤 사람입니까?" "옛적의 현인 아니냐."

"원망을 했을까요?" "인仁을 구해서, 인仁을 얻었는데, 무슨 원망이 있었겠느냐?" 자공이 나와서 말했다. "선생님은 거절했을 것이네."[7]

이 기이한 어법은 위나라의 후계를 둘러싼 정황을 떠나면 불가해한 문답이 되고 만다. 과연 세자의 아들인 첩輒은 할머니가 권한다고 후계의 지위에 오를 것인가? 당대 제일의 관심이고 가십이었을 것이다.

염유는 '공자라면 이 상황에서 그 제안을 받아들일까'가 궁금했다. 자공이 옛일에 빗대 공자를 떠보았다.[8]

백이伯夷와 숙제叔齊는 고죽군孤竹君이라는 소국의 왕자들이었다. 아버지가 동생 숙제에게 후계를 명하자, 숙제는 "당연히 형님이" 하면서 사양했고, 형 백이는 "아버님이 너를 지목했다"고 난색을 표했다. 결국은 둘 다 왕위를 팽개치고, 유랑 망명길에 오른다. 주의 무왕이 아버지 문왕의 관을 메고 포악한 은殷나라의 주紂를 정벌하러 갈 때 길을 막아선 이야기는 잘 알려져 있다. 둘은 세상을 피해 수양산에서 고사리를 캐 연명하다가 죽었다. 우리는 이 고사를 사육신 성삼문의 시로 알게 되었다.

수양산 바라보며 이제를 한하노라
주려 죽을진들 채미도 하난 것가

---

7   冉有曰, "夫子爲衛君乎?" 子貢曰, "諾, 吾將問之." 入曰, "伯夷叔齊何人也?" 曰, "古之賢人也." 曰, "怨乎?" 曰, "求仁而得仁, 又何怨?" 出曰, "夫子不爲也."
8   자공은 공자 문하에서 가장 지적인 인물이다. 그의 변설은 천하의 판도를 세 치 혀로 뒤흔들 정도로 뛰어났고, 그가 일군 부는 공자 학단을 먹여 살릴 정도였다. 그러면서도 공자 사후 삼년상을 치르고 나서, 다시 3년을 무덤 곁에서 지켰다.

아무리 푸새엣 것인들 긔 뉘 따헤 났다니

자공은 그렇게 편안한 안락과 파워풀한 권력을 사양하고 고단한
행로를 걸은 두 사람이 혹, 나중, 후회나 원망이 없었을까를 물었고,
공자는 인仁, 즉 '인간의 길'을 자발적으로 택한 바에 무슨 후회나 원
망이 있었을 것이냐고 대답했다. 자공은 공자의 뜻을 곧바로 알아
챘다.

다산은 이 전거들을 더불어 엮어, 자신의 입론을 제시한다. 『논
어』의 세 에피소드를 한데 묶으면 그림 하나가 더 또렷이 선명해지지
않는가.

5. 예언자 다산

역시 주자는 철학자고, 다산은 정치가다.

주자는 고전을 읽음에 '사적' 지평에서 '동기'를 따지는 데 비해,
다산은 '공공적' 지평에서 '책임'을 묻는다. 여기서 두 사람의 경학이
갈라졌다. 베버의 구분을 빌리면 주자는 심정 윤리에, 다산은 책임
윤리에 초점을 맞춘다.

예를 하나 들어 보자. 『논어』에 다음과 같은 사소한 일화가 실려
있다.

　　子曰: "孰謂微生高直? 或乞醯焉, 乞諸其鄰而與之."

스스로 '나는 정직(直)한 사람'이라 자부하는 인물이 있었다. 누가

식초를 빌리러 왔다. 부엌에 마침 그게 똑 떨어지고 없었다. 그는 이웃집에 가서 식초를 얻어다가, 건네주었다.

이 '부정직'을 두고, 주자의 비판은 따갑다. "없으면 없다 하고 말 것이지, 이를 기회로(曲意循物) 선행을 노략질하고, 은혜를 팔았다(掠美市恩)"는 것이다. 바늘 도둑이 소도둑 되고, 작은 일을 보면 큰일을 짐작할 수 있다는 예언(?)까지 했다.

주자의 질책은 바늘 끝 하나 들어갈 틈이 없어 보인다. 그는 정색을 하고, 인간의 불순한 심리적 동기와 역동의 기미는 싹을 잘라 놓아야 한다고 다그친다.

놀랍게도, 다산의 평가는 이와는 좀 다르다.

이웃집에 가서는 당연히, "내가 쓸 것"이라고 말했을 것이다. 이웃은 생판 모르는 사람에게 식초를 내주지 않을 것 아닌가? 다산은 '정직'보다 이웃을 위한 '배려'가 더 큰 덕이 아닐 것이냐고 묻는다.

다산은 주의를 환기시킨다. "지금 공자는 미생고微生高를 성토(?)하고 쥐구멍으로 몰아넣자는 것이 아니다." 이 말은 농담에 가깝다는 것. 미생고가 스스로 정직하다느니, 빼기고 잘난 척을 하고 다니니, 슬며시 가랑이를 잡았다는 것이다. 그렇지만 식초를 이웃에서 구해다 준 그의 선의는 칭찬을 할 일이지 비난받을 일이 아니라고 못을 박았다.

이참에 짚어 두자면, 다산의 『논어』는 공자의 언설을 늘 '정색'하고 듣지 않는다. 다산은 공자가 점잖은 설교가가 아니라 불같이 화를 내고 슬픔에 통곡하던 격정적 인물이며, 뿐인가 때로 거짓말(?)도 하고 약속도 팽개치고 농담도 즐긴, 살과 피를 가진 '인간 공자'의 풍모를 뚜렷이 부각시킨다. 그것이 다산의 『논어』 해석의 핵심적 특징 가운데 하나다.

(1) 인仁, 인간이 구현해야 할 최고의 가치

두 사람의 고전 해석을 추적하는 것은 신나는 모험이다. 장면 하나하나마다 드라마틱한 대치에 손에 땀을 쥐게 만든다.

더 여행을 다닐 수는 없고, 그 '원론' 혹은 '정신'의 차이를 개략 짚어 드리고자 한다. 다산은 왜 그토록 주자의 경학에 반기를 들었는가? 바로 유교를 '정치' 위에서 논하고자 함이다.

그럼 주자는?

앞에서 적은 대로, 나는 그 핵심을 '명상'이라는 키워드로 정식화한다. 다산은 주자학을 아예 '불교'라고까지 극언한다. 주자학을 '명상'의 코드로 읽는 것을 의아해할 분들도 있겠다. 그 일리를 따라가보자.

주자학은 '자기의 발견'에서 시작한다. 사람들은 무엇을 할까를 고민하지만, 주자는 자신이 누구인지 모르고는, 자기를 구원할 수 없다고 생각한다. 인간 존재의 핵심은 불교의 불성처럼 우주적 동력이며, 그것은 근본적으로 선하다.

악은 무지와 잘못된 습관에서 온다. 자신의 본성을 자각하고, 잘못된 습관을 교정해 나간다면 그는 본래의 '본성'을 회복하고, 건전한 사회인으로 살 수 있을 것이다. 교육과 정치는 이 목적을 위한 장치이다. 각성한 현자는 가족과 이웃, 그리고 온 천하를 일깨워 자신의 본성을 되찾도록 도와주는 사람이다.

여기서 악은 우연적이고, 빛의 결여일 뿐이다. 또한 악이란 일종의 결핍 혹은 소외다. 주자학의 기획은 이처럼 소외된 인간을 본래의 자신으로, 병든 심신을 고쳐 건강한 인간으로 살게 하려는 치유의 기술로 집약된다.

이 기획의 몇 가지 특징이 눈에 띌 것이다. "나는 모든 덕(仁)을 갖추고 있다." 그러므로 따로 윤리학이 요청되지 않는다. 자기를 발견할 때, 선은 자신을 드러낼 것이다. 그러고 보니 주자학은 스피노자의 철학을 닮았다. 자연은 완전하고, 본성은 선하다. 그리고 지식이 길을 밝히는바, 의지의 선택은 적극적인 의미를 갖지 않는다.

주자학은 그리하여 '자기 발견'에 올인한다. "나는 누구인가?" 자기 존재의 본성은 유전적 제약에, 이기적 관심, 나르시스적 자기기만과 감정 편향 등으로 덮여 있다. 이 장애를 뚫고 자신과 만나기 위한 오랜 적공積功이 필요하다.

인간의 마음은 여기 '현재'에 있지 않고, 늘 집을 나간다. 자기 망각이 삶의 현실이 되어 버렸다. 주자학은 주시와 명상을 통해 '집 나간 마음'을 찾아오고, '굽은 손가락처럼' 병든 정신을 교정하고자 노력한다. 내가 이 체계를 '명상'으로 정위하는 이유다.

이 노력이 득력得力, 힘을 얻고, 마음의 장애가 치유되고 은폐의 덮개가 헐거워지면, 그때 그는 자신과 대면할 것이고, 그렇게 자유로워진 '본성'이 외적 환경과 특정한 계기의 촉발에 따라 자신을 자유롭게 발현할 것이다. 도덕은 거기서 완성된다. 주자학은 그런 점에서 도덕의 영역을 따로 설정하지 않고, 자연성의 회복으로 이해한다. 가령 화담花潭 서경덕徐敬德은 이런 표현을 쓴다. "어버이에게 효도하고 형을 공경하는 것은 배가 고프면 밥을 먹고, 피곤하면 쉬는 것과 같다."

자기 속에 잠자던 힘과 빛은 자연히 외부로 표출된다. 가정 내부의 화목뿐만 아니다. 사회적 교제에서, 공무를 처리하는 현장에서, 그가 만일 오래된 정신의 장애로부터 자유롭다면, 자연스럽게 상황에 반응한다. 타인의 소리에 귀를 기울이고, 전체의 이익을 고려한다.

나머지는 범위의 문제다. 작은 사업을 할 수도 있고, 직장에 몸담을 수도 있다. 미관말직도 있겠고, 대국의 리더십을 행사할 수도 있다. 역할은 달라도 원리는 하나다. 태도는 분열될 수 없고, 우리 속담대로, 국수장국을 잘 담그는 솜씨면 맛있는 수제비를 기대해도 좋지 않을까. 이렇게 교육을 통해 자각된 개인들이, 공적 광장에서, 백성이나 시민으로 참여할 때 덕성의 공동체가 만들어질 것이고, 꿈꾸던 사회적 질서가 구현될 것이다. 이것이 주자학의 구상의 개략이다.

다산은 이 '발견'의 기획이 도무지 마음에 들지 않았다. 이 순진한 기획은 철학자의 이상향이지, 현실의 정치를 고려한 해법은 아니라고 판단한 것이다. 다산의 시대는 근본적인 변혁의 '인위적' 설계가 필요한 때였다. 그 자신의 개인적 불행도 여기 깊은 상흔을 남겼을 것이라고 생각한다.

안정된 세상에는 주자의 기획이 유효할지 모른다. 주자학이 '보수적' 성격을 띠는 것은 그 때문이다. 다산은 그러나 '혁신'을 꿈꾼다. 정조가 때 이르게 죽고, 운명이 그를 좌절시켰을 때, 그는 광야에서 예언자의 목소리를 발하기 시작한다. 세상의 불의와 혼돈에 대한 질타는 이전의 유학자들과는 전혀 다르다. 1803년 유배 후 2년쯤 지나 쓴 그의 시를 소개한다.

(가) 강진에서 삼킨 눈물, 「애절양」哀絶陽

蘆田少婦哭聲長	갈밭 마을 어린 아낙, 통곡 소리 질펀하다
哭向縣門號穹蒼	관아에 대고 울부짖는 소리, 하늘까지 울리네
夫征不復尚可有	전쟁터에 보낸 남편들, 더러 못 돌아온 안타까움은 있었지만
自古未聞男絶陽	내 아직, 남자가 자신의 성기를 잘랐다는 소리는

들어 보지 못했다.

舅喪已縞兒未燥　시아버지 삼년상 치른 지 오래고, 갓난아이는 아직 배냇물도 안 말랐는데

三代名簽在軍保　삼대三代의 이름이 몽땅 군적에 올라 있네

薄言往愬虎守閽　살펴 달라 읍소해도 범 같은 문지기가 가로막고

里正咆哮牛去皁　집달리 성질부리며 내 소 끌고 가 버렸네

磨刀入房血滿席　칼 갈아 방에 들어가더니, 피가 온 자리에 그득하다.

自恨生兒遭窘厄　"내가 이 물건 때문에 이런 곤욕을 당하지!"

……

豪家終歲奏管絃　부유하고 권세 있는 집은 해도록 풍악과 잔치를 벌이면서

粒米寸帛無所捐　한 톨 곡식, 베 한 조각도 내놓지 않는다네

均吾赤子何厚薄　이 땅의 백성들 모두 같은 자식인데 이렇게 달리 대접할 수 있는가

客窓重誦鳲鳩篇　객창에 하릴없이 앉아 (『시경』의) 시구편鳲鳩篇을 다시 읽는다.

이 시를 지은 경위에 대해 다산은 이렇게 적어 두었다.

이 시는 가경嘉慶 계해년(1803) 가을, 내가 강진에 있을 때 지었다. 갈밭에 사는 한 백성이 아이를 낳은 지 사흘 만에 군적에 등록되고, 관리가 소를 빼앗아 갔다. 그 백성이 칼을 뽑아 자기의 생식기를 스스로 자르면서, '내가 이것 때문에 곤액을 당했다'고 말했다. 그 아내가 잘린 뿌리를 가지고 관가에 가니, 그때까지

피가 뚝뚝 떨어졌다. 아내가 울며 호소했지만 문지기가 막아 버렸다. 내가 듣고서 이 시를 지었다.[9]

이 현실 앞에서 다산은 한가한 철학자일 수 없었다. 그는 예언자의 목소리를 내기 시작한다.

(나) 「우래」憂來 12장

弱齡思學聖	어릴 적에는 '성자'를 꿈꾸었고,
中歲漸希賢	어른이 되고는 '현자'를 바랐지
老去甘愚下	늙고 보니, 그저 어리석은 노인네일 뿐이라,
憂來不得眠	그 자책에 잠 못 든다네
不生宓犧時	복희의 시절에 태어나지 못해
無由問宓犧	그에게 물어볼 수도 없고
不生仲尼世	공자와 동시대가 아니라
無由問仲尼(時箋易)	속시원히 물어볼 수도 없네(이때 『주역』에 노트를 달고 있었다.)
一顆夜光珠	한 알 야광주를
偶載賈胡舶	잘못 오랑캐 배에 실었다가(아, 서학西學의 회한 혹은 주역 해석의 불교화?)
中洋遇風沈	풍랑을 만나 그만, 침몰

9　此嘉慶癸亥秋, 余在康津作也. 時蘆田民有兒生三日, 入於軍保, 里正奪牛, 民拔刀自割其陽莖曰, 我以此物之故, 受此困厄. 其妻持其莖, 詣官門, 血猶淋淋, 且哭且訴. 閽者拒之. 余聞而作此詩.

萬古光不白	영원히 그 빛을 다시 보지 못하네
脣焦口既乾	입술은 타고 입은 말라
舌敝喉亦嘎	혀는 갈라지고, 목은 꺽꺽
無人解余意	아무도 내 마음 알아주는 이 없고
駸駸天欲夜	점점 어둠은 깊어지네
醉登北山哭	취해 북산에 올라 울부짖으니
哭聲干蒼穹	곡소리 하늘 끝을 치고 올라
傍人不解意	옆 사람은 내 마음 알 리 없어
謂我悲身窮	그저 궁박한 신세를 한탄하는 줄 알아
酗詬千夫裏	취해 떠드는 수많은 사람들 속에
端然一士莊	꿋꿋이 단정한 선비 한 사람
千夫萬手指	그를 온 사람이 손가락질하네
謂此一夫狂	"이거, 순 미친놈 아냐?"
......	

다산의 시 가운데 이처럼 '격한' 작품은 예외적이다. 시대에 대한 울분과 유배된 자신의 운명이 한자리에 녹아 있다. 그는 자신을 '울부짖는 자'로, 남들이 손가락질하는 '미친 사내'로 묘사한다. 다산의 절규는 타락한 도시를 질타하는 구약의 예언자 이사야의 목소리를 닮았다.

신실하던 성읍이 어찌하여 창기가 되었는고. 공평이 거기 충만하였고 의리가 그 가운데 거하였더니, 이제는 살인자들뿐이었도다. 네 은은 찌끼가 되었고 너의 포도주에는 물이 섞였도다. 네 방백들은 패역하여 도적과 짝하며 다 뇌물을 사랑하며, 사례물을 구하며 고아를 위하여 신원치 아니하며, 과부의 송사를 수리치 아니하는도다.

여기 '예언자'라는 말에 유의해야 한다. 한자 낱자대로 '앞날을(豫) 알아맞히는(言) 점술가나 관상가'를 가리키는 말이 아니다. 예언자는 누구보다 아프게 인간의 타락에 분노하고 진리, 즉 인간의 형상에 대한 통찰을 선취한 자다.

다산은 이들을 위해 '계몽'을 시작한다. 유교의 기획은 이른바 사서와 삼경(혹은 육경)이라는 고전 속에 담겨 있다. 다산은 오래된 고전이 보여 주는바, 인간의 구원과 문명의 질서에 관한 자신의 통찰을 확신했다. 그 청사진이 오래된 고전 속에서, 어둠 속에 묻혀 있다. 그래서 왈, 경학經學, 즉 고전에 대한 새로운 해석이 절실하다.

유교는 인仁을 최고의 목표로 한다. 개인의 품성과 사회적 질서가 이 인仁을 구현할 수 있다면 최상의 삶이 가능할 것이다. 그런데 대체 인仁이란 무엇인가? 여기서 조선조 500년을 지배한 주자와 다산의 길이 갈라진다.

12세기 주자는 이 '본성'을 자기 내부에서 '명상'을 통해 발견하라고 권하는 데 비해, 다산은 인仁이 내부에 있지 않으며, 사회적 공간에서 행동의 선택을 통해 힘겹게 축적되는 외재적 덕성임을 역설한다. 여기가 기초다. 그동안 유교의 최고 가치를 오해함으로써 유교의 기획이 어그러졌다고 그는 탄식한다.

다산은 덕이 '발견'되는 것이 아니라고 생각한다. 내부에 존재하지 않기 때문이다. 그에 의하면 덕이란 외부 활동을 통해서 '축적'되는 것이었다.

다산은 사서를 주자와 달리 사회적 관계 속의 인간, 거기 작동하는 양심과 욕구의 충돌, 그리고 그 전투를 감시하고 격려하는 신의 목소리라는 틀 속에서 읽는다.

핵심 경전인『대학』도 이 프레임 속에서 읽는다. 다산은 명덕明德이 '자기 내적 영혼의 빛'이 아니라 '사회적 덕목'이라고 단언한다. 덕德이란 말 자체가 글자 형태가 보여 주듯 '행行동'과 연관된 말이라면서, 구체적으로 가정 내의 타자적 덕목인 효孝, 제悌, 자子로 특칭했다.

여기 명明이란 명당明堂이란 말에서처럼 신의 뚜렷한 임재, 그리고 플러스 투시적 능력을 함축하고 있다고 말했다.

다산은 8조목에서 격물치지를 배제했다. 그럼 6개가 남는다. 훈련은 '성의'誠意, 즉 의지의 결단과 정화로 시작한다. 다산은 '의지'의 철학자이다. 인간은 시시각각 도덕적 결단에 직면하며, 그때 육신의 유혹에 맞서 도덕적 행동을 의지로 선택하면서 인간의 덕성이 힘겹게 구축된다. 그 선택을 지원하고 감시해 주는 존재가 없다면, 인간은 이 고통을 감내하지 못할지도 모른다.

다산은『맹자』성선의 근거인 천天 또한 그 지평에서 읽는다.『중용』은 이 존재의 의미와 위상을 본격 다룬 책이라고 말한다. 주자의 자연주의는『중용』을 버거워했다. 그래서 사서 가운데 '신비적'인 책으로, 맨 나중으로 밀쳐 두었다. 다산은 이 책의 독해를 초기 가톨릭의 선구자인 이벽에게서 들었다. 그 답안지를 보고, 정조가 놀라 감탄했다. 다들 판에 박힌 주자의 해석을 앵무새처럼 외는 그 답답한 와중에, 새로운 해석의 실마리로 천고의 난제를 풀어 나가는 젊은 학자에게 큰 충격을 받은 것이다. 다산과 정조의 케미는 다들 정치적 동지로 읽지만, 나는 두 사람이 시쳇말로 '같은 과'였기 때문이라고 생각한다. 가히 더불어 학문을 논할 동지였던 것이다. 다산이 가톨릭에 깊이 빠진 까닭도 '새로운 종교'라기보다 자신의 표현대로 '유교의 보완'으로 읽었다고 볼 수 있지 않을까.

각설,

다산의 파격과 전복은 더 근본적이다. 다산은 이 '사서' 체계 이전에 '육경'이 있다고 말한다. 사서는 '공자 이후'의 책들이다. 그리고 '선왕의 대도'는 공자 이전에 있었다. 공자 자신 스스로의 역할을 '술이부작'述而不作이라 정위한 바 있다 "나는 창작자가 아니라 옛 기억을 보존하고, 전승하는 사람이다."

그 기억의 장소가 바로 오경五經이다.(여섯 가운데 『악경』樂經은 일찌감치 유실되었다.)

그런데 주자의 사서 체계가 자리 잡자, 육경은 잊혔다. 그리하여 유교의 기획이 '개인'에 고착되었다면 지나칠까? 다산은 그 옹색을 깨고 선왕의 대도라 불리는, 유교의 잊힌 '문명'을 복구하고자 한다. 그것이 그의 경세학의 준거 혹은 토대가 될 것이었다.

인물로 상징되는 유교 문명은 '요순'이라는 이름으로 불린다. 이들의 행적과 정치는 『서경』에 실려 있다.

예를 하나 들어 보자.

『논어』에는 "순舜은 무위無爲로 치治했다. 그는 조용히 남면南面했을 뿐이다"라는 공자의 찬탄이 실려 있다. 주자는 이를 액면 그대로 읽는다. 이에 따라 조선도 '모범'과 '감화'의 정치를 이념으로 설정했다. 다산은 그러나 갈등과 이해관계의 충돌을 겸양이나 양보로 해소하려는 순진한 낙관주의를 경계한다.

그는 『논어고금주』論語古今註에서 이렇게 말했다.

2부 경세학

지금 정치를 논하는 자들이 하나같이, "전하께서는 뭘 어찌해 보겠다고 굳이 나서서 일 만들지 마시고 조용히 계시는 게, 잘 하는 것입니다" 하고 떠드는 바람에, 온갖 제도와 법도, 기강이 무너져 내리고 부스러져도, 세우고 바로잡을 줄 모른다. 이러다 간 10년이 안 가 천하가 썩어 문드러질 것이다. 화난이 잇따라 일어나고 몰락의 징후가 점점 깊어 가는데도 사태의 심각성을 전혀 깨닫지 못하고 있으니, 이것은 그 알량한 무위無爲의 설이 망쳐 먹은 결과다.

그는 『서경』에서 요순의 정치의 실제를 고증해 나간다.

그는 자신의 발견을 형 손암巽庵 정약전丁若銓에게 보내는 편지에 적어 주었다. 요순堯舜의 고과考課가 얼마나 엄정하고 물샐 틈 없었는 지를……. 요순은 자신의 덕德만 믿고 팔짱만 끼고 있었던 것이 아니라 정치의 각 부면에서, 특히 인사에서 빈틈없는 치밀함과 공정성을 보여 준 탁월하고 성실한 행정가로 드러난다. 순사고언詢事考言, 삼재고적三載考績. 이른바 성왕들은 중앙과 지방 관료들의 기획과 실적을 대조해 보며, 정기적 순시와 대면 보고를 통해 성과를 점검하고 상벌을 내리는 엄정한 통치자들이었다는 것이다.

"공자가 말한 무위無爲란 그렇게 펼쳐진 이상적인 군주들의 정비된 통치 질서를 찬탄한 '감탄사'일 뿐이다. 이를 액면 그대로 '요순이 아무 일도 않고 있었어도 정치가 제대로 굴러갔다'는 소리로 알아서는 절대로 안 된다. 유학은 무위無爲가 아니라 위정爲政을 말할 뿐이다."

다산은 이 성왕의 정치를, 당대의 인사 고과와 대비한다.

요즘 관리의 포상과 징계의 제목에 적혀 있길, "이욕利慾의 생각이 없고, 화평하고 단아하게 정치를 하여, 다스리는 지역이 모두 평안하다" 하는데, 도대체 이 말로 무슨 일을 어떻게 했는지 어떻게 알겠습니까. 백성들이 이 때문에 도탄에 빠졌습니다.

다산은 고려 때부터 전해 오는 '수령오사'에 몇 가지를 더 보탠 항목을 제시했다. ① 논밭을 넓히고, ② 호구가 늘고, ③ 부역이 고르고, ④ 소송이 간편해지고, ⑤ 도적을 막는 것. 여기 조선에 들어와 조준趙浚의 상소 등을 통해 성종조에 ⑥ 학교의 진흥과 ⑦ 군정의 정비 등이 갖추어졌는데, 다산은 이런 항목들 각각에 구체적인 '성적표'를 매기고, 이것을 인사 파일로 작성하여 이를 바탕으로 관리를 승진, 유임, 체직遞職해야 한다고 강조한다.

육경으로의 회귀는 실질적 행정과 정부 제도, 사회적 교환 등에서 유교의 세부 프로그램과 규율을 마련하는 토대가 된다. 실제 그는 『경세유표』에서 오래된 정전제를 조선에서 개량된 형태로 시행하고 싶어 했다.

그의 학문에서 유교의 고전학이 갖는 의미와 그 해석 정신에 대해서 몇 마디 들려 드렸다. 이야기를 마무리해야 할 때가 되었다.

두 가지만 당부드리고자 한다.

첫째, 근대의 시선이다.

망국의 절망이 모든 것을 집어삼켰다. 전통은 '힘'의 관점에서 평가되었다. 실학을 묻는 질문에는 늘 '근대적이냐, 아니냐'가 따라다녔고, 다산은 근대적 민족국가를 지향한 선구자라는 영광을 얻었다.

그러나 실제는 이렇게 단순하지 않다. 그의 예학은 여전히 전근대적이고, 그의 정전제 구상은 일종의 국가사회주의적 발상으로 들린다. 신분에 구애되지 말고 과거 시험 자격을 주자면서도, "온 나라가 양반 되면 양반이 없어지는 것 아니냐"고 우려했고, 권력은 백성에게서 온다고 말하면서도 자신의 개혁안을 감당할 만한 강력한 왕권을 갈망했다. 그의 구상과 학문은 여기저기 '근대적' 혹은 '근대 지향적'이라는 박스 밖에 서 있다.

특정한 시선에 고정되면 다른 부면은 눈에 띄지 않고, 안경에 흠이 가면 사물이 다들 일그러져 있거나 뿌옇게 흐려진다.

다산의 기획을 랑케가 외쳤듯이, "그것이 실제 있었던 그대로"wie es eigentlich gewesen 읽는 연습이 필요하다. 모든 생각과 행동은 현장적이며 문제 해결적이다. 선불교에 이런 화두가 있다. 강아지는 공을 던지면 열심히 달려가서 물어올 것이다. 사자는? 공을 던진 손을 물어 버린다!

둘째, 21세기의 프라그마다.

21세기는 무슨 열망을 담아, 다산의 이름을 부를 것인가. 서양은 중세 신의 지배에서 근대적 개인으로 옮겨 갔는데, 다산은 주자가 애써 구축한 자연과 과학을 거꾸로 도덕과 신학으로 돌려놓고 있지 않은가?

지금은 다원의 시대, 어느 쪽을 편들든 좋다. 다만 한쪽을 권위로 추종하거나, 반대로 무조건 배척하는 것은 삼가야 한다. 공감하면서 이의를 제기하고, 배척하면서도 장점을 읽을 수 있는 균형 잡힌 안목, 실용적 접근이 필요한 시대다.

늘 물어야 한다. "그럼, 다산은 옳고 주자는 틀렸는가?" 지금은 명상이 필요할 때가 아닌가? 무엇을 해야 할지 이전에, 자신이 누군지를 알아야 하지 않겠는가. 자신의 영혼을 돌보지 않고, 성격 개조 없이 가족과 사회에서 적절한 관계를 맺고, 정치적 책임을 정의롭고 공정하게 감당할 수 있겠는가. 주자학은 낡은 사유, 무책임한 기획이 아니다.

주자학이든 다산학이든, 이 시대의 우리에게 소중한 자원이다. 무엇을 어떻게 골라 쓸지를 알려면, 당연한 말이지만 '그것이 무엇인지' 알아야 한다. 그 바탕에 늘 '실학'의 질문이 깔려 있어야 한다.

"그런데 지금 문제가 무엇이지?"

찾아보기

ㄱ

가의賈誼 215, 216

간지팔艮之八 208

감형減刑 292, 296, 303, 305, 312,
313, 315, 316

강진康津 39, 70, 100, 106, 231, 269,
333, 368~370, 392, 393

「거관수지」居官須知 264

「거관잡기」居官雜記 265

『거관잡록』居官雜錄 263

격물格物 23, 29, 111

결정정미, 역교야潔靜精微, 易敎也 197

경방京房 215, 216

경세(학)經世(學) 11, 14, 39, 61, 65,
194, 230, 239, 348~350, 352, 358,
365~367, 371, 372, 398

경세가經世家 350, 367

『경세유표』經世遺表 14, 15, 63, 107,
118, 229~231, 234~236, 239~
247, 249~251, 254, 255, 270~275,
280, 319, 329, 348, 351, 362,
365~368, 371, 400

경학經學 11, 21, 22, 28, 36~40, 61,
110, 117, 141, 171, 176, 183, 194,
229, 230, 232, 255, 271~273, 349,

350, 368, 370, 372, 373, 375, 383,
388, 390, 396

고본대학古本大學 21, 22, 30, 37

「고시 24수」古詩二十四首 334, 335

「고양이」貍奴行 337

고의故意 296

고적론考績論 253, 254

「고적의」考績議 285

고학古學 22, 48

공급孔伋 96

공렴公廉 16, 17

공자孔子 11~13, 42, 50, 51, 54, 55,
59, 67~69, 71, 76~84, 87~91, 95,
96, 98, 130, 140, 147~149, 151,
160~162, 165, 167, 187, 193, 210,
211, 239, 265, 325, 349, 350, 357,
375~389, 394, 398, 399

과거제도 69, 323, 331, 360

과거학科擧學 323

관상법觀相法 339

『관상정요전서』官常政要全書 261, 262

『관잠서집성』官箴書集成 261, 262, 264,
283, 288

광암曠菴→이벽李蘗

괘변卦變 195~198, 216~218, 222, 223

『교남자민록』嶠南字民錄 264

교역交易 223

교화敎化 31, 32, 61, 65, 239, 246,
247, 291, 296, 303

구방심求放心 54

『국어』國語 181, 199, 200, 201, 203,
207, 208, 210, 212, 214, 215

군정軍政 331, 333, 400

군포軍布 329, 333

권일신權日身 74

권철신權哲身 48, 74, 104, 105

권형權衡 49, 50, 54, 116

『귀장』歸藏 208, 209, 211, 212

극기克己 52

『근민요람』近民要覽 263

「기예론」技藝論 363~365

기중기起重機 343

기질지성氣質之性 39, 41, 85, 116

기호嗜好 39, 41~44, 52, 61, 66, 85,
110, 113, 115~118, 233, 237

김세렴金世濂 265, 266

김소월金素月 320

김정희金正喜 196

김택영金澤榮 37

ㄴ

나이토 요시노스케內藤吉之助 263

나주羅州 정씨丁氏 321

「노인의 즐거움」老人一快事 344

『논어』論語 12, 39, 40, 54, 59, 67~72,

77, 90, 92, 96~98, 115, 146, 160,
174, 247, 265, 375~381, 385, 386,
388, 389, 398

『논어고금주』論語古今註 39, 67, 69~
71, 92, 148, 151, 237, 386, 398

『논어고의』論語古義 74

『논어고훈외전』論語古訓外傳 74

『논어변지』論語騈枝 79

『논어집주』論語集注 68~72, 80, 92,
381, 384

『논어집해』論語集解 68, 70, 71, 80

「농책」農策 358, 359

「님의 침묵」 320

ㄷ

다산학茶山學 11, 37, 272, 402

다자이 슌다이太宰春臺 72, 74

다효변多爻變 207~212

단시설端始說 39, 48

대감大監 345

대연지수오십大衍之數五十 219

대천리물代天理物 277

대체大體 53, 54

『대학』大學 21~27, 29, 30, 32, 35~
37, 96~98, 111, 118, 136~138,
239, 397

『대학강의』大學講義 237

『대학공의』大學公議 21, 22, 25, 26, 28
~31, 33, 34, 36

『대학장구』大學章句 21, 22, 24~26,

28, 29, 37

덕덕德 외재설外在說 46, 48, 58

덕조德祚 →이벽李蘗

도결都潔 199

도심道心 53, 54, 110, 124, 125, 127, 128, 137, 139, 140

『독상서보전』讀尙書補傳 185

동중서董仲舒 85

두예杜預 174, 208

ㅁ

마국한馬國翰 211

마왕퇴馬王堆 백서본帛書本 『주역』周易 215

만물개비어아萬物皆備於我 39

만물일체설萬物一體說 42

『매씨서평』梅氏書平 44, 173, 174, 177, 178, 182~184, 186, 187, 189

맹자孟子 42, 46, 48, 52, 54, 57, 64, 85, 96, 97, 111, 119, 122, 260, 325, 382

『맹자』孟子 38~41, 48, 54~56, 96, 97, 110, 146, 163, 174, 181, 191, 397

『맹자요의』孟子要義 38~40, 44, 61, 63, 65, 66, 139

『맹자제사』孟子題辭 40

『맹자집주』孟子集註 40, 64

맹희孟喜 216

명덕明德 23, 24, 26~32, 35, 37, 111,

118, 397

모괘지모괘某卦之某卦 199, 200, 202~ 205, 207, 215

모기령毛奇齡 40, 69, 183, 186, 198, 199

목강지사법木强之死法 224

목민牧民 107, 257~262, 265~268, 277, 280, 289, 349

목민관牧民官 45, 54, 61, 260, 261, 265, 274, 277, 283, 286, 296, 297, 299, 303, 308, 310, 317, 351, 352, 360, 361, 367

『목민대방』牧民大方 280

『목민심감』牧民心鑑 258, 262~264, 267, 268

『목민심서』牧民心書 15, 61, 107, 118, 256, 257, 261, 263, 264, 267, 268, 271, 272, 274, 275, 278~283, 285~289, 319, 320, 329, 333, 338, 348~352, 362, 366, 367, 371

『무원록』無冤錄 309, 313, 314

무진본(1808) 194

「무화」繆和 215

물상物象 159, 195, 196, 199, 210, 223, 225

물이군분物以群分 221

민중적 경학民衆的 經學 13

ㅂ

반역反易 223

『방례초본』邦禮草本 275, 367

「방례초본인」邦禮草本引 275

방이유취方以類聚 221

백골징포白骨徵布 333

백서帛書 사건 105, 369

법가法家 291

법치法治 275~277

벽괘辟卦 197, 216~218, 220~222

변역變易 223

보릿고개 345

본연지성本然之性 41, 110, 116

부모형제자父母兄弟子 54

부시언지賦詩言志 149, 150, 166

비은費隱 99, 120

비흥比興 159, 162

ㅅ

사공事功 248, 350

사단四端 39, 48, 122

사대의리四大義理 223

사덕四德 39, 44, 46~49, 122, 292

사람 섬김 93, 141

사무사思無邪 147~149, 160

사법四法 223

사서四書 21, 38, 39, 95~97, 99, 100,
106, 107, 113, 114, 118, 124, 139,
140, 194, 271, 348, 349, 371, 372,
397, 398

『사서개착』四書改錯 69

『사서장구집주』四書章句集注 69

사양지심辭讓之心 73

사의四義 223

사해四解 223

살인자상명殺人者償命 311

3농三農 360

삼오三奧 223

삼정三政의 문란 333

상병화尙秉和 209

『상서』尙書(『서경』書經) 38, 39, 85,
95, 108~110, 150, 169~179, 182~
188, 191~193, 235, 250, 253, 258,
285, 349, 398, 399

『상서강의』尙書講義 169, 171~173

『상서고훈』尙書古訓 138, 169, 176~179,
187~189, 191, 235, 251

『상서고훈수략』尙書古訓蒐略 174, 179,
184, 187, 189

『상서』 변위辨僞 174

『상서지원록』尙書知遠錄 179, 185, 189

상제上帝 61, 69, 100, 113~118, 121,
124~131, 137~140

『상형고』祥刑攷 291

서恕 50~52, 54, 61, 110, 112~114,
141

서교西敎 101, 104, 105

「서목민심서후」書牧民心書後 274

서학西學 101, 104, 114, 237, 394

「설괘전」說卦傳 195, 204, 206, 215,
224, 225

성誠 35, 36, 99, 100, 111, 113~115,

117, 124, 128, 133, 134, 141

성기호설性嗜好說 39, 41, 44, 85

성령性靈 140

성삼품설性三品說 85

성선설性善說 85, 110, 112, 397

성호星湖→이익李瀷

소괘消卦 216

소음수少陰數 208, 214

소정방蘇定方 341, 342

소체小體 49, 53, 54

수기치인修己治人 11, 12, 24, 284, 348, 349

수령7사 281, 285

수오지심羞惡之心 48, 49, 73

수원성水原城 343

「술지이수」述志二首 324

『시경』詩經(『시』詩) 38, 43, 95, 107, 113, 142~151, 153~168, 373, 393

『시경강의』詩經講義 60, 142~144, 150, 374

『시경강의보유』詩經講義補遺 143, 144, 162

『시경강의속집』詩經講義續集 143, 144

시비지심是非之心 73

「시이자가계」示二子家誡 194

시중時中 131, 291

식괘息卦 216

신독愼獨 61, 124, 128~130, 133~135, 137, 138, 140, 141

신분제도 17, 331, 335

신아구방新我舊邦 272, 273, 276

신유사옥辛酉邪獄 229, 231

신채갈릉초간新蔡葛陵楚簡 214

신해박해辛亥迫害 74

실학實學(실학자實學者) 22, 37, 62, 94, 106, 150, 198, 255, 276, 290, 319, 320, 368, 372, 400, 402

『심경밀험』心經密驗 44, 141

『심리록』審理錄 291, 293, 300, 304, 312

14벽괘설 195, 216, 219~222

12벽괘 195, 216, 219, 220, 222

ㅇ

아가兒哥 345, 346

아전 282, 338, 339

안양소둔도편安陽小屯陶片 214

안정복安鼎福 263, 266, 267

「애절양」哀絶陽 333, 392

양명학陽明學 22, 69, 107

양백준楊伯峻 91

양윤지괘兩閏之卦 218, 219

양지양능良知良能 57

양형사量衡司 243

엄형嚴刑 291, 303

에드워드 쇼네시Edward Shaugnessy 203

「여김공후」與金公厚 270

「여름날 술을 마시며」夏日對酒 331

「여름날 전원」夏日田園雜興效范楊二家體 340, 346

《여유당전서》與猶堂全書　71, 93, 94, 148, 151, 154, 159, 162, 165, 202, 207, 231, 232, 253

「여윤외심서」與尹畏心書　200, 206

여전제閭田制　62, 63, 331, 360~362

『역경질서』易經疾書　199

『역림』易林　196, 209

역중지일의易中之一義　195

『역학계몽』易學啓蒙　196, 213, 225

『역학상수론』易學象數論　216

『역학서언』易學緒言　199

『연산』連山　208, 211, 212

열녀烈女　297, 299

『염씨고문소증초』閻氏古文疏證抄　186

예禮　27, 30, 46, 53, 73, 78, 111, 113, 182, 250, 351

예치禮治　275, 277, 278, 285

오교五敎　56

오규 소라이荻生徂徠　72

「오학론」五學論　40, 323

『옥함산방집일서』玉函山房輯佚書　211, 212

온유격절溫柔激切　164, 166, 167

왕가대王家臺　211, 212

왕부지王夫之　75

「용계산 비탈길을 넘으며」踰龍谿阪　321

용구用九　196, 208~211

「용산리」龍山吏　339

용육用六　196, 209~211

우번虞翻　197, 217

「원목」原牧　270, 277, 278, 352~355, 357

「원의총괄」原義總括　71, 73, 74, 76, 79 ~82, 84

「원정」原政　352, 357, 358, 361

「위반산정수칠증언」爲盤山丁修七贈言　323

『위성수록』渭城隨錄　264

위소韋昭　208

유보남劉寶楠　75

유종원柳宗元　299

유태공劉台拱　79

유희춘柳希春　265, 266

육경六經　38, 95~97, 100, 106, 107, 113, 114, 118, 124, 139, 140, 194, 271, 348, 349, 371, 372, 396, 398, 400

윤영희尹永僖　199

윤휴尹鑴　37

「응지론농정소」應旨論農政疏　358, 359

의옥疑獄　311~314

이강회李綱會　71, 196

이동욱李東郁　105

이벽李蘗　101~105, 114, 325, 397

이병휴李秉休　37

이승훈李承薰　103~105

이용감利用監　238, 242, 365

이익李瀷　15~17, 48, 101, 105, 150, 199

이일분수理一分殊　42, 116, 127

이정조李鼎祚　197

이중하李重夏 274

이토 진사이伊藤仁齋 48, 72, 74

이학근李學勤 212~214

인仁 45~52, 54, 58, 61, 73, 109~
114, 141, 376, 387, 388, 390, 396

인륜人倫 35, 36, 44~46, 49, 50, 54,
55, 65, 66, 97, 109, 125, 140, 151,
382

인심人心 53, 54, 110, 234, 358

인심도심설人心道心說 49, 54, 140

인욕人欲 52, 129

인의예지仁義禮智 39, 44~49, 57, 73,
74

일표이서一表二書 271, 348~350, 366,
371, 372

『임관정요』臨官政要 263, 266, 267

임충군林忠軍 212

ㅈ

자모역괘설子母易卦說 198

『자민요람』字民要覽 264

「자소」自笑 231

자잠自箴 93~95, 131

자주지권自主之權 49

「자찬묘지명」自撰墓誌銘 12, 14~16, 23,
24, 39, 61, 72, 101, 106, 107, 223,
229, 230, 271, 286, 348, 350, 351

「장기농가」長鬐農歌 10장 345

재윤지괘再閏之卦 218, 219

「적성촌에서」奉旨廉察到積城村舍作 328

「전론」田論 62, 331, 358, 360~362

전정田政 279, 331

전제田制 63, 230, 244, 246, 249, 351

정상 참작 291, 303

정약종丁若鍾 105

정약현丁若鉉 105

정이程頤 90, 96

정전론井田論 236, 241

정전의井田議 236, 240, 242, 245, 246

정전제井田制 39, 61, 63~65, 68, 235,
239~241, 244, 246, 248, 400, 401

정전제론井田制論 235, 236

정조正祖 26, 27, 60, 101, 114, 142,
143, 169~175, 183, 291~296, 301
~305, 313, 315~317, 325, 359,
392, 397

정준회예개팔貞屯悔豫皆八 208

정호程顥 96

「정훈」庭訓 265

「제모대가자모역괘도설」題毛大可子母易
卦圖說 198

조룡대釣龍臺 340, 342

「조룡대」釣龍臺 342

『조선민정자료: 목민편』 263

조선시朝鮮詩 343~345

존심설存心說 54

종두법種痘法 343

죄의유경罪疑惟輕 311, 312, 315

『주례』周禮 25, 27, 39, 108, 181, 182,
211, 234, 239, 250, 273, 275, 280

주문모周文謨 105

주어사走魚寺 104, 105

『주역』周易 38, 71, 159, 194, 195,
197, 199~204, 206, 208~212, 214
~216, 219, 223~226, 394

『주역고서고』周易古筮攷 209

『주역변체』周易變體 199

『주역본의』周易本義 195

『주역사전』周易四箋 159, 194~196,
199, 200, 215, 223, 224

『주역사해』周易四解 223

『주역집해』周易集解 197

주자朱子 → 주희朱熹

주자학朱子學 22, 28, 29, 32, 36~43,
45, 169, 171, 172, 176, 233, 235,
237, 381, 390~392, 402

주희朱熹 21, 22, 24~30, 32, 36~38,
40, 44, 45, 48, 59, 64, 68~70, 72,
73, 75, 78~80, 82~88, 90, 92, 96,
99, 115, 116, 118, 120, 127, 129,
130, 139, 140, 146, 148, 149, 167,
171, 173~176, 182~184, 195~
199, 209, 213, 225, 235, 246, 247,
249, 296, 323, 373, 378, 381, 388~
390, 392, 396~398, 401

중방정中方鼎 212~214

「중씨께 올림」上仲氏 253

중용中庸 99, 100, 109, 128, 130, 131,
134, 135, 138

『중용』中庸 27, 93~97, 99~101, 104,
108, 110, 114, 115, 117~125, 127,
128, 131, 133~141, 239, 397

『중용강의』中庸講義 100, 101, 104,
105, 114, 141

『중용강의보』中庸講義補 101, 114, 115,
122, 124, 125, 134, 135, 141

『중용자잠』中庸自箴 93~95, 100, 110,
114, 119~139, 141

중화中和 25, 99, 108, 128~132, 138

증삼曾參 77, 96

『증수무원록』增修無冤錄 313

「진달래꽃」 320

ㅊ

채제공蔡濟恭 26, 27

「책을 팔며」鬻書有作奉示貞谷 326

천관이조天官吏曹 247

천권天權 277, 278

천민天民 277

천성관天星觀 214

천조지문자天助之文字 194, 196

천주교天主教 74, 101, 103~105, 114,
139, 325

천진암天眞菴 105

초공焦贛 196

최한기崔漢綺 277

추사秋史 → 김정희金正喜

추이推移 195, 197, 216, 217, 219~
223

「춘추관점보주」春秋官占補註 200

『춘추좌씨전』春秋左氏傳 87, 199, 200, 203, 204, 207, 208, 225

충서忠恕 51, 141

측은지심惻隱之心 39, 48, 49, 51, 55, 73

『치군요결』治郡要訣 264

『치군잡기』治郡雜記 264

ㅌ

「탕론」湯論 270, 352, 355, 357,

태극太極 42, 44, 45, 113, 116, 250

태지팔泰之八 207, 208

태학太學 23~32, 35, 111, 112

「통색의」通塞議 336

ㅍ

「파지리」波池吏 339

포도군관捕盜軍官 338

포산초간包山楚簡 214

풍風 162

풍수지리설(풍수설) 339, 340

『풍아유병』風雅遺秉 143

ㅎ

하늘 섬김 93, 115, 141

「하도낙서원천편」河圖洛書原舛編 198

하상지구법夏商之舊法(하상지구법설夏商之舊法說) 208, 209, 212

하이상下而上 270, 277, 356

「학유가계」學游家誡 232

「한양에 들어가서」入漢陽 322

한용운韓龍雲 320

한유韓愈 85, 299

「해남리」海南吏 339

행사行事 35, 36, 46, 47

향벽관심向壁觀心 49

호생지덕好生之德 292

호체互體 195, 199, 223

홍문관弘文館 250

홍범구주론洪範九疇論 65

홍양호洪良浩 280

《홍재전서》弘齋全書 172~175

환곡還穀 329, 331

황구첨정黃口簽丁 333

황사영黃嗣永 105, 369

황종희黃宗羲 216

회광반조回光反照 49

효변爻變 195~197, 199, 200, 203, 206~211, 213~216, 221~223

효제자孝弟慈 26~34, 37, 54~56, 61, 99, 117, 118

흠휼欽恤 290, 291, 295, 296, 311, 316, 317

『흠흠신서』欽欽新書 15, 16, 107, 118, 271, 272, 274, 275, 277, 290, 291, 293, 296, 304, 305, 315, 317, 329, 348, 350, 351, 371

「흠흠신서서」欽欽新書序 277

흥관군원興觀群怨 160, 164, 167

『희정당대학강의』熙政堂大學講義 22